サマーキャンプ

潜入捜査官・高《たか》階《しな》紗《さや》香《か》の慟《どう》哭《こく》

SUMMER CAMP

新宮広明
Shingu Hiroaki

幻冬舎

サマーキャンプ　潜入捜査官・高階紗香の慟哭

目次

装丁　片岡忠彦
写真　macomoco/a.collectionRF /amanaimages

プロローグ

東京・北千住。

息苦しい――。

この数カ月間の胸が締め付けられる感覚は何だ。午後の営業所回りから会社に戻り、自分のデスクに座った途端、稲垣時男はまた何とも言いようのない苦痛を感じた。痛みを紛らわすため、デスクの窓から外を見る。午後から降り始めた雨は徐々に強くなっている。

厭な天気だ。脇から汗がじっとり流れる。

稲垣は、〈大央都市開発〉の北部支社で販売課長をしている。大央都市開発は大胆な再開発プランとセンスの良いデザイン建築を売りに、この10年で業界第3位までに成長したデベロッパーだ。学生の就職先ランキングでも毎年上位につけている。その支社の販売課長というポジションは、将来を嘱望された社員だけが就く〝出世コース〟である。稲垣がいずれ本社の中枢である営業企画室に異動するのは確実視されていた。今年で34歳。全社中で最も若い課長で、しかも独身。北部支社だけではなく、本社や取引先にも、彼の気を引こうとする女性は数多い。

外回り中に送られていたメールを会社のパソコンで確認しながら、販売課のフロアを見渡す。注目されるのは嫌いではない。小中高を通じてサッカーチームでエースストライカーだった。自尊心の塊の稲垣にとっては、むしろ快感なくらいだった。

だからと言って、ここ最近の息苦しさはいったい何なんだ――。

全身をゆっくりと締め付けられるような感覚。あるいは周囲から細い無数の針で刺され続けるような不快さ。同僚や部下たちの羨望や悪意から来る、あけすけな視線とは明らかに違う。取引先やモデルハウスにやってくる客のクレームや無理難題とも異なる。ただ、徐々に稲垣の心身を追い込んでいた。

２年前に社員価格で購入した本郷の自宅マンションに帰宅してもその感じは変わらない。自慢の３ＬＤＫがかえって居心地を悪くし、苦痛を増長する。夜、寝ている間もそれは続く。必然的に日に日に眠りが浅くなり、最近は不眠症に陥っていた。人知れず品川の心療内科に通い、精神安定剤や睡眠薬を処方してもらっている。担当の医師は親身になり、稲垣が訴える息苦しさの原因を探ってくれた。だが結局はっきりとした病因はわからず、とりあえず仕事上のストレスと診断された。

違う。そうじゃない。仕事のストレスなんかじゃない。あの事が。まさか――。

頭の中に、あの日の記憶が一気に甦る。自然と心拍数が上がる。慌てて鞄の中から処方薬を取り出し、部下たちから見えないように素早く口に入れる。

目眩がする。早く、薬が効いてくれ――。心の中で叫ぶ。目の前が大きく歪んで揺れている。

このままだと俺は持たない。誰か助けてくれ。頼む――。

３日後の夕方、稲垣は会社のトイレで首を吊った。発見された時には既に息絶えていた。ほどなく救急車や警察車両が到着した。連日の雨が降りしきる中、大央都市開発北部支社とその周辺は野次馬が取り巻き大騒ぎとなった。

遺体は直ぐに東京都監察医務院に搬送され、死因確定のために行政解剖に回された。同時に、現場検証や関係者への聞き取りが行われ、所轄である千住署は事件性の有無を徹底的に洗い出した。

販売課を中心に関係支社員への聴取では、多くの者が稲垣の言動が最近変だったと証言した。仕事は極めて順調だったので、プライベートで何か悩んでいたのでは、と語る人間も多かった。

稲垣が死んだトイレも丹念に調べられた。ほどなく首に括り付けられたロープは、近くのホームセンターで稲垣自身が購入していたことが判明する。店の防犯カメラに、稲垣の姿が映っていた。さらに、ロープの結び目から稲垣の皮膚片が見つかった。

捜査の結果、千住署が出した結論は「事件性なし」。大央都市開発北部支社販売課長、稲垣時男の死は「自殺」として処理された。

*

西東京。

窓の外には武蔵野の雰囲気が残る田園風景が広がる。遠くの山々はすっかり紅葉している。国道や私鉄の線路から結構な距離があるおかげで通勤時間の喧噪からも邪魔されない。

そろそろ朝の〈説諭〉の時間だった。大学入学の記念に父親から贈られた古い腕時計の短針が8の数字を指している。窓辺から離れ、小さな木製のベッドに戻る。起きたままになっていた布団を畳み、シーツの皺を伸ばす。木製の簡易ベッドと小さな机が置かれた、3畳の宿坊。すべての無駄を排した、究極の瞑想部屋だ。

紫のアルバのようなローブの上に、カーキ色の袈裟のようなものを羽織る。どれも綺麗に洗濯とアイロン掛けがされている。この服装が朝の〈説諭〉の決まりだ。

自室を出て、中庭に十字型に配された回廊を渡り、道場に向かう。

「父主様。おはようございます」

回廊を渡った先、道場の入口に立っていた男が声を掛けてきた。身の回りの世話やスケジュール管理を任せている内野という男だ。以前は山梨かどこかの信用金庫で働いていた。元金融マンらしく書類の整理や説諭の準備など細々とした仕事が得意なので、〝秘書〟としては使い勝手が良かった。

「父主様、皆揃っております。〈説諭〉をよろしくお願いします」

〈フシュサマ〉――。

父であり主である教祖。キリスト教的発想に、日本的な主従関係を融合させた造語。それを底が浅い、節操がないと批判する人間もいる。だが、今この世の中で、誰をも守ってくれる父的存在、ゴールへと導いてくれる主がどれだけ強く求められていることか。宗教は人々の願望に応える必要があり、そのために父主である自分が必要なのだ。

「父主様。今朝は本部の修道士と出家者２３５人に加えて、昨晩バスで到着いたしました北陸支部の会員53人が〈講堂〉でお言葉を待っています」

「私も、心して皆に言葉を与えねばなりませんね」

「ありがたいことです、父主様――」

背筋を伸ばし、衣服の乱れを直す。内野が先導し建物の中に入る。

「あなたも、心してお伝えください」

「承知いたしました」

「では内野さん、開けてください」

内野は大きく頷き、大仰に両開きの木製ドアを開ける。

〈講堂〉の熱気が一気に押し寄せる。今日もまた１日が始まる。迷える人々を幸せへと誘う１日が――。

第一章　コードネーム

麴町。

都心のどこにでもあるような焦げ茶色のタイル貼りの雑居ビル。エントランスに掲げられた案内板には、7階〈中央システムエンジニアリング〉と記されている。

エレベーターを降りるとほどなく受付があり、2人の受付嬢がにこやかな顔をして座っている。来客者は、来社の目的と約束の相手の名を告げる。濃紺の制服を着た受付嬢が内線で来訪者の確認をする。入館が許可されると受付嬢から笑顔でIDパスが渡される。そこから、ビルの外観からは想像もつかない近未来的な仕様のセキュリティのゲートに向かう。IDパスが読み取られると無事ドアが開き、オフィスの中にようやく入ることが出来る。

初めて来社した人間からすれば、いささか手続きが大げさに感じられるかもしれない。あるいは、システムエンジニアリングという情報を扱う業態を考えると、これくらいのセキュリティは当然だと思うかもしれない。

オフィスの中には機能的なデスクとコンピュータ端末が整然と並んでいる。情報企業らしい清潔感溢れるオフィスだ。

「おう、高階《たかしな》。久しぶりだな」

高階紗香《さやか》がオフィスの中に入ると、年長の同僚SE、秋山が声を掛けてきた。典型的な中年太りが始まった秋山は、相変わらず額に大粒の汗をかいている。

「秋山さん、もうすぐ冬だっていう時に半袖のシャツですか」

呆れた口調で応える。紗香が会社に顔を出すのは3カ月ぶりだ。オフィスに残っていた他の同僚たちも手を上げたり、目配せをしたりして、紗香の帰社を受け入れる。

「久しぶりだってのに相変わらずだねえ。俺は暑がりなんだ。暖房要らず。要するにエコなんだよ」

「エコですか。まあ、元気そうで良かったです」

この年上の同僚との軽口の叩き合いは嫌いではない。秋山が汗かきの中年男だとしても、やはり自分の会社は落ち着く。

「高階。〝出向〟どうだった？」

秋山が少し表情を引き締めて聞いてくる。

「今回は結構ハードでしたよ。秋山さんに代わって欲しかったなあ」

紗香はこの半年ほど、都内およびその近郊で手広く事業を展開する、厨房機器の販売会社〈スカイ厨房〉の台東区合羽橋の本社に出向していた。

筋肉質の企業経営が叫ばれてから、自社にシステムの専門部署を持つ企業は激減した。日常の業務で目に見えて成果が表れる営業や商品開発セクションと違い、システム開発は会社のインフラに過ぎない。人件費削減の流れと相まって、その手の業務は多くの会社でアウトソーシングされた。

紗香の会社、中央システムエンジニアリングはそうした流れに乗り、この10年間で急速に業績を伸ばした。主に中小企業から社内イントラや基幹業務システムの開発を専門に請負い、紗香や秋山のような自社のシステムエンジニアをクライアント企業に半年から時に2、3年常駐させる。

紗香はちょうど基本アーキテクチャーの構築を終え、状況説明も含めた四半期ごとの業務報告のため久しぶりに出社した。

よくあるシステム開発会社の日常風景——。

しかし、これはあくまでも偽りの日常だ。中央システムエンジニアリングは架空の会社だった。正確には、警視庁捜査一課特殊犯罪対策室第４係の〝表向き〟の顔、仮の姿であり偽りの姿だ。勤める者たちも本来の職業はシステムエンジニアではない。特殊犯罪対策室第４係所属の刑事だった。

警視庁捜査一課特殊犯罪対策室第４係。通称「特殊犯４係」は、殺人や強盗、誘拐などの凶悪犯罪の中でも極めて特殊な犯罪や立件の難しい隠蔽犯罪を暴くための秘匿捜査を行う、警視庁捜査一課の特命捜査班である。彼らは街に紛れ込み、様々な組織に潜り、姿なき犯罪者を追い詰める。

紗香も特殊犯４係の潜入捜査を専門とする刑事だった。彼女がこの半年間潜入していた〈スカイ厨房〉では、ある殺人事件の被害者が社員の年金基金を密かにマネーロンダリングの場に利用していた痕跡が発見された。紗香はそこにＳＥとして派遣され、会計処理システムの開発を進めながら、社内イントラを徹底的に洗った。そして、巧妙に隠された犯罪の証拠を摑み、その作業を実際に行っていた20代後半の派遣社員を逮捕するに至った。男は、マネーロンダリングの主謀者から脅されて犯罪に手を染めたが、度重なる恐喝に耐えきれずその主謀者を殺すに至ったのだった。

「高階、ちょっといいか？」

報告書を大方まとめ終わった頃、紗香は上司の長嶋から呼ばれた。

「あ、はい。何か書くものの必要ですか？」

目の前にロマンスグレーで長躯の長嶋が立つ。いつもの濃紺にグレーのストライプが入った三つ揃いのスーツだ。

「いや、手ぶらでいい。俺のオフィスに来てくれ」

「わかりました。報告書を石橋係長にメールで送ったら直ぐに行きます」

フロアの一番奥にある、ガラスで仕切られた一角に向かう長嶋の後ろ姿を目で追いながら、急に湧いてきた緊張感を抑えるのに苦労した。この上司には、いつまで経っても慣れない。会話をすると、文字通り蛇に睨まれた蛙のようになってしまう。

長嶋は特殊犯罪対策室の室長で、階級は警視。捜査一課全体の役職で言えば、管理官の上、課長を補佐する理事官と同クラスである。警視庁捜査一課ナンバー2の存在感は相当だ。だが、紗香にとってはそれ以上の存在だ。自分を警視庁本部の刑事に引き上げ、3年前潜入捜査官に抜擢したのが長嶋だった。紗香は東京の私大を卒業して警視庁に入り、警察学校卒業後、いくつかの所轄で主に生活安全課や刑事課の窃盗犯の刑事として勤務した。その彼女をどうして本部、しかも特殊犯4係に呼んだのか。紗香にはわからない。過去に一度聞こうとしたが、長嶋の威圧感に萎縮してしまい聞けなかった。

報告書の最後を適当にまとめて係長に送り、慌てて長嶋の待つオフィスへと駆け込んだ。

「スカイ厨房に半年か。残務処理は済んだのか？」

長嶋は、窓際に置かれた警視以上に供される木製の大きな机に座っていた。表情は笑顔だが、相変わらず目の奥は笑っていない。思わず背筋が伸びる。

「ほとんど〝均《なら》し〟終わりました。あとは送別会くらいです」

潜入捜査は姿なき犯人を追い詰めるために、身元を偽って犯罪の巣へと潜る。犯罪の内側の人間となることで、逮捕の決め手となる証拠を秘密裏に手に入れるためだ。しかし、重要なのは証拠を摑んだその後だ。その証拠を持って直ぐに警察に戻ることはない。潜入捜査の存在を認めることになる上に、捜査官の素性をもバラすことになるからだ。犯人逮捕後に捜査の証拠を消し、自分の存在もすべての関係者から自然にフェードアウトするように仕向ける。地味な作業だが、この〝均し〟の作業が潜入捜査では極めて重要だ。

スカイ厨房での半年の潜入捜査のうち、４カ月間を〝均し〟のために費やした。今回の出社はその最終報告の意味もあった。

「大活躍だったそうだな」

「いや、まあ。潜入捜査官として当たり前のことをしたまでです」

「相変わらず堅いな。報告書は後で目を通しておく」

長嶋はそう言いながら、デスクの引き出しから無地のＡ４サイズの封筒を取り出す。そして、デスクの前に立つ紗香の方へ軽く放った。

「急な話で悪いが――」

長嶋の鋭い眼光に耐えきれず、視線を封筒に逸らす。

「潜ってもらいたい」

長嶋の表情はそれまで以上に厳しい。動悸をなんとか抑える。

「殺しですか？」

「まだわからん。しかし、かなり大きなヤマであることは、おそらく間違いない」

長嶋の抑えた声が、ガラスで仕切られた室長室を覆う。

「３人の人間が死亡、ないしは行方不明だ」

「３人も――」

「ただ所轄の捜査では自殺と事故死、もう１人は自主失踪で処理されている」

「表向きは〝事件性なし〟ということですか」

「ああ。犯人の姿は決して見えてこない。動機も不明。ホシは狡猾で巧妙だ」

長嶋の言葉を聞きながら、ふと窓の外に目がいく。黄色に染め上がった街路樹の銀杏の葉が夕日に光る。この美しい街のどこかに犯人がいる。犯罪を闇の奥底に隠し、何食わぬ顔で日常生活を送っている。

「どんなに狡賢《ずるがしこ》かろうと、犯罪者は絶対に逃すわけにはいきません。闇の底の底まで潜って、犯人を炙り出します」

特殊犯罪、特に潜入捜査を必要とする事件の犯人は、飛び抜けて頭が良く、狡猾で、冷酷、およそ人間らしくない。罪悪感などなく、当たり前のように人を殺し、金を盗み、他人を陥れる。所轄の頃対峙した、凶暴で性悪な一方、人間味はある犯人たちとその点がまったく違う。相対していても、決して理解出来ない存在だ。

「高階、正義感もいいが、状況を冷静に分析する必要があるぞ」

部下の気負いを感じたか、長嶋は宥めるように声のトーンを抑えて話す。

敵わないな。心の中でつぶやく。確かに犯人を憎む気持ちだけでは潜入捜査官は務まらない。状況を俯瞰するように意識して、初めて犯罪現場に潜る意味が出てくる。潜入に善悪や義憤は必要ない。紗香も約10カ月の訓練を受けた後、実際に潜入捜査をしてこの事を体感した。１人で犯人に迫る中、恐怖心に打ち勝つためには、ひたすら冷徹に犯人と結びつく情報を炙り出すしかない。

「室長、気になることがあります。潜入を開始するということは、３つの事件をつなぐ何か手がかりみたいな物が見つかったんでしょうか？」

「小さな糸口だ。それもかなり特殊なものだ。まずは捜査資料で事件の概要を把握してくれ」

長嶋はそう言って、先ほどデスクの上に放った封筒を紗香の目の前に突き出す。ぞんざいでもなく、かと言って決して慇懃でもない。新たな犯罪者との戦いの始まりを告げる儀式。紗香は警視総監賞でも受けるかのように、わざと大仰に頭を下げて資料を受け取った。〝手ぶらでいい〟と言ったのは、これをすべて記憶しろということだ。

「頼んだぞ。スカイ厨房での働き以上の結果を期待している」

「わかりました。資料を読んでみます」

封筒はずっしりと重い。分厚い捜査書類を取り出し、ざっと確認する。

「それで、いつから潜りますか？」

「明後日だ。明日〈IDセンター〉に行ってくれ。午後には潜入用プロファイルが出来上がるはずだ」

「2日後ですか。相変わらず急ですね、室長」

「何かマズいことでもあるのか？」

思わず苦笑いすると、長嶋が覗き込んできた。実は、明後日はスカイ厨房の同僚が送別会を開いてくれることになっている。最後の〝均し〟作業の日だ。曲がりなりにも一緒に仕事をした仲間とつもる話もあり、その飲み会を楽しみにしていた。

「いいえ、何もありません。ただ、事件はいつも待ってくれないなあと思って」

「悪いな」

目の前の長嶋の表情が緩み、少しだけ紗香の気持ちもほぐれた。

「明日までに事件資料に目を通しておきます。その後、もう一度こちらに伺います。失礼します」

長嶋が軽く頷くのを横目で見つつ、室長室を後にした。

デスクに戻る途中、何気なく窓の外を見る。いつの間にか夜の帳が降りていた。オフィス街の秋の夜は思いのほか寒々として見えた——。

翌日の午前中、スカイ厨房に顔を出す。新しい仕事の都合で次の日に予定されていた送別会に出席出来ない旨を伝えた。人の好い元同僚たちは紗香以上に残念がり、別の日に改めて開こうと言ってくれた。その気持ちに感謝を伝えたものの、新しい派遣先の業務を理由に日程の調整を柔らかく拒否した。

スカイ厨房を出た足で、中央システムエンジニアリングに〝出社〟し、そのまま7階から階段でひとつ下のフロアに向かった。

6階には〈さくらキャリアデザイン〉という人材派遣会社が入居している。表向きＳＥ会社である中央システムのある7階は、業務の性格上セキュリティが厳重だ。それに対して、6階はフロア全部が人材派遣会社ということもあり、人の出入りも多く、開放的だ。派遣登録をしに来る人間の多くが、麹町や半蔵門界隈の会社に勤めることを希望する女性なので、特に華やかな雰囲気がある。

紗香は資料を読んだり、暗記をしたりする必要がある時、6階の喫茶コーナーに席を借りることが多い。なぜなら、さくらキャリアデザインもまた、警視庁捜査一課特殊犯罪対策室第4係の別の顔のひとつだからだ。中央システムエンジニアリングは、刑事たちをＳＥとして潜入先に送り込む。一方、このさくらキャリアデザインはいわゆる派遣事務員として企業や組織に捜査員を潜り込ませる。特殊犯4係では、事件の内容や形態、潜入先の職種や状況から判断して潜入捜査官の身分を変える。時に〝ＳＥ〟として、時に〝派遣さん〟として潜入することになるので、すべての捜査官はどちらのスキルも身につける必要があり、そのための訓練を徹底的に受けている。紗香もスカイ厨房に派遣される前の捜査では、大塚の外車ディーラーに派遣事務員として潜入していた。

捜査資料をカウンター席のテーブルに置く。捜査員たちは捜査資料の外部への持ち出しが規則で禁止されている。結局、6階と7階のどちらかで資料を広げたり、プロファイルを暗記したりするしかない。カウンターの端にあるイタリア製のコーヒーメーカーでコーヒーを入れる。紙コップであることを我慢すれば、ここの煎り立てカートリッジのコーヒーはなかなかいける。コーヒーの香りを楽しみながら、長嶋から渡された資料を読み始める。

最初の事件は1年前に起きている。
立川に住む主婦、田崎明子が5歳になる息子、洋一郎を幼稚園に預けたまま行方不明になった。その日、東京地方は全域にわたって強い雨が降っていた。午後4時。明子が子供を迎えに来ない上に連絡もつかない。心配になった担任が夫の田崎隆の携帯電話を鳴らした。新宿のガス会社に勤務する田崎は、赤坂の取引先から帰社中で、直ぐに妻の携帯に連絡したが、留守番電話サービスにつながるだけだった。

明子が一人っ子で、自分が田崎家に養子に入っていたこともあり、夫の隆はまずは妻の実家に事態を知らせた。明子の両親も青天の霹靂だ。まったく心当たりがない。そこで、自分の実家、親戚、友人など、考えつくところすべてに電話をかけまくったが、誰も明子とは会っていなかった。

午後5時30分。田崎隆は早退し、雨の中、幼稚園に向かった。母が迎えに来ないため、泣き腫らした顔の息子を6時過ぎに引き取る。隆は自宅マンションに戻り、息子に冷凍食品の夕食を与え風呂に入れた。泣き過ぎて疲れたのか、風呂から上がるとすぐに眠ってしまった息子を子供部屋のベッドに連れて行った後、ふと我に返り、隆は妻が何か残していないか家中を探した。

ここ数年元気いっぱいの息子のおかげで、家の中は雑然としていた。しかし、驚いたことに妻の身の回り品、衣服や装飾品、バッグ類、趣味のテニス用具だけは綺麗に整理されている。そして、財布や手帳など日常生活で最低限必要なものと、お気に入りのヴィトンのボストンバッグがなくなっていた。ふと田崎隆は何かを感じ、慌てて玄関に駆け寄り下駄箱を開けた。やはり、明子の靴だけが整然と並び、妻が最も気に入っているハイヒールだけがなくなっている。それは、微々たる小遣いを貯めて、明子が自分で誕生日に買ったマロノ・ブラニクだった。

「誰も買ってくれないから、自分へのご褒美として買ったのよ」

息子が生まれてから、明子に何も買ってあげていない自分に対する当てつけに感じて隆は不満だったが、妻はただ嬉しそうに話していたのでよく覚えている――。

立川署は当初、誘拐やストーカー犯罪に巻き込まれた可能性を検討し、捜査を行った。田崎隆への事情聴取も数日に及んだ。しかし、事件につながりそうな事実は出てこなかった。捜査員だけでなく、夫の隆や妻の両親すら事件性を疑い始めた頃、決定的な証拠が発見された。

何度目かの自宅の捜索で、明子の書棚に並ぶ文庫本から手紙が見つかったのだ。

「子供をお願いします。風邪の季節なので、気をつけてください。私は大丈夫です。とても一言では表せない事情があるのです。私を責めないでください」

警察は夏目漱石の『こころ』に挟まれていたこの手紙を精緻に分析した。そして、本人の筆跡であること、本人の皮脂がついていること、本人の意思によって書かれていることを確認した。その結果、田崎明子は自主失踪、つまり自らの意思で姿を消したと結論づけた。田崎隆や明子の両親にもその結論は伝えられた。家族は、明子が自ら失踪したと聞き、その理由を何度も訊ねた。捜査員たちは当惑した。33歳の女性が家族を捨て、失踪する理由。それは男と駆け落ちするため。誰もがそう考える。田崎隆も同じことを思った。もちろん、明子の両親も。こうして、田崎明子の失踪に関する捜査は終了した。

2番目の事件は半年前、ちょうど紗香がスカイ厨房に潜入を開始した頃だった。

雨の日の夕方、男が死んだ。

最近急成長しているデベロッパーのエリート社員、稲垣時男の自殺。稲垣が心療内科に通院していたことが明らかになり、仕事のプレッシャーから精神的に追い詰められた結果の自殺と判断された。自宅や会社のデスクなどが徹底的に探されたが遺書は見つからなかった。

こうして、稲垣の死は静かに処理された。

３つ目の事件。それは先々週の木曜日の夜に起きている。

霧雨の降る大井町付近の幹線道路。

不意に飛び出した男性が、法定速度を20キロ近くオーバーし、猛スピードで走ってきたダンプカーに轢かれて死んだ。死因は、全身打撲および脳挫傷。ほぼ即死に近かった。

被害に遭ったのは、小田急線の経堂の駅近くで親の代から司法書士をしている34歳の男性、田山正行。行政解剖の結果、体内からアルコールが検出された。ただ泥酔ではなく、血中濃度からすると適度に酔っていた状態だったようだ。

田山には専業主婦の妻の幸代と8歳の娘がいる。幸代の証言によると、田山は仕事のあと、司法書士仲間や地元のゴルフ友達と頻繁に飲みに出かけていた。その日も仕事場から自宅の幸代に連絡が入り、友人と飲みに行くから帰りが遅くなると言った。行き先は告げず、なぜ大井町の近くで事故に遭ったのかわからなかった。田山は日頃小田急線沿線を利用しており、新宿、代々木八幡、下北沢、成城学園前で飲むのが常だった。

事故の連絡を警察から受け、幸代が慌てて病院に駆けつけた。

「大井町の辺りには友人も親戚も住んでいません。普段行かない場所にいるなんておかしいです」

応対に当たった所轄の大井署交通課職員は当惑した。交通事故死は年間に全国で４０００人以上。その中には日常の生活圏以外の場所で被害に遭う人も多い。ましてや、被害者は酒を飲んでいた。仕事帰りに気の置けない友人と、今まで行ったことがない街を訪れるのは、あり得ない話ではない。大方、雑誌で見つけた〝男の隠れ家〟的な和食の店にでも行ったのではないか。

担当警官は言葉を選びながら説明した。しかし、幸代は決して納得しなかった。

「絶対におかしいです。何か事件に巻き込まれたのかもしれない。ちゃんと捜査してください」
夕方まで元気だった夫を突然失ったことで気が動転し、いつまでも病院の霊安室で叫び続けた。大井署は単なる交通事故として処理しようとしたが、遺族が大騒ぎしたため、事故当日の田山の足取りを追うことにした。死んだ田山の父親が司法書士会の重鎮であることも所轄署幹部の対応に少なからず影響した。

捜査に当たったのは生活安全課の２人の刑事だった。交通事故被害者の地取りなど異例中の異例だ。亡くなった当人には申し訳ないが、適当に調べてさっさと報告書を上げてしまおう。刑事たちはそう考えた。まずは被害者が当日飲んでいた店を探し当てる。財布や衣服からは店の領収書やレシートの類は発見されていなかったので、目撃情報と合わせて、現場周辺の店を一軒一軒訪ねた。ところが、半径５００メートル圏内のどの店からも被害者の情報は得られなかった。確かに、現場は大井町駅からも近い。数多くの飲食店が軒を連ねている。たった２人で地取りするにはかなりの労苦を要する。ただ、時間さえかければ、被害者が利用した店が見つかるはずと思っていた。

報告を聞いた生活安全課長は頭を悩ました。署の上層部が当夜の状況をさっさと報告するように言ってきた。結局刑事課に応援を要請し、８人の捜査員が田山の足取りを追った。捜査は大井町周辺に留まらず、当日の事務所から大井町への田山の道程や鑑取りにまで及び、被害者の自宅捜索も行ったが、田山の足取りを摑むことは出来ず、事件性を示唆する証拠も出てこなかった。

唯一の証拠は、事件当日の午後７時過ぎに東急・大井町駅の改札を利用する田山の姿を捉えた駅の防犯カメラ映像だった。被害者が馴染みの薄い大井町にいたのは、たまに飲む場所を変えてみたかったからだろうと推測された。

ただ、ひとつだけ疑問が残った。事故現場からは田山が使用していたはずの傘が見つかっていなかった。雨の幹線道路を被害者は傘をささずに渡ったのか、事故後に誰かが持って行ったのか。あるいは傘をさせないような状況だったのか。理由はわからなかった。その事実は報告書に追記されたが、それ以上の捜査は行われなかった。

資料を読み終え、紗香は顔を上げた。集中したせいか、首が寝違えたように痛い。すっかり冷めたコーヒーをそのまま飲み干す。頭の中は事件のことでいっぱいでコーヒーの味まで気が回らない。

次にワープロで綴られた2枚のA4書類に手を伸ばす。事件ごとに分かれた3つの資料とは別に、長嶋から渡された封筒に入っていたものだ。警視庁でもごく一部の人間しか知り得ない機密情報。

1枚目には、たった一文、〈3人の被害者の持ち物から『聖浄心会《せいじょうしんかい》』のチラシが発見された〉と記されていた。

ゴクリと大きく息を呑む。

一見するとまったく無関係な事件性が低い事案が、たった1枚のチラシの存在で特殊犯4係の網に引っかかった。

ページをめくり、2枚目の資料に目をやる。

捜査No.024276　code name：Boot Camp

○○××年△月□日　聖浄心会本部に潜入せよ

背筋が自然と伸びる。再び、潜入捜査が始まるのだ。

〝ブートキャンプ〟。新兵訓練。謎の新興宗教施設への〝潜入〟をアメリカの新兵の訓練入隊にかけたわけか――。

潜入捜査には案件ごとにコードネームがつけられる。捜査員同士は事件名ではなく、暗号名で会話をする。これから起きることのハードさを示唆するようなネーミングに、自分だけがこの世界から取り残された感覚になる。

しかし突き進むしかない。捜査員は事件を選べない。たった1人の戦いへ。


3つの捜査資料をもう一度熟読する。曖昧な記憶は、潜入する際に取り返しのつかない危険を生む。資料に書かれた情報すべてを、所作や言動に自然に表出するまで徹底的に脳に叩き込む。潜入が始まる明日まで時間は限られている。潜入捜査官となってしばらくはこの作業が本当に辛かった。潜った後の命に関わるので、上官たちにしても必然的に指導がきつくなる。

しかし、今では暗記はそれほど苦ではなくなっている。何度か経験している間にコツを掴んだのだが、一番の要因は雑念を捨てられるようになったからだ。捜査への不安や潜入そのものへの疑念、犯人への敵愾心《てきがいしん》などが勝つと、記憶はなかなか定着しない。それを一旦捨て去り、1人の新しい人間を生み出すという気持ちになった時、この作業はそれほど難しいものではなくなった。

「よし。これで、完璧――」

わざと口に出して自分に気合いを入れ、喫茶コーナーのカウンター席を立つ。読み込んだ資料を全部まとめて近くの極細シュレッダーにかけ、焼却ボックスに紙くずを捨てる。規則通り資料の処理を終え、同じフロアにある〈さくらキャリアデザイン〉の事務室の体《てい》を取る〈ＩＤセンター〉へと向かう。

歩きながら、最後の資料ページに書かれた文章をもう一度暗唱する。

「高木麻里。29歳。伊勢丹百貨店勤務。ＩＤセンターでプロファイルを参照せよ」

それが今回の潜入捜査で、紗香が〝なるべき〟人物だった――。

＊

田無。

ブーッ、ブーッ、ブーッ。

宍戸《ししど》は音のする方を緩慢に見た。くすんだ灰色のブルゾンのポケットでマナーモードに設定した携帯電話が震えている。所々がすり切れ、くたびれ果てたブルゾン。立川のデパートで買ったセール品。もう何年着ているだろう。残念ながら衣服へのこだわりなど持ち合わせていない。

一度切れたバイブレーションがまた震え出す。ポケットから携帯を取り出し、テーブルの上へと放る。振動音は耳障りだが、宍戸は無視を決め込んだ。

平日の午後、情報収集と同僚に言づてし、商店街の純喫茶〈キリマンジャロ〉で時間を潰していた。数年前なら馴染みのパチンコ屋に入り、ちょっと釘のあまい台を無理やり空けさせて日暮れまで打っていた。だが、昨今刑事にもコンプライアンス重視の風潮が押し寄せ、世間の目が厳しい。昼間のパチンコなどもってのほかだと、上層部は徹底して現場を管理する。警視庁田無署も例外ではない。結局、余計な詮索や世間様の目を気にしなくていい、この喫茶店で時間を潰すことになる。

宍戸は田無署刑事組織犯罪対策課の刑事だった。昇進試験は一度も受けたことがないので、階級は永年勤続していると誰でもなる、正式の階級ではない〝巡査長〟。刑事として、さしたる功績もない。卒配よりずっと三多摩地区の所轄に勤務している経験から土地勘だけはあり、その一点でなんとか刑事を続けている。

「宍戸さん、出なくて大丈夫かい？」

コーヒーのおかわりをカップに注ぎながら、マスターの鈴木が心配そうに聞く。薄くなった頭に、白髪まじりの髭をたくわえた顔は控えめで温厚そのものだ。宍戸が一度目の田無署勤務になった時、既にこの店はあったので20年以上の付き合いだが、鈴木の外見はまったく変わっていない。

　それに比べて自分は随分とくたびれたもんだ。目の前のマスターを見て、改めて思う。

「いいんだよ。どうせ工藤課長か立花担当係長だ。あの2人、俺を目の敵にしてるからな」

〈キリマンジャロ〉は新宿から武蔵野を東西に走る西武新宿線田無駅の南側にあり、北側にある田無署からは徒歩で20分近くかかる。なんとなく落ち着く雰囲気といつも穏やかな鈴木の存在からか、いつの間にか現場の刑事たちの溜まり場のようになったらしい。仕事柄、機密保持にも神経質になるため、どの所轄にも署員がひいきにする店が自然と出来る。この純喫茶もそのひとつだった。宍戸も最初の田無署勤務時代からの常連だ。

「工藤さんと言えば、最近うちの店ではご無沙汰ですね。昔はよく使ってもらったんですけどねえ」

「あの人は、もうこんなチンケな喫茶店には来ねえよ」

「宍戸さん。チンケはさすがにちょっと勘弁してください」

「あの人は上の顔しか見てねえから。刑事というより小役人。通ってる店は新宿や吉祥寺辺りってとこさ。事件で知り合った本部の管理官あたりをせっせと接待してるよ」

「それはそれで大変そうですね」

「暇なだけなんだよ」

「まあ刑事さんが暇というのは、この街にとっては好いことですよ」

　穏やかな顔で答え、マスターはカウンターに戻った。

　本当に好ましいことなのか。宍戸は改めて考える。確かに最近の所轄管内は平穏な日々が続いている。交通事故や繁華街での酔っぱらい同士の小競り合いなどがたまに発生するぐらいで、凶悪犯罪や暴力団の抗争などはここ数年皆無だ。田無署の管轄は西東京市と東久留米市。平成の大合併により田無市と保谷市が現在の西東京市となる前から変わらない。田無、保谷、東久留米の３市は西武線沿線の他の街がそうであるように、基本的に新宿や池袋という大都会のベッドタウンだ。これといった地場産業があるわけではない。ここ何年も人口に大きな変化もない。というよりも、良くも悪くも街そのものが代わり映えしない。

　刑組課の刑事である宍戸にとって、街全体を覆う穏やかさは願ったり叶ったりである。捜査一課の刑事になるため世間が注目する事件で功績を挙げようと張り切る若手ではない。今さら大きな事件が起こっても正直迷惑だ。しかし、だとしても管内のこの雰囲気は少し物足りない。

　俺もそろそろ刑事引退かな。そう心の中で自分に問いかけながら喫茶店の外の風景に目をやる。いつもの商店街が目に入ってくる。いつもと同じ。出るのはいつもと同じため息だけだった。

「大将、また来るよ――」

〈キリマンジャロ〉で時間を潰した後、署に帰るのも億劫になり、田無駅前の繁華街にある馴染みの焼き鳥屋で結局くだを巻いた。カウンター８席と小上がりがひとつの小さな店。ここも一度目の田無署勤務時代から通っている。周囲の街並みは様変わりしたが、この店だけは相変わらずの風情だ。店先に下がる赤い暖簾《のれん》も、炭の煙ですっかり燻されている。

「ありがとうございます。またお待ちしてます」

　大将が律儀にも店先まで出て挨拶をしている声を背中で聞き、左手を上げて応える。ちょっとした心遣いが、侘しく歳を取った刑事の心にはじんわりとしみ込む。宍戸は20年以上前に離婚して以来、ずっと独り暮らしだった。勤務先の所轄が変わる度、住居を署の近くに移すのがいつの間にか習慣になった。４、５年に１回は転居している。今の住まいは田無の繁華街を抜け、幹線道路を越した先にある2階建てのアパートだ。店から歩いて15分の道のりを、酔っぱらった足で歩く。

平日の夜だからか、人通りは多くない。大通り沿いのコンビニで水と缶コーヒーを買い、点滅する信号に慌てて横断歩道を渡った。アパートまであと少しだ。そこで、足を止めた。

「俺になんか用か？　金なんかねえぞ」

背後で何者かが立ち止まる気配を感じる。やっぱり、つけられたか。ゆっくりと身体を回転させる。暗い街灯に何者かのシルエットが浮かぶ。身体の大きさからすれば成人男性であることは間違いない。武道経験者特有の低い重心と体幹バランス。宍戸は足を少し開き、身構えた。

「強盗ってことじゃないらしいな。だが、俺はこう見えても刑事だ。サツカンを襲うのは割に合わねえぞ。そんなことしたら、お前は地獄の果てまで追われる」

わざと挑発するが、目の前の男に動じる気配はない。じっと立ったまま、距離を縮めもしない。

しばらくの間、沈黙が流れる。

「宍戸、相変わらずだな」

男が突然口を開く。俺を知っている——。自分が挙げた犯人が逆恨みして刑期明けにお礼参りに来たか。あるいはここら辺をシマにしている暴力団の下っ端か。

「流して仕事をしてるくせに、妙に鋭い勘を働かせて周囲を探ってる。本当に優秀な刑事だ」

そう言って男は近づいてくる。相当な威圧感で、見た目以上に大きく感じる。

この感覚。ようやく宍戸は目の前の男の正体に気付いたがもう遅かった。

ドスッ。逃げる間もなく鳩尾《みぞおち》に拳を打ち込まれた——。

＊

東大島。

地下鉄は突然地上に出て、旧中川の上に架かる橋の上で停車した。

東大島駅。日本でも珍しい河川橋上駅で、関東の駅百選にも選ばれている。紗香は乗ってきた都営新宿線の車両を降り、プラットフォームを改札口へ急ぐ。今日からこの東大島が最寄り駅となる。住まいはこの駅から徒歩10分のマンション。住居のセットアップは完了しているはずだ。

駅舎の大島口を出て、大通りを越えるとマンションや雑居ビルが建ち並ぶ。横断歩道を渡ると、〈ジョナサン〉の赤と白の看板が目に入ってくる。住環境はプロファイリングの基本だ。潜入先では、何気ない会話から素性を疑われる。高木麻里が普段利用しそうな場所や店などを、記憶した資料と重ねる。

「短大に入学するため、高校卒業と同時に富山県から上京。短大時代はキャンパスに近い用賀のワンルームで暮らす。卒業後、新宿に本店がある百貨店に就職。それを機に、職場まで地下鉄で一本の東大島の1Ｋのマンションに引っ越した……」

プロファイルを口に出して確認する。そろそろ〝自分〟が暮らすマンションのはずだ。街の雰囲気にもかなり馴染んでくる。20代後半の女性が東京で一人暮らしをする街。

29歳。二十歳《はたち》の頃とは違い、夢や理想は徐々に失っている。仕事もいつの間にか生活の糧でしかなくなっている。将来だって不安。こんな時こそ支えて欲しい恋人は、もっと若い女と結婚すると言って去って行った。

〝自分を変えたい〟か——。

今回の潜入捜査のプロファイル担当である技官の辻淳子とのＩＤセンターでの会話を思い出す。

〈ＩＤセンター〉は警視庁捜査一課特殊犯罪対策室に属する部署のひとつだ。技官は逮捕権を有する刑事のような警察官と違い、科学捜査の技術面を担う専門職員だ。企業や組織に潜入する捜査官の〝捜査上の人格〟を作り、そのＩＤに必要な様々なツールを作成する。

潜入捜査は、警視庁公安部の業務と内容的に重なる部分もあるが、現場の捜査官からすると似て非なるものだ。公安は莫大な予算と多数の捜査官を動員してターゲットを囲い込み、囮《おとり》を仕掛けて情報を収集する。いわば、人海戦術だ。一方、特殊犯罪対策室はあくまで刑事部捜査一課の組織であり、凶悪事件の犯人逮捕のために刑事たちがコツコツ地道に情報を稼ぐ。予算も人員も限られた中で、叩き上げの刑事たちの矜持だけが拠り所だ。

紗香は所轄から警視庁本部に引き上げられてまだ3年だが、公安の捜査官と刑事はとにかく仲が悪いのは実感している。そもそも警察官としての出自、教育、捜査方法、出世の仕方、引退後の人生、そのすべてにわたって2つの組織はまったく異なっている。

本部に来て間もない頃、引退前の捜査一課の刑事が紗香に言った。

「公安の奴らに比べたら、殺人犯の方がまだ俺たちに近い。そこには何らかの情がある。だけどよ、公安の連中には顔も心もない。組織だけ。あいつらだけは信用するな」

警察内部でも横の連携が叫ばれて久しいが、上層部も本音のところでは〝まあ考え方が百八十度異なる組織なので仕方がない〟と考えている節がある。紗香も潜入捜査をする中で何度か公安の捜査員と出くわしたが、先輩の言葉通りで相手に良い印象を持つことはなかった。

入口の読み取り機にパスをタッチし、中からの反応を待つ。

「高階巡査部長。どうぞ」

すぐにインターフォンから低い女性の声が聞こえた。同時に、ガチャリとセキュリティロックが解除される音がする。

「よし」

小さく声を出して自分に気合いを入れ、〈ＩＤセンター〉の表示のあるドアを開けて内部へ入る。そのままカウンターの脇に置かれた、少し使い古されたクリーム色の３人掛けのソファベンチに腰掛けた。ドアのすぐ側に受付カウンターがあり、その奥はガラス張りの壁で仕切られている。ガラスの向こうには整然とデスクや棚が並べられ、技官たちが捜査員たちのＩＤツールを作成したり、資料を揃えたりしているのが見える。


しばらく待っていると、長い髪を後ろで一束にした白衣姿の辻が、小太りの身体を揺らしながら部屋の奥からやってきた。確か40代半ば。柔和な丸顔で笑うと目がなくなる表情も相まって、警視庁の人間にはとても見えない。テレビのホームドラマに出てくる〝肝っ玉母さん〟という形容がもっともしっくり来る。


「高階巡査部長。元気そうね」

辻は満面に笑みを浮かべながら、カウンター越しに大きな声を掛けてくる。

「辻さんも。〈スターシェフ〉のプロファイル、完璧でした。安心して潜れたし、捜査でとても助かりました」

まずは直前の捜査の礼を言う。〈スターシェフ〉はスカイ厨房への潜入捜査のコードネームだ。言葉に嘘はない。辻のプロファイリング資料はいつも本当に完璧だった。たった１人で敵地に潜入する紗香にとって、プロファイリングのミスは捜査の失敗だけでなく、場合によっては命を落とすことにもなりかねない。逆に言えば、捜査官たちが潜入先にいる必然性、あるいはそこにいる理由がしっかりしていれば、潜入捜査によって得られる情報の精度は上がり、犯人を追い詰めることが可能となる。

「ありがとう。そう言ってもらえると仕事に張りが出るわ」

紗香の言葉に辻は照れた表情になる。取り留めのないやり取りをさらに二、三した後、思考を仕事モードに切り替える。

「長嶋室長から指示されました。〝ブートキャンプ〟の資料をお願いします」

柔和な中年女性の顔から笑みが消え、優秀な技官の表情となる。

「随分急だったけど、かなり精度の高いプロファイリングが出来たわよ」

辻は受付カウンターの上に資料一式が入ったファイルを広げた。

「高階巡査部長。潜入先は宗教法人『聖浄心会』の〈本部道場〉。あなたは入信を希望する29歳の女性。名前は、高木麻里。ターゲットは、信者から〝父主〟と呼ばれている、教団の代表、竹中神《たけなかしん》菩《ぼ》──」

高木麻里、29歳。実年齢より3歳若い。

「実年齢より若く見られて喜ぶようになったら年を取った証拠よ」

3年前地元に帰った時、久しぶりに会った中学時代の友人が言っていた。

そう言えば、あれから帰ってないなあ、実家──。

潜入捜査官になってから一度も帰郷していない。所轄勤務の時代より時間がなかなか取れないこともあるが、何より自分自身の存在をなるべく世間から薄くしておく必要があった。婚期どころか、友人関係も失っていく自分を時折感じる。

「あなたは新宿の伊勢丹百貨店に9年間勤めていたけど、将来への不安や生活の疲れから退職。100万ちょっとの貯金を持って、聖浄心会の本部にやってくる。まあ、いわゆる出家希望者ということ。聖浄心会のことは、職場の先輩から聞いた。その先輩は信者ではなく、一部の書店で売られている竹中の著書を何冊か持っていて──」

少しだけ感傷的になった紗香をよそに、辻の説明は続く。自分が成り済ます人物ついて聞きながら、同時に紗香の目は資料の文面を追う。

聖浄心会は、今から15年前に〈設楽《したら》あゆみ〉という女子大生が地元の神奈川県・厚木で開いた読書会に由来する。参加者は近くに教養課程のキャンパスがあった大学の同級生たち。つまり、こぢんまりしたサークル活動のようなものだった。会合は隔週でキャンパス内の教室や近くの喫茶店などで開かれていたようだ。その読書会で読まれる書物も、当初は国内外の小説や簡単な哲学書、ノンフィクションなどで、ジャンルは決まっていなかった。

読書会を始めて半年後に転機が来た。大学の夏休みが終わり、久しぶりに会が開かれた時だった。休みを利用してヨーロッパに貧乏旅行に行っていたメンバーの竹中が、読書会で新約聖書を読もうと提案する。代表の設楽はすぐに竹中の提案に賛同した。それまであまり目立つ存在ではなかった竹中が読書会で積極的に発言してくれたことが、設楽には嬉しかったからだ。

その後、設楽は読書会のテーマや運営について、何かと竹中の意見を聞くようになった。竹中が事ある毎に意見を言うようになったこともあるが、他のメンバーはあくまでも参加者で、煩雑なことを設楽に任せ切りだったことも大きい。

とにかくこの時期を境に、竹中は読書会での発言力を徐々に強め、課題図書の選択もほぼ1人で行うようになる。翌年の春には、代表だった設楽が大学を卒業して東京でＯＬをすることになり、竹中を中心に会が活動する動きにますます拍車を掛けた。

設立2年目、正式に2代目の代表となった竹中は、読書会の書物をキリスト教や仏教など宗教に関するものに限定するようになる。また、図書が偏向することを嫌ったメンバーを読書会の最中に強く叱責したり、逆に個別に会って親身に説得したりした。当時を知る元メンバーは、この頃から牧歌的なサークルが〝竹中のための集まり〟に変容していったと証言している。

その後、竹中は学生だけだった会の門戸を開放し、誰でも読書会に参加出来るようにする。また会への勧誘活動を強く奨励した。一説によると、勧誘成績をメンバー間で競わせ、上位の者を金銭や物品で表彰したり、男女を問わず性的サービスを享受させたと言われている。その金銭等がどこから工面されたのかは不明である。

熱心な勧誘の成果から、２年後には読書会のメンバーは１００人を超えている。竹中は大学を卒業していたが会に残り、常任の代表として活動の中心にいた。また、その頃には会で読まれるのは、毎回配布される竹中の用意する文章だけになっていた。

プロファイリング資料に添付された、当時の竹中の文章を手に取る。Ｂ５サイズのコピー用紙。主にキリスト教的な主への絶対奉仕と仏教的な全包含的な慈悲について書いてある。宗教にはほとんど興味がない紗香が読んでも、内容が安直な折衷思想であることがわかる。

こんな酷い文章で、どうやって竹中は人々の心を摑んだのだろうか。そんな疑問とは裏腹に、名称を『聖浄心会』と改めた会は活動を関東一円に広げ、宗教法人として認可された後には全国的に会員、すなわち信者を獲得していった。

「辻さん。現在の聖浄心会って、新興宗教の法人の中ではどんな位置づけなんですか？」

「難しい質問ねえ。宗教法人は法律で守られているから、実態を正確に把握するのはなかなかねえ」

「不勉強で恐縮なんですが、私、聖浄心会という宗教団体のこと今回初めて知りました。だから潜入するにしても実感が湧かなくて」

「歴史がないから、聖浄心会の成立の経緯や概要は調べが直ぐついた。現在、会で使用されている教典はすべて一般の書店で売られてるしね。あと宗教活動以外の活動やその利益は税務申告しなければいけないから、そっちの調査から会の現状はある程度推測出来る」

「どんな感じです？」

身を乗り出し、辻に顔を近づける。距離の近さに辻は苦笑する。

「宗教法人としてはまだまだ小さいし、この手の新興団体にありがちな信者やその家族とのトラブルの話も見つかっていない。だから、社会的な影響力もそれほどあるわけではない。政治活動もしてないしね。ただ、出家率が高い。これはトップクラス」

「出家率？」

思わず聞き返す。

「そう。相当数の信者が俗世を捨て、私財共々教団の道場に入って生活してる。要するに信者の会へのロイヤリティが高いのよ。だから――」

「だから潜入捜査には打ってつけってことですか？」

「まあ、そういうこと。特に〈本部道場〉には出家を希望する人間が毎週のように訪れているし、代表である竹中に近づけるチャンスもある」

「独身のデパガに勝算ありですか？」

紗香はいたずらっぽい表情を浮かべて質問する。

「あなたならね。ここんところ潜入捜査３連勝中でしょ。特殊犯４係だけじゃなくて、すっかり特殊犯罪対策室のホープじゃない」

「私なんてまだまだです。捜査が上手くいったのは、辻さんたちのおかげですよ」

「謙遜し過ぎはかえって嫌味よ。デカなら誰もが自分が一番、犯人は自分が挙げる、でしょ？」

辻は長嶋とは違った鋭さがある。技官という職業柄、細かい論理的な考え方、話し方をする。理詰めで相手に迫ってくる。でも不思議と圧迫感はない。辻は人間や物事の本質を見出し、自分自身で判断をする時、最終的には女性特有の勘に信頼を置いているような気がする。知識や人間関係、組織内の政治のような、男性が好んで使う指標に頼っていない。

　だから紗香は辻が好きだった。仕事のパートナーとしても完璧だが、相談相手としてもなくてはならない存在だ。潜入捜査官は何でも1人でこなさなければならない。孤独な存在だからこそ、話し相手が必要な時がある。

「さすが辻さん、何でもお見通しですね。実はちょっとワクワクしてます。デパガは幼稚園の頃になりたかった職業ですし」

「ははは、今度はぶっちゃけ過ぎだっていうの」

「ところで、高木麻里は聖浄心会の教典みたいなものをどれくらい読んでいたんでしょう？」

　紗香の質問に、辻の顔が再び仕事の表情になる。

「その頃合いが一番難しい。出家希望者だから、関連書を隈無く読んでいるのが普通だけど」

「それだと、あまりに堅過ぎる――」

「そう。だから、今回のプロファイリングでは、先輩に勧められて読んだ1冊だけにした。その1冊ではまって、直情的に出家しようと思い立った」

「直情的。例えば失恋したとか？」

「仕事の壁にぶつかったとか。東京での生活にちょっと疲れた時、偶然聖浄心会の本を読んだ。そして、初めて知る宗教の世界にはまった。その後、自分を変えるきっかけになると思って、深く考えないで出家を希望した」

　辻は一呼吸置き、目の前の紗香の方をじっと見る。

「〝自分を変えたい〟。その心持ちで潜って欲しい」

「自分を変えたい――」

「はい、これがそのための1冊」

「これから〝自宅マンション〟の確認に行くので、電車の中でしっかり読みます」

辻が差し出したのは１００ページくらいの単行本だった。聖浄心会の最新刊だ。手に取り、表紙を見る。中年男性が紙面いっぱいに笑顔を浮かべている。父主・竹中神菩が紗香をじっと見つめているように思えた――。

＊

西東京。

〈瞑想時間〉。道場内は静かだ。目を閉じて、今朝の〈説諭〉について考えていた。

本部の出家者の他に支部の会員たちが多数出席していたので、〈講堂〉にいつも以上に熱気があった。加えて、女性修道士の１人が説諭中に手を挙げ、「不正な行為を止められない人間の心の弱さをどう克服すれば良いか」と質問したことで〈講堂〉全体の緊張感が高まった。説諭中の質問自体が異例なので、会員担当の修道士長の渋沢などは女性会員の発言を遮ろうとした。しかし、父主である自分が質問を認め、女性の言葉に耳を傾けるように秘書の内野に指示したので騒ぎは収まった。この寛容な態度を受け、講堂内の修道士や会員たちの自分に対する尊敬の眼差しが確実に増すのを全身で感じた。

〝父主〟――。

それは年齢や性別、人種という枠組みを超越した聖浄心会の中心、いや聖浄心会そのものである。父主の言説や行動が、会の行く末や会員の毎日を決める。だからこそ、その責任は重い。

「人は誰でも弱い者です。過ちは誰もが犯します。だからこそ、私たちは聖浄心の教えを基に、身も心も修行し続けなければなりません。修行することで心が強く清らかになり、過ちを犯さなくなる日が必ず来ます。ただ、重要なのは、父主は人間の弱さにも寛容だということです。もし皆さんが正しくない行いをしたとしても、それに気付き悔い改める気持ちがあり、そして聖浄心会の扉を叩いたのであれば、必ずもう一度やり直せる。そのことを忘れないでください。聖浄心の教えはいつも皆の側に寄り添っています。父主は、その教えを信じるすべての人々の面前にいるのです」

簡易な言葉、ごく当たり前の語句を並べたに過ぎなかった。しかし、道場にいるすべての者たちが父主の一言一句に震え、自らの汚れた心を恥じ、より一層の修行を誓っていた。今日1日、彼らは自分の心が清らかになったと感じ、少しだけ幸せな気分で過ごすに違いない。

内野によると、質問したのは本部の修道士だった。出家し、修行を繰り返している修道士にしても迷う。だからこそ父主という存在が必要なのだ。彼女もまた父主の言葉を深く受け止めたことだろう。今日も迷える人々の心を導いた。父主としての務めを果たした充実感が内側から静かに高揚してくる。

まぶたを開く。宿坊の小さな窓から入る日差しが眩しい。光を避け、目を窓際の机の上に向ける。1通の封書。ごく普通の白封筒。宛名はない。封は開けられている。先ほどまでの満たされた心に濁った感情が湧いてくる。

くっ。思わず笑ってしまう。こんな顔は信者たちには到底見せられない。

ふうーっ。小さく深呼吸をして封書から中身を取り出す。三つ折りされた無地の便箋を開く。ボールペンで書かれたペン習字経験者特有の性別を感じさせない綺麗な文字。そこに書かれた1行の文章を眺める。もう何度も読んでいるので、文面は覚えている。

〈すべてを知っている。やったことのすべてを〉

たったそれだけ。

あれだけ細心の注意を払って事を運び、事件につながりそうなものはすべて処分した。もう真実を晒すような関係者は残っていないはずだが——。

く、く、くっ。

再び笑いが込み上げてくる。本当にいったい、誰が気付いたというのか。そのまま闇に葬られるべきことなのに。だが、それは身勝手な願望に過ぎないことも心のどこかで理解はしている。

始まるということか——。

便箋から顔を上げ、コンクリート壁に穿たれた小さな窓に目をやる。武蔵野の光景は相変わらず穏やかだ。

コン、コン、コン。木扉をノックする音で思考が中断される。

「父主様、瞑想中に申し訳ありません。修道士長会のお時間でございます」

扉の向こうで秘書の内野が慇懃無礼に告げる。ベッドの脇に置いた腕時計で時間を確かめる。午前11時。月1回の定例会議の時間だ。

「わかりました。5分後に参ります」

「では中庭に出たところでお待ちしております」

「1人で参ります。あなたは先に会議室に行き、皆に待つように伝えてください」

「えっ、いや、お待ち申し上げています——」

「結構です。何か不都合でもありますか?」

「いえ。ただ修道士長会へはいつも私がご案内申し上げておりましたので」

なんとか平常心を保とうとしているが、秘書の声には動揺と恨めしさが出ている。ここ2年余り、内野には側役の仕事を任せている。自然と自分と一緒に行動することが多い。会員への朝の〈説諭〉で道場に向かう際は必ず内野が先導する。修道士長会でも、父主である自分と共に会議室に入る。だから父主に向けられる会員や修道士長たちの敬意や拝礼が、いつの間にか自分へのものと錯覚し始めている。ひれ伏す人々の姿に、自分が特別な力を持った特別な存在であるかのように勘違いする。傑出した主人の威光をかさに、側近が勝手な振る舞いや横暴な施策に及んだ例は、宗教の歴史上枚挙にいとまがない。

内野はもう潮時かもしれない。他の適任者を早急に見つけなくては――。

父主となって一番苦労してきたのは人事だ。聖浄心会のような新興宗教は組織としての基盤が弱い。人の出入りも激しい上に、若い組織特有の高揚感や緩さがある。いつまでも大学のサークル的なノリが消えない。その状況のまま〈本部道場〉が建てられた。日々増える出家会員は身も心も聖浄心会に捧げてくる。その者たちの居場所を会の中に作る必要が出てくる。結果的に、会は一種のピラミッド型の組織を形成することになった。本来は父主である自分以外の人間が皆平等で自由に動ける、フラット型の宗教を志向していた。しかし、現実は他の宗教同様に上下関係を生んでしまっている。内野の振る舞いも、組織の中で一足飛びに偉くなったと思い違えたからに他ならない。

読書会のままだったとしたら、今頃どうなっていただろう。そんなことを考えても無駄だ。後戻りは出来ない。自分には父主としての役割がある。会員の期待に応え、精神的に支える父主としての責任がある。聖浄心会の運営のこと、将来のこと。そして、あの時の出来事が頭の中を駆け巡る。

面白くなってきた。おそらく、これは天命なのだ――。

腕時計をもう一度見る。内野が来てから7分が経過した。修道士長たちをこれ以上待たせるわけにはいかない。アルバを模した修道着の胸元に封書をしまい立ち上がる。大きく息を吸い、気持ちを高ぶらせてドアを開ける。暖房のない廊下は冬を前にかなり肌寒い。他の者に気取られないように注意しながら、いつもより少し足早に歩く。内野は中庭に出た辺りで待っているだろう。

「まったく。対処しなければならないことばかり」

思わずひとりごちる。辺りを見回すが、中庭へと続く廊下には誰もいなかった。

く、く、くっ。込み上げてくる笑いが身体をひくつかせた――。

第二章　聖浄心会の扉

晩秋の朝。雲ひとつない快晴だった。

西武新宿線の田無駅に初めて降りる。通勤通学の人々でごった返し、駅は想像以上に賑やかだ。北口を出て、ロータリーを右手に見ながら大通りを北に進む。

この辺りは確か田無署が所轄だったっけ——。

東京西部、いわゆる三多摩地区に馴染みがない。紗香は千葉市の稲毛で高校時代まで過ごした。大学は東京の中堅私大だったが、キャンパスは都心にあったので自宅と都心をＪＲで往復する毎日だった。警視庁に入ってからも卒配が品川署、次が世田谷署、特殊犯で麴町という異動で、西武新宿線から見える武蔵野の風景は新鮮だ。平らな地形に建てられた街並みはどことなくゆったりとして、下町とは違った趣がある。また極端に高いビルもない。

駅からの道を進むと新青梅街道に当たる。横断歩道を渡り、さらに北に進むと突然、大きな林が現れた。高い鉄柵の奥にコンクリート打ちっ放しの建物が見える。突き当たりまで来ると、２メートルを優に超す鉄柵で設えられた門が現れた。

様々な木々が植生する広大な敷地を柵の隙間から覗きながら、ゆっくりと一周する。どこからか鳥の鳴き声が聞こえる。辻が用意してくれた資料によると、この場所はもともと国立大学の農学部が所有する研究農場だった。武蔵野の古き良き時代の自然林が残るキャンパスは住民の憩いの場でもあったようだ。しかし、時代の波は大学へも押し寄せ、国立大学法人として採算を重視した結果、広大な敷地が売りに出された。不動産会社や別の学校法人、あるいは一流企業などがこぞって入札に手を挙げたが、圧倒的な高値で落札したのが聖浄心会だった。

周囲の鉄柵は聖浄心会が設えたものだが、当初は塀を巡らすという計画だった。しかし、長年林の緑を楽しんできた周辺住民が塀による圧迫感を懸念し、会と話し合いをした結果、現在の柵に落ち着いたらしい。その際、住民と直接折衝をしたのは、若き父主・竹中だった。竹中の新興宗教の教祖らしからぬ控えめな姿勢や柔らかい物腰に、初めは強硬的だった住民たちもいつの間にか落ち着いて話し合うようになったという。

再び正門に着く。時刻は10時を過ぎたところだ。門扉は既に開かれ、中に入った左側に受付らしき小さな建物がある。紗香は背筋を伸ばし、大きく息を吸った。そして、心の中で小さく叫ぶ。

潜入開始――。

受付のガラスの小窓を開け、自分の名前と来訪の理由を告げる。中には制服を着た初老の男性が1人いるだけだ。胸ポケットにつけられたプラスチック製の名札には警備会社の社名と〈近田〉という名前が見える。教団の職員ではないということか。

既に来訪者リストに載っていたのか、そのまま奥の本部道場の建物に向かうように指示される。１００メートルほど木立の中の道を進み、大きなコンクリートの塊のような聖浄心会の〈本部道場〉の入口の前に立つ。

ゴ、ゴーッ。

紗香の身長の2倍ほどある鉄扉が開く。スーツ姿の20代後半の女性が姿を見せる。

「高木麻里さんですね。いらっしゃいませ」

「こんにちは。あの――」

「お部屋までお連れいたします」

返事を待たず、女は歩き出す。慌てて荷物を持ち直して後に続く。エントランスは3階まで吹き抜けだ。そこに木製の質素な机が置かれ、受付の女性が座っている。椅子が2つあるので、紗香を案内しているのがもう1人の受付係ということか。コンクリート打ちっ放しな上に吹き抜けという構造上、受付は芯から冷え込むのだろう。机の脇には足下を暖めるための電気ストーブが置かれている。座っている受付係に軽く会釈をし、エントランスを後にする。廊下が左右に延びている。左に折れた先に非常口が見える。まさかの時の逃走経路をシミュレーションする。案内役の女は既に右に曲がり、暗い廊下を進んでいる。両脇には木製のドアが並び、その上部に〈事務室〉〈コピー室〉〈化粧室〉などのプレートが見える。中から固定電話の鳴る音や人の談笑する声がした。

「ここは事務棟か何かですか？　出家会員の皆さんはどこで暮らしているんですか？」

紗香は聖浄心会に出家することへの期待感たっぷりに訊ねた。

「申し訳ありません。私は出家に関するお話をする立場にないものですから」

先を歩く女は立ち止まり、振り返って営業用の笑顔で言う。

「出家希望者の方には、〈本部道場〉の指導修道士の方が担当としてお付きになります。詳しい内容はその方からお聞きいただけますか」

彼女たちも聖浄心会の会員ではない。おそらく派遣社員なのだろう。先ほどの警備員もそうだが、会の管理業務の一部はアウトソーシングされている。つまり、事務方と聖浄心会中枢は分離している。捜査員の応援を頼む事態になった場合に利用できるかもしれない。

女が廊下の突き当たりで立ち止まる。廊下はここから左に折れ、奥へと暗闇の中を延びる。30メートルほど先に堅牢な鉄扉があり、そこが行き止まりのようだ。扉の前には身長が１８０センチほどの屈強な男性が立ち、こちらを見ている。修道着を羽織る姿と静かなたたずまい。明らかに先ほどの警備員とは違う。おそらく聖浄心会にて修養している修道士だろう。

「こちらの部屋でしばらくお待ちください」

女が目の前のドアを開け、中に入るように促す。廊下の奥への注意を気付かれないよう、朗らかに返事をして部屋の中へ入る。その時、廊下の奥から男が何か言葉を発したような気がした。

バーン。15分くらい経っただろうか。突然、ドアが勢いよく開く。

「お待たせしてごめんなさい」

大きな声を発しながら、応接室に女性が入ってきた。慌ててソファから立ち上がる。

「座ったままで大丈夫。あなたが高木麻里さんね」

そう言いながら、女は向かいの椅子に腰を下ろした。大きな瞳が印象的な、綺麗な女性だ。年齢は30代半ば、あるいは40前だろうか。

「あなたの体験出家をお手伝いする指導修道士の加賀美《かがみ》です。よろしくね」

「よ、よろしくお願いします」

加賀美がしっかりと頭を下げるので、慌てて深々と頭を下げる。顔を上げると女性修道士はにっこりと笑っていた。熱心さとひたむきさ、そして心の垣根の低さが感じられ、好印象を抱かせる。

「驚かしちゃったかしら」

「いえ。いや。まあ、ちょっと」

「ごめんなさいね。でも緊張をほぐすにはこれが一番なのよね」

ちょっとくだけた口調で言い、加賀美はまた微笑んだ。少し当惑しながら、目の前の女性をさらに観察する。きちんと折り目のついた修道着。目の前の応接テーブルに角を揃えて置かれた書類。座る姿勢も背筋をしっかり伸ばしている。入室時の粗野な印象とは異なり、加賀美はきちんと細部まで気にかける性格だとわかる。

「高木さんが提出してくれた出家希望書を読ませていただきました」

「あんな感じで良かったのですか？　細かい質問に、あんまり詳しく答えられなくて」

「全然、大丈夫。履歴書なんかとってもわかりやすかったわよ」

「スミマセン、よくいる平凡な人間なので」

「ははは、そんなことないんじゃない。そもそも会に出家したいと思う人はみんな、人に言いたくないことがあるものよ。ねっ？」

「はあ、そうですね――」

「例えば、恋愛とか？」

　加賀美は悪戯っぽい表情でこちらを見てくる。相手に警戒心を与えない、柔和で大らかな態度。多くの人間はこの女性修道士の質問に不思議と答えてしまうだろう。事実、紗香が成りきっている〝高木麻里〟もどんどん素性が明らかにされている。

　加賀美のペースで進む会話に注意しつつ、同時に頭の中で状況を分析する。聖浄心会からすれば、体験出家の希望者は勢力拡大のために極めて重要だ。聖浄心会に完全に入信し、今後も会のために無償で働いてくれる予備軍。つまり金の卵だ。単純に父主の書籍を読み、年会費を払うだけの在家会員とは違う。

　取りこぼしがないように、当然、指導修道士も優秀な者が担当するということか。油断は禁物だ。

紗香は今一度、気を引き締める。

「私、彼氏にヒドい捨てられ方されちゃって。本当にスゴい落ち込んで。そしたら、仕事でもトンでもないミスして。そんな器用でもないんで、もともと職場でもお荷物だったんですけどね」

「誰でも失恋した時は、何事も上手くいかないものよ。だから、そんなに自分を卑下しないで」

「はあ。あのう、ヒゲってどういう意味ですか？」

「自分を悪く言い過ぎないでってこと。高木さん、勤め先はデパートだったわね」

「ハイ。新宿伊勢丹百貨店の寝具売り場にいました」

　プロファイルを徹底的に頭に叩き込んだおかげで、〝高木麻里〟の素性が自然と口から出る。

「それで恋愛も仕事も最低って時、職場の先輩から父主様の本を勧められたんです。そうしたら、なんかスゴく癒されたっていうか。もう自分の悩みなんかバカらしくなっちゃって」

　思慮に欠ける女子っぽく一気に捲し立てる。演技っぽさ、わざとらしさを気取られないように慎重に。これは初対面の相手の警戒心を解くための会話法。優秀さを自覚している人間には特に効果的だ。〝何をやらせても手のかかる、少し頭の悪い人間〟を放っておけないはずだ。紗香の経験では、教師や技術者、意外なところでは中小企業の経営者、家族の中では長女にこのタイプが多い。理由は〝自分がいないとダメな人間を世話することで、自らの優秀さを確認出来るから〟。そして、〝ダメな人間は決して自分の寝首を掻かないから〟。

　〝仕方ない〟そう相手に言わせたら初動コンタクトは成功だ。加賀美の態度と話し口調、そして指導修道士という立場から判断し、それを利用して〝高木麻里〟という人間を造形していく。ＩＤセンターで作成されたプロファイリング資料がここで物を言う。

　さすが辻さん。高木麻里のキャラクターはドンピシャだ——。

「何て言えば良いんですかね。自分をヒゲしてるのがバカらしくなっちゃったんです。父主様の教えのままにしてれば全部上手くいくのにって」

「ははは。仕方がないわねえ、あなたって」

　来た。獲物が針にかかった。心の中で叫ぶ。

「出家したからと言って、何もかも上手くいくってわけじゃないのよ」

「スミマセン。私、いつも調子に乗っちゃうんです」

「なにも謝らなくてもいいのよ。高木さん、先ずは今回の体験出家について考えましょう。きちんと父主様の教えや私たち聖浄心会のことをわかってもらうことが大切なんだから」

「そうですよね。私、父主様や会のこと知らないことだらけです。本だって1冊読んだだけだし」

「そのための体験出家でしょ。この4日間で私がきちんとお手伝いするから安心して」

「はい。私、頑張ります。よろしくお願いします」

ソファから立ち上がり、加賀美に深々と頭を下げながら大きな声で挨拶する。熱心さとひたむきさ。部屋に入ってきた時の加賀美と同じやり方で返す。

「こちらこそ、よろしくね。なんか、私、高木さんとは上手くやっていけそうな気がするわ――」

目の前の女性修道士の柔らかい表情を見つめる。言葉のやり取りや相手の所作に手応えを感じる。加賀美という修道士は聖浄心会や父主である竹中神菩への足がかりだ。ここから本格的な戦いが始まる。

「それでは体験出家の具体的なスケジュールを説明しますね」

加賀美が目の前の資料に視線を落とす。

「あの、父主様にはいつ会えるんですか?」

「えっ?」

前置きなく、単刀直入に聞く。初めて加賀美が慌てた。

「せっかく出家するんだから、父主様にはどうしても会いたいなあって――」

少し動揺している加賀美に対し、更にジャブを打ち込む。

「残念ながら今回の体験出家では会うことは出来ないのよ」

「どうしてですか？　それだけが楽しみだったのに」

「父主様は大変お忙しいから、隔週1回の朝の〈説諭〉以外では私たちでもなかなか会えないの」

それまでとは打って変わり、加賀美の回答は歯切れが悪くなる。

「セツユ？　それにはどうしたら参加出来るんですか」

「先ずは体験出家をしてもらってから。その後、聖浄心会の教えをもっと学びたいと思ったら、次は在家か出家会員になるという道が開ける。在家会員だと年1回の〈本部道場参り〉で父主様の〈説諭〉に参加出来るの」

「出家会員になるとどうなんですか？」

「どこの道場に出家するかにもよるんだけど、どの支部道場にも必ずふた月に1回父主様がいらっしゃって、〈説諭〉や〈個別講話〉をしていただけるわ」

「じゃあ、〈本部道場〉で出家したら？」

畳み掛けるような質問に、加賀美はさすがに一瞬不快感を表す。ここらが潮時か。深追いして、変に疑われては潜入捜査に支障を来す。紗香は飾りっ気のない表情を作り、ぺこりと頭を下げる。

「スミマセン。私、質問ばっかりで――」

出家希望者のあまりに率直な態度に、加賀美は、諭すように答える。

「あのね、いきなり〈本部道場〉への出家が認められた例はあまりないのよ。でも、もし認められたら、隔週1回〈説諭〉の時間があるわ。それに、もしかしたら与えられた仕事の中で父主様とお話しする機会があるかも」

「じゃあ私、〈本部道場〉で出家出来るように頑張ります」

〝高木麻里〟は再び、深々と頭を下げる。

「さあ入って。ここがあなたの宿坊であり、瞑想室。備品は自由に使っていいわ」

加賀美に促され、宿坊の中に入る。持ってきた荷物は〈出家棟〉の入口ですべて預けるように言われたので手ぶらだ。筆記用具すら持ち込むことが許されなかった。

「俗世とのしがらみを完全に断ち切るのが出家だから、ゴメンね」

加賀美は本当に申し訳ないという顔をしたが、父主の決めたことは絶対だからとも言った。割り当てられた部屋は〈出家棟〉の2階の一室だった。加賀美の説明だと、どの宿坊もすべて同じ広さ、設備、構造だという。一般出家者用の宿坊には鍵もない。造り付けの小さなベッドの上には修道着が置いてある。窓際の机には聖浄心会の教典。紗香が捜査前に読んだ1冊とは別のものだが、表紙は同じく父主・竹中の顔写真だ。狭い宿坊を一通り眺めた後、突き当たりの小さな窓を開ける。

「わあ、綺麗——」

窓の外に広がる本部道場の木立の風景に思わず感嘆する。

「そうでしょう。父主様の教えを自らに宿すには、ここは持ってこいの場所よ」

隣で加賀美が清らかな表情で言う。

「〝すべての人々を導くのは父主である。父主とは聖浄心そのものであり、聖浄心の預言者であり、聖浄心の奇跡である。父主は既に目の前にいる。聖浄心を持つ者だけにその姿が見える〟——」

聖浄心会最初の教典。その冒頭の一節を諳《そら》んじてみせる。会員にとって最も重要な教えと言われるものだ。目の前の加賀美も口に出して追唱する。一見普通の30代女性だが、やはり彼女も紛れもない新興宗教の信者であり、出家者なのだ。父主への崇拝が端々に出てくる。

「ハーッ、ハーッ」

窓の外で奇声がした。もう一度、木立の方を見る。

ゴクリ。

思わず唾を飲み込む。〈出家棟〉のちょうど紗香がいる部屋の方に向かって、2列に並んだ信者らしき人間たちが行進してくる。服装から一般出家者だとわかる。皆、能面のような表情で、紗香の方を凝視している。背筋に冷たいものが流れる。ビシッ。その時、行列の一番後ろを歩いていた男が鞭のようなものを打つ。行列の歩みが止まる。再びしなった鞭を合図に信者たちがさっと散り、木々の周りの落ち葉を拾い始めた。ポケットから取り出したビニール袋に素手で集めた葉を一心不乱に詰め込んでいる。

「〈聖浄活動〉の一環です」

加賀美がいつの間にか紗香の横に立ち、外を眺めながら説明する。

「出家者の重要な修行を行っています」

「私、あれに参加するのですか？」

「本出家をした会員だけが参加出来るんです。高木さんは〝体験〟だから別カリキュラムよ」

他の信者と接触をはかる機会を得られないのは残念だが、一方でどこか安心する自分がいた。それくらい異様な集団行動だ。他ならぬ新興宗教の施設の中であることを思い返す。紗香はこれまでの事件の潜入先との違いを改めて感じる。敷地に入った瞬間からずっと心身に貼り付いている閉塞感。加賀美や鉄扉の前の男、木立で集団行動をしている出家者たちの信仰に対する揺るぎない信頼。そして、何より父主・竹中への絶対的な畏怖。

とにかく、真相解明の端緒を摑まなければ。3人もの被害者が出ている凶悪犯罪かもしれないのだ。何としてでも父主・竹中神菩に接触する必要がある。紗香は尻込みしそうになる気持ちをなんとか持ち上げる。

そのための潜入捜査だ。

紗香の視線に再び強い決意の炎が宿った――。

＊

新橋。

田中秋智《あきとも》はＪＲ新橋駅近くのガード下を抜け、飲食店密集地に入った。昼間の盛り場特有の匂いがうっすらと鼻腔を突く。細い道には古い雑居ビルがひしめき合い、居酒屋や中華料理屋、スナックやキャバクラなど多種多様な店の看板が洪水のように目に飛び込んでくる。夕方前だというのに人通りが多い。客引きたちも徐々に路上に現れ、早出の客に声を掛けている。条例で客引きが更に厳しく禁止された新宿と違い、新橋界隈のキャッチはかなり自由に、そして強引に通行人に食い下がってくる。だが、田中には一瞥をくれただけだった。

　田中は新橋駅周辺を根城にするホームレスだ。この辺りに住むようになってもう5年以上になる。東京の真ん中にありながら、棟割り長屋や雑居ビルの最上階などに昔からの住民が未だに暮らしており、ほどよい生活感が残っている。飲食店から毎日出る膨大な残り物の存在も相まって、この街はホームレスの身には思いの外暮らしやすい。かつて生活の拠点としていた新宿西口の中央公園と比べても、居住環境としては新橋の方が数段上だ。しかし、この1、2年で状況が変わってきた。虎ノ門と新橋を結び第三京浜に抜ける環状2号線〝新虎通り〟が貫通し、周辺の再開発が一気に進んだ。そのために昔ながらの建物が壊され、住民も郊外への引っ越しや跡地に建った高層マンションへと居を移し始めた。時を同じくして、規制が厳しくなった新宿や池袋から怪しげな風俗店やチンピラ、客引きなどが流れてきた。街の雰囲気も随分荒れ出した。

　そろそろ新橋ともおさらばかもしれない。小さな身体をさらに屈め、変な輩に絡まれないように注意しながら道の端を歩く。身長は１６０センチを切る。小柄だが、骨太なのは少年ラグビーをしていたせいだ。顔には深く刻まれた皺。両手の指は全体的に少し曲がっている。とても30代とは思えない風体だ。ただ、切れ長で一重の目だけは眼光鋭く、精気を失っていない。

　街の日々の変化を感じながら食料や身の回り品を探して歩いていると目の前が急に開ける。元は小学校の跡地で、今は区民センターだ。ラバー式のグラウンドや遊具はそのままになっていて、数人のサラリーマンが外出の合間に休憩をしている。少し離れた位置にあるベンチに腰を掛ける。周囲の地面にタバコの吸い殻を探すが、昨今のマナー広告の効果か1本も落ちていない。

「ちぇっ」

　自然と舌打ちが出る。その時、背後に人の気配を感じた。振り向くより早く声がした。

「禁煙した方がいいですよ。どんな研究を見ても、タバコが寿命を縮めるのは間違いないから」

「こっちはとっくに人生を捨ててるんだ。寿命もへったくれもあるかよ」

「そう言うと思いました。これ、どうぞ」

　そう言って声の主は田中の前に回り込んで立ち、マルボロの箱と百円ライターを差し出した。

「遠慮なくもらっとくよ。で、どうして俺がここにいるってわかった？」

　早速タバコに火を点け、大きく吸い込む。久しぶりの洋もくに少し慌てたのか、煙を吸い込み過ぎて激しくむせた。

「映画館辺りからつけてました。田中さん、この辺りじゃ有名人だから。誰かに聞けば、直ぐに居所はわかりますよ」

「佐伯さんっていったよな。この前の話だったら、俺は遠慮しとくって言ったはずだよ」

　ベンチから立ち上がり、声の主の佐伯と向かい合う。小柄な田中が少し見上げる形になる。

「田中さんが今の生活をするようになった事情を調べさせてもらいました」

　佐伯は淡々とした口調で話す。それがかえって強い圧に感じられる。

「調べた？　俺の何を調べたんだ」

「生まれてから、今日ここに至るまでのすべてを」

「何を勝手なことをしてるんだよ。俺はもう過去なんかとっくに捨てたんだよ」

「それは存じています。でも、本当は今の生活には満足していない。それも事実でしょう」

佐伯は目を離さずしっかりとこちらを見る。何も答えられず、堪らず顔を逸らす。

「決して治るものではありません。社会との関わりを断ち、ホームレスになったとしても、あなたの心の中に巣くった悪魔はいなくなりませんよ」

「お前、何を言ってる。どこまで調べた？」

指の曲がった両手で佐伯の胸ぐらを摑み、大声で凄む。休憩中のサラリーマンやセンターの職員などがこちらを見ている。こんな場所でのトラブルはホームレスには命取りだ。田中は怒りの声をなんとか抑えた。

「何を知ってる？　何が目的だ――」

「先ほど申し上げた通り、全部です。あなたの性癖も。いや病気と言った方が良いですかね」

目の前に冷淡な2つの瞳があった。完全に冷め切った目。

「立派な小学校の教師だったそうですね。あんなことしなければ――」

「おい、いい加減にしろ。やめろ」

「いいえ、やめません。私はただ事実を言っているだけです」

「うるさい。もう終わったことだ――」

「あんなことしなければ、あなたは今頃たくさんの児童に囲まれて尊敬を一身に受けていた」

「やめてくれ――」

「あるいは教育委員会にでも異動になって街の名士になっていたかもしれない」

「お願いだ。やめてくれ――」

「でも、それもこれもすべて水泡となって消えた。あなたの内なる悪魔が暴れたからです」

「お願いだから。俺は、俺は――」

「どんなに理性が強くても、それは決して止められない。欲望なんかじゃない。病気なのですから」

もう佐伯の声はそれ以上聞こえなかった。そして、言いようもない恐怖が襲って来た。

「くそっ。くそっ。くそっ」

締め上げた手を緩め、田中はその場に崩れ落ちた。目頭とまなじりが目やにで固まりきった両目から大粒の涙が出る。過去をバラされたことで泣いているのではない。佐伯の言う通りだったからだ。どんなに社会と断絶した生活を送っていようと、自分の中には変わらず魔物が居続けていた。

「あなたを救えるのはあなた自身しかいません。私はあなたの救済のお手伝いをしたいのです。田中さん、聖浄心会に行きましょう」

佐伯はそっと手を差し出し、立つように促した。先ほどの冷酷さが嘘のように、その顔は優しく微笑んでいる。田中の内部で何かが決壊した。目の前の佐伯の笑顔がとても温かく感じられた。

佐伯のなすがまま連れられ、新橋駅近くのビジネスホテルの一室に入った。表情にこそ出さなかったが、フロントの人間は好奇の目を田中に向けてきた。そもそも、どうすれば昼間から部屋に入ることが出来るものなのか。そんなことを思いながら、促されるまま何年かぶりに風呂に入り、髭を剃った。髪は佐伯に切ってもらった。チェックのシャツにスラックス、セーターを着て、最後にブルゾンを羽織る。すべて佐伯がいつの間にか用意していた。

あれだけ抗っていた秘密を暴露されたことで、長らく背負ってきた重荷を下ろしたような気がしていた。不思議なもので、事実、いつもよりずっと気分が良い。

あとは父主様とかいう偉い人に身を任せておけば、きっと楽になれる――。

この時を待ち望んでいた。本当の自由が得られることを夢見ていた。

部屋の鏡に映る自分の姿を改めて見る。自分でも驚くほど小綺麗だった。昔、希望に溢れた小学校の教師だった頃の自分を思い出す。その頃は児童や保護者に好印象を持たれようといつも清潔な服装を心がけていた。熱血というほどではないが、児童を第一に考える指導で周囲の評価も高かった。あの悪魔が再び暴れ出すまでは。

久しぶりに風呂に入ったせいか、全身がぽかぽかと火照《ほて》ってくる。佐伯が渡してくれたミネラルウォーターを一気に飲む。氷で適度に冷えていて思いの外うまい。その内、睡魔が襲ってきた。

「まだ時間がありますので、ベッドで休まれてはいかがですか」

田中が眠そうにしているのに気がつき、佐伯が声を掛けてきた。

「私はこのまま田中さんが着ていたものを処分したり、会への連絡などをしたりしてきますので、しばらくゆっくりしていてください。夜には迎えに来ますので」

「そうかい。じゃあ、お言葉に甘えて寝かしてもらうよ。なんだか無性に眠いよ」

田中はそう言いながら、ブルゾンだけ脱いでベッドの中へ滑り込んだ。その後、あっという間に眠りに落ちた。佐伯が部屋から出て行ったのも気がつかなかった。

眠っている間に何度も夢を見た――。状況はまちまちだがどれも舞台は小学校。そこで教師をしている。校舎には児童たちの元気な声が溢れている。田中も教室やグラウンドで低学年の児童たちと鬼ごっこやドッジボールをして戯れている。しばらくすると小学6年のクラスの女子たちが自分の方に駆け寄ってくる。

「田中先生。私たちとも一緒に遊んでください」

体操着姿の５、６人の女子児童が無垢な表情で田中に話しかける。その中にひと際輝く女児がいた。長い黒髪に長い睫毛。黒目の大きな瞳は意志の強さを表す。彼女が田中をじっと見つめて言った。

「先生、かくれんぼしませんか？」

「君は、６年生だろ。かくれんぼなんかもう卒業したんじゃないの」

「先生、いやだあ。私たち12歳ですよ。まだまだ子供ですよ」

「もう高学年なんだから、れっきとしたお姉さんだろ」

「先生、私のことちゃんと大人として見てくれてるんですね」

「そりゃあ、そうさ。特に君はしっかりしてるからね」

「嬉しい。田中先生、ありがとう」

　夢の中とはいえ、美しい少女に感謝されるのは何ものにも代え難く気分が良い。田中の視界にはもう目の前の少女しかいなかった。他の児童が話しかけてくるがほとんど上の空だ。少女はそんな気持ちを知ってか知らぬか、他の子が話す合間にフッと話しかけてくる。

　この子と２人きりになりたい。他の奴ら、早くいなくならないだろうか――。

　田中はまとわりつく児童たちに頭の中で悪態をつく。美しい少女との妄想を膨らませる。

「田中先生。ちょっと２人だけで話せませんか？」

「えっ、急にどうした？」

「ダメですか？　相談したいことがあるんです。でも他の子に聞かれたくないから」

「だけど２人きりになんてなれるかなあ」

「大丈夫ですよ。かくれんぼしている時、一緒に体育倉庫に隠れちゃえば」

「なるほどなあ。でも、そんなに上手くいくかい？」

「心配ないですって。私に任せてください」

いつの間にか話が自分の欲する方向に進み始める。少女が取り仕切って、いつの間にかかくれんぼが始まっていた。鬼になった児童が渡り廊下の柱に顔を伏せ、掛け声を出す。辺りを見回すと少女の姿はもうない。慌てて体育館の脇の体育倉庫に走る。数十メートルの距離が永遠に感じられた。呼吸が上がり、息切れがするのは、駆け足をしたせいなのか、それともこれからの時間を妄想して興奮しているせいなのか。


ようやく体育倉庫の鉄の引き戸の前に到着する。戸は思った以上に重い。両手で勢いをつけて開ける。こんなに重い扉、あの子は果たして開けられたのだろうか——。

ガガーッ。下部の車輪がレールを擦るように回転して、ようやく鉄の戸が開いた。埃が舞う。暗闇の中に人の気配がする。目が少し慣れてきて倉庫の中の様子がぼんやりと見えてくる。


「閉めて。先生、早く戸を閉めて」

少女の声が響く。田中は言われるまま慌てて鉄の戸を閉め、もう一度倉庫内に目を向けた。

「ほら、簡単に2人きりになれたでしょ」

声の方向を見ると、先ほどの少女が一糸纏《まと》わぬ姿で立っていた。その瞬間、田中の中で何かが暴発した。


「田中さん。田中さん、起きてください」

遠くで誰かが呼んでいる。まだ夢の世界に留まっていたかった。しかし、身体を揺すられ続けるうちに段々意識が覚醒してきた。瞼を開き、声のする方向に焦点を合わせる。ベッド脇に佐伯の姿があった。昼間のナチュラル系の色彩で地味な出で立ちと異なり、全身黒色に統一した服装に着替えている。かなりシャープな印象だ。

「本当に深く眠っていましたね。揺すっても起きないから心配しましたよ」

「悪い、悪い。ベッドで眠るなんてしばらくなかったからね」

「十分に睡眠を取られたようですから、これから出かけましょう」

ベッドの脇の時計を見る。時刻は夜の11時を過ぎている。

「今から直接その本部道場というところに行くのかい？」

「そうです。田中さんの悪魔を取り除くのは早ければ早いほど良いですから」

「わかった。その前に1本いいか？」

田中はそう言って指の曲がった右手を少し掲げる。佐伯は仕方ないという表情をして、タバコと百円ライターを差し出す。

「悪いね」

受け取ったタバコにそそくさと火を点け、田中は大きく煙を吸い込んだ。5分ほどゆっくり時間が過ぎる。

「じゃあ、行きましょうか」

佐伯が声を掛けてくる。フィルター付近までしっかり吸ったタバコの火を消して立ち上がる。いよいよ父主に会いに行くのだ。新興宗教の教祖がどのようなタイプの人間なのか見当もつかない。自分を救ってくれる唯一の存在だと言われているが、田中は未だに半信半疑だった。自分の中の悪魔を追い出せる人間なんていないと諦め切っていた。それ以上に、胡散臭さを感じていた。

「ホテルの前に車をつけています」

「俺なんかに随分と好待遇なんだな」

「父主様は救いを求める人には誰に対しても慈悲深いのですよ」

佐伯が静かに微笑んだ。黒尽くめだからだろうか、区民センターで感じた温かさはなかった。

*

瞑想の時間。もう1時間以上も宿坊に閉じ込められている。体験出家2日目の午前中は瞑想に充《あ》てられている。一般の出家会員や修道士たちもこの時間は皆、それぞれの宿坊で瞑想するのが決まりだ。紗香はもちろん瞑想などしていなかった。４日間の体験出家の間に、なんとか事件解決の足掛かりを見つけなければならない。

　宿坊の簡素な読書机に向かい、潜入捜査の今後の展開を模索していた。皮肉にも考える時間だけは十分にある。もちろん捜査の最重要課題は、父主である竹中神菩と接触することだ。しかし、体験出家の内容を考えると父主に近づくことはかなり難しい。

　体験出家の概要は事前の捜査資料で把握してはいた。だが、実際に潜入してみると予想以上に参加者の活動範囲は限られていた。〈本部道場〉は中庭を中心に、その周りを囲むように〈事務棟〉や〈出家棟〉〈修道士棟〉〈講堂〉〈食堂〉〈管理棟〉などがそれぞれ分かれて建っている。各建物は回廊や外廊下で結ばれており、出入口は普段鉄扉で閉じられたままだ。そこには見張りの修道士が交代で詰めており、人の往来をチェックしている。要するに棟間は自由に行き来することは出来ない。

　父主の1日の行動に関しては事前の資料にも記載がなかった上に、指導修道士の加賀美からそれとなく聞き出そうと試みたが詳細は不明のままだ。そもそも、加賀美自身も父主について多くは知らないようだった。

「私たち一般の修道士が父主様とお会い出来るのは、隔週1回の〈説諭〉の時だけなのよ。その時だって、確実にその場所に父主様がいらっしゃるというだけで、なかなか直接お話は出来ないしね。私だって、本当は父主様のお話をもっと聞きたいんだけどね」

加賀美はそう言って、とても悔しそうな顔をした。それほど父主との接触は難しいということだけは理解出来た。

父主が難しいなら内部の人間にもう少しコンタクトを取れないだろうか。もちろん、担当の加賀美から事件の被害者の情報を引き出すことが第一だ。ただ、その線だけでは弱い。彼女が３人の被害者の誰とも関わっていない可能性も十分ある。プロファイリング資料の記述によれば、聖浄心会には会員と呼ばれる信者が全国で公称２万人。その中で修道士や出家会員など宗教活動に専心している者は１０００人余り。この〈本部道場〉にはその内の２５０人以上が生活し、会の様々な業務に従事している。実際に棟内や食堂ですれ違う出家者たちを見ているとその数はおそらく実態に近い。さらに、３つの事件の被害者たちをつなぐ唯一の共通点は体験出家だ。加賀美の話では、何人かの修道士や古参の出家者たちが世話係として関わっているらしい。３人の被害者の聖浄心会での足取りを探るには、加賀美のルートだけでは心許ない。

やはり、少しでも多くの情報源の確保を急がないと。紗香はもう一度４日間の体験出家のスケジュールを確認する。

「初日は、午前中に体験出家の概要のオリエンテーション。午後の瞑想の後に夕食。そして、夜の瞑想。21時に就寝。２日目は5時に起床。宿坊の整理整頓、その後、その都度通達される〈本部道場〉のどこかの清掃。７時に朝食。午前いっぱい瞑想。午後も再び、宿坊にて瞑想。夕食の後にさらに瞑想。21時に就寝。３日目、５時に起床。宿坊の整理整頓後、〈本部道場〉のどこかの清掃。7時に朝食。午前いっぱい瞑想。午後、指導修道士からの訓話。そこで翌日の課題が出される。夕食。瞑想。21時に就寝。４日目も午前中は同様の日程で、午後は前日の課題に関する〈問答〉。夕食前の17時30分に３泊４日の体験出家が終了し、そのまま帰途につく」

その内容は〝沈黙と孤独〟の信条で神に仕える〈観想修道会〉の規律を元にしていると考えられ

る。そこに禅宗の公案、つまり禅問答のようなものが入っているあたりはいかにも聖浄心会らしい。いずれにしても、出家を体験するためという目的に見合った、実にシンプルでストイックな日程だ。清掃作業に関しては直前まで何をするか教えられず、また体験者ごとに内容が変わる。事件の被害者たちがその活動時に同一の業務に従事した確率は相当低い。闇雲に当たってもおそらく時間と労力の無駄に終わる。

では、日に2回ある食事の時間はどうか。〈本部道場〉にいるほとんどの人間が入れ替わり立ち替わり食堂に集まるので、確かに閉塞状況を変える機会となる可能性はある。しかし、そこで何かアクションを起こした場合、多くの人間に紗香の存在が詳《つまび》らかになる危険も伴う。ルート作りは可能な限り秘密裏に行わなければならない。しかも体験出家者の食事に関しては、担当の指導修道士が必ず帯同する。紗香の場合、初日の夜から加賀美が常に一緒だった。自由に立ち回れる可能性は低い。

やはり今しかチャンスがない。この時間、加賀美もまた宿坊で瞑想中のはずだ。つまり、紗香は今修道士の監視から解放されている。潜入捜査の突破口を開くため、積極策に打って出る決心をした。

読書机から立ち上がり、木製のドアに近づく。もちろん瞑想中に部屋を出るのは固く禁じられている。耳をそばだて、扉を隔てた2階の廊下の状況を確認する。そのまま耳を澄ます。敷地内全体に静謐だが重苦しい空気が漂っている。人の気配はない。大きく深呼吸して静かにドアを開け、一気に部屋から廊下に出る。部屋を出て左方向に階段を目指して歩き出す。右へ行くと〈食堂〉へとつながっている。昨日行き来した際、その道程には宿坊しかないことは確認しているので、迷わず階段方向を目指す。

コンクリート床に靴の音が微かに響く。逸《はや》る気持ちを抑え、宿坊のドアが並ぶ廊下を急ぐ。父主がどこで何をしているのか。事件の被害者の痕跡はどこにあるのか。体験出家の間に少しでも事件の真相に近づきたい。〈出家棟〉の中にいては、それは叶わない。他の棟を捜索するしかない。

ほどなく廊下の突き当たりの階段室に着く。廊下の窓から中庭を見る。相変わらず人影はない。その先には別の棟が建っている。加賀美によると、それは修道士たちの生活の場の〈修道士棟〉だった。階段を下り、踊り場から1階の出入口を覗く。鉄扉は閉じられている。しかも、瞑想時間にもかかわらず、見張りの男性修道士もしっかりと扉の傍らに控えている。

閉じ込められている——。

自分は〈出家棟〉というコンクリートの塊の中に軟禁されている。出家とは、聖浄心会に囚われの身となることだと初めて理解する。もし俗世のすべてを捨て、会に飛び込んだ人間がここで殺されたら。間違いなく、その事実は闇に葬られる。紗香は改めてこの潜入捜査に恐怖を感じた。

コツ、コツ、コツ——。

背後から革靴の音が聞こえた。ここで見つかったら、一巻の終わりだ。なんとか気持ちを落ち着かせ、耳を澄ます。階上から音がする。靴音からすると男のものだ。徐々に紗香に近づいてくる。瞑想時間はすべての人間が宿坊に閉じこもるはずじゃなかったのか——。瞬時に状況を分析する。上か下か。靴音はもうそこまで来ている。紗香は意を決し、階段を下りる。

「そこの出家者、待ちなさい」

背後から声を掛けられた。声の主は若い男のようだ。無視して1階まで下り切る。見張り役の修道士が驚いた顔をしている。

「待ちなさいと言っています。今は瞑想の時間のはずですが」

絶体絶命。男は紗香を威圧し、追い込むような強い口調で詰問してくる。その声に見張り役の修道士は直立不動になる。

紗香はゆっくりと立ち止まる。

「あなたは確か、体験出家の、高木麻里さんでしたね。ここで何をしているんです？」

なぜ体験出家者だとわかった？　しかも、紗香が成り済ましている人物の名前も後ろ姿だけで言い当てた。男は出家者の情報を握っている。〈本部道場〉でそれなりの地位にいる人間ということだ。

ゆっくりと男の方に振り返る。

バタン――。

紗香は廊下に音を立てて前のめりに倒れた。声の主の若い男は一瞬何が起こったわからず、その場で立ち尽くしている。

「痛い。いたたたたたあ。助けて――」

紗香は震えながら、声を絞り出す。ようやく、男が駆け寄ってくる。

「高木さん、大丈夫ですか？」

「お腹が。お腹が痛くて――」

「急にどうしたんです。何があったんです？」

紗香は声を上げて痛みを表し、体を震わす。

「そこの君。扉を開けてください。彼女を医務室へ運びます」

「は、はい。承知しました――」

こちらを見ていた出入口の見張り役の修道士が慌てて鉄扉を開ける。

「お腹のどの辺りが痛みますか？」

疑念を向けていた先ほどまでと違い、声に圧迫感がない。紗香は更に呻き声を上げる。

「鳩尾です。奥の方が痛いんです。私、医務室を探してて――」

「今、お連れします。医務室は隣の〈事務棟〉で、すぐですから」

男を観察する。思ったよりも背が高い。年齢はおそらく20代半ば。見張りの修道士より明らかに若い。日本人離れした端整な顔立ちだ。服装から修道士だとわかるが、加賀美が着ているものより立派に見える。修道士よりも上の位階の人間ということか。

「あのう、お名前は？」

「えっ。ああ、修道士長の渋沢と申します」

「そんな偉い方に本当にスミマセン」

「出家希望者の方のお世話をするのが私の役目ですから、気にしないでください。それよりも立てますか。医務室へご案内します」

「痛っ。スミマセン。今は、もう少しこのまま横になっていた方が良いかも、です」

「じゃあ、とりあえず階段の脇で横になりましょう――」

渋沢と名乗った修道士長は抱えるように紗香を運んだ後、修道士に毛布と水を持ってくるよう命令した。男は慇懃に返事をし、開けられた鉄扉から中庭の方へ消えた。

堅牢な壁と扉に軟禁されたような状況を打破し、加賀美以外の人間に接触するための賭け。同年代の出家者にでも会えればと思っていたが、願ってもないチャンスが訪れた。

「渋沢修道士長って、もう出家なされて長いんですか？」

「私は7年前に出家しました。さあ、質問は後にして、少し休んでください」

こんな大変な時に何を悠長なという顔をしながらも、渋沢は律儀に答える。歯並びの良い白い歯が覗く。加賀美とも、時折見かける他の修道士とも雰囲気が違う。新興宗教の信者特有の思いつめたような圧迫感がない。

その後もいくつか取り留めのない質問をし、聖浄心会における渋沢のポジションや行動範囲を探った。渋沢は会の歴史から判断すると年齢の割に古参の部類に入る。予想以上の大物だった。情報源としては、加賀美より有用かもしれない。もちろん渋沢自身が事件の犯人あるいは関係者の可能性があるので、現段階での深入りは禁物だ。ただ、今回の捜査は行動が非常に制限されている。どれだけ多くの人間とコンタクトを取れるかに潜入の成否がかかっている。渋沢と何気ない会話を続けながら、紗香は次の一手を静かに探った——。

バーン。

医務室のドアが勢いよく開く。

「加賀美さん。高木さんは奥の——」

医務室付きの派遣看護師に軽く片手を上げて応え、加賀美は奥の患者用のベッドルームに入る。クリーム色のカーテンを開くと、ベッドには自分が担当している体験出家者の〝高木麻里〟が横になっていた。西日が枕元まで伸びている。

「高木さん、いったいどうしたの？」

「ス、スミマセン。なんか瞑想してたら、急にお腹が痛くなっちゃって」

ベッドに伏してはいるが、顔色は思っていたほど悪くない。

「——看護師さんは緊張から来るものだろうとおっしゃってましたよ」

傍らに座っている渋沢が言葉を重ねてくる。悔しいほど美しい顔が微笑んで加賀美を見ている。

在家の女子会員の中には渋沢の追っかけのような者もいると聞く。宿坊近くで苦しんでいる体験出家者を発見し、ここまで付き添ってきたのが渋沢だと聞いた。〈本部会員室〉を統括する修道士長の渋沢は、会員の出家の世話を担当する加賀美にとって〝上司〟にあたる。

「渋沢修道士長、お手数をおかけして本当に申し訳ありませんでした」

年下の修道士長に対し、加賀美は深々と頭を下げた。

「あなたは〈聖浄活動〉で外出していたのだから仕方ありません。たまたま私が通りかかって良かったですよ」

「これ以上、お手間を取らせるわけにはいきません。修道士長、どうぞ高木さんのことは私にお任せください」

いくら修道士長だと言っても、担当としてここは譲れない。ましてや相手が渋沢だ。目の前の体験出家者がどうなるかわからない。渋沢は一瞬何かを考える顔つきになったが、結局そのまま立ち上がった。上背があるので、加賀美を見下ろす形になる。じっと渋沢の目を見返す。医務室のベッドの周りに微妙な緊張感が走る。

「お、お昼を食べなかったから、お腹痛かったのかもしれないです。えへへ。もう大丈夫なので」

張りつめた空気に耐えられないとばかりに、ベッドから身体を起こしながら〝高木麻里〟が口を挟んできた。

「いいでしょう。確かに顔色はずっと良くなりましたね。じゃあ、あとは加賀美さんに任せて、私は退散します。高木さん、例の件はまたどこかで」

渋沢はベッド脇から去り、医務室を抜けて廊下に出て行く。加賀美とのやり取りが嘘のように、看護師に軽口を叩いているのが聞こえる。まさに天性の人たらしだ。ドアが閉まる音を確認した後、加賀美は無理に明るい表情を作ってベッドに身体を向けた。

「高木さん。大したことなくて、本当に良かった。出先で連絡をもらった時は本当に心配したのよ」

「スミマセン、ご心配おかけして――」

〝高木〟は申し訳ない気持ちでいっぱいといった表情で加賀美を見ている。

「いいの、いいの。それに本当に顔色は悪くないわよ。もう少しで夕食だから、そうしたらもっと元気になるんじゃない」

「私、そんなに食いしん坊じゃないです。ちょっと食いしん坊っていうくらいです」

「ごめん、ごめん。そんなつもりで言ったんじゃないわよ」

「もう。でも、まあいいか。それより、外出って加賀美さんは何の用だったんですか？」

「えっ――」

突然、自分に話が向けられ、思わず驚いて見返してしまった。

「修道士の人って、よく外出するんですか？」

ベッドに横たわる体験出家者が無遠慮に質問を続けてくる。どこまで話すべきか判断に迷う。判断を委ねるべき修道士長は既に部屋にはいない。

「それはね、えーと、私は〈聖浄活動〉の一環でちょっと新宿に出かけてたのよ」

「新宿。どこですか、新宿の――」

「それは――」

執拗に追及する言葉で、答えに詰まる。

「普通、修道士さんって俗世間から隔離されてるって感じじゃないですかあ。似合わないですよね、修道士さんと新宿みたいな大都会。やっぱり父主様のお使いかなんかですか？」

また無邪気な顔を向けられる。軽い気持ちで体験出家に参加したはずの会員の言葉に、自分がたじろいでいるのを感じる。質問が必要以上に鋭利なものに思えて仕方がない。

「聖浄心会の活動は本部の中だけじゃないのよ。父主様の書籍を出版して、書店に置いてもらったり、在家会員の皆さんの活動の支援とか。結構、外出する機会は多いのよね」

「わかります。グッズを売ったりとかですよね。で、それって父主様がご指示されるんですか？」

「どうしてそんなこと気になるの？」

加賀美の質問に今度は高木が一瞬たじろいだ。

「だって、私は父主様に憧れて会に入ろうと思ったんですよ。父主様のことは何でも知りたいんです。それに本出家した時のことを早くイメージしときたくて」

「そんなに慌てないで、先ずはこの体験出家をしっかりやりましょうって約束したじゃない」

「渋沢さんと話をしていて、私、決めたんです。体験が終わったら、直ぐにでも本出家します。出来れば、ここで修行したいです。加賀美さん、なんとか残れるように口利いてくれませんか」

さすがに面食らった。これまでも、よく考えずにノリだけで出家を口にする、思慮の浅いミーハー感覚の会員をたくさん見てきた。ただ、目の前の出家希望者は少し違う。言葉は軽いが、もっと純粋で強い意志を感じる。明確に聖浄心会に何かを求めている。それは何なのか。父主の説く〈聖浄の心〉であれば、この女性は貴重な戦力となる可能性がある。

渋沢修道士長。そうだ、渋沢修道士長と話していたらと彼女は言った——。

加賀美の中で別の疑念が湧いてくる。目の前の体験出家者は、昨日と明らかに心持ちが変化している。自分が不在の間に何があったのか、無性に気になった。

「それより高木さん。渋沢修道士とはどんな話をしてたの？」

「修道士や出家会員の皆さんがどんなことしてらっしゃるかとか。まあ普通の世間話です」

「じゃあ、出際に渋沢さんが言っていた『例の件』っていうのは」

「そんなこと、言ってましたかあ。何だっけなあ。とにかくお腹が痛かったから、それを紛らわすためにいろいろ話してくれたんですけど。それより、渋沢さんも結構いい感じですよねえ。イケメンだし。年下だけどオッケーですよね？」

高木は能天気に話し続けている。加賀美の心中などまったくお構いなしだ。先ほど感じた評価は勘違いだったか。

「高木さん、そんな理由で――」

「冗談ですよ。ただ、渋沢さんとお話ししてたら、すごく楽な気持ちになったんです。自分のこと、素直に話せるなあって。もしかしたら、それが聖浄心の修行ってことかなあって。なんか家族とかにも言えないことでも話せるっていうか――」

「父主様の教えはもっと奥深いものよ。カウンセラーとは違うわ」

「そうですよね。父主様は特別ですもんね。でも体験出家者の中から本出家に進む人にはなんか共通点みたいなものってあるんですか?」

「共通点?」

「はい。履歴書ってまるまる個人情報じゃないですか。その中で共通してることとか。資格とか学歴とか、いろいろありそうじゃないですか?」

「そんなことあるわけないじゃない。聖浄心会は誰に対しても平等です。出家前の履歴なんか関係ありません」

「本当ですか。じゃあ、良かった。だったら、私でも出家出来ますね」

「何よりも父主様の教えの修得度合いが肝心」

「加賀美さんも父主様にそれを評価されたから修道士になったんですもんね」

「そうだと良いけどね。さあ、とにかく高木さんは夕食の時間まではここでしっかり休んで。食堂で明日の私の訓話について話しましょう。いいわね?」

「はーい。わかりました。いろいろスミマセンでした」

最後は適当にあしらうことしか出来なかった。意外なほどに素直に言うことを聞いて、再びベッドに横になってくれて助かった。

ベッドのカーテンを閉める。無自覚ながら急所に近づいてくる新しい出家希望者。加賀美は再び心の中で襲ってきたさざ波の原因を捉えきれずにいた――。

＊

中古の白いクラウンのバックミラーから後部座席を盗み見る。父主は窓から薄暗くなった街を眺めている。冷たく、乾燥した表情。話しかけるのが憚られる。側に仕えて2年余り。父主の怖ろしさは痛いほど知っている。

内野が運転する父主専用車は第三京浜を降り、環状8号線を北上していた。

午前中から日帰りで神奈川地区の会員向けの〈説諭〉に行った。場所が聖浄心会発祥の地だったからか、いつも以上に熱が籠った。しかし、違和感を覚えた。父主の言葉が会場の人間たちと距離のあるような気がした。いや、むしろ自分に対して、いつも以上に会員たちが冷酷だった。〈説諭〉の後、車に乗ってから父主は一言も発しない。内野は黙って運転を続けていた。

「停めてください」

突然、無言の車内に父主の声が響く。思わずハンドルを離しそうになる。今度は振り返って父主の顔を見る。何かの冗談かと思った。だが、その表情は厳しく、真剣だ。

「何をしているのです。ここで車を一旦停めてください」

「は、はい」

内野は慌てて車を左車線に寄せ、道端に停めた。窓の外を見る。東急大井町線、上野毛駅の近くのようだ。

「内野さん、運転はここまでで結構です。この後は自分で運転します」

「父主様、ご自身でですか？」

「いけませんか？」

「いえ、決してそんなことは。今すぐ席を代わります――」

「内野さんはこちらで降りてください。ちょうど近くに駅があります」

「お待ちください。突然どうして――」

想定外の命令に頭がついていけない。父主の意図を推し量るが、一向に理解出来ない。自分が完全に狼狽していることだけはわかる。

「いいですか。これは聖浄心の教えに基づく私の判断です。それ以上の理由はありません。内野さんはここで車を降りて、電車で〈本部道場〉に戻ってください」

強い口調に気圧《けお》され、すごすごと車を降りる。さすがに憮然とした表情を隠せなかった。その顔を一瞥し、父主は車の前方に回り込んで運転席に座り込んだ。車の脇で父主の言葉をじっと待つ。パワーウィンドウが下がる。

「こちらはもう大丈夫です。電車が来ます。急いで行かれた方が良いですよ」

「そ、そんな。父主様、私が何かお気に障ることをしましたでしょうか？」

「先ほども言った通り、これは〈聖浄活動〉です。しっかり修行なさってください」

父主はそう言い放ち、エンジンをかけて発進させる。内野は納得がいかず話しかけたが、完全に無視された。父主専用車はそのまま夜の環八を北上して行った。

修道士長補の位にある秘書が父主に置き去りにされた。屈辱的だった。こんな噂が流れたら、会での立場は致命的だ。しかし、幸いにもこの事実を知るのは自分と父主だけだ。父主が他の誰かに話すとは思えない。いや、あの男以外には。父主が最も信頼を置く修道士長。渋沢の美しい顔が脳裏に浮かぶ。屈託ない笑顔。

内野の心の中をメラメラと嫉妬と怒りが覆う。自分よりずっと年下であることを特に意識した覚えはない。渋沢が修行の道に入ったのは自分より前のことだったし、父主の教えへの修得度が会員の中で最も優れていることは誰の目にも明らかだった。だから、関係が微妙なのは当の渋沢に原因がある。相手の真意が見えない以上、対応するにも限界がある。

そろそろ手を打った方が良いかもしれない。駅の改札口へ向かって歩きながら、頭の中でもう一度シミュレーションする。

とにかく賽《さい》は投げられた。もう後戻りは出来ない――。

電車をいくつも乗り換え、深夜に〈本部道場〉に辿り着いた。混雑した乗客の体臭と暖房の熱気、アルコールの臭いが混ざった終電前の車内。俗世を捨てた身には地獄同然だった。宿坊に戻った後も、父主の仕打ちに怒りが込み上げてきた。結局、一睡も出来ないまま朝を迎えた。

父主とどう接すればいいのか。答えが見つからない。しかし、心配は杞憂だった。翌日は朝から〈本部道場〉は慌ただしかった。緊急の修道士長会が夕方に開かれることになったからだ。通常、修道士長会は月1回の定例で行われている。緊急招集されたことは内野が出家してから一度もない。修道士長会は〈本部修道士長室〉が運営しているにもかかわらず、今朝になって突然、父主名で修道士長会が招集された。地方の支部にも同様の緊急通達が行われた。開催時間に間に合わない修道士長には、インターネットによる会議への参加が命じられた。

朝一番に父主から会議の準備をするように言われ、会の招集の手続きや会議システム整備のために忙しく走り回った。聖浄心会内は基本的にコンピュータの使用やインターネットへの接続が禁止されている。父主ですら携帯電話を持っていない。電子機器が装備されているのは修行全般や会員管理、経理を司る〈本部会員室〉だけだ。

まったく――。

よりによって〈本部会員室〉に頭を下げることになるとは。〈本部会員室〉の責任者は渋沢だ。

昨晩のこともあり、父主の命令に対して恨めしさが募る。

数名の修道士長が本部まで来られないとわかり、気が重かったが〈本部会員室〉を訪ねた。

「要はウチでＷｉ-Ｆｉとウェブカメラを人数分揃えられるかってことですよね」

渋沢は既にその状況を知っており、インターネット会議の設備の手配を始めているようだった。

相変わらず修道士長らしからぬ口調に内心イライラする。

「内野さんって現在の職務に就く前まで、この会の情報システムの管理してましたよね」

「はい。1年半ほど。会員の管理システムを構築させていただきました」

「ふーん。じゃあ、ネット会議のシステムぐらいは朝飯前ですね」

「まあ、それほど難しいシステムでもありませんので」

「良かった。では、すべて内野さんにお任せします」

「畏《かしこ》まりました。万全を期します」

年若い修道士長に頭を下げた。頭上で渋沢が鼻を鳴らしたような気がした。

「ねえ、内野さん。〈修道士長室〉への説明ってちゃんとしました？」

「〈修道士長室〉？　各支部の修道士長の皆さんへの連絡をする際、状況はお話ししましたが。修道士長室長も御存じでしたし」

「ああ、やっぱりねえ。相変わらず内野さんってダメですね。今朝方の緊急招集から室長の面子《メンツ》は丸潰れじゃないですか。父主様の側にいるあなたがそれとなく謝るとか、面子を立てるとかしなきゃあ」

「いや、しかし――」

答えに窮した。渋沢の不躾な物言いが不快だったのではない。言葉の意図が汲み取れなかった。

「だって内野さん、天下取ったみたいに張り切って、会議の招集とかしてたでしょ」

「私のような下位の人間がそんなこと。ただ父主様の命をお伝えしたまでで――」

「あなたは自分が下の人間だなんて思ってないでしょ。いつも父主様みたいな態度なんだから」

「滅相もありません。そんなことは決してありません」

「まあどっちでもいいけど。あなたの立場だとそう思っちゃうのも仕方ないかもしれないし。僕はこれから急用があるので失礼します。会議システムの件、お願いしますね」

渋沢はそう言い放って〈本部会員室〉から出て行った。内野はそのまま取り残された。会員室付きの修道士たちが遠巻きに見ているのを感じる。

「あのう、〈修道士長室〉へ連絡入れておきましょうか――」

女性修道士が遠慮がちに小さな声を掛けてくる。確か鏑木《かぶらぎ》といったはずだ。やんわりと提案を断る。恥ずかしさと屈辱感で押し潰されそうだったが、なんとか部屋から出た。あの修道士たちからすれば、私はただの秘書に過ぎない。現実を突きつけられる。その足で同じフロアにある〈本部修道士長室〉に向かう。渋沢に言われた通りにするのは悔しかったが、確かに室長の立場を考えればもう少しフォローをしておく必要がある。

ほどなく〈本部修道士長室〉の前に着き、鉄扉をノックする。中から反応がない。もう一度ノックする。ドアノブに手をかける。ドアは固く閉じられていた。全身から冷や汗が噴き出るのを感じる。

遅かった――。

緊急の会議まで時間がない。室員総出で準備しているのかもしれない。しかし、内野にはそう思えなかった。何か自分の謝罪を頑なに拒否する姿勢に感じられた。

どいつもこいつも。もともとは自らの不始末だったが、いつの間にか内野の中で歪んだ怒りに転化される。やられる前にやるしかない。神もそれを望んでいるはずだ――。

＊

武蔵野の雑木林の広葉樹の葉が落ち、〈本部道場〉の敷地はすっかり冬の様相を帯びている。風が木立を抜け、顔に当たる。頬があっという間にひんやりとする。落ち葉の清掃は、思った以上の寒さで全身が震える。

捜査のきっかけが摑めないまま、体験出家は最終日を迎えていた。未だにターゲットの父主への接触は叶っていない。竹中はベールに包まれたままだ。期間中の行動は完全に加賀美に管理されていた。加えて、想像以上に体験出家の内容が厳格で、宗教者としての覚悟を強いられる。聖浄心会の教え自体がキリスト教と仏教を模倣したものだが、修行に関しては両宗教の厳しい部分が混合されている。その厳格さが宗教に身を没入したい人間に受けているからこそ、聖浄心会は出家信者の割合が高いのかもしれない。紗香は完全に身動きが取れなかった。

結局、直接話せたのは、指導修道士の加賀美と修道士長の渋沢の2人だけだ。清掃や棟の移動中にそれ以外の人間と二言三言話すことはあった。だが、〝孤独と瞑想〟の戒律のため、出家者同士の会話自体が禁止されているので、なかなかそれ以上の接点を持つことが出来なかった。加賀美と渋沢の2人にしても、事件と関わりがあるかどうかはわからない。加賀美が紗香の担当なのは、潜入捜査員であることを知らない限り偶然でしかない。被害者たちとの接点も不明だ。渋沢に関しては、突破口を見出すために一か八かの勝負に出て、強引にチャネルを作った。予想以上の大物で会の中枢に近い立場にあることも幸運だった。だが、事件につながるような情報を探るには至っていない。あれ以来話すことはおろか、姿すら見ていない。

その他、具体名が挙がったのは、修道士長補の内野という男の話だ。昨日の夕食時間の出来事を思い出す。

3層吹き抜けの大空間の〈食堂〉。3方向をコンクリート壁に囲まれ、残りの一方が木立側に開き、大きなガラス張りとなっている。建物周囲の木立は外灯も設置されておらず、既に漆黒の闇だった。室内の明かりも所々に灯された燭台のロウソクの火だけだった。

夕食は18時から1時間と決められている。その時間、聖浄心会〈本部道場〉で暮らす修道士と出家会員が個別に食堂を利用する。すべてセルフサービスで、入口付近の大きなテーブルに用意された食事を各自トレイに取る。メニューはパンとスープ、ヨーグルトという簡素なもの。薄味のスープは日替わりだが、パンは固いパン・ドゥ・カンパーニュ1種類しかない。ヨーグルトもプレーンのみで、砂糖も用意されていない。木製の大きなテーブルに一人ひとり座り、出家者たちは皆黙々とその簡素な食事を食べる。周囲の目を気にして近くに座った者同士が会話することはほとんどない。表情にも生気がない。ただ、衣服の違いから修道士は修道士、出家会員は出家会員でなんとなく固まっているのがわかる。

紗香は少し離れた壁際のテーブルにいた。加賀美が同席している。加賀美の目を盗んで周囲を確認したが、修道士長の渋沢の姿は見当たらない。

「体験出家した後、本格的に出家する人は全体の50分の1くらいなのよ。どんなに宗教者として優秀でも現実の生活があるからね。信仰心がどれだけ強くても、それだけでそう簡単にはすべてを投げ出すのは難しい。父主様もそれをよく御存じだから、決して強制はしないわ」

先ほどから加賀美は小声でしゃべり続けている。周囲の寡黙さと対照的だ。前日の腹痛騒ぎの後、加賀美の態度に変化があった。少しガードが揺らいだ。いや紗香の気持ちに取り入ろうとしていると言った方が正しい。加賀美と渋沢の間に埋めようのない溝があるのでないかと踏んで、医務室での会話に小さな地雷を置いてみた。意識させ、競わせることで、隠されている聖浄心会の情報を炙り出す。捜査は手詰まりの状態だった。多少のリスクは覚悟して揺さぶりをかけなければ何も進展しない。

「父主様が正式に出家する人を選ぶ基準というのは何なんですか？」

「それは父主様の教えをどれくらい修得して――」

「じゃあ、加賀美さんにどれだけ愛想良くしても意味ないってことですか？」

「ちょっと、高木さん。あなた、聖浄心会の教えを何だと思ってるの」

「冗談ですよ。でも、一度も会ったことのない父主様に、どうしたら選んでもらえるんですかね」

〝高木麻里〟のキャラクターをフル稼動し、父主の情報を聞き出す。こちらの真意を気取られないよう、思慮浅く振る舞うのはかなりの労力を要する。加賀美は今のところ紗香の狙いには感づいていない。手のかかる後輩に呆れながらも、一所懸命に諭し続けている。

「いい？　出家者は宗教者なのよ。誰のためでもなく、自分自身の中で聖浄心の教えをどれくらい理解しているか。それが重要じゃないかしら。父主様もそこをご覧になっているはずよ」

「言葉ではわかるんですけど、具体的にはどうすればいいんですか？　加賀美さんはどうやって選ばれたんです」

「本当に普通に体験出家の行程をしっかり修了しただけ。聖浄の心を持って自分と向き合うこと。つまり――」

「〝孤独と瞑想〟かあ。だけど、父主様と話す機会もないし、声だって聞けないんですよ。あっ、そうだ。渋沢さんはどうなんですか？　あの人、私よりずっと若いのに」

「あの人は特別だから――」

　珍しく加賀美が言い淀む。渋沢の話になると歯切れが悪くなる。あの男性修道士にはまだまだ何かあるということか。

「とにかく、私たち指導修道士は体験出家者の様子を日々報告するし――」

加賀美は少し声を強めて話を変える。

「父主様だって、修行の様子や課題への取り組みを直接ご覧になっているはずよ」

「見るって、私が修行しているところに父主様がいらっしゃるってことですか？」

「そうではなくて、どこからか静かに人知れずご覧になっているの」

「へえ。それってどこかに隠れて覗くってことですか。それとも透視かなあ」

「父主様はそんなホラーでもオカルトでもないわよ」

女性修道士は小さく声を出して笑った。周囲の目を気にして、直ぐに左手で口を塞ぐ。相変わらず食堂では誰も声を発していない。

〝人知れず見る〟。監視システムを使っているということだろうか。静寂過ぎる食堂を見渡す。これまで見た限りでは施設内に監視カメラは確認出来なかった。ただ、設備に巧妙に仕掛けられている可能性は否定出来ない。それを知っているからこそ、出家者たちは誰も話さないのかもしれない。ここが新興宗教の施設の内部であり、未だ見ぬ暗部の存在を改めて感じる。

「そう言えば、父主様って食事はどうされてるんですか？　特別な食事室でもあるんですかね」

「それはないと思うわ。確かに食堂に来てる感じもしないけど」

「一番偉い人なんだから、特別な部屋があってもおかしくないですよね」

「うーん、父主様は自分だけ特別になるのを嫌う方だから。厚木の〈神奈川道場〉の近くに父主様専用の〈修行坊〉はあるけど」

「厚木に？　ここの宿坊とは別にですか？」

「聖浄心会発祥の地だからね――」

「ああ、教典に書いてありました。確か父主として全会員のために山にこもって修行するんですよね」

「そう、それよ。まあ、それ以外では父主様はここでは本当にわれわれと同じ生活をされてるのよ。内野さんも言ってたしね」

　新しい名前――。

　父主、加賀美、渋沢に続く、４人目の関係者。

「内野さん？　それ、誰ですか」

「そうか、知らないか。内野さんは、父主様の秘書をしている私と出家同期の男性よ」

「秘書さんですか。じゃあ偉い方なんですね」

「偉いかあ。まあ、確かに一見するとそうかもしれないわねえ。一応、位階も修道士長補だし――」

　加賀美の表情に何か含んだものを感じる。複雑な事実を改めて頭の中で咀嚼しているのがわかる。

「まあ、だから渋沢修道士長なんかは内野さんのこと良く思ってないかも」

「そんなに悪い人なんですか？　あの渋沢さんが嫌うなんてよっぽどのことがありそう」

「随分、肩入れするのね。私は、内野さんにそんなに非はないと思う。渋沢さんが一方的に嫌ってるみたい。まあ、男の嫉妬かもね。渋沢さんも父主様の側にいるから」

　父主の秘書。父主に最も近い関係者。内野という男に接触したい。しかも、加賀美は渋沢と内野の確執、内野への同情と渋沢の嫉妬心を暴露した。閉塞的な宗教空間内での澱んだ人間関係の一端が垣間見られた。

「なんだかデパートの人間関係みたい。もしかして会の中って、ドロドロとした勢力抗争とかあるんですか？」

「ないわよ。皆そんなに暇じゃないし、何より父主様がそれを許さないはずよ」

「残念だなあ。面白そうな話なのに」

「あなたって変な人ね。そんな面倒なことを面白いなんて。私は出家して何が良かったって、そういうしがらみから解放されて、精神修養に集中出来たことだなあ」

「面白いっていうか、気になるっていうか。加賀美さんだって、なんか医務室で渋沢さんとの間に微妙な感じしましたよ」

「そう？　そうかしら――」

　加賀美は少し驚いた表情でこちらを見た。穏やかな顔を崩さず、紗香もじっと見返す。ここからが勝負。外界から完全に閉ざされた場所での潜入捜査。気を抜くと心の中に恐怖が頭をもたげる。それをなんとか押し殺し、関係者と対峙しなければならない。

「加賀美さん、何か隠してませんか？」

「私は指導修道士としてあなたと真摯に向き合ってる。修行についても包み隠さず話しているわよ」

「体験出家についてはそうかもしれません。でも、渋沢さんと話している時の加賀美さん、なんか変でした」

「そんなことないわよ。ただ自分が本部を離れている間に担当する体験出家者のあなたが倒れて、それを修道士長の渋沢さんが助けてくれた。私からすれば上司の手を煩わせたという負い目があった。だから緊張してた。それだけよ」

「本当にそれだけですか？　じゃあ、私が渋沢修道士長と関わりを持っても、加賀美さんは嫌な気持ちになりませんか？」

「なるわけないじゃない。もちろん、私は高木さんの担当だから、今回の体験出家の間は最後までお世話をするけど」

「私、渋沢さんから誘われたんです」

「誘われた？　どういうこと」

「渋沢さんが修行について特別に指導してくれるっておっしゃったんです」

隠し持っていた球を放る。腹痛騒ぎの際、渋沢に〈本部道場〉内での活動についてしつこく質問した。渋沢は最後には根負けし、体験出家中に紗香を〈聖浄活動〉に参加させる約束をした。

「まさか高木さん、受けたわけじゃないわよね」

　加賀美は焦りと怒りが混ざった顔をして問い質す。

「もちろん、いつでもお願いしますって言いましたよ」

「どうして？　そんな軽々しく――」

目の前で加賀美は激しく動揺している。これまでの大らかさは微塵もない。

「だって渋沢さん、イケメンで感じ良いですし、なんか優しいし」

　更に混乱させ、理性を崩すために追い討ちをかける。奥底に隠れた真意や感情を表出させたい。

「どうしてそんな誘いに乗ったのよ。ここは恋人探しの場所じゃないのよ」

「随分ヒドい言い方ですね。私はただ、渋沢さんみたいな偉い人から特別なことをしてもらえるのが嬉しかっただけです」

「渋沢修道士長はそんな人間じゃない。そんな単純な話じゃないのよ！」

　食堂に加賀美の声が響いた。食堂にいる人間が一斉にこちらを見る。終了時間に近づいていることもあり、夕食を摂っている人間がそれほど残っていなかったのがせめてもの救いだ。加賀美は声を荒らげてしまった自分自身に驚いているようだった。その後、取り返しのつかないことをしてしまったことに気付き、焦りを隠せないでいる。紗香としても事を大きくするのは得策ではない。

「なんかスミマセン。私、そんなつもりじゃなかったんです。ただ、私は出家して、ここでもっと修行したいんです。だから、渋沢さんに〈聖浄活動〉をさせてあげるって言われて、少し舞い上がって」

「あなたは謝らなくていいわ。悪いのは私。大きな声なんか出して、ごめんね。さあ、おしゃべりはこれくらいにして、この後は夜の瞑想の時間よ」

　そのまま加賀美は話を切り上げ、トレイを手に取って立ち上がってしまった。紗香も慌てて席を立ち、後を追う。食堂を出て宿坊へ戻る間、いろいろと探りを入れたが、加賀美はそれ以上渋沢や内野のことを話すことはなかった――。

　あの時の言葉には明らかに嘘があった。加賀美は渋沢の隠された一面を知っている。そして、渋沢に対して敵愾心を持っている。その渋沢にしても父主の秘書を務める〝内野〟という人間を良く思っていない。強固な組織に見える聖浄心会だが、父主を取り巻く状況は必ずしも一枚岩ではないのかもしれない――。

　落ち葉を集める手を動かしながら、もう一度聖浄心会の人間について考えてみる。

　一般の出家者は〝孤独と瞑想〟を盾に監視され、感情を押さえ込まれている。その上に立つ加賀美たち修道士は、俗世を離れて隠遁の修行に入ったにもかかわらず、他の者を意識し、出し抜き、陥れようとしている。教祖に気に入られるよう腐心している。そこに通底するのはエゴであり、欲望だ。結局のところ、それは普通の社会に生きる人々と何ら変わらない。３つの事件では、新興宗教との関わりという特殊な状況が被害者たちの唯一の共通点だった。この潜入捜査もその点を探るために進められている。犯罪の動機にしても何か特異なものだと想定されている。

　しかし、厳格な修行の場のはずの聖浄心会が、その内実、関係者の思惑が蠢《うごめ》き、欲がぶつかり合う〝ごく普通〟の社会だとしたら。動機なんていくらだってある。何か隠された誰かの欲望がここにあり、3人はその絡みの中で殺された。そんな〝普通の犯罪〟という可能性も十分にある。一方、事件の被害者たちはどうだろうか。

〈田崎明子、稲垣時男、田山正行〉

現時点で判明している被害者たちの共通点は、父主・竹中神菩との面談を案内するナンバリングされたチラシを持っていたことだけだ。3人は本出家が認められるほど聖浄心会の教えを修得していたことになる。しかし、捜査資料を読む限り、生活の中で聖浄心会に傾倒していた様子はまったく窺えなかった。竹中神菩の著作はおろか、体験出家のパンフレットや講演会の案内、あるいは交友関係の中に在家信者の影すら出てきていない。もちろん、新興宗教にはまっている事実をひた隠しにしていたと考えられなくもない。聖浄心会の書籍をどこかで隠れて読んでいたのかもしれない。都内の大きな図書館なら竹中の著作が所蔵されているところもある。しかし、家族や知人にも発覚を恐れているような人間が3泊4日の体験出家に参加するだろうか。出張や旅行と嘘をついて、西東京の聖浄心会の〈本部道場〉に泊まり込んだのだろうか。警察庁科警研が分析した被害者たちのプロファイリングでも、3人が新興宗教にのめり込むような確率は限りなくゼロに近いとされている。

聖浄心会に出家するには相当な覚悟が要る——。

今回、体験出家してつくづく感じた。瞑想と奉仕活動の繰り返しの単純な毎日。竹中神菩の教えに従って暮らすのは在家会員でも大変だ。ましてや、出家者は身も心も宗教に捧げる。被害者たちがそんなストイックな宗教者を目指していた節はない。

そもそも出家をして宗教に身を投じたはずの修道士たちも、所詮は父主の目を気にして組織の中での立ち居振る舞いを気にする俗物だ。不意にある考えが浮かぶ。

同じなんだ。そう、根っこは同じ。加賀美や渋沢たちに感じる俗っぽさと被害者たちに感じた違和感。一見すると無関係に思えるけれど、実は表裏一体のものだとしたら。

〈偽装〉。脳裏に浮かんだのはその言葉だった。

事件は宗教者の仮面を被った、普通の人間が起こしていたとすれば——。

紗香は事件の本質をもう一度見極める必要を感じていた。


午後。〈出家棟〉と中庭を挟んだ反対側にある〈講堂〉内の〈第三対話室〉。加賀美との〈問答〉の時間を迎えた。室内には2人掛けのテーブルと椅子しかない。奥に20センチ四方に穿たれた小さな窓があるだけの6畳ほどの小部屋。厚いコンクリート壁の閉塞感で息が詰まる。対峙して座る加賀美が〈問答〉について熱心に説明する。加賀美という人間の真面目さが伝わってくる。

ガチャリ。

「高木さん。ここにいたんですね」

突然ドアが開き、名前を呼ばれた。説明を続けていた加賀美も驚きの表情を隠せない。

「ゴメン、ゴメン。ビックリさせちゃった？」

開いたドアの側に立っていたのは修道士長の渋沢だった。相変わらず端整な顔立ちをしている。

「約束通り、高木さんに〈聖浄活動〉の手伝いをしてもらおうと思ってね」

「えっ、本当ですか。でも今から〈問答〉が——」

このタイミングで現れるとは想定外だった。この2日間、道場内を探しても見つけられなかった。

ゆっくりと加賀美の方を見遣る。

「渋沢修道士長。高木さんは今から私と〈問答〉の時間です。どんなお約束をされたかわかりませんが、ご存知の通り体験出家の重要な行程です。後にしてもらえませんか」

「なんか攻撃的だなあ。加賀美さん、なんかあったの？　いいじゃない〈問答〉なんて」

「何をおっしゃってるんですか。父主様がお決めになったことですよ」

「ははは。加賀美さんは難しく考え過ぎ。〈問答〉だろうと〈聖浄活動〉だろうと、父主様の教えに帰依することに変わりはないですよ」

「体験出家に〈聖浄活動〉は含まれていません。きちんと正規の日程をこなすことが高木さんのためだと申し上げているのです」

「どうもわかっていないようですね。いいですか。父主様から会員の修行の一切を任されている私が、高木さんには〈聖浄活動〉を体験してもらうのが一番と判断したのです。それに、体験出家の内容から使用する部屋の選定まで、そもそも私が全部行っているのですよ」

「それじゃあ、担当修道士としての私の立場は――」

「加賀美さん。聖浄心の修行に担当とか立場とかは要らないでしょ。必要なのは個々人の心構えと瞑想です」

　渋沢は有無を言わさない口調で言い放つ。ただ、その表情は緩み、どこか加賀美をやり込めるやり取りを楽しんでいるように感じられる。間に挟まれた形の紗香は事の推移を見守るしかなかった。

「話は以上です。高木さん。さあ、行きましょう」

「えっ、でも。私。あの、加賀美さん――」

　渋沢に腕を取られ、強引に部屋から出される。途中、加賀美の方を振り返ると、その表情は怒りと悔しさに満ちていた。突然、有無を言わさず担当する出家者を取り上げられたのだから当然だ。しかも、加賀美には渋沢に対して思うところがある。しかし、出家者の扱いに関しては、渋沢の考えには逆らえない。

「さあ。急ぎましょう。体験出家終了まで時間があんまりないですよ」

何事もなかったようにニコニコ笑いながら立っていた渋沢は、再び紗香の腕を取り、一気に建物から飛び出す。そのまま回廊を小走りに進む。どこに向かうかも聞けず、紗香は強引に引っ張られるまま走る。


　連れてこられたのは〈管理棟〉の4階、〈本部会員室〉と表示された部屋だった。中に入ると一般企業のオフィスのようにコンピュータ端末が並んでいた。40代半ばだろうか、女性修道士が作業をしている。

「鏑木さん。ここはいいから紙ゴミを焼却炉に捨ててきてもらえるかな」

　渋沢からの指示が嬉しいのか、その修道士は快活な返事をして立ち上がる。ただ、紗香の方を怪訝な顔をして覗き見ながら、部屋を出て行った。

　コンピュータは12台。配線の様子から奥のドアの向こうにもう数台あるかもしれない。おそらくサーバーだ。瞬時に部屋を目測し、内部の様子とコンピュータの設置状況を記憶する。ＳＥとして数々の潜入捜査をしてきた経験が活きる。あれほどまでに摑みたかったコンピュータの在りかをこんな流れで知ることになるとは。コンピュータには会員の情報が保存されている可能性が高い。思わず端末へと手が伸びる。

「まあまあ高木さん。そんなに慌てないで」

「えっ。あ、いや、スミマセン」

「なんか吸い込まれてましたよ。完全にネット中毒者でしたよ」

「ちょっと久しぶりだったんで、つい」

「まあ、体験出家中はスマホとか取り上げられちゃいますからね」

　渋沢が揶揄《からか》うような口調になる。紗香の動揺を知ってか知らずか、当の修道士長はいたずらっ子の顔をしている。つい先ほど加賀美をやり込め、強引に出家者を奪った行為が嘘のようだ。

　気付けば部屋には渋沢と紗香の2人しかいない。

「まあ冗談はこれくらいにして。さっそく〈聖浄活動〉を体験してもらいます」

　渋沢の表情が一転、宗教者のものになる。本心をまったく摑ませない。加賀美にもそれなりのものを感じるが、この修道士長にはそれ以上の何か計り知れない力を感じる。圧倒的な若さにもかかわらず、聖浄心会において修道士長という地位にある理由はこの辺にあるのか。

「単純に〈聖浄活動〉と言っても、その内容は多岐にわたっています。われわれ修道士と出家会員がそれぞれの活動に従事していて、聖浄心会の運営を支えてるんです。ただ、これは会社のように利益を得るためではなく、あくまでも修行の一環です。キリスト教の修道会や仏教の僧坊などが修行の中で様々な生産活動をしているのと同じ。トラピスト修道会では〝祈り働け〟なんて言われてる」

「はあ。それで、私は何をすれば――」

「前置きはこれくらいにして。いろいろ考えたんだけど、コンピュータを使った活動をしてもらいます」

「だからこの場所なんですね。もっと肉体労働を覚悟してました」

「〈聖浄活動〉はそれこそもっと多岐にわたっています」

「スミマセン。私、短絡的に考えてました――」

「謝らなくてもいいですよ。ただ私たちは〈聖浄活動〉を通して精神的にも肉体的にも修行しているんです」

　願ってもない展開だった。〝以前デパート勤務だったから包装の手伝いを〟などと言われるのを覚悟していた。

「先ずはこの伝票の取引先を一覧表にしてもらえるかな」

　渋沢は束になった支払伝票を紗香に渡す。ざっと目を通すと、それは印刷関係の会社が主だった。渋沢の意図は量りかねるが、言われた通りに表の作成にかかる。システムを探る時間を稼ぐため、ブラインドタッチを使わずになるべくゆっくり作業をする。その間、渋沢は別のデスクで書類に目を通したり、たまに部屋へ出入りしてくる修道士と話したりしている。

　少しでもいいから部屋から離れてくれないだろうか。聖浄心会のイントラに入り込み、事件の被害者の情報がないか調べる時間が欲しかった。こんな機会が次にいつやってくるかわからない。メモリースティックやＳＤカードでも持ち込めたら、システム自体をコピーするのだが、持ち物は全部出家初日に預けてしまっている。デスクの上にでも転がっていないか、部屋中を何気なく見たが、どのデスクも綺麗に整理整頓されていて何も置かれていない。

　渋沢はリスト作成が終わると別の伝票を紗香に渡し、またリストを作るように命じた。結局、２時間以上その作業が繰り返された。渋沢の目があり、コンピュータ端末のハードディスクを一通り確認することしか出来なかった。部屋の窓から見える風景は徐々に赤みが増している。日が暮れる頃には、体験出家も終了する。焦りがどんどん大きくなる。

「終わりました。あとは何をすれば――」

「次はこの画面から会員さんの履歴を入力してください。伝票整理だけじゃ飽きたでしょ」

　渋沢はそう言いながら、紗香の端末からイントラ画面を開き、いくつかのパスワードを入力して、モニターに〈会員情報システム〉というウィンドウを開いた。

「これは――」

　思わず驚きを口に出してしまった。どうしても探りたかったものが目の前に現れたからだ。

「そう聖浄心会の会員さんのファイル。高木さんのもありますよ。ただ閲覧出来ないけどね。プライバシーだからね」

「それはもちろんです。でも入力するのって、会員さんのものでは――」

「そう。新しく入会された人の履歴。この田中さんっていう方です」

渋沢が一枚の履歴書を渡す。それを受け取り、氏名欄と写真欄を交互に見る。

〈田中秋智〉。

年齢は34歳。ごく普通の会社員のような男の顔写真が貼ってある。俗世を捨て、宗教に身を捧げることを決心した人間の顔。まじまじと見てしまう。

「本当はこれも個人情報だから僕が直接入力しなければいけないんだけど、今から緊急の会議になっちゃって。なんか至急登録してくれって話だから、高木さんを信頼して特別にお願いします」

「私で大丈夫ですかね、そんな重要任務なのに」

「そうは言っても簡単な作業ですから。会員さんのプライバシーだけ気をつけてくれれば大丈夫。僕はちょっと会議に行ってきます。作業が終わる頃には戻ってきますんで」

渋沢は部屋から颯爽と出て行った。他の修道士たちも不在のまま。部屋に1人残される。目の前のモニターに映し出された〈会員情報システム〉のウィンドウを改めて見る。13文字のパスワード入力で開けるのは渋沢の動作で確認出来た。サーバーに入り込めれば情報をコピーするのは難しくない。残念なのは聖浄心会のイントラがインターネットには接続されていないことだ。麹町の捜査一課特殊犯罪対策室からアクセスすることは出来ない。やはり道場内で情報にアクセスするしかない。渋沢が戻ってくるまでにどこまでやれるか。ダメもとでサーバーに触れられないかと奥のドアを開けようとするが、やはり鍵とテンキーによる電子キーで施錠されている。

席に戻り、手許の履歴書の情報をあっという間に入力画面から打ち込む。これで渋沢がいつ帰ってきても大丈夫。問題は被害者たちの情報にどうやって入り込むかだ。

初歩的なハッキング技術をいくつか試してみるが、サーバーにはアクセス出来なかった。システムは市販のソフトをベースにしているが、セキュリティ面でカスタマイズされている。次に〈会員情報システム〉の閲覧を試みる。しかし、渋沢が開いた入力画面から遷移しようとする度にパスワードの入力が求められる。システム管理者を装い、トラブルシューティング作業のためのアクセスを試みる。たまにトラブル処理時にセキュリティが弱くなるシステムがあるのだが、これも上手くいかない。もう少しセキュリティ情報かハッキングツールがないと難しい。

壁の時計を見る。午後4時40分を過ぎている。体験出家の日程が終了する17時30分が迫っている。ふと対話室に1人取り残された加賀美のことを考える。あれだけの恥をかかされた。渋沢を陥れるために協力してくれるかもしれない。最後にもう1回会えないだろうか。

しかし、もしこの状況が作られたものだったとしたら。紗香の素性が知られていて、罠にかけるために渋沢と加賀美が芝居を打ったとしたら。確かに夕食の時、加賀美は父主が会員の行動を監視カメラで見ていることを示唆していた。たとえ刑事だとバレていなくても、何か聖浄心会を探っていると勘ぐられている可能性もある。更に言えば、事件の次のターゲットとして〈高木麻里〉が選ばれた可能性も否定出来ない。そう考えれば最終日にあまりに都合良く〈会員情報システム〉に触れる機会に恵まれたのも不思議ではない。

これまで、ほとんど何も情報を入手出来ていなかった。中途半端にシステムに触らせているのも罠かもしれない。普通であれば、この短時間に何の武器もないままイントラの根幹に入り込めるわけはない。それまであまりの急展開で検討していなかったことが頭の中を渦巻く。相変わらず手は動かして、ハッキングを続けているが進展はない。時間はどんどん過ぎる。渋沢がいつ戻ってきてもおかしくない。結局、聖浄心会にいいようにやられたのか。焦燥感は徐々に薄れ、挫折感が湧き上がってくる。

コン、コン、コン。ドアが突然ノックされる。万事休す。

慌てて作業を取り止め、モニターを〈会員情報システム〉の入力画面に戻す。紗香が返事をすると同時にドアが開いた。

*

「内野さん。こんなところでどうしたの――」

背後を振り返ると体験出家担当の女性修道士、加賀美が立っていた。

会議室に修道士長たちが集まったことを確認した後、父主を迎えるために中庭の回廊で待っていた。渋沢に指摘された失態の記憶が頭の中にまだ残っている。なにもこんな時に出家同期の女と会わなくても。内野は自分の間の悪さを恨んだ。

「ねえ、ねえ、聞こえてる？」

「私は、修道士長補だ」

「ごめんなさい、つい、いつもの癖で。内野修道士長補」

「癖？　位階を軽々しく扱うな」

「そうだけど。内野さん、私と出家同期だからさあ」

「年齢は私の方が上だ。会における位階だってそうだ」

「堅いこと言わないの。それに内野さん、山梨出身でしょ。私、静岡だから、富士山つながりで親近感湧くのよねえ」

「いい加減にしないか――」

「もう、すぐ怒るんだから。それより、急な会議かなんかあるみたいね」

内野の言葉をまったく意に介さず、加賀美は笑いながら話を続ける。どこで知ったのか、緊急の修道士長会議について知っている。

「内野さんは会議に出なくても良いの？」

「私が何をしているかを君に教える必要はない。それよりも今は〈聖浄活動〉の時間だ。持ち場に戻りたまえ」

苛立ちを隠さず、語気を強めて言う。今、同期の修道士と世間話をする余裕などなかった。

「そんな怖い言い方しなくても戻りますよ。でも、やることを取り上げられちゃったのよねえ――」

こちらの怒気にさすがに観念したのか、加賀美はブツブツ言いながら表玄関の方向に去って行った。

「まったく。なにが同期だ。ここは会社なんかじゃないんだぞ」

しっかり聞こえるように、女性修道士の背中に向かって悪態をつく。

「またね、う、ち、の、さ、ん」

女は一瞬振り返り、少し揶揄うような笑顔を見せ、建物の中に消えた。

冗談じゃない。会社なんか二度とご免だ。会社。そう、とにかく会社から離れたかった。なるべく遠くが良かった。だから、聖浄心会に入会した。

すべてを擲《なげう》って出家したんだぞ――。

「辞めるって、あなた何をおっしゃってるの？」

キッチンから、妻の有紀子がリビングのソファに座る内野に向かって言う。食洗機に夕食で使った皿を入れながら話しているので顔が見え隠れする。

「悪い冗談はやめてくださいよ」

まったく本気にしていないのか、妻の言葉はどこか間延びして緊張感に欠けている。

「正確に言うと、3カ月前に辞表を出した。それからはもう無職だ」

「無職って。あなた毎月お給料を家に入れてくれてるじゃない」

「20年も勤めた。微々たる退職金は出る。それをお前に渡していた」

「そんな。だって、毎朝お勤めに出られて――」

「朝、家を出て県境の〈イオンモール〉で適当に時間を潰してた。おかげで売り場には詳しくなったよ」

「あなた、本当なの？」

夫の言葉の深刻さをようやく感じたのか、妻の手がいつの間にか止まっている。

「ああ。綺麗さっぱり辞めてやった。いやあ清々したよ」

「どうして――」

妻はキッチンに立ち尽くし、夫の顔を呆然と見ている。顔は蒼白だった。

勤めていた甲府市内の信用金庫を辞めたのは支店長よる執拗なイジメに耐えられなくなったからだ。支店長は社内政治だけに長けた、柔軟な発想に乏しい男だった。直接のきっかけは、内野の業績改善計画が本店の経営陣に評価されたことだった。自分を通さず、しかも信用金庫内で話題となったことが支店長には許し難かった。それから、あらゆるイジメが始まった。書類の些細な間違いへの叱責から、悪評の流布、不透明な融資の責任者にでっち上げることまで、3年以上続いた。

ある日、遂に頭の中のたがが外れた。もう限界だった。そのまま辞表を提出し勤め先を去った。

「お前は良いよなあ。無責任に辞表出せてよう。結局、俺が尻拭いさせられるんだぞ。こっちは辞めたくても辞められないんだよなあ――」

支店長は最後の最後まで最低な男だった。妻には本当のことを言えなかった。弱い男と思われたくなかった。いつも頼られる存在でありたかった。

大学4年の夏、短大生だった妻と山中湖のキャンプ場で出会った。内野は大学の友人とキャンプに、妻はサークルで小学生のキャンプ体験のボランティアをしていた。その日、巨大な台風が県内を直撃し、キャンプ客やスタッフ全員が管理事務所で一晩過ごした。暴風雨で停電し、誰もが不安でいっぱいだった時、冷静に、そして明るく皆を元気づける内野に妻は惹かれたと言っていた。この人なら一生頼っていけると。それからつき合うことになり、彼女の短大卒業とともに結婚した。

今思うと、聖浄心会に拘泥して出家までしたのは、会社でのイジメだけが理由ではなかったのかもしれない。常に妻や周囲の人間から、もたれ掛かられることに疲れていたのかもしれない。今でも時折、妻が夢に出てくる。陰気な表情で内野にひたすら恨み言を聞かせる。その後、決まって内野の首を絞める。苦しさのあまり、目が覚める――。

ふと、昨晩の出来事が思い浮かぶ。朝、緊急の修道士長会を開催する準備をするように命じられた時、父主から何か説明があるのではと思った。しかし、期待に反し、そのことについては何も言葉がなかった。突然車から降ろしておきながら、それがまるでなかったかのような振る舞いだった。何を考えているのかまったく摑めない。父主の底深い怖さを改めて感じる。

入信以来、内野は着々と聖浄心会での地歩を固めた。地位や妻子を捨て退路を断っての出家だったので、修養には本当に真剣に向き合った。もともと凝り性なのも父主に没入するには良かった。何より信用金庫時代にコンピュータ・システムやネットワーク構築の仕事を齧っていたことが幸いした。聖浄心会では、父主をはじめとする会の人間は誰もがこの分野に弱く、急増する会員の管理、それに伴って巨大化する会計などが混乱していた。その解消を一手に引き受けたことで、内野の会での存在価値が高まり位階も上がった。父主からの信頼も勝ち取った。

会の中で、自分の前を常に走っていたのが渋沢だった。20代半ばの眉目秀麗な修道士。軽薄過ぎる印象はあるが、父主の教えに対する理解や修行に関しては他の追随を許さない。後輩の出家者からの人望も厚い。何より聖浄心会の最初期の出家会員で、父主が最も信頼を置いている。事実、秘書役として内野の前任だった。そして現在は最年少修道士長として会の運営に参画している。

何度も歩み寄ったが、渋沢はいつも目の敵にした。自分に対する個人的な感情もあるだろう。ただ、それ以上に優秀な人間が父主様の側に付くことを極端に怖れている。だから、過剰に内野を目の敵にしているに違いない。

まったく厄介な人間だ――。

内野は心の中で頭をもたげた陰鬱な気持ちを振り払った。会議に出席する父主を宿坊に迎えに行く歩みを速める。とにかく自分の居場所はここしかない。この場所で安寧を勝ち取らなければならない。内野は自分に何度も言い聞かせる。

父主とともに会議室に到着すると、出席予定の修道士長の多くが既に着席していた。修道士長会は聖浄心会の最高意思決定機関だ。教団の組織運営、行事、信者管理など、様々な案件が決められる。出席者は、教祖である父主と教団に17名しかいない終身制の修道士長のみ。会の運営を取り仕切る修道士長室付きの修道士たちも会議中は廊下で待機している。ここで議論されたことは口外が禁止されている。記録係の女性修道士長が議事録を取るだけだ。修道士長補の内野は本来、この会に出席する資格がない。しかし、秘書役をしている立場上、オブザーバーとして列席が許されている。

開会の声が掛かり、会議室のドアが閉められる。結局、緊急修道士長会の時間に本部道場に間に合わない修道士長は全部で7人。インターネット会議の用意はなんとか間に合った。口の字形に並べられた会議テーブルに全国の修道士長が座る。父主もいつもの通り、窓際の隅にテーブルからひとつ離れて椅子に腰掛けている。内野は父主とは反対側、扉のすぐ近くの角付近に座っている。

通例通り会議の冒頭、修道士長室長が挨拶をする。父主は何かメモを取っている。いつものように気配を消している。

バーン。会議室前方のドアが急に開く。

「遅れてスミマセン。急用だったもので」

大きな声を上げながら渋沢が入ってきた。言葉とは裏腹に悪びれた様子はない。ドカドカと音を立て、上座の中央の席に座る。それまで重い空気に覆われていた会議室が途端に和む。渋沢の傍若無人な振る舞いに怒るどころか、年長の修道士長たちは朗らかな笑顔を浮かべている。渋沢の持つ不思議な魅力に誰もが惑わされている。内野にはそれがまた気に入らない。

渋沢の到着でメンバーが全員揃った。定例の修道士長会は、主に渋沢から運営上の議題が提案され、修道士長たちが承認する形で進む。父主からの指示を内野が発表することもある。しかし、今日は父主によって緊急招集された。その目的は一切聞いていない。他の者もじっと黙って、父主の発言を待っている。

「悲しいことなのですが、聖浄心会に父主様の教えを踏みにじっている者がいるようです」

渋沢が突然、発言し始めた。他の修道士長たちがざわつく。皆の視線が渋沢に集中する。渋沢はさらに続ける。

「その者は、父主様の威光を笠に着て、会の風紀を乱し、尊い浄財を着服している可能性が高い」

初耳だった。内野は毎月父主に提出される帳簿に目を通している。収支表や資産台帳に瑕疵がないことは元信用金庫職員の目で見ても明らかだ。それでも私腹を肥やしている人間がいるとすれば、浄財を搾取し、帳簿を誤魔化すしかない。裏帳簿が存在するということか。

「渋沢さん。あなたの告発の根拠は何です？　あなたのことだ。いい加減なことで発言されていないのはわかるが」

　古くからの会員の1人である、初老の男が訊ねる。〈神奈川道場〉の前場《ぜんば》という古参の修道士長だ。何人かの修道士長たちがもっともだという顔をする。

「この数カ月間、複数の会員の勇気ある告発を元に聖浄心会を愚弄する行為の有無を調べていました。残念ながら、そのような者がいることはほぼ間違いありません」

　再び会議室全体がざわつく。渋沢はその様子をざっと見渡し、最後に内野の顔をじっと見た。

「その者は誰なのですか？　あなたの調査でその反宗教的な人間は特定されたのですか？」

　内野は思わず大声で発言してしまった。出席者全員が一斉に振り向く。会議で父主の代弁以外に言葉を発したことはなかった。当の父主は隅の席で押し黙ったままだ。

「ある人物が特定されました。その人物が聖浄心会に対して反逆的な行いをしていることは事実でしょう」

「だから、それが誰かと聞いているのですが」

　渋沢のもったいぶった言い方が気に入らない。自分の意に反し、言葉が出てしまう。他の修道士長たちは固唾を呑んで2人のやり取りを聞いている。

「実名をここで挙げることは簡単です。しかし、事が事だけに慎重に期すべきです」

「では、何故この会議で発言したのですか？」

「実はご提案があるのです」

「提案？」

「不正があったことは間違いありません。しかし、私の調査は会員への聞き取りが主です。客観的な証拠が必要です。証言と状況証拠だけで糾弾すべきではないですから」

「なるほど。我々は宗教者だ。安易に人を疑うべきでない。で、渋沢さん。どうすれば客観的な証拠が得られるというのです」

内野が発言する前に、修道士長室長が質問した。

「〈会員情報システム〉の洗い出し。具体的には各道場で全会員の全行動を調べるというのはいかがでしょう。聖浄心会のすべての施設では会員の行動がすべて管理されています。この数カ月間の行動を洗い出せば真相がわかるはずです」

「管理？　管理ってどういうことです？」

インターネットを通じて会議に参加している熊本の修道士長が渋沢に質問する。会員情報システムの全貌を知らないのか、何人かの修道士長がその言葉に頷く。

「文字通りの管理です。私も含め、すべての会員の行動は修道着に組み込まれたチップと防犯カメラで自動的に〈会員情報システム〉にデータ化されているのです。ですから、そのデータを調べれば、どこで何をしていたかは一目瞭然なのです」

「まさか監視は本当だったということか。行動監視じゃないか」

渋沢の説明に別の修道士長が声を荒らげる。本部道場では半ば出家者たちの常識だったが、地方の道場はまだ牧歌的で純粋なようだった。会議室が騒然とする。

「セキュリティのためです。別に皆さんの行動を監視するシステムというわけではないでしょう。仮にそうだとしても、我々は〝孤独と瞑想〟を自らに課す修行者です。誰に何を見られても恥ずかしがることはないはずです。それともあなたは何か疾《やま》しいことでもあるのですか」

渋沢は強い口調で言い返す。その迫力に当の修道士長は気圧され、口をつぐんでしまった。

「今議論しているのは、不正行為の是正についてです。〈会員情報システム〉の是否ではない。それにシステムの設置は父主様のご意向と思いますが」

　黙って聞いていた老修道士長の前場が再び発言する。その言葉が決定的だった。父主の意思に逆らえる者は誰もいない。先ほどまで騒がしかった会議室が嘘のように静まり返る。

「父主様。実は最近〈会員情報システム〉に原因不明のシステムダウンが頻発しています。このままでは今回の不正行為の証拠を掴むことにも支障を来す可能性があります。このトラブルの原因も同時に把握する必要があるでしょう。そこで、当初の開発担当だった内野修道士長補に再びシステム全般を任せてはいかがでしょうか？　何しろ別の人間が担当になった途端トラブルが起きています」

　渋沢の言葉を受け、修道士長たちの視線が内野の方に注がれる。決断を迫られている。父主の表情をさりげなく見る。感情を押し殺した瞳が静かに頷いたように感じた。内野は観念した。修道士長たちの方に見返り、立ち上がる。

「わかりました。〈会員情報システム〉に関しては渋沢修道士長のおっしゃる方向で結構です」

「それは良かった。それでは早速今日からシステムの点検と不正行為の洗い出しを開始させます。皆さんもそれでよろしいですよね」

　渋沢はそう言って会議室全体を見渡す。もう誰も疑問の意を表す者はいなかった。

　やられた。渋沢に完全に計られた——。

　茫然《ぼうぜん》自失のまま会議室を飛び出した。廊下で待機していた修道士が何事かと追いかけてくる。

「外の空気に触れるだけだ。すぐ戻る。君は持ち場に戻りなさい」

　強い口調で言い切られ、修道士は足を止める。後ろを振り返ることなく、そのまま外に出る。

　緊急の修道士長会もおそらく渋沢の謀略だ。父主もそれに乗った。内野を父主の側役から解任するための茶番。今思えば、昨晩の出来事は予告だった。午前中の渋沢の態度もそれで合点がいく。

まったく気づかなかった。自分をいくら責めても後の祭りだった。

何が出来る。俺には何が残されている。何度も自問自答を繰り返す。予想以上に早く事が動き出している。こちらの動きを察知しているのかもしれない。だとしたら、先に仕掛けるしかない。切り札は自分にある。もともとはちょっとした出来心から入手したものだった。以来、誰にも言わずに保管していた。たとえ聖浄心会での居場所を失おうとも、それは起死回生の機会を与えてくれるはずだ――。

内野は徐々に落ち着きを取り戻した。暗い林の中にじっと立ち、遠く街の光が見える方を眺めた。

*

4日間の体験出家が終わった。〈本部道場〉を出て、暗闇の中に照明で浮かび上がる高い正門をもう一度見る。敗北感と閉塞感。最後はすっかりペースを乱され、しりすぼみのまま終わった。会員室に迎えに来たのは、今まで一度も会ったことのない中年の男性修道士だった。その修道士は会議が長引き、渋沢が来られないと言った。それとなく加賀美のことも探りを入れてみたが、よくわからないと答えただけだった。

潜入捜査の緒戦は完敗だった。でも、ここには何かある。事件と関係しているかはわからないが、歪んだ人間の業のようなものを感じる。紗香は改めて事件を解決したいという意思を持った。

あ、あれは、もしかして父主？　鉄柵の向こうに本部道場の建物群が見える。その前の木立から誰かがこちらを見ている。暗がりの上に距離もあるのではっきりとは確認できない。ただ聖浄心会の教典の表紙を飾る顔が、じっと自分を見ている気がした。

駅へと向かう道は街灯も少なく暗かった。少し前に帰宅を急ぐ中学生を見かけただけで、人通りはほとんどない。張りつめた冷たい夜の空気が寂寥を助長している。誰もいない夜道を１人歩いていることに恐怖を感じる。体験出家終了後に返却されたバッグを持つ手に自然と力が入る。早く新青梅街道を渡り、田無駅北口の商店街に辿り着きたいと気が逸る。

　体験出家中はずっと聖浄心会の〈本部道場〉の中にいた。閉じ込められていたと言った方が正確だ。閉塞感が常に漂っていた。そして、４日ぶりに街に出た。自由であることと空間の広がりを痛感する。しかし同時に、何ものにも守られず、剝き出しになっている自分を感じる。それが心の中から湧き上がってくる怖れの原因だ。こんな気持ちになるのは初めてだった。わずか４日間の出家で自分自身が少なからず影響を受けていることを紗香は認めざるを得なかった。

　コツ、コツ、コツ。路面のアスファルトを踏む靴音が近づいてくる気がした。立ち止まり、耳を凝らす。何も聞こえない。念のためにもう２分間、そのままの状態で耳を澄ました。やはり何も聞こえない。気のせいだろうか。聖浄心会への潜入捜査で、思った以上に精神的に疲れているのかもしれない。そう自分に言い聞かせ、再び駅に向かって足早に歩き出す。

　田無駅に辿り着くと、地元の会社に勤めるサラリーマンたちが大声で話しながら居酒屋に吸い込まれて行くのが目に入る。スーパーの軒先では店員が売れ残りの生鮮食品の叩き売りをしている。街の喧噪が皮膚に徐々に張り付く。駅の階段を駆け上がり、バッグからカードを取り出して改札機を通り抜け、そのままホームへ急ぐ。

　２回乗り換えてなんとか〝自宅〟のある都営新宿線の東大島駅に到着した。ここを出発したのがはるか昔に感じられる。隅田川を越え、荒川まで来ると、武蔵野とはまるで違う下町の雰囲気となる。特殊な環境での捜査によって凝り固まった心を少し緩める。大通りを渡り、マンションに向かう。

コツ、コツ、コツ。背後に靴音が響く。聞き覚えのある靴の音。やられた。同じ音だ。あの時の感覚は間違ってなかった。やはり、つけられていた。靴音は紗香の歩く速度に合わせてペースを変える。音の種類からして性別は男。明らかに尾行の事実を隠さない。むしろ自らの存在を誇示し、強い圧をかけてくる。新興宗教の施設への潜入捜査から解放され、日常に戻った途端、尾行された。西東京からつけてきたということは、聖浄心会と関係しているのは間違いない。

コンビニまで行けるか。あそこなら店内のライトが道路まで照らしている。この時間なら店員やお客さんもいる。目の前で手荒なことは避けるはず。靴音はさらに近づいてくる。男との距離はもうほとんどない。

「止まってもらおうか。ちょっと話がある」

男が急に話しかけてきたことに驚く。声は中年のものでかなり嗄《かす》れている。振り返らずに無視して歩き続ける。拒絶の態度を意に介さず、男は紗香の腕を掴んできた。身体が反射的に強張る。

「話があるって言ってるだろ。大通りじゃなんだから、そこの路地に入ってもらおうか」

男は腕を引っ張り、紗香を強引に路地の暗闇へと連れ込んだ。

「大きな声出すなよ――」

背後の男が紗香の腕を放す。強引に連れ込まれたのは、ビルが建ち並ぶ大通りから1本路地に入ったところにあるポケットパークだった。周りは雑居ビルに囲まれている。就業時間が過ぎ、どの窓も明かりが消えている。助けを求めても無駄だ。設置された街灯はひとつだけで、しかも蛍光灯は切れている。建物の間から洩れてくる街の明かりのみが目の頼りだ。紗香は暗がりに目が慣れてくるのを待つ。その間、男は黙ったままだ。

この男は誰なのか。いくら疲れていたとはいえ、紗香は尾行対策の訓練を受けている。電車の乗り継ぎでは車両内を移動し、発車間際の乗り降りを繰り返した。その度に周囲を注意して観察したが、途中尾行の気配すらなかった。つまり、背後にいる男は〝プロ〟ということだ。声に記憶はない。体験出家中に出会った聖浄心会の人間ではない。別の事件の関係者でもない。確かめるには、とにかく相手と対峙するしかない。暴力に訴えられた場合に少しでも備えになるよう、防御のためにバッグを肩から下ろし、右手でしっかりと握る。そして、紗香はゆっくりと振り返る。

「近くで見ると、意外と美人さんじゃないか。〝高木麻里〟さんよ――」

目の前の男はまったく知らない人間だった。見るからにやさぐれ、それでいて両目だけが猛禽類のように鋭い中年の男。下卑た笑いを向けている。服装はグレーというか、もっとくすんだ灰色のブルゾンに安手の紺のスラックス。競輪場や競艇場の周りをうろついている予想屋か繁華街のポン引きのような風体。紗香との距離は約1・5メートル。手に武器は持っていない。

そもそも暴漢特有の殺気が感じられない。すぐに殺されることはない、か。それにしても物盗りにも見えない。まさか――。

「いや、本当のところは〝高階紗香〟だったな。階級は巡査部長か」

「あなたはいったい誰？」

「そう怖い目で睨むな。別に取って食ったりはしねえよ」

「質問の答えになってないわ」

「だから、がっつくなよ。俺はお前さんが思っている通りの人間だ」

「思っている通り？　私が何を考えているっていうの」

「俺が誰かっていうことさ。お前さん、振り向いた後、全身を一瞬でチェックしてたじゃねえか」

男の言葉に内心驚く。枯れきったみすぼらしい外見とは裏腹に、男は鋭い勘と的確な観察眼で紗香の行動を読み切っている。訓練された潜入捜査官の目を出し抜いて尾行をし、難なく人気《ひとけ》のない公園に連れ込む手際の良さ。

やはり――。

「あなた、刑事ですね」

「へっ。そうだったらどうなんだ」

「所属は？」

「知らねえな――」

「所属はどこかと聞いています」

「――所轄のしがない刑事だよ」

「どこの所轄です？　西東京？　それとも東大島？」

「田無署だよ。階級は巡査長。本部のエリートさんと違ってチンケなもんだ」

そう言って男はポケットから警察手帳を差し出した。本物に間違いない。制服制帽を着装しているので、いくぶん精悍だが、それでも十分にやさぐれた男の写真が載せられている。氏名欄には〈宍戸善次郎〉とある。

「どうして私のことを――」

「専門の教育を受けたプロっていう割に、簡単につけられるようじゃ、先が思いやられるってもんだな」

宍戸は明らかにバカにした表情で質問をはぐらかす。その態度に苛立ちが募るが、尾行に関しては言い訳が出来ない。言葉を継げず、宍戸を睨みつけるので精一杯だった。

「そんな怖い顔すんなよ。自分のミスを認めてるようなもんだぞ」

「聖浄心会の正門を出てすぐ、つけられてる気配には気付いてました。ただ――」

「まったく。下手すりゃあ死んでたぞ」

「――はい。不覚でした」

「まあいいさ。死ぬのは俺じゃねえ。俺はお前の連絡係だ。捜査の報告と必要な情報、備品の受け渡しを担当する」

「あなたが？　連絡係は本部の人間が担当するのが決まりのはずです」

「あんたら捜査一課の特殊犯が通常どういう仕切りでやってるかは知らん。それに俺だって、好んでお前の連絡係をやるわけでもない」

「じゃあ、どうして？」

「頼まれた――」

「頼まれた？　誰に」

「長嶋さんだよ。ちょっと厄介な事案だから手伝ってくれって頭下げられちゃってさ」

「室長がどうして宍戸さんなんかに。この潜入捜査は秘匿中の秘匿なのに」

「なんかにって、随分失礼な奴だな。俺だって理由はわからん。ただ長嶋さんは俺にとって恩人だ。その人に頼まれたら嫌だと言えねえからな」

　自分で言って少し照れたのか、宍戸は紗香から目線を外す。口は悪いが、案外気のいい人間なのかもしれない。内心ほっとする。相変わらず状況は把握出来ないものの、長嶋が選んだ刑事ということは、冴えない外見の宍戸も存外頼りになるのかもしれないと少し思い直す。

　潜入捜査において、捜査官の得た情報や物的証拠を警視庁本部にどのように渡すかは常に難しい問題となる。素性の知れた〝表班〟の警察官と会っているところを、潜入先の関係者に目撃されたら即アウトだ。遠く離れたところで会えば良いかと言えばそうでもない。そもそも遠出する時間を見つけなければならないし、それを何度も繰り返すのも怪しまれる。かと言って、メールや携帯電話で重要証拠などを伝えることもセキュリティ上は避けなければならない。ハッキングや盗聴の恐れがある。結局、その存在を普段から世間に紛らわしている特殊犯の刑事と雑踏の中でごく短時間だけ接触するということになる。

　今回の潜入捜査では本部との連絡が一層難しくなることが予想された。一般の企業などと違い、もともと宗教施設は外部との接触が少ない。仮にあったとしても極めて限定的だ。ましてや聖浄心会は出家を基本とする新興宗教だ。出家者は道場内で〝孤独と瞑想〟の生活を強いられる。ごく一部の人間を除けば、外部との接触は皆無に等しい。紗香も４日間の体験出家を通じて、聖浄心会の閉鎖性と内部での会員間の交流の少なさを痛感していた。

「だからと言って、俺は危ない橋を渡るつもりはねえ。地元での接触は避けたかったし、聖浄心会の奴らの動きもわからなかったからなあ。中でお前さんがヘマしてるかもしれねえし。そんで、まあ東大島までつけたってわけだ」

「概略はわかりました。ただ念のために長嶋室長に確認を取らせてもらいます」

「好きにしろ。ただ、潜入捜査中は長嶋さんには接触出来ねえって聞いたぜ」

「電話連絡はしません。直接会って――」

「麹町行ったって同じことだろ。お前さんは今ＳＥでも何でもない。元デパガだろ。中央システムに行くのは変だろ。その下のさくらキャリアデザインに派遣登録しに行くっていうのはあるけどな」

　宍戸に指摘されるまでもなく、長嶋と接触出来ないことくらいよくわかっている。目の前にいる刑事に鎌をかけ、本物の連絡係かどうかチェックした。宍戸は警視庁捜査一課特殊犯罪対策室の基本情報を正確に把握していた。

「まあ、いきなり連絡係とか言われても信じられないのはわかるけどな。この情報は長嶋さんから聞いたものと、俺が一応実際に麹町に行って確かめたことだ。こっちだって自分の身は可愛いからな。いくら長嶋さんが言ったからといって、それを鵜呑みには出来ねえだろ」

そう言って、ニヤリと笑った。男は今回の捜査について知っている。それは確かなようだ。改めて宍戸を探るように見る。一見すると決して優秀に思えない所轄の〝巡査長〟刑事。だが、わずかな時間接しただけで刑事としての能力をヒシヒシと感じさせられた。

「そろそろ納得しろ。時間はそんなにない。俺はお前の話を明日の午前中にも報告しなけりゃならねえ。それに、いくらここが安全だって言っても、誰がやってこないとも限らねえぞ」

「わかりました。宍戸さん、よろしくお願いします」

「お、おう。こちらこそよろしく頼むよ」

もともとこの状況では信じるしかない。最後は勘だ。紗香は宍戸の前に右手を差し出した。いきなり握手を求められ、宍戸は慌てて右手をスラックスでゴシゴシと拭く。そして、細い腕には似つかわしくない強い力で紗香の右手を握った。

「さっそくですが、事件の被害者たちは――」

孤独な捜査の唯一の仲間。頼ると判断したら早い。紗香は４日間の捜査の概況を話し始めた――。

第三章　思惑

バシャッ。

冷たい水が全身に激しくかけられた。反射的に身体が震える。

バシャーン。再び大量の水が背中に打ち付けられる。ようやく意識が覚醒する。壁に向かって手首と足首がしっかり固定されている。少しでも水から逃れようと身体を捻るようにしてもまったく動けない。逃げ出すことは到底出来ない。田中は自分の置かれた状況が夢ではないことを再び知る。磔《はりつけ》られている身体を捻り、首を回すと部屋が改めて目に入ってくる。コンクリートの壁に囲まれた、窓ひとつない部屋。

宿坊。信者が瞑想するための個室。そう説明された。ここがどこにあるのかはよくわからない。ワゴン型の軽自動車でここまで連れてこられた。新橋のビジネスホテルを出て、新宿の高層ビル群を見たまでは覚えているが、その後助手席で眠ってしまった。気がついた時には宿坊の扉の前にいた。自分を救ってくれる父主様という教祖がいる教団の施設か何かだと勝手に理解した。

白い壁紙が貼られた部屋。裸電球が天井にひとつ。木製の小さな机と椅子、ベッド。入口近くの角に簡易シャワーとトイレが備え付けられているだけの小部屋。鍵は外からしか掛けられない。扉の下端に隙間があり、薄明かりが洩れている。

扉のすぐ近くに人間のシルエットが浮かび上がっている。傍らには大きなバケツが2つ転がっている。全身に黒系の衣服を纏い、顔も同系色の覆面のようなもので覆われている。目出しタイプでいる。

はなく、前面の一部がメッシュになっている。目を凝らして見ても誰だかわからない。
その人間は一度も言葉を発したことがない。ひたすら陵辱し続ける存在。どんなに罵詈《ばり》雑言《ぞうごん》を浴びせても、何も言わず、ひたすら田中を痛めつける。先端が丸くなった円錐形の棒のようなもので、毎日何時間も田中の肛門を突き続ける。初めて肛門に棒をねじ込まれた時、苦痛のあまり抵抗し、何度も叫び声を上げた。しかし攻撃は止むことなく、執拗に繰り返された。いつしか抗うことに疲れ、口で弱々しく罵るのが精一杯となっていた。

外界と完全に隔離され、ずっとこの状態で壁に磔られ、犯されている。部屋にはわずかばかり与えられた食事の滓《かす》や糞尿が散乱している。地獄。ホームレス時代が穏やかに感じられてしまうようなおぞましい空間。まさに地獄だった。この地獄がどれくらい続いているのかまったくわからない。時間の感覚などとうに失っており、自分には意味のないものになっている。とにかく突然、その黒尽くめの人間はやってくる。そして何時間も田中の肛門をいたぶる。

「おい、この野郎。俺が何をしたっていうんだ。俺はもう何年も都会の端っこで誰とも関わらず生きてきた。誰にも迷惑ひとつかけてないんだ――」

なんとか言葉を発する。懇願するように話しかける。棒を突く手が止まり、黒いマスクを被った顔を少し傾げる。

「おい。佐伯。お前、佐伯なんだろ？　お前は何のために俺をいたぶるんだ。俺は父主様が悪魔から救ってくれるって言われて来ただけだ。初めからこんな仕打ちをするために騙したのか？　俺は生贄だったのか？　それとも〈聖浄心会〉とかいう宗教はインチキなのか？」

状況は自分の思考能力を完全に超えている。結局、何度も繰り返してきた質問をするしかない。黒尽くめの人間もその質問をしばらく無言で聞き流した後、田中の肛門にねじ込まれている棒を再び激しく動かし始める。

「うぐ、うぐ、うぐぉー、うぐぉー」

もう自分の声なのかもわからない。ただ、捕らえられた獣が苦しみのあまりに出す唸りのような声が部屋中に反響するだけだった。

＊

西東京。

午後の〈聖浄活動〉は終了し、既に夕食の時間になっている。内野は〈管理棟〉にある〈本部会員室〉の奥にあるサーバー室で１人、まだ作業を続けていた。秘書役からシステム担当へと異動させられた日から、ここで聖浄心会の出家者および修道士の管理データのチェックを行っている。すべては渋沢の策略に違いない。内野を父主から引き離し、自分の管理下に置くためだ。もちろん証拠は何もない。ただ、新しい〈聖浄活動〉の場である〈本部会員室〉の管理者は渋沢だ。

穴蔵のようなサーバー室から、続き部屋の〈本部会員室〉の気配を探る。１日中モニター画面をチェックしていたので、目の疲労や肩の凝りが尋常ではない。早くこの部屋を出て、食事にありつきたい。気持ちは焦るが、ここから廊下に出るためには必ず会員室を通る必要がある。渋沢が部屋にいれば、無視するわけにもいかない。たとえ黙って通り抜けようとしても、渋沢が必ず何か因縁をつけてくるはずだ。笑顔で人の神経を逆撫でする渋沢と対峙する気力はない。

もう一度耳を澄ます。渋沢が選んだ〈本部会員室〉付きの女性修道士２人が部屋を片付ける音が聞こえる。渋沢の声はしない。安堵のため息をつき、内野はサーバー室を出る。女たちは慌てて動きを止め、内野を凝視する。その視線に耐えられず、目を逸らして〈会員室〉を後にする。２人の修道士は無言のまま会釈をしてきたが、内野はあからさまに無視した。

まるで収容所だ。完全に監視されている。〈食堂〉へと向かう廊下で、無性に苛立ちが募る。そもそも、聖浄心会は心の平穏と生きている充足感を得られるはずの場所だった。しかし、今や内野にとって精神を掻き乱す邪《よこしま》な組織へと変貌した。〝孤独と瞑想〟を標榜しながら、出家者の監視を続ける。一部の邪な連中は父主を軽んじ、父主もその横暴を治められない。か弱き存在の教祖に、堕落していく宗教。

「内野さん。何ブツブツ言ってるの？」

突然、背後から声が掛かる。足を止め、振り返る。加賀美が立っていた。相変わらず屈託のない笑みを浮かべている。その無邪気さがかえって神経を逆撫でする。

「気安く名前を呼ぶなと言ったはずだ」

「もう、何おっかない顔してるのよ。こっちは心配して声掛けたのに」

「心配？　君に心配される覚えはない」

「あのね。内野さんがブツブツ独り言を言いながら歩いてる姿、ちょっと怖かったわよ」

「独り言？　してたのか、私が」

「すれ違う人、みんな引いてたわよ。悩んでるなら相談乗るよ。出家同期なんだから」

「君に相談するようなことなどない」

「そうかもしれないけど、あんなことがあった後だから――」

加賀美は少し言い難そうな顔をする。あの日起きた出来事は夜までには聖浄心会中に知れ渡っていた。会議の内容は口外禁止の決まりだが、それはあくまで建前に過ぎない。内野が父主の側役を解任されたことはもはや周知の事実だった。上野毛の出来事も、新参の出家者にまで広がっていた。事は迅速に進める必要がある。内野は改めて覚悟した。

「私が〈本部会員室〉付きとなったのは通常の担務替えだ。何か問題があったわけではない」

「だったらいいけど。ただ、また父主様探しが始まるわね――」

「おい、君。口を慎まないか」

「はい、はい。だけど、私も渋沢修道士長にはちょっと頭に来てるのよ」

「君がどうして？　渋沢、いや渋沢修道士長は君の――」

「横取りされたの。体験出家の女の子を」

「横取り？　どういうことだ」

「〈問答〉の直前に突然、どこかに連れてかれちゃったのよ」

　確かに、臨時会議の日も加賀美はそんなことを言っていたような気がする。

「なんだ、それ。父主様は御存じなのか？」

「もちろん、私はちゃんと日報に書いたわよ。でも、結局何も明らかにされなかった」

「父主様は見て見ぬ振りをしたということか――」

「いつもの悪い病気が出たってくらいにしか思ってないのかも」

「渋沢修道士長には甘いからな。父主様は」

　若き古参の信者で、聖浄心の教えに精通し、しかも自分から先頭に立って修行を進める修道士。拡大し続ける会を父主とともに支えてきた。渋沢に対する高い評価は、父主だけでなく幹部たちにも浸透している。そして、唯一の欠点とも言える〝女癖の悪さ〟についても。

　20代の若さで会のエリート幹部、加えて映画俳優と見紛うばかりの顔立ちだ。出家、在家にかかわらず、女性会員からの人気は絶大で、当の渋沢もそれをいいことに手当たり次第に関係を持っている。それもまた、この本部道場内では誰もが知っている。しかも、その状況を多くの人間が咎めるどころか、渋沢に目をかけられることを望んでいたりもする。

　渋沢から一方的に嫌われている内野にしてみれば、当の渋沢に付きまとう俗っぽさは嫌悪の対象以外の何ものでもなかった。しかし、加賀美が渋沢に対して悪い印象を持っているのは意外だった。渋沢が統括する〈本部会員室〉には〝渋沢親衛隊〟と呼ばれる非正規の女性会員組織が存在し、加賀美たち出家会員の世話係の修道士は〈本部会員室〉所属だ。だから出家同期とはいえ、これまで加賀美のことは渋沢を信奉する軽薄な女性会員の1人としか見ていなかった。

「高木っていうその女性会員。なかなか見込みがあったのよ。いい修道士になると思ったんだけど」

「だけど渋沢の獲物になった。強引に父主様を言いくるめて本出家を認めさせ自分の女として囲う」

「飽きたらいつものように地方の支部に下級幹部として送り込んで、また新しい獲物を探す」

「お決まりのパターンだとしても、誰も手を出せない」

「ねえ、本当にそうかしら」

「なんだって？　どういうことだ」

「渋沢さんって本当に絶対的な存在かなあ。表向きは父主様の手前があるから言わないけど、女性会員の中にもあの人のことを許せないって思っている人結構いるはずよ」

「だからって何が出来る。聖浄心会で最も勢いと人望のある修道士長に対して」

「わからない。でも私、真の修行の道はそこにはないんじゃないかって思う時があるのよ――」

いつもなら無視する加賀美の言葉が妙に引っかかった。その言葉にはそれなりの根拠があるはずだ。それを知りたかった。目の前の女性修道士を取り込んでおくのも、計画実行には無駄ではないかもしれない。

「面白い発想だ。ちょっと詳しく聞かせてくれないか」

頭の中でこれから起こることをシミュレーションしながら、内野は加賀美の言葉に耳を傾けた。

台場。

＊

紗香はかつて〈13号埋立地〉と呼ばれた場所の突端にいた。〈潮風公園〉と名付けられた公園は、平日の午後ということもあり人影もまばらだ。遠くのバーベキュー広場にはサークル仲間らしき大学生の7人組。海に面したデッキに中国からの観光客の老夫婦。公園の中央にある円形の大きな芝生エリアには、近くの超高層マンション群に住んでいるだろう子供連れの母親3人組。その芝生エリアを囲む石造りのベンチに腰掛ける。

神田神保町の古書店で購入した父主・竹中神菩の著書をバッグから取り出す。聖浄心会の本の中では珍しく、出家者の修行や生活について書かれており、父主以外の教団関係者のインタビューも載っている。本自体は絶版で、会の通販サイトでも買えない。聖浄心会について調べていくうちにその存在を知り、宗教関連に強い古本屋を何軒も回ってようやく手に入れた。カバーは破損したのか、本体が剥き出しの状態で売られていた。今から6年前に、自主出版でわずか１０００部だけ発売されたが、その後絶版となった。書籍は聖浄心会の貴重な収入源なのにこの本だけがなぜか絶版になっている。読んでみる必要があると感じていた。

体験出家を終えてからちょうど1週間。聖浄心会から連絡はない。その間、地道な捜査に時間を費やした。どこで犯人とつながるかわからないため、潜入捜査官の捜査では警察手帳が使えない。あくまでも成り済ましている〈高木麻里〉の行動範囲内でしか動けない。だから警察力が必要な捜査は宍戸に依頼し、もっぱら聖浄心会の信者周辺を調べている。教団の書物を印刷・販売している会社や在家信者の集い、〈在家会員ホール〉などをこまめに回り、父主や修道士たちに関する噂や評判を丹念に聞き出した。その中で、唯一絶版となった入手困難な関連出版物を知った。在家の人間たちは、父主に関する記述に不備が見つかって出版後直ぐに本部が回収したのではと噂していた。

改めて手にしている本を見る。題名は『聖浄心会〜出家と修行〜』。著者名は〝竹中神菩編〟となっている。ページをめくり、目次を確認する。概要を把握することで文章を読むスピードが格段に速くなる。これも潜入捜査官となって教え込まれたスキルだ。目次には〈聖浄心の教え〉〈在家での信仰〉〈在家から出家へ〉〈孤独と瞑想〉〈聖浄心の境地へ〉といった項目が並ぶ。聖浄心会の経典の基本的な流れだ。ページを先に進め、本文に取りかかる。父主・竹中神菩の平易な文章が続く。ここからは集中して一気に読む。

「お前さんもその本に行き着いたか」

突然掛けられた声で我に返る。宍戸だった。1メートルほど離れた場所のベンチに腰掛け、前を向いたままタバコを吹かしている。非常時以外に連絡を取り合うことを控えていたので、宍戸と話すのは1週間ぶりだった。

「ちょっと、驚かさないでくださいよ」

「俺は待ち合わせの場所に時間通りに来ただけだ。本に集中して気付かなかったお前が悪い」

「確かにそうですけど。で、お前もっていうことは、宍戸さんの網にも『聖浄心会〜出家と修行〜』がかかりましたか？」

「まあな」

宍戸は手に抱えていたビニール袋をひょいと上げる。そのまま袋の中から本を取り出してページをめくる。

「教団関係者の顔や経歴が載ってる貴重なものだからな。お前が潜入中に接触した渋沢という若い兄ちゃんの記事もあっただろ」

「ええ。修行の実際を紹介する章です。写真はなかったですけど」

　渋沢のことが掲載されている箇所を聞く。宿坊での瞑想の仕方や〈聖浄活動〉での日課について、若い信者数人がそれぞれ語るコラムのような内容だ。

「要はこの本が絶版になった理由だな。どうして、わざわざ回収する必要があったのか」

「ええ。古い在家会員に言わせると、修行の詳細が網羅されてるので結構便利だったようです」

「どうしても触れられたくない内容があったとしか思えねえな。でもよ、取り立てて問題は感じられないんだよ。当たり前のことしか載ってないからな、この宗教本には」

「となると一番考えられるのは、顔出ししてる会員自身に何か不都合があったという線ですかね」

「会の中でトラブったとか、問題起こしたとかな」

「もっと会員たちの情報を集めたいですね」

「現在の聖浄心会の会員、つまり信者は全国で公称２万人。信者数の水増しは宗教団体にはつきものだから、実際はその５分の１程度の４０００人規模。それでも全員の履歴を当たるのは到底無理だ」

「潜入してわかったんですが、父主との面談のためのチラシを扱えるのはごく一部の人間です。今回の事件に聖浄心会が関わっているとしても、犯人は教団内で一定以上の地位にいる必要があります」

「ということは、この絶版本の奴らは皆怪しいってことだな」

「そうですね。この人たちって全員古参信者ですから」

「ほとんどが現在の聖浄心会の幹部になっている」

「この本に掲載されている何かが事件につながる可能性が高いですね」

「ここに顔と名前が出ている人間の経歴は一応洗っておいた」

くたびれた灰色のブルゾンのポケットから折り畳まれてクシャクシャになった紙を取り出し、宍戸はベンチの上に置く。周囲を軽く見渡してから、さりげなくその紙を手に取る。朝刊の折り込みチラシの裏側に文字が鉛筆でびっしりと書かれている。

「手書き。しかも鉛筆ですか」

「俺はパソコンなんか使わない。報告書でも何でも手書きだ」

「ホント、典型的な古いタイプの刑事ですね」

「知るか。情報の保全にもこっちの方がいいだろ」

「まあ手書きでもいいんですけど、もう少し綺麗な字で書けませんかねえ」

「うるせえな。文句を言うんだったら返せ。俺はお前のために――」

「なるほど、渋沢は神奈川県出身かぁ。県立厚木高校を卒業して直ぐに入会してる。他には、東京に埼玉の浦和。千葉の我孫子っていう人もいる。元の職業は、教師に区役所の役人、工作機械メーカーのサラリーマン――」

「お前、俺の話を聞いてるのかよ」

　宍戸の悪態を聞き流しながら、古参会員数人の履歴を頭に叩き込む。その様子を見て、宍戸は突っかかるのを諦めたようだ。

「それより加賀美や内野ってどうでしたか?」

「お前が潜入の時に会った修道士たちな。奴らは情報が少な過ぎて調べがつかなかった。もう少し、特徴が欲しいな。写真とか、下の名前とかな」

「本部道場の中では名字でしか呼ばれないんですよねえ――」

「そのクラスの人間は、信者や関係者、監督官庁なんかには知られてない。出身地や友人、家族にもなかなか行き着かなかった。今回調べのついた奴らも現状、事件との関連を臭わすことはなかった」

「3人の被害者との接点は？」

「ないな。同じ県出身だったとしても、年齢や住んでいた町が違ってた。結局、誰ともつながらなかったよ」

「うーん。なかなか事件の真相は見えてこないですね」

八方塞がりだった。書かれた内容をすべて記憶し終わり、宍戸のメモをベンチの上に戻す。何気なくビニール袋に手をやり、中の本を取り出す。宍戸が見つけてきた、もう1冊の『聖浄心会〜出家と修行〜』だ。紗香が神保町で入手したものと違い、こちらにはきちんとカバーがついている。本を手に取り、膝の上で表紙を眺める。

その瞬間、紗香は目を見張った。みるみるうちに心拍数が上がる。

「この表紙、これどういうことですか？」

周囲の目を気にすることもなく、宍戸にその本を突き出す。思わず声が出る。

「急に何なんだよ？　聖浄心会の書籍のカバーはどれもこんな感じだろ」

「それはそうなんです。でも、そうじゃなくて。違うんですよ、このカバー」

「違うって何がだ？」

「カバーの男の人、父主じゃないです」

「はあ？　お前、何言ってんだよ」

「だから、宍戸さんが買ったこの絶版本のカバー、修道士長の渋沢ですよ——」

カバーに大写しにされた若い男性は紛れもなく渋沢だった。端整な顔立ちであることに違いはないが、写真の渋沢はまだ幼さが残っており、今よりずっと線が細い。出版年を考えると、その写真は出家してほどなく撮られたものということになる。

ＩＤセンターの辻の資料によれば、ここ数年で大量に出版された聖浄心会の書籍はいずれも、カバーに父主の顔写真のアップが使用されている。体験出家の前に読んだ入門書も、宿坊に備え付けの教典も笑顔の父主がカバーだった。

「もしかしたら、これが絶版の理由なのかも」

「この本だけ、父主でなく渋沢が表紙のカバーを飾った。その事実を隠蔽するために絶版、さらには回収までいったっていうことか。でもようなんで渋沢だと問題なんだ？」

「わかりません。確かに表紙を教祖の顔とする決まりを作ったのは聖浄心会自体だから、例外だって作っちゃえばいいですからね。渋沢本人が嫌がったか、それとも他の人間の嫉妬が原因とか――」

事件との因果関係はわからない。ただ、絶版となった理由が聖浄心会にとって何かしらの急所なのは間違いない。その後、２人でいろいろと検討したが、明確な答えは出なかった。

「結局、情報が足りな過ぎるな」

「でも少ない拠り所の中、宍戸さんの捜査資料はすごくためになりました。字は汚いけど」

「うるせえよ。どっちにしても、お前さんは事件解明のためにはもう1回潜る必要があるぞ」

「わかってます。ただ、潜入するにも本出家を許されなきゃなりません」

「父主の竹中がお前さんを出家者として認めるかどうかだな」

「そればっかりはなんとも。直接会えませんでしたから」

「でもよう、修道士同士が取り合うなんてのは、お前さんが聖浄心会の中で良い線いってるってことだろう」

「なんか感じ悪いんですけど」

宍戸は小馬鹿にするように笑う。自分よりもかなり年長の刑事を睨む。いつの間にか会話のペースは宍戸が握っている。このあたりが場数を踏んだ優秀な刑事らしい。口に出すつもりはないが、宍戸に対する信頼度は上がっている。

「会に接触するための別の手はないのか？」

「見学だとか適当なこと言って、〈本部道場〉の敷地に入ることは出来るかもしれないですけど」

「その場合、会えるのは加賀美くらいだろ。場所だって、いいとこ〈事務棟〉の応接だな」

「そうですね。〈事務棟〉までなら納入業者でも入れますからね」

「だったらそっちは俺の方で考えておく。もっと教団の深部に入り込まなきゃな意味ねえな」

「修道士長の渋沢に直当たりすれば違った展開にならないですかね」

「局面を変えられるかもしれねえな。もちろん、お前さんにどんな感情を抱いているかにもよるが」

「女として狙われてる気はしないんですよね。残念ながら」

「渋沢や加賀美がお前に不信感を抱いて芝居を打った可能性も否定出来ねえしな。とりあえず渋沢は切り札として温存した方がいいな」

結局、聖浄心会の本部から〈本出家許可〉の連絡を待つしか手がない。最初の結論に戻る。公園内は相変わらず人もまばらで長閑《のどか》だった。公園の先の港湾に大きなタンカーが入船するのが見えた。


それから1週間。紗香は会からの連絡を待ちながら、地道に聖浄心会の在家会員たちへの内偵を続けていた。宍戸ともコンタクトを取っていない。

毎朝7時に起きて目覚めのシャワーを浴び、トーストとインスタントのコーンスープという簡単な食事を摂る。朝はかなり気温が下がり、すっかり東京も冬らしくなった。

今日は世田谷の道場を訪ねる予定だった。小さな教典の読書会が開かれる。スキニージーンズに淡いブルーのセーター、その上にネイビーのダウンジャケットを羽織る。あくまでも印象に残らない服装。ダウンをＴｈｅｏｒｙにしたのは、元百貨店勤務らしさを醸し出すためだ。

ブー、ブー、ブー。朝８時30分。いざ出かけようとした瞬間、突然スマートフォンのバイブレーションが震えた。液晶画面に表示された番号は記憶にない。この番号を知っているのは４人。宍戸に長嶋、辻。もちろん彼らの番号は記憶している。

ということは――。驚きと期待が相半ばしながら、紗香はテーブルの上のスマホを手に取る。

「もしもし――」

「高木さん、久しぶり。聖浄心会本部の加賀美です」

来た。こちらからアクションをかけようと思っていた矢先に向こうから接触してきた。瞬く間に加賀美仕様の妹キャラクターにギアを替える。声を聞くのは２週間ぶりだ。

「加賀美さーん。お久しぶりです。どうしたんですか、こんなに早い時間に」

「早い？　ああ、あなた体験出家が終わってから修行サボってたんでしょ。朝の〈清掃活動〉と朝食を終えて、私たちは、これから瞑想の時間よ――」

「あっ、そうか。〈本部道場〉の皆さんにとってはもう昼前ですよね」

たわいもない話で様子を窺う。電話の先の加賀美の声が心なしかぎこちないように思える。

「ご連絡いただいたのはもしかすると」

「本出家の件。ちょっと高木さんに聞きたくてね」

「ついに父主様との面会ですか？　やっと本出家が認められたんですね」

「まあ落ち着いて。少し違うの」

「違う？　何が違うんです」

「会からあなたに本出家の件で連絡があったのか。それが聞きたかったのよ」

加賀美の電話は〝本出家許可の通達〟のためだと思っていた。しかし、電話の向こうのテンションはどうも違う。

何かが起きている――。それが聖浄心会の内部なのか、自分の周辺なのかわからない。頭の中を急速にクールダウンさせ、慎重に加賀美の出方を待つ。

「でも、その様子だとウチの本部から連絡来てないようね」

「ええ。私、すっかりこの電話がそのためだと思ってました」

「そっかあ。おかしいわねぇ」

やはり反応がおかしい。しばらく間があって、加賀美は慎重な語り口で話し始める。

「――私は高木さんが体験出家を終了してすぐ、あなたが父主様に帰依するに値する人だって推挙したの。だから本出家の許可を出すべきだって」

「あ、ありがとうございます。でも、私のところには何の連絡も――」

「今までそんなことはなかったわよ。担当した体験出家者の中で、私がこれはって推挙した人は全員、本出家の案内がされているのよ。もちろん出家して聖浄心会で活動するのを最終的に断念する人はいたわ。でもそれだって父主様との面談を経て、家庭のこととかいろいろあったから出家を諦めただけ。少なくとも私の上申はすべて受け入れられた。前に父主様が体験出家者をどこかで見ているはずって言ったのは、これが理由だったのよ」

「でも、私の場合は――」

「そう。だから連絡がないのは、誰かが邪魔をしているから」

「邪魔？　誰が私の出家を邪魔するんです。何のために？」

「わからない。ひとつだけ気になるのは、体験出家の最終日、〈問答〉の時間に渋沢修道士長に連れてかれたよね。高木さん、あの後何があったの？」

「〈聖浄活動〉の一端を体験させてくれただけです」

今でもしっかりと脳裏に記憶している〈本部会員室〉の空間構成を思い出しながら、簡単にあの日のことを加賀美に説明する。ただ、渋沢が本来禁止されているはずのデータベースへの会員登録をさせたことは敢えて言わなかった。

「〈会員室〉へ行ってたの？　驚いた。私は〈本部会員室〉付きの修道士だけど、用がない限りあそこには入れない。会の機密や個人情報がいっぱいだからって理由で」

「そうなんですか？　随分と気軽に連れて行かれましたけど」

頭の中で状況を整理する。あの日、紗香が〈本部会員室〉に連れて行かれたこと。コンピュータ端末に触れていたこと。この事実を加賀美は知らなかった。更に気になったのは、加賀美自身が〈本部会員室〉に入ることがほとんどないという言葉だ。紗香に明らかに羨望と嫉妬を示した。加賀美の話はどこまで事実なのだろうか。ただ反応に嘘は感じられなかった。

「その時、部屋にはあなたと渋沢修道士長だけだった？」

「女性の修道士さんが何人か出入りしましたけど、基本的には2人だけです。スミマセン、これって私の本出家と何か関係してるんですか？」

「いや、ああ、うん。私にもよくわからない。ただあなたの命運は渋沢修道士長が握ってるような気がする」

「はあ。命運って言われても。私はちゃんと出家したいだけですけど」

「もしかしたら渋沢修道士長に直接聞いた方がいいかもしれない。いや、そうすべきだわ」

「直接って。どうやって渋沢さんに連絡取ればいいんですか？」

「〈本部道場〉の修道士専用の電話番号を教えてあげる。交換係の出家会員は私が昔担当だった人間だから話を通しておく」

そう言って加賀美は電話番号を告げる。慌てて復唱しながら、その番号を記憶する。

「これってなんかルール違反とかじゃないですよね？」

「そんなんじゃないわよ。高木さん、あなた本当に聖浄心会に出家したいんでしょ？」

「もちろんです。そのために仕事も辞めたんですから」

「だったら出家の道を自ら切り開くべきよ。私はあなたの指導修道士として、先輩の会員として、全面的に応援するわ」

「あ、ありがとうございます。正直、連絡が来ないので少し諦めかけてたんです。でも加賀美さんから連絡もらって、やる気が出てきました」

「その調子よ。じゃあ頑張って。また連絡するから」

これまでの朗らかな感じに戻り、加賀美は電話を切った。修道士は携帯電話を持っていないからか、自分への連絡方法を教えることはなかった。

結局、予定していた会員の集いは欠席することにした。電話のやり取りを反芻する。事件との関係は不明だが、事態は明らかに動き始めている。紗香は意を決した。マンションを出て、東大島の駅へと向かう。ロータリーを抜け、階段を駆け上がる。そこにこの付近で唯一の公衆電話がある。小走りで駆け寄り、受話器を手に取る。周囲に気遣いながら、記憶している電話番号を押した。

*

新橋。

紗香は指定された駅前のＳＬ広場に面した喫茶店にいた。ハーフティンバー調の内装で落ち着いて話が出来るからか、店内は商談と思《おぼ》しき人々でほぼ満席だ。

あの日、言われた通り聖浄心会の〈本部道場〉に電話をした。加賀美が手配していたのだろう、交換の人間は特段訝しがることなく電話を取り次いだ。数分間待たされた後、電話口に出た渋沢は、３日後の午後３時にこの喫茶店で待つように言った。

　渋沢は明らかに電話での会話を避けていた。もちろん、出家希望者が指名で修道士専用回線に電話してくること自体が異例ではある。だが、教団施設外で会うことも聖浄心会の教義とは反する。渋沢の真意は不明だが、そこまでして紗香に会おうとする理由があるのは明らかだ。

「お待たせしましたあ。高木さん、お久しぶりです」

　約束の時間きっかりに、大きな笑顔と朗らかな声を上げながら渋沢が席にやってきた。端整な顔立ちに見とれているウエートレスにカフェラテを注文し、目の前の席に腰を下ろす。

「元気そうですね。それにしても急に電話してきたからビックリしましたよ。どうして修道士専用ダイヤルの番号知ってたの？」

「えっと元気です。電話は本出家のことで質問したかったからです。それに、えっと何でしたっけ？」

「ははは。高木さん、相変わらずですね。良かった良かった。それで、どうして電話番号がわかったのかって話」

　何気なく質問をはぐらかしても、渋沢は優しい微笑みを絶やさずに再度聞いてくる。さすがにうやむやにはさせてくれない。事実をありのままに話すことに決める。

「加賀美さんからお聞きしました。体験出家の時からスゴく良くしてもらってて。私がどうしても出家したいって言ったら、渋沢さんが実質の担当だから直接聞いてみる方がいいっておっしゃって。それで――」

「ふーん。だったら加賀美さんが僕に直接聞いてくれればいいのになあ。毎日会ってるんだから」

「あっ、加賀美さんは悪くないです。私が悪いんです。それに加賀美さん、渋沢さんに遠慮されてるみたいです。体験出家の最終日のことがあったから――」

「あれは、高木さんがどうしても〈聖浄活動〉を体験したいって言ったからですよ」

「あ、そうですね。なんか、スミマセン――」

優しげな笑顔と眉目秀麗な顔立ちに隠されているが、こうした会話でも渋沢が並みの人間でないことがわかる。〈本部道場〉にいる時よりも更に砕けた口調だが、知りたい情報はきっちり聞き出し、自分の考えていることは言葉からも表情からも読み取らせない。改めてこの修道士長を警戒する。当の渋沢はカフェラテを持ってきたウエートレスにちょっかいを出している。ウエートレスの方もまんざらでもないようで、声を出して笑っている。

「渋沢さん。私、本出家の許可を父主様からもらえるんでしょうか？」

本題をぶつけられた渋沢は名残惜しそうにウエートレスをカウンターへ返し、紗香へ向き直った。

「会員の皆さんを統括する立場の僕としては、もちろん高木さんには是非出家してもらいたいです。加賀美修道士からも適性との報告を受けてますし――」

「本当に？　ありがとうございます」

「もちろん、最終的には父主様のご判断になります」

「渋沢さんが決めるんじゃないんですね――」

思いっ切り落胆の表情をして、上目遣いで渋沢を見る。

「待って、待って。そう結論を急がないで。僕も推薦しておきますから」

「だってもう2週間以上も面談の連絡は何もありません」

「高木さんの信仰心ってそんな軽いものだったのですか？」

「えっ、いやあ、そういうわけじゃあ」

「本来、聖浄心の教えはどこにいても帰依出来るはずですよ。出家というのは父主様の教えをより深く追究するための手段に過ぎません。あなたが適当な気持ちで出家を口にしているのなら、僕の段階で本出家を認めません」

それまでの軽薄な印象が消え、渋沢の表情が真剣になる。語調も研ぎ澄まされ、宗教者特有のものに変わっている。紗香は気迫で気圧されそうになる。

「それに〈本部道場〉での出家ということは、自分自身の修行であると同時に、父主様をお守りするという役目も担わなければなりません。高木さんだって例外ではありません。その資質があるかどうか。僕らも、そして父主様も考慮されているはずです」

「私が、父主様をお守りする――」

「聖浄心会も僕が出家してからの7年間で、現在のような大きな宗教団体になりました。以前のように会員全員が知り合いで、家族のような関係というわけにはいきません。中には利己的考えから教団内で跋扈《ばっこ》する人間もいます。徒党を組んでいる者たちも」

「なんか会社と一緒ですね」

「本当に悲しいことです。ただこれも聖浄心会が大きく成長した代償です」

「父主様はそれでいいんですか？」

「当然ながら、父主様が一番心を痛めておられます。だからこそ、新しく出家を希望する人たちの選定には慎重を期しているんです」

「私、出家したら絶対父主様をお守りします。本部の中で派閥を作ってる人なんかに負けません」

「もちろん、そうでなくては困ります」

渋沢はそう言って紗香の顔をまじまじと見る。その眼差しには曇りがなく、真摯そのものだ。聖浄心会内部の権力争いが思っている以上に広がっているということなのか。実際に会って話がしたいと言われた時、渋沢はやはり噂通り〝信者を食い物にする女たらしの新興宗教幹部〟だと思った。しかし、聖浄心会を憂う言葉に嘘が感じられない。そもそも嘘をつくメリットがない。何より決して自分のことを人に晒さない渋沢にしては無防備過ぎる。

むしろ、渋沢は焦っているのかもしれない。確証が必要だった。これまでも度々浮かび上がってきた聖浄心会内部の歪み。その実態を表す明確な証拠を炙り出す必要がある。そして、それが事件と関係しているかどうかを見極めなければならない。

「渋沢さん。実は聞きたかったことがあるんです」

「何？　何でも聞いてください」

「私、最近、在家会員向けの講話や読書会なんかに結構参加してるんです」

「へえ、随分偉いじゃないですか」

「まあ仕事も辞めちゃってますし。とにかく本出家に備えて父主様の教えをちゃんと会得したくて」

「確かに高木さんは他の会員さんと聖浄心について議論するのはいいことかもしれないな。そこら辺の知識が少し足りないですからね」

「スゴくためになってます。知り合いも増えたんですけど、そこで妙な噂を聞いたんです」

「妙な噂？」

「ここ1年くらいの間に体験出家に参加した人が立て続けに死んじゃったって話です」

「死んだ？　それってどういうこと」

渋沢は驚きの表情を隠さない。紗香の話が想定外だったのは明らかだ。

「初めは一種の都市伝説みたいなものだと思ってたんです。でも、在家会員の中では結構有名みたいです」

「ちょっと待って。少なくとも僕は初耳ですよ。信者の皆さんを統括する修道士長なのに」

「渋沢さん、本当に知らないんですか？」

「知らないし、そんなの嘘に決まってる――」

紗香の言葉を否定するが、渋沢の額には珍しく汗がにじんでいる。さらさらと清潔感に溢れていた頭頂部の毛髪が少し浮かんでいる。

今日初めて嘘をついた。渋沢は事件を知っている。もちろん会員たちの間に広まっている噂の発信源は紗香自身だ。この数週間、あちこちの支部や集会で噂をばらまいた。渋沢がこの後調べれば、教団のかなり広範囲にその噂が広がっていることを知るだろう。

「私だって嘘だと思ってます。自分も体験出家したからわかるんですけど、そんなオカルトっぽい要素なかったですから。でも――」

「でも？」

「会と関係ないんだったら、わからないかも。例えば殺人とか」

「殺人？　どうしてそんなこと――」

「怨恨や金銭、地位、性的嗜好。理由は何でも考えられますよね。人間なんですから」

少し突き放すように言い放ち、相手の目をしっかりと見る。渋沢も逃げることなく見返す。ほぼ満席の店内で話される様々な会話が２人の耳を通り過ぎる。互いの目を見つめ合ったまま、しばらく時間が止まる。

「何か知っているなら教えてください。私、何も知らないまま出家を希望することは出来ません」

沈黙を破ったのは紗香だった。自分の素性に疑いを持たせないギリギリの線。それと引き換えに渋沢の言葉を促す。

「わかりました。正直に話しましょう。ただしひとつだけ条件があります」

「条件？」

「そうです。話を聞くからにはその条件を受けてもらいます」

「わかりました。で、その条件って何ですか？」

「――明日の朝から〈本部道場〉で出家してもらいます」

渋沢は鋭利な刃物のような視線で射貫く。ただ首肯するしかなかった。たとえそれが罠であろうと、拒否は出来なかった。

その姿を確認して、渋沢は居ずまいを正して言葉を続ける。

「実は、この1年間で警察から何件かの問い合わせを受けました。亡くなったり、行方不明になった方の遺留品の中に聖浄心会のチラシがあったと。ここではっきりと言っておきたいのだけど、亡くなった方は決して殺人事件の被害者とかではありません。事故だったり、自殺だったり、とにかく事件性はないと警察の方も言っていました。もちろん、われわれ聖浄心会もその死とは一切無関係でした。だから聴取も通り一遍で終わりました。これだけ全国で会員が増えましたから、死に関係する人も出てきて当然です」

「だとしたら、何も問題ないですよね」

「そうですね。その通りであれば」

「どういうことですか？」

「警察が問い合わせに来た人たちなんですが――」

そこまで話して渋沢は一度言葉を切る。思わず前のめりの姿勢になった。事件の臭いがする。

「――全員、聖浄心会の会員ではなかったんです」

＊

東大島の駅前ロータリーから少し入ったポケットパーク。初めて紗香と話した場所だ。時刻は既に夜の9時を過ぎ、気温も随分下がった。立っているだけで身体の芯まで冷える。潜入捜査に関わっているうちに季節はすっかり冬になった。宍戸の携帯電話に着信が入ったのは午後、聞き込みのために都内を電車で移動していた時だった。固定電話からの着信が立て続けに3回。『至急会いたい』という信号だ。何かのトラブルか、捜査の進捗か。命に関わる非常事態の時は直接電話で会話をする取り決めなので身の危険とは違う。直ぐにクリーニング店を装った電話を紗香の〝自宅〟に入れ、待ち合わせの場所と時間を留守電に残した。

約束の時間に少し遅れて、紗香が現れた。厚手のダウンを着込み、足下はＵＧＧのブーツでしっかり防寒対策をしている。

「どんな急用だと思ったら、随分ゆっくり時間をかけて防寒してきたもんだな」

「私、昔から寒さに弱いんです。それに女性の敵なんですよ、冷えは」

「知るかっ。相棒を寒風の中に待たせるんじゃねえよ」

「スミマセン。でも話、長くなりそうだったので」

「で、何があった？」

紗香は口元をスッと引き締め、刑事の顔になる。リスクを負ってでも直接会って話さなければならないことが起きた。宍戸も背筋が自然と伸びる。

「明日から聖浄心会の〈本部道場〉にもう一度潜ります」

「随分、急な話だな。出家の許可が来たのか」

「今日、修道士長の渋沢に呼び出されて通達されました」

「何か妙だな。街で信者呼び出して出家させるなんてことやってないだろ――」

「事件が動き出したんだと思います。渋沢は事件に気付いています。3人の被害者を結ぶ例の〝チラシ〟のこと、確実に知っています」

紗香が昼の出来事を詳細に説明する。宍戸は正直驚きを隠せなかった。しばらく考え込んだ後、1枚の紙を紗香に差し出す。

『名物ホームレス、都会のど真ん中で孤独死。死後3日後にブルーシートハウスで発見。長期不況で急増する働き盛りのホームレス化……』

地方版に小さく出るようなホームレスの死亡記事のコピーだ。日付は一昨日。紗香は黙って記事に目を通す。

「昨日、念のために愛宕署に行ってみた」

「普通のホームレスの死じゃないってことですか？」

「お前の潜入捜査を手伝うようになってから、都内の不審死はとりあえずひと通り当たってる」

「ふーん。なるほどねえ――」

「なんだよ。その態度は？」

「宍戸さんってなんだかんだ言って、かなり真面目でちゃんとした刑事だなあって」

「まったくお前はよう。とにかくこれを見てみろ。発見された時の被害者の住居だ」

2枚つづりのA3サイズの資料をポケットから取り出す。1枚目は縦に3つ、横に2つ並べられた写真のコピー。6つの写真のうち、左側の3つはブルーシートハウスの外観で、右側の3つはハウスの中の写真だった。生活用品が所狭しと並べられている。紗香も顔を寄せ、写真を覗き込む。

「随分、綺麗に整理整頓されてますね。ホームレスの人って、もっと無頓着なのかと思ってました」

「普通に暮らしている人間と一緒さ。綺麗好きもいりゃあ、ずぼらな奴もいる。問題はもう1枚のコピーだ」

紗香は言われたまま紙をめくる。1枚目と同じように6つの写真のコピーが並ぶ。

「遺留品の写真ですね。カセットコンロに調理用具。結構、丁寧に使っていたみたいですね。あっ――」

「な、ビンゴだろ」

6枚の写真の内、右側の真ん中に使い古されたボールペンや定規と一緒に写っているのは、聖浄心会のチラシだった。他の被害者のものと同様にナンバリングがされている。

「ということは、このホームレスも一連の事件の被害者――」

「その可能性が高いな」

「動き出しましたね、事件」

「監察医務院の解剖の結果は自然死だった。あのままだと、よくあるホームレスの死ということになっちまうところだった。だけどよう、奴さんの死は明らかに臭う。だとしたら、俺とお前さんで犯人を挙げなきゃならねえ。犯人を野放しにしておくわけにはいかねえからな」

「はい、絶対犯人を突き止めます――」

真相究明の端緒となるのが新たな犠牲者だという事実。刑事が因果な職業だと改めて感じる瞬間だ。いつになく熱くなる言葉に、目の前の女性刑事はしっかりと耳を傾け、力強く頷いた。彼女もまた根っからの刑事だ。

「ガイシャの身元はわかったんですか?」

「おう。一応な」

いつものようにチラシの裏側に書かれたメモを取り出す。相変わらずのミミズが這うような文字。これだけはどうにもならない。

「ちょっと、宍戸さん。これ――」

紗香が大きな声を上げ、〝氏名〟と書かれた欄を指差す。

「だから字が汚いのはどうしようもねえんだって――」

「違います。これ、ここ」

「田中、秋智。死んだホームレスの名前だよ。それがどうした？」

「知ってるんです。私、この男のことを知ってます」

全身が凍り付くのを感じた。宍戸は紗香の両手首を摑み、勢いの余り振る。

「どうしてお前さんがこのホームレスを知ってるんだ」

「痛いですよ、宍戸さん。ちゃんと説明しますから、まずは落ち着いてください」

紗香が体験出家の最終日の話をする。半ば強引に連れられて行った〈聖浄活動〉で入力した会員の名前。それが〈田中秋智〉。そして、その仕事を命じたのは修道士長の渋沢だった。

「おかしなことになってきたじゃねえか。渋沢って修道士長の説明と随分と齟齬《そご》がある」

渋沢は確実に事件の被害者たちのことを知っている。被害者３人が聖浄心会、しかも父主とつながるチラシを持っていたことも。その者たちは信者ではないと紗香に説明までした。そんな中、宍戸によって〝田中秋智〟の死が捜査の俎上にのせられた。田中もまた他の被害者同様、聖浄心会のチラシを持っていた。宍戸が手配して田中の遺体は司法解剖に回っている。明日には結果が出るが、おそらくその死は単なる自然死ではないはずだ。つまり、田中は第４の被害者ということになる。そして、その田中は正式な聖浄心会の会員だった。その会員情報をデータベースに入力したのが潜入捜査中の紗香自身なのだから間違いない。

事件の被害者がいずれも聖浄心会の会員ではないとした話自体に信憑性がなくなった。渋沢は嘘をついている。田中の死がまさか事件になるとは思わなかったのか。

「どうして渋沢は事件の被害者たちのことを私に告げたんですかね」

「確かに謎だな。お前を罠にはめるためなのか――」

「あるいは、本当に私を信用しているのか。今日の渋沢は嘘をついているように感じませんでした」

紗香の前で見せた渋沢の真摯な宗教者の側面。父主を蔑ろにする会員の増加を嘆き、出家した際には竹中神善を守るように説く、若き修道士長。

「混乱する組織を立て直す際の手下として、お前に白羽の矢を立てたということか」

「聖浄心会が権力闘争の渦中にあるのは間違いないと思います」

「渋沢の言っていることはお前の推理と合致するわけだ」

「はい。だからこそ、田中の一件だけ嘘をつく理由がわかりません」

「そうなると、あとは奴さんの立ち位置がどこにあるかだが――」

確かに出家希望の女性を騙すメリットは今のところない。渋沢がもし犯人だとしたら、被害者との接点をわざわざ第三者に教える必要はない。

「3人の被害者が聖浄心会の会員ではないという話は事実と考えた方がいいのか？」

「絶対ではないのですが。その場合、渋沢が知らないところで田中秋智に何かが起きたことになります」

「それなら渋沢と事件とは無関係ってことになる――」

「そこまでは断言出来ません。被害者全員が聖浄心会のチラシを持っていたことは客観的な事実ですし、田中秋智が聖浄心会の会員であることも事実ですから」

結局、紗香と宍戸が集めた情報だけでは事件の推理は堂々巡りにしかならない。

「このあたりも聖浄心会に潜入してもう一度探るしかねえな」

「そうですね。今回は本出家ですから、じっくり捜査出来ます」

「その分、危険も増えるぞ」

「わかってます。そのための訓練と経験は積んでますから」

「まあ、その辺りは俺には計り知れないけどよう。とにかく、気をつけろな」

「はい。肝に銘じます」

「まずは父主・竹中神菩との面談が勝負だ。奴が事件にどう関わっているのか。それを知りたい」

「渋沢の話だと、竹中となるべく早く会ってもらうと」

「焦ってるのかもな。渋沢も竹中も」

気付くと吐く息が真っ白だ。夜も深くなり、気温がかなり下がってきた。宍戸はいつものブルゾンを着ているだけなので、一層寒そうに感じる。

「もう11時です。宍戸さん、最終電車の時間ですよね。急に呼び出してスミマセンでした」

「終電なんてどうでもいいんだ。お前さんは明日から本出家だ。もう一度、今後の連絡方法を確認しておこう」

1人で潜入し、捜査のすべてを背負う人間に対する、宍戸なりの尊敬と気遣いだった。

*

小さい頃に妹はいつも私について回っていた。両親が共働きだったこともあり、何かと私を頼りにしていた。いや、私の方が妹と一緒にいたかったのかもしれない。とにかく、年も近かったし、性格が正反対で、かえってウマが合った。自然に囲まれて育ったのも良かったのかもしれない。私たちはいつも行動を共にしていた。もしかしたら周囲からは仲が良過ぎに見えていたかもしれない。必然的に両親に言えない秘密を共有するようになった。秘密と言っても、所詮小学生のたわいもないものだったが、自分たちにとっては重大なことだった。思春期特有の悩みはその秘密の中でも大きな比重を占めていた。クラスの友達やイジメのこと。林間学校やクラブ活動のこと。互いの異性への興味。何でも話した。両親は優しく、いろいろと相談に乗ってくれたが、心の深部まで明かせるのは妹しかいなかった。その意味で妹は〝神〟だった。心の世界でつながる、どこか超現実の存在だった。

　小学校も高学年になったある日、山の麓に広がる森に出かけた。両親は職場の会合があり、それぞれ帰りが遅くなる予定だった。どちらから誘ったのか、今となっては定かではない。暗黙の了解だったのかもしれない。私たちは学校の帰り道、家には帰らずに遠出した。天気は晴れていたが、森の奥へ進むにつれて辺りは徐々に薄暗くなる。自然界の音だけが支配する。感覚が曖昧になり、それが現実なのかどうかわからなくなる。

　時折心配になって妹を見た。いつの間にかいなくなってしまうのではないかと思ったからだ。森の入口まではいつものようにたわいもない会話をしていたが、それもほどなく消えた。しばらく声を発せず、黙々と森の中を歩いていた。妹の顔から徐々に表情がなくなっていった。妹の存在自体が消えてしまうのではないかと本気で疑った。だが、確認する度、妹はしっかり隣にいた。微かながら笑顔を返してきた。木々の間から細かく差し込む陽の光に目が攪乱される。妹と一緒だったらこのまま消えてもいい。そんな歪んだ気持ちにもなった。

　自分たちの間に何か起きている。そう。その日から悲劇は始まっていたのかもしれない。

私が小学校に上がった時から毎年、夏と正月に家族みんなで泊まりがけの旅行に出かけるのが恒例となった。妹は幼稚園の年中だったが、１日中家族全員で過ごせることが本当に嬉しそうだった。両親が共働きだったこともあり、妹が起きている時間に家族団欒が出来ないことが多かった。だから、旅行中は父や母、そして私と順番に腕を組んで歩く。夜も母が注意するまで起きていて、本当に楽しそうにトランプをしたり、父親に日常に起きたたわいもないエピソードを質問し続けたりした。普段は落ち着いている妹が旅行の時は年相応にはしゃいでいた。それくらい妹は家族旅行が好きだった。そんな妹を見ていると私も幸せになれた。

悲劇の始まりは私が中学２年の時の御盆だった。妹が家族旅行に行きたくないと突然言い出した。理由を聞いても、ただ「行きたくない」の一点張りだった。思春期を迎えた娘が父親に反発しているのではと母親が妹と２人だけの時に何気なく聞いてみた。理由は同じだった。

「私は家にいるから、みんなは温泉に行ってくればいい――」

妹はそう言ったきり、自分の部屋に閉じこもってしまった。その後も態度に変化はなく、頑なだった。御盆の間、家に小学生を１人残して旅行に行けるわけがない。結局、恒例だった家族旅行はこの一件以来中止となり、二度と出かけることはなくなった。何故、急にそんなことを言い出したのか。あの時はわからなかった。

「この前の家族旅行の時は他の誰よりも楽しんでいたのにな――」

父が寂しそうにつぶやいたのが忘れられない。私の家族はそれまで本当に幸せだった。慎ましやかに、ささやかな幸福に包まれた毎日だったのだ。

冬の旅行ではあれほど楽しそうだったのに。その時は私も含めて、突然の事態にただ戸惑うだけだった。ここまで心持ちが変わる理由が私たち家族には思い浮かばなかったのだ。だが、妹の変質は決して突然のものではなかった。後になって思うのは、この頃から妹が私の部屋に来て、たわいもない話をする機会が減った。妹の部屋に行けば、これまで通り私の話を聞き、いろいろ助言をしてくれる。だから、その変化を捉えられなかった。しかし、妹の中で何かが明らかに変わっていた。どうしてあの時、もう少し内面の苦悩を聞き出してあげられなかったのか。何度も後悔した。今でもずっと悔やんでいる。何があったのか。いや、そのことで妹がどれくらいの傷を負ったのか。聞いてあげられなかった。

　悔しさがいつの日か憎悪へと変わった——。

第四章　本出家

西東京。

聖浄心会〈本部道場〉。体験出家の際、〈問答〉の時間に一瞬だけ足を踏み入れた〈講堂〉の2階。

目の前の木扉には部屋の名前を示すものはどこにもない。隣に立っていた渋沢が道を空ける。

「父主様はこの部屋の中でお待ちです。ここからは1人です」

「わかりました――」

ゴクリ。このチャンスを逃せば、事件の真相は永遠に闇に葬られる。そんな予感に襲われる。

焦燥感が緊張に拍車をかける。

「高木さん。そんなに緊張しないでも大丈夫ですよ」

緊張をやわらげようとする渋沢の声が遠くに聞こえるような気がする。

コン、コン、コン。無意識のうち右手が扉をノックする。

部屋の中から返事はない。渋沢が隣で大きく頷いている。

促されるようにノブを回し、ドアを開ける。

「失礼します。出家を希望しております、会員の高木麻里です」

挨拶をしながら部屋に入る。バタン。背中でドアが閉まる。

部屋の中には自分と――。

紗香は顔を上げ、視線を窓際の机の先に立つ人物に送った。

逆光に浮かぶシルエット。

驚きのあまり思わず声を上げた。だが、それ以上言葉が出てこない。

ようやく行き着いた潜入捜査のターゲット。しかし、それは想像していたものと違った。

「はじめまして。父主の竹中です」

そう名乗った人物は、華奢な女性だった。

紗香は驚きのあまりドアの側で立ち尽くした――。

「立ったままでは、きちんとあなたのお話を伺うことも出来ませんよ」

父主・竹中神菩は優しく子供をあやすような声で話しかけてくる。

顔には柔和な微笑みを漂わす。

動けない。動こうにも身体が反応しない。

「どうぞ、こちらにおいでください」

「女の人、だったんですね――」

動転する気持ちをなんとか抑え、声を絞り出す。竹中は窓際に立ったまま、じっと紗香の方を見つめている。質問に答えるつもりはないようだ。

沈黙が部屋中を覆う。

窓外の木立から鳥のさえずりが聞こえる。

「だって、本の表紙の父主様は男性で、中年のおじさんで――」

「ふふふ――」

竹中が小さく声を出して笑う。顔いっぱいに優しい表情が広がっている。

ただ、何を考えているのかまったく読み取れない。

「私、何か変なことを――」

「高木さんは楽しい方ですね。渋沢さんの言った通り」

「渋沢さんが？　あの、私のこと何て――」

「大丈夫。褒めてたのよ、凄く」

「それなら良いんですけど――」

「さあ、いい加減こちらへいらっしゃい。そんなところにずっと立ちっぱなしだと、あなただって落ち着いて話せないでしょう」

竹中は窓際のソファへ手招きする。少し会話をしたことでようやく身体が動くようになる。

紗香は言われるがままソファに腰を掛ける。竹中は正対する場所にちょこんと座った。

「改めまして。私が聖浄心会父主、竹中神菩です」

長い黒髪に大きな瞳。かと言って決して派手な顔立ちではなく、清楚さと軽やかさが感じられる。

年齢は30代半ばだろうか。相手に警戒心を抱かすことのないたおやかさ。

しかし、決して心の内には誰も到達出来ない。皆この独特な雰囲気に取り込まれていくのだろう。

それも無意識のうちに。

竹中の視線を感じる。父主という深淵に溺れてしまいそうになる。必死に心の平静を保つ。

「――高木麻里さん。29歳。あなたは、どうして聖浄心会に出家しようと思ったのですか？」

優しい表情を浮かべたまま、竹中が聞いてくる。語調も柔らかく、自然とその声は心の中に入り込んでくる。だからこそ強いプレッシャーを感じる。

体験出家の際、担当の修道士の加賀美や渋沢から同じ質問をされた時とは比べものにならない。

事件の真相を知っている可能性のある重要参考人との対面。緊張しているのはそれだけじゃない。

竹中の眼差しが紗香の身ぐるみを剝がそうとしているからだ。

恐怖心が身体中から溢れ出る。なんとか相手に悟られないようにする。

「正直、仕事は面白くなかったですし、生活もまあ行き詰まってて。彼氏にフラれちゃったり――」

「だからと言って、すぐにわれわれの会に辿り着かないでしょう?」

「たまたま会社の先輩が父主様の本を貸してくれて――」

「何という方でしょう?」

「えっ」

「だから、その先輩のお名前は?　聖浄心会の会員なのでしょう」

「名前は――、そう園田。園田ゆかりさん、です。今も売り場にいるのかなあ――」

〈IDセンター〉の辻が作成した〈高木麻里〉のプロファイル資料からなんとか思い出す。

おっとりした口調ながら、竹中の質問は矢継ぎ早に繰り出される。会話の相手をいつの間にか精神的に追い詰め、思考停止させる。そして一気に父主の教えを心の奥底まで突き刺す。

対峙して数分間。紗香はすっかり竹中にマインドコントロールされていた。人の心を操るスキルの高さに翻弄されている。とにかく、精神的な距離を取ることだけを意識する。

「探してお礼しなければなりませんね。その園田さんのおかげで、あなたのような熱心な出家希望者を得ることが出来たのだから」

そう言って竹中は紗香の目をじっと見る。顔は相変わらず微笑みを絶やさない。

オオカミに射すくめられたウサギ。紗香は不安げな目でしか竹中を見ることが出来なかった――。

それから1時間近く、竹中から質問を受け続けた。入信のきっかけや教典への理解など聖浄心会に関連するものだけでなく、〈高木麻里〉個人やその家族、交友関係まで多岐に及んで聞かれた。

頭の中に叩き込んでいる辻の作成した〈高木麻里〉のプロファイルを駆使し、なんとか答えた。

そして、竹中の言葉がようやく途切れた。

紗香は遂に反転攻勢の機会を得た。

「父主様。私からもちょっと質問してもいいでしょうか」

「もちろんです。何でもお答えします」

宍戸と相談し、あらかじめ用意していた質問をぶつける。

「私は父主様のお側で聖浄心の教えを会得したいと思ってます。だから本出家を希望しました。ただ最近、正直、心が揺らいでいます」

「出家を迷っている、ということですか」

「私、怖いんです――」

「怖い？　何故、出家が怖いのです。どうして、そんな風に思うのです？」

「体験出家に参加した人が、その後何人か死んだって聞きました――」

予《かね》てからの計画通り、聖浄心会と被害者たちの関係を問い質す。修道士長の渋沢は事件の被害者たちのことを知っている。更に被害者たちが会員ではないと言った。それらは紗香が先の潜入捜査で持った印象と合致する。聖浄心会が組織的に関わっているのか。あるいは、父主や渋沢、その他の聖浄心会員が個人的に事件を起こしているのか。聖浄心会に罪を着せようとして、わざと犯人が被害者の身辺にチラシを置いたのか。

いずれにしても、下手な小細工はかえって捜査を難しくする。だから竹中に不意打ちの質問をぶつけ、その時の微妙な反応や表情の変化を見る。その一点に賭けていた。

切り札を突きつけ、竹中の目をじっと見据える。

竹中は微笑んだまま、紗香を見返す。お互いに視線を外さない。

沈黙の時間が過ぎる。

平日の午前中、道場内は瞑想の時間だ。周囲に人の気配はない。

「――そうですか」

竹中がようやく口を開いた。少しの表情の変化も逃さぬように注視する。

「噂が広まっていますか。困ったことですね――」

そう言葉を継いだ父主の顔は柔らかで優しい。だが、それはどこか乾き、冷め切ったようにも感じられる。2人だけの空間。怖気付いたら負けだ。

被害者について警察の捜査が及んでいる。信者の死について会内部で噂になり始めてもいる。

これらが聖浄心会にとって不利な事実であることは確かだ。

竹中を攻めるには絶好のタイミングのはずだ。

「噂は本当なのですか？　父主様、亡くなった人たちはいったい何をしたんですか？」

身体を前のめりにして、目の前の竹中に迫る。

「物事には因果があるものです。噂になるからにはそれなりの原因が。人が死ぬにはそれなりの」

「つまり、体験出家に参加した人が死んだというのは本当だということですか？」

「その死には理由があったと言っているだけです。死に値する――」

「何があっても死んで良いはずありません」

「例えば知られてはいけない秘密に触れてしまったら――」

「秘密に触れてしまったから、その人たちは死んだんですか？」

「わかりません。ただ、会には、いろいろな秘密が溢れていますから――」

「でも、渋沢修道士長は亡くなった人は聖浄心会の会員じゃなかったっておっしゃってました」

「その説明に納得しなかったから、私にも同じ質問をぶつけたのでしょう？」

大きなミスだった。渋沢の名前を出す必要はなかった。

被疑者への聴取では、こちらの動きを相手に知らすことなく情報を引き出すのが基本中の基本なのに。竹中への追及を焦るあまり初歩的なミスをした。

「スミマセン。どうしても真相を聞きたくて、それで出家の前に。居ても立ってもいられなくて」

「謝らなくて結構です。それで渋沢修道士長は何と言ったのですか？」

「死んだ人は聖浄心会の人じゃなかったって――」

「つまり、会の周辺で人が亡くなったのは事実だと認めたわけですね」

「認めたというか、疑っていたというか――」

「高木さん。本当のことを言ってくれれば良いんですよ、遠慮せず」

今度は竹中が上体を前に傾け、紗香の方へ近づいてきた。目には相手を射すくめるような強い光を宿している。氷山の一角。竹中はもっと多くのことを知っている。事件はずっと深い闇の中にある。

紗香は目の前の女に改めて恐怖を感じた。教祖としてのオーラ。犯罪に関わっている者特有の妖しい狂気。孤高の女。それらが複雑に絡み合って出来上がった存在。

竹中という人間に畏怖の念を抱かざるを得なかった。

「父主様をお守りするようにと――」

「守る？」

「はい。渋沢さんにそう言われました」

「何故？」

「聖浄心会が大きくなるにつれて、会員の中に父主様を軽んじる人が増えたからと」

「この教団を生み出し、迷える人々のために教えを広めたこの私が頼りないと。だから守れと。随分と僭越なことですね」

「頼りないとはおっしゃってません。ただ新しく出家する人には父主様のお側で身体を張って守って欲しいと」

新橋での渋沢との会話を思い出しながら答える。

それは昨日の午後の話なのに、聖浄心会の本部道場にいるとはるか昔のことのように感じられる。

世間との乖離、隔絶。

宗教に深入りする恐ろしさを実感する。

「この教団のことはすべて私が決めています。古参の修道士長だからと言って、勝手な振る舞いは許されません。出家者が私を守らなくてはならないというようなことは聖浄心の教えにはありません。出家はあくまで、個々の会員が父主の教えを孤独に会得していく行為なのですから」

竹中は静かに、ゆっくりと言葉を継ぐ。決して語気を荒らげることはない。

しかし、先ほどフッと現れた、明らかに常人とは違う妖しい独特の雰囲気が未だそこにある。

怯んではいられない。頭の中で今まで入手した情報がグルグルと回る。

竹中の内面を防御する独特なオーラを吹き飛ばすためのジョーカーを探す。

「渋沢さんは人が死んで警察の捜査を受けたっておっしゃってました。私はやっぱり怖いです」

「ある人が亡くなった時、われわれの会のチラシを持っていた。だから身辺調査の一環で警察の方が聞き込みに来た。ところがその人は会員ではなかった。体験出家の参加者なら必ず登録されているはずのデータもなかった。つまり、それは――」

「それは――」

「亡くなられた方が偶然チラシを手に入れたということです」

明らかに嘘だった。

しかし、竹中は悪びれることなく微笑んでいる。

父主との面談を案内するチラシがそう簡単に関係者以外の人間に渡るはずがない。

「そんなことって、本当にあり得るんでしょうか？」

「あるもないも、そう考える他ないでしょう。だって、体験出家を経験した高木さんは現に亡くなっていない。私との面談の案内を受けた出家希望の人たちだって毎日無事に暮らしています。聖浄心会のチラシを持っていた人は亡くなる？　そんなわけないのです」

「あまりに偶然過ぎませんか。会員でもない人がチラシを持っているなんて」

「確かに管理が不行き届きだったかもしれませんね。これも会員担当の渋沢修道士長の管轄でした。困ったものです」

明らかに誤魔化している、だがこれ以上攻めきれない。

このまま竹中のペースにはまってはいけない。

「私、不安なままの出家はどうしても出来ないです。せっかく父主様にお会い出来たのに——」

「あなたの出家に対する覚悟は本物です。私はその気持ちを大切にして欲しいと思っています」

「だけど、誰かがまた死なないという保証もありません」

「この〈本部道場〉に入れば、外部の人間を恐れることはなくなります。安心して修行することが出来ます。高木さんは何も心配する必要がないのです」

「確かに外の人からは守られます。でも内部の人間が何か恐ろしいことをしているとしたら」

「内部の人間は私がすべて統括しています。皆、〝孤独と瞑想〟に全身全霊をかける修行者たちです。あなただって体験出家でそう感じたはずですよ」

「それは、そうなんですけど——」

「私はあなたにやる気と宗教者としての資質を感じているのです。あなたの真っ直ぐな心は聖浄心会に身を投じることを望んでいるはずです――」

熱のこもった言葉を並べ、竹中は紗香を説得する。

教祖にここまで熱心に説かれたら、信者でなくとも心が動くに違いない。

紗香の思考もその熱に焼けただれそうだった。

潜入捜査官としての経験だけが紗香をその場に留まらせていた。簡単にこのまま出家してはいけない。

「スミマセン。やっぱり自分の身の安全がないまま修行しても私は聖浄の心を得ることなど――」

「わかりました。こうしましょう。私が直接あなたを守ります」

「父主様が？　それはどういうことですか」

竹中は質問には答えなかった。ただ、紗香の顔をじっと見ている。

紗香もしっかりと見返した。２人の間に再び深い沈黙が漂う。

「――出家をしたら、高木さんには私の秘書になってもらいます」

どれくらい沈黙の時間があっただろうか。突然発せられた言葉は予想だにしないものだった。

「それは、私が父主様に側役として仕えるということでしょうか？」

「そうです。常に私と共に行動してもらいます」

「どうして、そんな――」

「私自身の手であなたを恐怖から守ることが出来るからです」

試されているのか――。それとも、次の生け贄として狙われたのか。

竹中の瞳はさらに優しさが増し、静かに紗香を見つめている。

瞼を閉じ、その視線を断ち切る。恐怖が心の中を覆う。

たった１人の潜入。誰も守ってくれない。

堅牢なコンクリートに囲まれた施設から逃げるのは困難だ。

大きく深呼吸した。決断をするしかない――。

「わかりました。父主様のお気持ちに感謝します。私、出家して秘書として父主様にお仕えします」

「そうですか。受けてくれて良かった。これで私もひと安心です。高木さん。頼みますよ――」

父主の言葉に促され、教典に書かれた作法通りに父主の前で跪く。

そして、頭《こうべ》を垂れて恭順の意を表す。これでもう後戻り出来ない。

事件の最重要人物と四六時中行動を共にする。

素性が露見する危険は明らかに高まる。

刑事だとバレれば命の危険に晒されるかもしれない。

しかし、捜査のためには危険を冒してでも竹中に食らいつくしかない。

紗香は大きな賭けに打って出た。

潜入捜査はターニングポイントを迎えた。


その後、父主との面談は午後の〈聖浄活動〉の時間まで続いた。屋外用清掃機が発する昆虫の羽音のような耳障りな音が遠くの木立から微かに聞こえ、敷地内の様々な場所から信者の気配が伝わってくるが、それがかえって不気味な静寂を際立たせる。

竹中は相手を包み込むような柔らかい雰囲気にすっかり戻っている。

一瞬見せた犯罪者の狂気を忘れてしまいそうだった。このふんわりした空気感こそが竹中の武器なのだ。このヴェールを剝がさない限り事件には近づけない。

ただ、竹中自身が紗香を聖浄心会の深部へ引きずり込んだことは確かだ。

ひとつの疑問が湧く――。

「あのう」

「聖浄心会の本なんですが、今日まで表紙カバーの写真の男性が父主様だと勘違いしてました。あれは誰なんですか？」

「あれはあなたよ――」

私？　竹中の発した言葉の意味がわからない。頭の中が混乱する。

竹中は笑みを浮かべて紗香を見つめている。

「どういうことでしょうか」

「正確に言えば、あれがあなた――」

「スミマセン。全然、意味がわかりません」

「フフフ、あの写真は秘書の顔なのです」

「秘書の？　つまり私の前任者の顔ということですか？」

「私の側役は、聖浄心会において〝私そのもの〟なのです。私は毎日聖浄心会の様々な活動に参加します。でもその時、私は決して表に出ることはありません。〝父主として〟会員の前に立つのは秘書です。側役の人間が常に前面に立つのです。そして、それは会の書籍でも例外ではありません。ですから秘書の顔がカバーに載っているのです」

「じゃあ、多くの会員たちは側役の人を父主様だと思っているということですか？」

「そうですね。今朝までのあなたのように――」

「出家した人たちは本当のことを知ってるんですよね？」

竹中は質問に微笑みながらゆっくりと首を横に振った。

「会員を騙してるってことですか？」

「騙すだなんて人聞きの悪い。これは聖浄心会の仕組みなのです。父主は確かに存在するが、同時に不可視である」

「父主は既に目の前にいる。聖浄心を持つ者だけにその姿が見える――」

聖浄心会の最も重要な教典の冒頭の一節が口から自然にこぼれる。

竹中が小さく頷く。

「どうしてそういうシステムになったのか。近いうちにあなたにもわかる時が来ます。その必要性を痛感するはずです。ただ、今はその事実だけを受け入れてもらわなければなりません。何故なら、あなたは私の秘書、側役なのですから」

竹中は静かな口調ながら、冷徹に言い切った。

「それに、古参の修道士長たちは、発言している秘書が父主じゃないことぐらいわかってますよ」

顔には変わらず微笑みを漂わせている。

「高木さん。あなたには私の〝仮面〟となってもらいます」

仮面。紗香は自分が新興宗教の深い闇の中にはまっていくのを感じた――。

*

麹町。

「3つの事件の被害者は誰も出家していた感じがしない。高階はそう言ってたんだよなあ」

この日、宍戸は朝から麹町にある特殊犯罪対策室第4係にいた。室長の長嶋は警視庁本部での会議であいにく不在だったのでメモだけ置いた。今日の訪問は別の目的があった。ひとつ下の階の〈IDセンター〉の打ち合わせスペース。目の前には簡素なテーブルを挟んで、技官の辻が座っている。

「科警研が作成した被害者のプロファイリングも宗教依存の可能性を低く見てるわね」

「ああ。あんな孤独な修行にはまるタイプの人間とは違うとさ」

「確かに事件の被害者たちは〝リア充〟だもんね」

「リア充？　何だそれ」

「現実の生活が充実してるってこと。宍戸巡査長、それくらい常識だよ」

「けっ。何でも省略するもんじゃねえよ。技官がそんないい加減な言葉使うってのは、どうなんだろうねえ」

呆れ顔で辻を見る。嫌味を言ったつもりだったが、辻はまったく意に介さず淡々と話を進める。

「だけど４人目の被害者の田中秋智は違う。30歳になる前からホームレスしてる典型的な〝落伍者〟よね」

「まあ、他の３人とは境遇が違い過ぎるな。近いのは年齢くらいのもんだ」

実際、ブルーシートの家の中で死亡した田中の一件はかなり異質だ。他のホームレスともほとんど交流せず、孤独のまま都会の片隅で生きていた。残された家族も見つかっていない。行方不明者リストの中に〈田中秋智〉の名前はない。偽名なのか、警察に誰も届けなかったのか。あるいは、自ら好んで世を捨てたのか。

「ところで解剖の結果ってどうなった」

「ちょうど今朝、大学病院から届いたわよ」

そう言って辻は持ってきた書類箱の蓋を開け、中から薄い赤色のクリアファイルを取り出した。それを受け取り、解剖所見を食い入るように見る。

「死因は監察医務院の所見と同じ、心筋梗塞による突然死。いわゆる、ぽっくり病だって。心臓がかなり弱くなってたみたい。外傷も手足にかすり傷がある程度で、取り立てて殺人につながるようなものはなかったって。強いて言えば――」

「これか」

手が3枚目の書類で止まる。

「そう。強いて言えば、肛門にかなりの裂傷が見られるというのが特徴だって」

「尻の穴ってことはよう。その――」

「普通に考えれば、陰茎を挿入されたってこと。〝カマを掘られた〟ってことね」

「田中の周辺を聞き込みしたけどよ。奴がホモだって話は出てこなかったぞ」

「金に困って男娼してたとか」

「おいおい。風呂もまともに入ってないようなホームレスを抱く野郎がいるかよ」

「でも、被害者の遺体は身綺麗な状態だったのよ。最近、生き方を変えたとか」

「確かに、一時ちょっと姿が見えなくなって、戻ってきた時には、髪まで切って清潔そうだったっていう証言もあるしな」

「このひと月の間で田中に何かあったのは間違いないわね」

「おうよ。奴は絶対に事件の被害者だ。自然死なんかじゃねえ」

田中が自然死ではないとなると、今度は他の被害者たちの死や失踪につながる証拠が必ずあるはずだ。田中の敷鑑と地取りには所轄の愛宕署の捜査員3名の応援を得ている。長嶋に手を回してもらった。

「そうだ。宍戸巡査長に渡すものがもうひとつあった」

辻が急に席を立つ。質問をしようとする間もなく、奥のラボに消えてしまった。まったく、高階といい、辻といい、どうして警察の女ってのはこうマイペースなんだ。1人取り残され、心の中で嘆く。が、すぐに思考は事件の謎へと揺り戻される。

紗香が3人の被害者に抱いた違和感。渋沢の証言はそれを裏付けた。これは偶然の一致というわけではない。そうなると事件の背景は聖浄心会とは別のところにあるということになる。

遺体が発見されたブルーシートのハウスに置かれていたチラシ。それ以外に田中と聖浄心会との接点は見つかっていない。たとえ、この1カ月間の外見の変化は聖浄心会との関係が原因だとしても、少なくとも最初の事件は1年以上前に起きている。4人が共通の犯人の被害者ならば、別の背景があることは容易に想像出来る。

「聖浄心会に罪を着せようとしているのか、会の関係者が猟奇的犯罪者なのか、あるいはまったく別の何かなのか。動機はそれくらいしかないと思うんです――」

2度目の潜入の前夜。紗香はそう言った。宍戸も同じ考えだった。3つ目の動機については現状で考えても仕方がない。今出来ることは、田中という人間を徹底的に洗うことだけだ。聖浄心会のことは潜入している紗香に任せるしか手はない。

3人の被害者との接点が見つかれば事件は一気に動く。宍戸は狙いを定めた。

「お待ちどうさま。宍戸さんに頼まれた〝ブツ〟完成しましたよ。中身、確かめてください」

戻ってきた辻が、ケーキ箱くらいの大きさのプラスチックケースを手渡す。これが特殊犯罪対策室のオフィスにやってきたもうひとつの理由だった。

聖浄心会への内偵で得た情報をいかに外部に伝えるか。それが今回の潜入捜査の最大の課題だ。4日間の体験出家の時と違い、紗香は本出家者として聖浄心会の〈本部道場〉に入る。一度入ったら最後、一般の出家者が外部と連絡する手段はない。独自の通信機器を持ち込んだとしても、事前にすべての所持品は会に接収されてしまう。紗香は宍戸とあらゆるケースを想定し、対策を練った。

定期的に2人がコンタクトを取るには、かなり綿密な計画が必要だ。本出家の許可を待つ間も自由に動けない紗香に代わって、宍戸は辻に潜入捜査用のツールを発注していた。

「容量3TBの高速読み取りSDカードに、クラッキング用のソフトデータが入ったUSB。パスワード解読専用のカード形コンピュータ。それに、緊急用の小型使い捨て携帯電話。こっちは護身用の鉛筆形の催涙スプレーね」

「さすが特殊犯だな。所轄じゃこんな代物おいそれと作れねえ」

「宍戸さん、おいそれとじゃないんですけど。技術的にも費用的にも結構ハードだったんだから」

辻は捜査ツールをテーブルに並べ、ノートパソコンなどを使いながら動作に異常がないか確認し始める。

黙々と作業する辻を眺めながら、宍戸は潜入捜査の特殊さを改めて実感する。自分が経験してきた刑事捜査とはおよそ性格が異なる。秘密裏に敵の根幹に入り込み、真相を暴く鍵となる情報を入手する。情報。要するに潜入捜査とは情報戦だ。狡猾に事件を闇に葬ろうとする犯人の痕跡を膨大な情報の中から炙り出す。もちろん普通の犯罪捜査も情報収集が活動の大半を占める。敷鑑や地取りのような聞き込みは事件の全貌、犯人や被害者の人物像を特定する情報を得るために行われる。鑑識も事件現場からあらゆる情報を収集する。初めは茫漠としている事件の輪郭を明確にする目的で、ひたすら事実を積み上げるのが刑事たちの仕事だ。

だが、紗香たち潜入捜査官がしていることは地場の刑事とはまったく違う。何がきっかけになるか、反対に命取りになるかわからない。目の前には何の線もない、ただの白い紙だけがある。事件を浮かび上がらせるためには捜査官から仕掛ける必要がある。嘘や仮想の情報を繰り出すことは潜入捜査官にとっては普通のことだ。そもそも、潜入する際に架空の人物となること自体、相手に虚偽の情報を信じ込ませている。

「よし、チェックは完了。どれもしっかり作動するわね。それと、これは宍戸巡査長用ね」

確認作業を終えた辻は、プラスチックケースの底に入っていた茶封筒を取り出し宍戸に渡す。中には宍戸の写真が貼られた身分証や免許証が入っていた。

「――早乙女祐二。おい、ちょっとなよなよし過ぎじゃねえか、この名前」

「風体とギャップのある方がより名前の記憶だけを強めるのよ。本来、聖浄心会の本部道場の辺りで〝面が割れてる〟宍戸さんがこの役をやるのは相当危険なんだから。なるべく刑事感を払拭しなきゃ」

「わかったよ、そこら辺はプロに任せるさ。で、なんとかなりそうかい？」

「高階さんと取り決めた日までにはね。それまでに宍戸さんも簡単な技術は身につけておいてくださいよ」

「俺は工業高校出だぞ。電気は詳しいんだよ――」

紗香の潜入の連絡係になったことで、明らかにこれまでとは異なる犯罪捜査の領域に踏み出している。自分の中で常に何かがさざめくのを感じる。それが、何かはまだわからない。ただ、長い刑事生活をしていた宍戸にとっても、今回の事件が極めて特異なものであることは確かだった。


麹町の特殊犯罪対策室を出た後、その足で総武線に乗り小岩に向かう。ホームレスに身を落とす前、田中秋智が小岩の小学校で教師をしていたという証言が挙がったと連絡が入った。足取りや経歴を地道に当たっていた所轄の捜査員が田中の過去の扉をこじ開けた。

小岩の駅前のロータリーで愛宕署の刑事・木崎と落ち合う。木崎は30代後半の中肉中背。刑事として一番脂が乗っている年齢だ。いつも一発大穴を狙っている目が懐かしい。２人は田中が勤務していた区立小学校へと歩いて向かう。

「さっき渡部から連絡があったんですが、根城から姿を消した時期に田中を目撃した人間が見つかりました」

歩きながら木崎が報告する。渡部も愛宕署の刑事で、木崎よりも若い刑事だ。もう1人の愛宕署の刑事である小清水とコンビを組んで宍戸の捜査を手伝っている。

「目撃者？　どこの誰だ」

「新橋駅から少し離れたところにあるビジネスホテルの従業員です」

「奴さん、何年も風呂に入ってない格好でホテルに入ったってのかい」

「だから覚えてたらしいんですがね」

「その時一緒に女がいたらしいんです」

「女？　ホームレスのか？」

「いえ、その女は、黒系の服を着てたらしいです」

なるほど、それならば合点がいく。しかし、そんな出で立ちのホームレスをよく泊まらせたものだ。田中を連れ回しているのをわざとひけらかしているとしか思えない。

「名前や年齢は？」

「宿泊台帳には〝佐伯和子〟という記入がありましたが、偽名のようです。住所もデタラメでした。年齢も不明ですが30代半ばの感じがしたそうです」

「臭うな。田中はその佐伯と騙《かた》る女に根城から誘い出されて、姿を消した――」

「はい。その従業員によれば、チェックインした当日の夜遅くに、風呂に入って小綺麗な格好になり、散髪も済ませた田中がその女と出て行ったそうです。その後、戻ってこなかったそうですが、精算も済んでいたので取り立てて気にしていなかったと証言しています」

ついに鉱脈を掘り当てたのか。状況から見て、その女が事件に関係しているのは間違いない。しかも、誰もが鼻をつまむようなホームレスを身綺麗にして、どこかに消えたというのも怪しい。2人の足取りを徹底的に追うよう指示を出す。

「宍戸さん、ここですね。小岩第六小学校」

ほどなく、目的の小学校の校門の前に着いた。体育の授業中なのか、校庭には低学年の児童たちが大きな声を上げて走り回っている。新宿で2年。新橋で5年。流浪のホームレスと目の前の光景はあまりに結びつかない。

「7年以上も前で、私も赴任前なので、古参の先生に来てもらいました」

横山と名乗った校長は、手もみをしながら宍戸たちを応接セットへと案内した。第六小学校に11年勤務している鈴懸《すずかけ》という教師も一緒だ。

「鈴懸先生。この学校を7年前に依願退職された、田中先生のことを覚えていらっしゃいますか？」

単刀直入に聞く。鈴懸は隣の校長の方を見る。どこまで話して良いものなのか、校長に判断を委ねたい気持ちが伝わる。

「刑事さん、スミマセン。私これから会議でして。鈴懸先生。後、よろしくお願いします」

校長の横山はそう言ってソファから立ち上がり、宍戸たちに慇懃に会釈をしてそのまま部屋から出て行った。警察に関わりたくないという気持ちを隠そうともしていなかった。あっけに取られている鈴懸に対して改めて質問する。

「先生。重大な事件に関与している可能性が高いのです。正直に答えてください」

「あのう私がしゃべったって、誰にも言わないでいただけますか？」

「ご安心ください。先生からお聞きすることは、われわれ2人だけの秘密にします」

少し優しい顔を作って答える。隣の木崎が驚いた顔で見る。これはれっきとした聴取だ。捜査資料に証言者の名前を入れないわけがない。コンプライアンスの意識が求められる昨今の警察では、証人への不誠実な態度は禁止されている。ましてや調書に名前を載せないと偽って、証言をさせること自体が服務規程違反だ。しかし、木崎の戸惑いに構わず、宍戸は鈴懸に質問を続ける。

「田中先生は何故学校を辞めたんです？」

「――児童と問題を起こしたんです」

「問題？　どんなことですか」

「うーん、何というか。指導が過ぎたというか、不純異性交遊というか」

「ちょっと待ってください。児童に手を出したんですか」

木崎が大声で割り込んでくる。その勢いに鈴懸は萎縮してしまった。木崎をなだめて席に着かせる。そして、宍戸は鈴懸にもう一度正対して柔らかい口調で問いかける。

「すみませんね。木崎刑事は人一倍正義感が強いもんで。先ずは順を追って説明してもらえますか？」

「あの誤解しないで欲しいんですが、表立って犯罪行為があったとかじゃあないんです。田中先生が被害者という面もあるんです」

「被害者？　田中先生はいったい何をしたのです？」

「6年生の少女とまあ、そういう関係になってしまったんです」

「つまり性交をしたということですか？」

「そうです。それが発覚して、保護者会の一部でも問題になったんです」

「そりゃあ、なるでしょう。淫行ですよね。田中さんがやったのは」

隣でまた木崎が吠える。明らかに憤った顔だ。こうも質問の腰を折られると聞き出せるものも聞き出せなくなる。再度手で制し、小さく叱責する。木崎は不承不承頷く。

「先生、私から見てもそりゃあ淫行ですよ」

「それはそうなんですが。誘ったのが児童の方でして」

「いくら児童が誘惑したとしても、先生が教え子と関係を持っちゃまずいでしょう」

「もちろんです。だから田中先生は退職されたわけですから」

「その女の子と具体的にはどう関係を持ったんです？」

「児童が言うには、放課後の体育倉庫に田中先生を誘ったと。進学のことで相談があると言って」

「ほう——」

「まあ、そんなところに行った時点で問題なのですが。ただ田中先生は若くて、熱心な教師だったので、何の疑いもなく行ってしまったようです」

「なんとも軽率ですな。そして、児童と関係を持ったわけだ」

「ええ。ただ問題は、倉庫に田中先生が入った時には既にその女子児童は全裸だったんです」

「全裸？　はなから田中先生と性交目的でその児童は誘ったということですか」

「確かに教師が自らの性欲を抑えられないのは問題でした。でも、後で田中先生は言ったんです。『眠っていた悪魔を呼び戻された。あの子は全部知ってたんだ』と」

「何なんです、その悪魔って」

「私たちにもわかりません。ただ、児童の方も同じような証言をしたんです。『田中先生が無理をしてたから、悪魔を呼び戻して楽にしてあげただけ』と。『悪いのは私だから、先生をいじめないで』とも言いました」

「とても小学生の言葉には思えないですな。田中先生がその児童に言い含めて、嘘をでっち上げてんじゃないですか」

「初めは私たちだって警察に告発しようと考えました。ところが女の子の両親から頑なに拒否されまして。とにかく穏便にということでした。結局、その子もほどなく都内の私立小学校に転校してしまったんです。それで仕方なく表沙汰にせず、依願退職という形になったんです」

自分が対応に関わっていた事件の処置にあらぬ疑いをかけられたくない。鈴懸の言葉にはそういう思いが前面に出ている。

「おまけにその後、その児童は転校した先でも教師を誘惑して問題を起こしたんです」

「またやった？　今度は何をやらかしたんです」

しばらく黙っていた木崎が我慢出来ずに問い詰める。

「なんでも他の教師や塾の講師、水泳のコーチといった、自分に関わったすべての大人を誘惑していたみたいで。結局、田中先生だけが責任を取ることになったんですよ――」

木崎はその話に驚愕し、その後も大人を狂わす少女についてあれこれ聞き続けていた。

だが、宍戸の関心は別のところにあった。悪魔。その少女は田中の中にどんな悪魔を発見したというのか。今回の事件はどこかでつながってるっていうのだろうか。事件の被害者として都会の片隅で死んだホームレス。その男の中にいたという悪魔。２つのものはまったく混じり合うことなく、宍戸の思考を支配していった。

*

〈本部会員室〉の奥、サーバー室で朝から作業を続けている。〈会員情報システム〉を使って監視カメラとＩＤチップ情報を照らし合わせ、会員の不審な行動をピックアップする。怪しい動きのほとんどは、隠れて男女交際をしている会員たちだ。若い男女の出家会員だけなく、中高年や修道士のカップルもいる。男同士、女同士という同性愛の事例もある。本部詰めの男性老修道士長の1人をその中に見つけた時には思わず声が出た。

〈本部道場〉内全員の行動を把握するにつれ、内野は徐々に監視にのめり込んでいた。気付けば、聖浄心会や修行に対する思いもすっかり冷めている。自分の担当を公然と変更させた首謀者である渋沢への憎しみも日々増長している。渋沢の嫌がらせは今回が初めてではない。内野が秘書になった時から始まっていた。

出家した時は、精神的に追い込まれていたので、身も心も聖浄心会に依存していた。だから、人並み以上に修行に励んだ。その結果、秘書という立場を手に入れた。秘書となったことで、それまでに増して修行に励んだ。宗教者として自らを先鋭化させた結果、他の修道士や出家者たちのいい加減さや俗っぽさが目につくようになった。およそ〝孤独と瞑想〟とはかけ離れた現実。堕落した出家者たちの様々な欲望。そのひとつひとつが気に障った。そのうち、父主に帯同して赴いた支部道場で些細なトラブルが起きた。ぞんざいな勤めを行っている者に我慢出来ず、その場で叱責してしまった。あたかも〝父主〟の言葉として。後から考えれば、内野の中で何かが一線を越えた瞬間だった。

秘書となったことで得た会員たちからの注目。発せられる言葉に一喜一憂する修道士長たち。それまでも、それらが快感でなかったと言えば嘘になる。その瞬間は、確実に内野は〝父主〟だった。ただ、この支部道場の一件は、父主の意思ではなく、明らかに自分の言葉として会員たちに発せられた。内野の言葉に会員たちはひれ伏した。すぐに発言に後悔したが、父主は帰りの道中そのことに触れなかった。それをいいことに、自分の言葉を父主のものとして発言するようになった。

渋沢が執拗に絡んでくるようになったのはその頃だ。初めは自分の被害妄想なのかもしれないと思っていた。信用金庫での上司のイジメを思い出さずにはいられなかった。結果、過剰に反応して渋沢とは何かとぶつかるようになった。いつの間にか、父主もどこか自分を避けているように感じるようになった。

そんな中、例の緊急修道士長会が開かれた。渋沢の奸計で内野は解任され、失意のまま〈会員情報システム〉の管理を命じられた。それから毎日、目の中に飛び込んできたのは聖浄心会の修道士長たち実力者の醜聞や会員たちの乱れた日常の映像だった。根が生真面目で神経質な性格だ。聖浄心会の現状は唾棄すべきもの以外の何ものでもなかった。もう脱会しようと本気で思った。

すべてを変えたのは加賀美の一言だった。その日たまたま廊下で話しかけてきた加賀美が何気ない口調で言った。

「内野さんが聖浄心会を立て直せばいいじゃない。あなたなら出来るわ」

普段なら耳を傾けることなどない。ただその時心はささくれ立ち、崩壊寸前だった。加賀美の言葉が妙に引っかかった。

「どうして私が。どうやって――」

思わず加賀美に問い質していた。

「父主様になっちゃうとか？　知ってるんでしょ、本物の父主様が誰か――」

自分の耳を疑った。自分が父主の地位を奪うことなど考えたこともなかった。そもそも加賀美がそんなことを言うとは信じられなかった。明るくさっぱりした性格で出家者から人気のある、出家生活を謳歌している女性修道士だ。それほど深い意味で言ったわけではないのかもしれない。内野をなぐさめるために、冗談を言ったというのが真実だろう。だからこそ決して現実味のある話と思えなかった。ただその一方で、確実に内野の中で何かが氷解したことは事実だった。

ついこの間まで妄想でしかなかった邪な考えが頭を過った。監視を続けていても、父主や渋沢はさすがに教条に反する行いをしていない。ただ、それでも彼らの日常の行動は手に取るようにわかる。実権を握る渋沢が絶対的な存在ではない。加賀美はそう言った。その言葉に自分の中の何かが反応した。父主に対する畏怖もいつの間にか絶対的なものでなくなった。

ピピピピッ。突然、コンピュータ端末の脇に置いてある時計のアラームが鳴る。時刻は11時45分。瞑想の時間がもうすぐ終了する。会員の秘密を探ることに拘泥し始めてから瞑想もサボりがちだ。とにかく時間が惜しかった。修行する時間も監視システムで修道士長の弱みを見つけたかった。そろそろあれを掘り出す時期かもしれない。システムの監視で得た情報と組み合わせた方が都合いいだろう。会を掌握するにはネタが多いに越したことはない。改めて時計を見る。午後には加賀美と密かに会う約束をしている。

相談したいことがある。彼女はそう言っていた。内野も先日の加賀美の言葉の真意を質したかった。再びモニター画面を注視し、時間ぎりぎりまで作業に集中した。

*

父主・竹中の秘書になる。それが聖浄心会においてどんな意味を持つのか。今ひとつ実感が湧かなかった。

「秘書の仕事とは、父主の教えや考えを修道士や出家者、そして在家会員に対して父主に成り代わって伝えることです。そのためには聖浄心の教えをすべて記憶し、理解してもらわなければなりません。それに、聖浄心会も大きな組織になりました。会を運営していく上での様々な会議や打ち合わせが毎日たくさん予定されています。その内容もきちんと把握しておく必要があります。何より〈本部道場〉にいるすべての人間の顔と名前を覚えてください――これらのすべてが、父主の〝仮面〟となるために高木さんが修得すべきことなのです」

一昨日。秘書として働き出した紗香に対して、竹中はそう言った。

仮面。それは即ち、父主の身代わりということだ。竹中という本物の教祖の存在を隠し、側役に就いた者を父主であるかのように装う。何故こんな歪《いびつ》な構造になっているのか。ここまでして、いったい何を守ろうとしているのか。疑問は常に付きまとう。聖浄心会に言いようのない恐怖を感じる。しかも、その奇妙なシステムに自分自身が巻き込まれている。

　結局眠らないまま、朝の〈清掃活動〉の時間になった。出家から3日、今日の担当場所は〈管理棟〉の1階の廊下だ。前日の夜、〈本部道場〉のすべての会員にそれぞれ担当の場所が言い渡される。〈聖浄活動〉と違い原則、個人で行うため、清掃は紗香にとって瞑想以外で唯一1人になれる時間だ。竹中に日々帯同しているため、捜査は思った以上に進んでいない。

　多くの会員たちと接触する機会を得たのは収穫だが、竹中自身が〈本部道場〉では誰とも話さない。父主として会の様々な会合や活動に参加しているのだが、竹中は周囲にまったくその存在を感じさせなかった。歴代の側役たちが父主の身代わりとして前面に立っていたのだから当然と言えば当然だ。しかし、確実に教祖が眼前にいながら、信者たちの目にはそれが映っていないというのは一種異様な光景だった。

　当然、紗香も誰とも会話することはなかった。事件に関する新たな情報はまったく得られていない。渋沢から秘書でいる間、ずっとしているようにと渡された黒縁の眼鏡をかけ、静かに側に控えているだけだった。

「私が許可するまであなたは誰とも話さず、ただ黙っていてください」

　一度、勝手に一般信者と話そうとした紗香に、竹中は小声ながら珍しくきつい口調で命じた。

「あなたを守ると約束しましたから――」

　理由を訊ねると父主はそう答えた。

結局、修道士や出家者たちは一様に修道士長の渋沢と会話をする。渋沢も当然のように彼らの悩みを聞き、いろいろな指示を出す。渋沢が代わりに多くの業務をこなす間、竹中は紗香の背後に気配を消して立ち、ノートに渋沢と修道士の会話の議事録を取るだけだった。人々の記憶に残らない書記係。聖浄心会内部における竹中の位置づけはそう見えた。

秘書である紗香が未熟という理由で、説諭や他の道場での活動は当面見送られていたが、それでも父主には分刻みで会の仕事が入っている。会を運営するための様々な会議。新しく発刊する関連書籍の打ち合わせ。教団への取材依頼の差配や行政指導への対応協議など。瞑想の時以外、竹中の周辺には自由はなかった。時間に追われ、常に誰かに囲まれている。とてもじゃないが捜査を進める状況ではない。緊張感だけを強いられ、漫然と時が過ぎていた。

本当に様子を見るしかないのだろうか。自分は聖浄心会への畏怖から刑事としての気概を失ってはいないか。このままだと閉塞感に自分は覆い尽くされてしまう。焦りが募る。このままで良いわけない。今回の潜入捜査の一番の目的は、事件の被害者と聖浄心会の関係を突き止めることだ。とにかく〈会員情報システム〉への足がかりが欲しい。手にした箒を今一度握り直し、廊下の先にある階段室に向かって歩き出した。

もし見つかってもその時はその時だ。新しい接点が生まれるかもしれない。

階段を一気に4階まで駆け上がる。渋沢に強引に〈聖浄活動〉に連れてこられた際に、〈管理棟〉の構造は記憶している。あの時の渋沢の強引な行動も父主の身代わりを探していたと考えると納得出来る。周囲の気配を窺いながら、奥の〈本部会員室〉を目指す。清掃活動の場所は厳格に定められている。誰かに見られたら怪しまれるのは間違いない。幸い4階の廊下には誰もいなかった。4階の清掃を担当する出家者の姿も見えない。それはそれで何かおかしい。ただ、今はリスクを背負ってでも行動に出るしかない。

〈本部会員室〉の木扉の前に立つ。各室の木扉にはＭＩＷＡのシリンダー錠が取り付けられている。中に入るには金属製の鍵が必要だ。カードキーやテンキーなどの電子鍵なら、解読機器さえあればその都度なんとか対応出来るのだが。その時、ドアの向こうで音が聞こえた。

カチ、カチ、カチ、カチ。ガガー、ガガー、ガガー。

思わず息を呑む。マウスのクリック音やプリンターが作動する音。清掃時間に誰かが〈本部会員室〉の中で作業している。４階の廊下には担当の出家者の姿はなかった。その人間が中で作業しているのか。思わずドアノブに手をかける。鍵は掛けられていない。一瞬、躊躇する気持ちが湧く。しかし、この機会を逃したら、潜入捜査の突破口は二度とないかもしれない。息を整え、静かにドアを開ける。ガチャ。思った以上に大きな音が立つ。

「誰だ？」

端末に向かって作業していた中年の男が驚いた顔をして叫ぶ。着ている服装は修道士のものだ。

「今は〈清掃活動〉の時間だ。なぜ、この棟内を徘徊している？」

なおも男は必死に強がって叫ぶ。その顔に見覚えがあった。聖浄心会の書籍の表紙に笑顔で載っていた男。つまり、紗香の前任者。竹中の秘書を務めていた修道士だ。その〝表紙カバー〟の男がここで何をしているのか。秘書になってから見かけたこともなかった。竹中や渋沢との関係はまったくわからない。敵か味方か？　ただひとつだけ確かなことがある。この男は間違いなく父主の素顔を知っている。竹中や聖浄心会の暗部を見ているはずだ。ここは仕掛けるしかない。紗香はそう瞬時に判断した。

「あなたこそ何をしているのです。それこそ〈清掃活動〉の時間のはずです」

男の目をじっと見る。気迫で押し込む。思わぬ反撃に、男は少し怯んだ表情を浮かべる。慌ててデスクの上の資料を隠そうとした。その行動がかえって、自らの後ろめたさを明らかにする。

「動かないで。先ず、私の質問に答えなさい」

きっぱりと強い口調で命令され、男は反論出来ず動きを止めた。そのまま男の方へ近づく。動きの止まった男の手を払い、机上の資料を手に取る。

「ああっ――」

男は小さく声を上げるが、睨み返すとぐっと言葉を飲み込んだ。紗香は奪い取った資料をめくる。

〈相川敬修道士長、伊能道夫修道士長、大庭正志修道士長、金丸綾子修道士、木之内良太修道士長、古見川真一郎修道士……〉

　１ページに１人ずつ修道士の名前が書かれている。名前の横に記されている数字は会員情報の登録番号だろうか。それぞれのページには監視カメラが捉えた各修道士の写真がいくつか並べられ、その横には撮影された時間が１００分の１秒まで記され、〈講堂〉や〈印刷室〉など撮影された各施設の名前も示されている。写真の多くは男女の修道士の密会現場のようだ。

「これは何の資料でしょう。あなたは何故プリントアウトしているのです？」

　極力、威厳を保ちながら詰問する。男は資料を奪われてかえって余裕が出たのか、紗香を舐めるような目で観察している。

「答える義務はない。そもそも君は何者だ？」

「私は渋沢修道士長に仕える者です。この時間、道場内を見回るように命じられています」

　用意していた言葉をゆっくりと口にする。竹中の言葉や宍戸の捜査から、聖浄心会における渋沢の存在の大きさは感じていた。この男にとってもそれは変わらないはずだ。竹中からきつく命じられていることもあり、父主の秘書であることは隠した。何より相手と父主の距離感が摑めない。

「なるほど、私を監視してるってわけか。残念ながら、私もその渋沢から言われた緊急対応をしているだけだ」

「渋沢修道士長から緊急で何を命じられたというのです」

「調査だよ、調査。なんでも〈本部道場〉の中に父主様の教えに反する行為をする奴がいるってことだ」

「それで素行調査のようなことをしていたと。後で渋沢さんに確認します」

「勝手に確認してもらって結構。じゃあ、私はこれで失礼する」

「あなた、名前は？」

「自分から名乗るのが礼儀だろ。見ない顔だが、君は最近出家した会員か」

「疚しいことがないのなら自分から名乗ってもいいはず――」

紗香の物言いに男は明らかに気分を害している。さらにけしかける。

「どんな立場であれ、勝手な行動は許されませんよ」

「内野だよ。修道士長補の内野だ。申し訳ないが、君なんかよりずっと位階は上だ」

「内野修道士長補。覚えておきます。こちらから連絡するまで宿坊にいるようにしてください」

「〈聖浄活動〉をするなと？　君は誰の許可を得て、父主様の教えに反する命令をしている」

〝父主の教え〟。敢えてその言葉を持ち出し、明らかに無理を通そうとしている。

「〈清掃活動〉の時間にここでコソコソと怪しい行動をしているあなたこそ教えに反しているのでは。ましてや、内野さんは側役として〝父主様そのもの〟だったはず――」

「なに？　君はいったい何を知っている」

「あなたの言葉は父主様の言葉。あなたの顔は父主様の仮面。そうでなければならない――」

竹中の言葉を借り、鋭い視線を送る。紗香が単なる新入り出家者でないことを嗅ぎ取り、内野は無言のままキッと睨み返してきた。しばらくの間、そのまま対峙する――。

「お疲れさまです、内野修道士長補。緊急対応、本当にご苦労様です」

沈黙を突き破るように女の声が廊下に響いた。振り向くと開かれたままの扉に修道士の加賀美が立っていた。

「加賀美さん——」

「あらあ、高木さん。無事に出家出来たのね。良かったわあ」

加賀美は満面に笑みを浮かべ、紗香の方に近づいてくる。場の雰囲気が一変する。

「はい。おかげ様であの後すぐ、渋沢修道士長から許可をもらいました」

「それは良かった。あなたなら良い出家者になるわ」

「ありがとうございます」

体験出家の時と同じように、加賀美は明るくて感じが良い。心が許せると感じた唯一の聖浄心会の関係者のままだ。だからこそ内野との関係に疑問が湧く。

「加賀美さんはどうしてここへ？　今、〈清掃活動〉の時間じゃないですか」

「なんだか緊急対応だって——」

「緊急対応？　誰が誰に対してですか」

「私は直接お会い出来ないからわからないけど、父主様から複数の修道士にご用命されたらしいの」

紗香は怪訝な表情をわざと隠さず、加賀美の方を見返す。目の前で内野は苦虫を嚙み潰したような表情を浮かべている。頭の中で加賀美の言葉の真偽を探る。内野がいなければ疑いもしなかったはずだ。余りにタイミングが良過ぎる。加賀美の登場で紗香に問い詰められていた内野が救われたことは紛れもない事実だ。〝緊急対応〟。しかも、２人の口から同じ言葉が出た。偶然なわけがない。本当にその事実があったか、口裏を合わせているのか。加賀美への疑念が急速に広がる。

「加賀美さん。実は私、出家した後、渋沢修道士長の下で修行をさせてもらっています——」

状況を理解させるようにゆっくりと話す。加賀美は微笑みを浮かべたまま聞いている。

「父主様のご用命については、念のために後ほど確認しておきます。加賀美さんと内野さんが〈本部会員室〉で瞑想時間中にどんな作業をするように言われたのか」

「命じたのは父主様よ。渋沢さんではなくて」

「そうでした。こちらの内野さんが渋沢修道士長の命でここで作業をしていたとおっしゃったので」

内野の顔が歪む。何か言おうとするが言葉が出てこず、その場でわなわなと震えている。加賀美は相変わらず柔和な表情を崩さない。

ゴーン、ゴーン、ゴーン。その時、本部道場の敷地内に大きな鐘の音が響いた。〈清掃活動〉の終了を告げる鐘だ。張り詰めていた緊張の糸が切れる。

「それでは――」

交互に内野と加賀美を見る。

「渋沢修道士長に確認し、お二人には再度ご連絡をします。それまでは、各々宿坊でお待ちください」

有無を言わさず指示を出し、内野と加賀美を廊下へと誘《いざな》う。その時、内野が急に歩みを止め、振り向いてつぶやく。

「そうか。そういうことか――」

内野は探るような目で紗香を見る。

「君が新しい秘書なんだな」

「高木さんが秘書ってどういうこと？　まさか――」

驚いたように隣の加賀美が叫ぶ。初めて表情に変化が生まれた。

「要するに、こいつが私の後任ってことだよ。だから、ここまでわれわれに対して強気に出られるんだ。そうなんだろう？」

「質問に答える義務はありません。私はただの出家会員です」

「それにしても女というのは意外だな。〝仮面〟の意味がない――」

「内野修道士長補。それ以上の発言はおやめなさい」

語気を強めて内野の言葉を制した。内野にその先を話させるわけにはいかない。父主である竹中との取り決めだからではない。それが捜査の鍵を握ると直感的にそう思った。

「〝仮面〟ってどういう意味なの？　どうして女だと意外なのよ」

案の定、今度は加賀美が狼狽《うろた》える。内野のすべてを知っているわけではないということか。

「父主様の側役に就いた者しか知らないことがある。実はな、父主は――」

「あなたは聖浄心会の秩序を壊すつもりなのですか？」

更に大きな声で内野を叱責する。〈管理棟〉の4階廊下中にその声が響く。内野はわざとらしく両手を上げるジェスチャーをして卑屈に笑う。

「大きな声を出さないでくれよ。そこまで過剰に反応するってことは、以前姿を消した秘書がいたことも知っているようだな――」

「姿を消した？　あなた以前の秘書に何があったのです」

「もしかして何も知らないのか。それはそれは。精々しっかり仮面を演じろよ」

内野の前任の秘書が姿を消している。失踪？　まさか殺人――。

「さあ加賀美君。私たちは退散しよう。新しい秘書さんがまた難癖をつけてくる前に」

言葉に窮している紗香を尻目に、内野は加賀美を連れてずんずんと廊下の先に消えて行った――。

2人が消えた後、しばらく動けなかった。清掃を終えた出家者たちに紛れて宿坊に戻ったが、緊張のあまり全身から汗が吹き出し、修道着はびしょびしょに濡れていた。

　渋沢に隠れて妙な動きをする人間が自分以外にいた。しかも、それは前任の秘書の内野だった。何か突破口をと考えたが、まさか内野の不審な行動を目の当たりにするとは想像もしなかった。敵と鉢合わせした時は、勢いで相手の機先を制してその場の主導権を握る。潜入捜査官として叩き込まれた技術でなんとか非常事態を処理出来た。

　自分の指導修道士だった加賀美が現れたことも驚きだった。紗香の行動に内野たちの目が向くことは避けられたが、担当場所でもない〈本部会員室〉に来たこと自体、厳格な聖浄心会では許されることではない。紗香同様に、〈清掃活動〉の時間を利用していたことは間違いない。内野との関係も怪しい。男女の密会とは明らかに違う空気が漂っていた。

　手許に残された資料を改めて見てみる。名前順に並べられた修道士長たちの醜聞。その資料の作成が父主や渋沢の依頼であろうと、内野たちが勝手にやったことであろうと、弱みを握られた修道士長たちは早晩強請《ゆす》られるだろう。このことが誰にとって有利に働くか、早急に見極める必要がある。竹中が自分の不満分子を一掃するために内野たちに依頼したのか。それとも内野が邪魔な存在の上役を排除しようとしたのか。

　最も重要なのはこの資料が事件と関わっているかどうかだ。

　資料を小さく畳み、ベッドのマットレスの中に隠す。ようやく呼吸が落ち着いてくる。やはり竹中や渋沢に突っ込んでいくしかない。本出家の際に唯一持ち込むことが許された腕時計を見る。13時55分。〈聖浄活動〉の時間が迫っていた。木扉を開け、廊下を父主が待つ〈説諭準備室〉へと急ぐ。歩きながら、改めて辺りを観察する。〈清掃活動〉の時間とは違い、〈聖浄活動〉は10人単位で動く。各リーダーに引率された出家者たちが整列したまま担当場所に向かっている。誰の目も焦点が合っていない。〝孤独と瞑想〟の徹底した実践により他者への興味を削がれてしまったのだろうか。紗香には彼らが調教された動物のように思えた。

〈説諭準備室〉に父主の竹中や渋沢の姿はなかった。外出の予定は聞いていない。一瞬、午前中に起きたことが原因かという考えが頭を過る。内野は渋沢の命を受けていると言っていた。ただ、内野が渋沢のために動いているようには感じられなかった。理由はわからない。あの2人の男は根本的に相容れない気がした。むしろ、竹中と内野がつながっているとしたら。父主と元秘書の関係だ。頭の中で考えが交錯する。

　常に冷静に――。

　捜査開始以来まったく顔を見ていない長嶋の言葉をふと思い出す。勝手な思い込みは潜入捜査には特に禁物だ。もし内野から何か情報が入ったなら、竹中か渋沢は直接紗香に行動を起こすだろう。それまでは想像しても無駄だ。内野が残した資料の意味をしっかり解析するのが先決だ。聖浄心会の中枢にいる修道士長たちの隠された事実。重要なのは、それを誰が何のために使おうとしているのか。さらに、紗香の追う事件とどう関係しているのかだ。

　竹中から他の会員たちとの会話を禁じられている。調べられた人間たちに直に当たるのも難しい。個別に隠れて呼び出すことになる。接触をはかるとすれば、先ずはやはり内野だ。あの男は戒律を無視して行動していた。父主たちの目を盗んで会うことは可能なはずだ。何より、あの男はシステムのパスワードを知っている。上手くこちら側に引き寄せることが出来れば、聖浄心会の〈会員情報システム〉に入り込める。

　紗香は聖浄心会内部で蠢き始めた事件の欲動のようなものを感じていた。

「父主様が女性？　そんな話、誰が信じるのよ」

目の前で加賀美が声を上げる。秘書になった時、決して他人に教えてはいけないと厳重に言われた事実を加賀美に話す。身の保障が出来ないと父主は言った。それならば自分で自分の身を守るまでだ。

〈講堂〉1階の〈第一対話室〉。内野は密かに〈聖浄活動〉の時間を見計らって加賀美と待ち合わせていた。高木という新しい秘書に修道士長たちの醜聞をまとめた資料を見つかってしまった。確かに計画を揺るがしかねない事態だったが、不思議と鷹揚に構えられた。会のスキャンダルの概要は記憶しているし、機会を見つけてまたデータを集めればいい。それに、自分には〝あれ〟がある。

　驚いたのは自分の後任が若い女性出家者だったことだ。それでは〝仮面〟の意味がない。父主に何か焦りがあるとしか思えなかった。いや、事態は自分に味方している。

「秘書が父主様の代役をしているのは修道士に昇格した後、薄々知ったけど――」

「私だって最初は信じられなかった。側役に就いた者だけが知ることになる秘密なんだよ」

「教典の〝沿革〟にも、会の前身である読書会の2代目の代表は男だって載ってるじゃない。まさか女とはね。他の修道士長はそのこと知ってるの？」

「知らないだろうな。古株の修道士長たちはお互いに、自分以外の誰かが父主だと思っている」

　あまりに予想外のことだったのだろう。加賀美は矢継ぎ早に質問してくる。

〈本部道場〉に出家した者はしばらくすると、父主として〈説論〉している人間が単なる秘書に過ぎないという噂を耳にする。ただし、真相は誰も教えてくれない。そのうち位階が上がり、修道士となって会の仕事に本格的に就くとその噂が本当だと知る。それは、表向き〝父主〟とされている男への修道士長たちの態度で明らかだ。ましてや、加賀美は内野と出家同期だったので、内野を父主だと間違えることはなかった。だからこそ、父主が女だという事実に驚いているのだろう。

「でも、どうしたら、そんなカラクリが成立するの？」

「修道士長会に出てみるとわかる。私が〝父主として〟話している間、修道士長たちは会議出席者を見渡すんだ」

「誰かが内野さんに指令を送ってないか見てるわけね」

「でも、誰もそんなことはしていない。私は自分の言葉で話している」

そう。その瞬間だけは内野は聖浄心会の父主だった。紛れもなく〝父主〟として会に存在していた。〈説諭〉の時は、さらに多くの出家者が私の言葉に耳目を傾ける。父主や渋沢の敵愾的な態度は、明らかに信者に浸透する内野の存在感への恐怖から来たものに違いなかった。それが街で突然専用車から降ろされたり、修道士長たちの面前で秘書を解任された理由だろう。先に宣戦布告をしてきたのは向こうなのだ。私には正当な理由がある——。

「ふーん。でも、父主様が女である事実をどうして誰も知らないのかしら」

「そもそも知っている人間が少ない」

「あなたと渋沢さん。その他は？」

「今の側役のあの高木って女。あとは渋沢の前の秘書。そいつはもう死んでしまったって聞いた——」

「ちょっと待って。死んだってどういうこと？」

「禁忌を破ったからだ」

「父主が女であることが関係してるの？」

「そうだ。だから父主に殺されたんだ」

「聖浄心会の教祖が殺人を犯したっていうわけ？」

「もちろん証拠はない。ただ側役はその任を得た瞬間にこう教えられる。〝父主に関するいかなる事実でも、他人に話す意思を持った瞬間に天罰が下る〟ってね」

「それって脅しじゃない。そんなことって許されるわけないわ」

「理屈じゃないんだよ。聖浄心会では父主は絶対じゃないか」

　教団の恐ろしい実態を知り、加賀美は厳しい声をぶつけてくる。聖浄心会に身を置いている自分自身に腹を立てているようにも見える。

「もっとも私の場合は、もともと父主に対する畏怖の念を持ってたし、秘書に選ばれたっていう高揚感もあった。だから事実をバラすなんて気持ちには微塵もならなかったけどな」

「じゃあ何故今になって秘密を話す気になったの？　私だって危険じゃないの」

　そう、それだ。ここからが肝心だ。話し方を間違えれば、加賀美から非難されるだけでは済まない。加賀美が渋沢に訴える可能性もある。言葉を慎重に選ぶ。

「私は今の聖浄心会を憂えている。このままでは私たちが求めている心の安寧は遠ざかるだけだ。会の中での派閥争いに出世競争。修行を忘れ、肉欲に溺れた修道士長たち。これらは一般の出家会員も同じだ。渋沢に秘書を解任された後、私は会員の出家生活を洗い出す仕事に就いた。そこで聖浄心会の実態を目の当たりにした。もう退《の》っ引《ぴ》きならない状況だ――」

　表情を出来るだけ真摯に保って話す。ひとつひとつの言葉をゆっくりしっかりと噛み締めて。加賀美は根が真面目な女性だ。確か元は中学の教師だった。きちんと筋道立てて話せば、頭ごなしに否定してこないはずだ。

「渋沢だって同じだ。父主の名で急に修道士長会を開き、私を側役の座から引きずり降ろしたのも自分に権力を集中させるためだ。〝会の顔〟として内外から認められていた私を疎んだわけだ。ただ、私は秘書を離れて会員管理の仕事をすることになって実は感謝しているんだ――」

「どうして――」

　静かに聞いていた加賀美の口から小さな声が発せられた。その表情には内野の言葉を聞き漏らすまいという真剣さが浮かぶ。ここまでは順調だ。

「本部道場内の風紀が乱れている原因がわかったからだよ」

「原因？　それはいったい何なの――」

「父主の不在だ」

「父主様の？　それはどういうこと？」

「結局、〝孤独と瞑想〟という聖浄心の教えが忘れられているのは、会員全員が出家時に思い抱いた希望をこの会が示せていないからなんだよ。捨ててきたはずの欲望という誘惑を凌駕する聖浄心を与えられていない。在家会員はまだいい。私を父主だと思ってくれている。問題は出家した会員たちだ。皆、早晩父主が誰なのかわからなくなる。父主の言葉だけが本部道場内を浮遊している状況で、瞑想に集中出来るものか。多くの者は父主のことを詮索するし、リーダーの不在は新たな拠り所を求める。それが渋沢であり、他の修道士長たちだ。結局、そこから派閥が生まれ、力の集中を生み、その派生的産物として不純な交遊を生んだ――」

「それは私もなんとなく感じてた。でもだからと言って、私たちに出来ることなんかある？　今の状況を変えられるのは父主様ご本人しかいないんだから」

　加賀美がきっと目を開く。すっかり内野の話に取り込まれている。ここまで来ればあと少し。だてにこの数年間、秘書として父主の表の顔を演じてきたわけではない。信用金庫時代にはなかった人心掌握術が身についているはずだ。

「それが出来ないからこうなっている。私は側に仕えてわかった。父主は信者の先頭に立って引っ張っていく人間じゃない」

「じゃあ、どういう人だっていうの。聖浄心会を10年ちょっとでここまでの教団にしたのは父主様のお力のはずよ」

「確かにそれは否定しない。ただ会はもっと大きくなる。その時に会を統率出来る器ではないんだよ。だからこそ父主は人前に現れない。自らの存在を会員に知らせない。会員を引導する自信がないからだ」

「だとしたら誰が腐敗を正して、会員たちに聖浄心の教えを説くっていうの？」

「この乱れ切った道場の中で、その役を担える人間は1人しかいない。他の人間は多かれ少なかれ問題を抱えている。清廉潔白で〝孤独と瞑想〟にただ傾倒する人間だけが聖浄心会を救えるはずだ」

「それは誰なの？　たった1人の資格者って――」

「私だ。この私しかいない。私が父主になり、聖浄心会を立て直す。私こそこの会の救世主なんだ――」

目の前の加賀美はあっけに取られた表情で立ちすくんでいる。彼女には予想外だったのだろう。しかし、内野にそのことを気付かせたのは他でもない加賀美だった。

「――そんな簡単に人心を掌握出来るかしら？」

長い沈黙の後、加賀美がつぶやいた。内野の無謀とも言える宣言を否定しなかった。むしろ、それは肯定的に受け止めたからこそその疑問のように思えた。

教祖への畏怖。それこそが新興宗教が成功する鍵だ。信者がその畏怖を感じれば感じるほど、教祖の言動は神格化される。確かに聖浄心会の父主という立場は畏怖の対象だ。しかも、その実体が曖昧なところがより神秘さを深めてきたことも事実だ。その仕組みを利用して父主の座を奪う。それが内野の計画だった。

「私はついこの間まで秘書だった。在家の会員たちの多くは私が父主だと思っている。地方の道場は特にそうだ。この本部道場の出家者だって、ここのところ私の言葉に耳を傾けてきた」

「だからって、急に内野さんへの畏怖の念が生まれるかしら」

「もちろん、それ以外にも武器が必要だ」

「それがせっせと集めた修道士長たちの醜聞ってことなのね。でもあれは高木さんの手にも渡っちゃったじゃない。彼女は今、父主様の秘書なのよ」

「内容は全部覚えてる。それに資料はあれだけじゃない」

一旦言葉を切り、加賀美の顔を見る。

「内野さん。何か隠してるのね？」

怪訝な表情で、じっとこちらを見返してくる。相変わらず勘が鋭い。その点も仲間に取り込もうと思った理由だ。足下のトートバッグから紙の束を取り出し、会議机の上に放った。加賀美は訝しげな表情でそれを手に取り、読み始める。

「――どうしてこんなものを持ってるの？」

しばらくして書類から顔を上げ、加賀美が怪訝な表情をする。いつになく声が興奮している。読ませたのは聖浄心会の出家者の〈身上履歴書〉だった。出家してすぐ会員管理のシステム構築を渋沢に命じられ作ったものだ。

「会員データベースはほとんど私1人で作った。市販のアプリケーションソフトを私なりにカスタマイズしてね。当時の会員台帳の項目ひとつひとつを、手入力してデジタル化した」

「つまり、この身上書はデータベースに入力される前の台帳ってわけ？」

「システム化される前に会員管理に使ってたものだ。当然、個人情報だから焼却処分するように渋沢に言われた。今でもデータ入力後の身上書は廃棄処分にしてるはずだ。父主の命令だとも言ってたからな。ただ、捨てるにはなんか惜しい気がしたんだよな。渋沢の目の前でシュレッダーにかける振りをして、密かに宿坊に持ち帰って保管してた」

「でも台帳に書かれていた内容は〈会員情報システム〉に残っているわけでしょ。だったら、こんなかさばるものをどうしてわざわざ――」

「現在のパスワードは父主と渋沢しか知らない。システムを引き渡した後、変更された。今は、私も一部しか閲覧出来ない。それに〈会員情報システム〉の会員データは各人の身上書に書かれたものの一部でしかない。多くの項目は出家に必要ないということで削られたからな」

　事の重大さを理解したのか、加賀美は意味深な微笑みを浮かべる。その反応に内野は満足した。データベースに採用されなかった情報にこそ、会員を支配するのに好都合なものがある。それどころか聖浄心会自体の存在をも揺るがすものも。

「具体的にどんな情報が削られたの？」

「出身地や高校以下の学歴、親の職業とかそこら辺だ。信仰に関係ないって理由で」

「つまり、会員の過去を消した」

「そのくせ大学や専門学校の専攻はかなり細かくデータ化させられた」

「どうして？」

「会が拡大していくにつれ、組織運営には手に職がある人間が必要だったからだ。私も君もだから出家を認められたってわけだ」

　実際、信金時代のシステム構築について、内野は体験出家時の〈身上履歴書〉に書いていた。

「信金に勤めていた内野さんはわかるけど、私なんてただの体育教師よ。会の運営には何にも貢献出来ないし、父主様が誰かも知らない」

「君は元教師の経歴があるから本出家が認められたし、体験出家担当にもなったんだよ。参加者から本出家に相応しい人間を選び出す。その目は確かだって、父主も渋沢も言ってた」

「そんな簡単じゃなかったけどね。なんとか出家した後、私はしばらく清掃担当だった。会の中枢にどんどん入り込む内野さんを尻目にずっと洗面所の掃除してたんだから。その頃なんか食堂で会っても、口も利いてくれなかったじゃない」

大きな〈聖浄活動〉を与えられた内野は、確かに加賀美やその他の出家者をどこかバカにしていた。〝孤独と瞑想〟と口ではお題目のように並べても、会の中には父主を頂点とした階層組織が厳然と存在していた。

「出家希望者の担当になるために、私なりに結構努力したんだから。修道士長たちや先輩出家者にもいろいろと相談したし」

加賀美は対話室の会議机に両手を突き、内野に迫るように言う。女性特有の平等幻想と被害者意識が表情に覗いている。化粧っ気がまったくない上、本人の自覚がないから加賀美は至って女性らしさがない。ただ、大きな瞳やすっきりと通った鼻筋は実は彼女が極めて美形であることを示している。普通に暮らしていればもっと幸せな生活を送っていたはずだ。

「それで念願の職に就けたんだから、いい方じゃないか。私たちより先に出家したのに、修道士にもなれず、未だに一般出家者の人間もたくさんいる」

「そりゃあ、そうだけど。あれ、この会員台帳って渋沢さんのものもあるのね」

加賀美は手に持っていた台帳を会議机の上に置いた。五十音別にア行から束ねられた台帳は何枚かめくられ、修道士長の渋沢の身上書が開かれている。渋沢の氏名や生年月日、経歴などが記されている。

「ご丁寧に顔写真付きだな」

書面には幼さが残る渋沢の顔写真が貼られている。

「高校時代の制服姿か。随分とうぶな少年だったもんだねえ」

「確かに。エリート修道士長の面影はないわね。でも、イケメンなのは変わらないんじゃない」

〈出身は厚木。父親は地元に研究所がある自動車メーカーに勤務。母親は専業主婦。小学校は地元

の公立。３年生から野球を始め、毎年夏休みには栃木へ遠征旅行。そこで知り合った野球少女と中学まで文通――〉

渋沢の身上が細部まで記述されている。他の出家者の台帳も同じように非常に細かく書き込まれている。その人間の半生と言ってもいい。

「ねえ、父主様の身上書もこの中にあるの？」

「もちろんだ。父主だって会員の１人だからな」

「本当？　どれが父主様のものなの？」

「さすがにそれは教えられない。わかるだろう。私だって命は惜しい――」

「なにそれ。もったいぶっちゃって」

加賀美は明らかに不満げな表情で、口を少し尖らせながら台帳のページを繰る。実は、内野も父主の身上書だけは特定出来ていないかった。父主の顔写真の貼られた台帳は存在しない。年齢から該当しそうな女性会員を抜き出しもしたが、あまりに人数が多く絞り込めなかった。

「私たちが出家した時に書いた身上書って、こんなに事細かに記述してたかしら？」

「学歴、職歴、資格なんかは詳細に書くように言われただろ。まあ、最近はもう少し簡単だけどな」

実際〈身上履歴書〉を見比べると出家の時期によって書き込まれた量が違う。初期の出家者の身上書は異様な分量だ。その頃は会員の数も少なかったので、父主が一人ひとりと向き合っていたからかもしれない。

「あっ、いやだ。自分の台帳を見つけた。私の身上書――」

内野が机上の台帳を見る。開かれたページには、４年前に書かれた加賀美の身上書がある。

〈本籍：山梨県富士吉田市。現住所：静岡県富士市。大学：静岡大学教育学部。職歴：※※中学校

勤務。既婚。趣味：ドライブ――〉

他にも、幼稚園から高校までの学歴、部活、修学旅行の行き先など、先ほどの渋沢に比べたら簡易だが、それでもかなり詳細に書かれている。当の加賀美は顔を赤らめ、表情が少し強張っている。

「私、ここまで詳しく書いてたのね――」

「私だって同じくらい書いて提出したさ。みんな一緒だよ」

「私の台帳は返してもらうわね。恥ずかしいから――」

加賀美は台帳から自分のページを引き抜こうとした。その瞬間、内野は素早く彼女の手を強く払った。

「ちょっと何するのよ。痛いじゃない」

「誰が台帳を破っていいと言った。これは私のものだ」

「自分のものって、ただ盗んだだけじゃない。少なくとも私の身上書は私のものよ」

「これは私が聖浄心会で父主になるための切り札だ。誰にも渡さない」

「内野さん――」

「いいか、この会を正しい方向に導けるのは私しかいない」

加賀美の顔に怒りが広がる。強く握った両拳が小刻みに震えている。

「そう怒るなよ。君は仲間だと思ったからすべて打ち明けた。加賀美君の台帳を悪用なんかしない。ただ、これは私の武器であり保険だ。父主や渋沢、その他の古参の修道士長たちの〈身上履歴書〉が私を父主への道に導いてくれる。わかるよな」

子供を諭すように優しい声で話しかける。加賀美は怒りが収まらないのか大きく息をして内野を睨む。〈第一対話室〉の狭い空間に重苦しい空気が漂う。遠くで工事の音がした。冬の夕刻、寒さで活動が鈍いのか、木立から鳥の鳴き声は聞こえない。

「――わかったわ。ただし、私の台帳を誰にも見せないって約束して。いいわよね」

ようやく加賀美が口を開く。いつもの快活な表情に戻っている。内野も大きく息をつく。

「ああ。わかった。君は同志だからね」

そう言って右手を差し出す。その気障な行為に加賀美は呆れた顔をしている。でも、気にしない。手を出し続けていると、諦めて加賀美も右手を出した。

加賀美を先に部屋から立ち去らせ、内野は1人残る。妄想だったものが現実に近づいている。気分が高揚していた。

*

虎ノ門。

「毎日、都心と田無を行ったり来たりでしょ。宍戸さん、大変っすね」

「なんで俺みたいなオッサンをそこまで酷使するかね、まったく」

愛宕署の木崎が運転する捜査車両は宍戸を乗せて外堀通りを左折し、虎ノ門ヒルズの脇を抜けて桜田通りを南下する。新橋のＳＬ広場前で落ち合い、目撃された虎ノ門へと向かっていた。

「いやいや。宍戸さんはオッサンではないですよ。スゴい刑事ですって」

「そんなおべんちゃら言ってると、ウチの署に呼ぶぞ」

「いやあ、それは勘弁してください。これでも本部の捜一希望なんですから」

「なんでそんなに捜一がいいかねえ。俺は行きたいと思ったこともねえけどな」

「だったら宍戸さんは一生、田無署で大人しくしててください――」

昨日、地元の西東京に戻っている時、木崎から連絡が入った。新たな田中の目撃情報を入手したという。新橋のビジネスホテルで〝佐伯和子〟と名乗る女性と一緒のところを目撃されて以降、田中の足取りはまったく摑めていなかった。正直、宍戸も心のどこかで諦めかけていた。そんな状況の中、所轄の若手刑事たちは地道な聞き取り捜査を続け、目撃者を見つけた。神谷町のレンタルＤＶＤ店でアルバイトをしている大学生が田中と佐伯を虎ノ門のコンビニエンスストアで目撃したという。

どんな小さなことでも労を惜しまない。地道に調べ続ける。そんな簡単なことが出来ない刑事がどれほど多いことか。その点、木崎たちは見上げたものだった。決して口には出さないが、宍戸はたった４人のこのチームは自分の刑事人生でも一、二を争うほど良い捜査班だと思っている。

「田中を目撃したっていうその学生は信用出来るのか？」

「正確には、佐伯と思しき人間を目撃したってとこですけどね。車の中に男性の同乗者がいたとも証言してますが」

「そいつが２人を目撃したコンビニはよっぽど辺鄙なところにあるのか？　そうじゃなかったら女の客ってことだけで覚えてるってのはおかしいだろ」

「まさか。虎ノ門ですよ。大都会のど真ん中。かなり賑やかな場所にありますね」

「だったら、奴さんたち強盗でもしたのかよ」

「その学生が覚えていたのは軽自動車なんです」

「軽自動車？　田中と佐伯は姿を消す際〝軽〟を使ってたのか？　車種は？」

「そこまではわかりません」

「なんだよ、それ——」

車はいつの間にか目的地の神谷町のレンタルＤＶＤ店に到着した。ＴＳＵＴＡＹＡの黄色い文字が見える。木崎は店の前の道に車を停めた。

「そもそも軽自動車って珍しくないっすか？」

田中たちを目撃した大学生、一条耕司は少し興奮気味に言う。明治大学の学生で、自宅は仙川駅近く、週３日神谷町のＴＳＵＴＡＹＡでアルバイトをしているという。宍戸たちは店舗に併設されているスターバックスで一条の話を聞いていた。

「どうして〝軽〟が珍しいんでしょう？　日本中に走ってますよねえ」

口から素直な疑問がこぼれる。木崎も同じ気持ちのようで隣で大きく頷いている。

「何言ってるの、刑事さん。東京のど真ん中に軽自動車なんか走ってないでしょ」

「一条さん、ちょっと言ってることがわからないのですが――」

貴重な情報提供者に威圧的にならないように努めて優しい口調で話す。当の一条は今時の若者らしく、まったく萎縮することがない。むしろ、十年来の友人に話すかのようにフランクだ。

「俺って生まれも育ちも仙川なんだけど、軽自動車ってね、ほら、ちっちゃな頃から魚屋さんなんかの業務用のトラックしか見たことないっすよ」

「そんなことないでしょう。それに人気俳優なんか使って、テレビＣＭなんかもやってるじゃないですか」

「もしかして刑事さんって地方出身？」

「はい？」

「だから、全部地方向けなんだって。軽自動車ってのは、俺にとって〝ザッツ田舎〟なの。ガキの頃、長野の蓼科に林間学校に行って、衝撃受けましたもん。行き交う車が全部、軽自動車だよって」

「それで仕事明けに立ち寄ったコンビニの中から、店の前に路上駐車した〝軽〟が目に留まったということですか」

「だって虎ノ門の平日の夜中に、ちょっと古めのバリバリの〝軽〟でしょ。それこそ普段、軽自動車なんかほとんど見ないし。おまけにナンバープレートが〈富士山〉。それで気になっちゃって」

「〈富士山〉ナンバー？　最近出始めたご当地ナンバーってやつですか」

目の前の若者を改めて見る。刑事では決して持てない発想だった。人間の興味というのは時として、想像を超える力を生み出す。一条は本当に普通の学生アルバイトだ。その平凡な若者が捜査を進展させるような記憶を持っていた。確かに、軽自動車の主要マーケットは地方の主婦や若者だ。交通の便が悪い田舎では、自動車は家族全員の必需品で〝一家に1台〟ではなく、〝1人1台〟が当たり前だ。東北の田舎出身の宍戸には馴染みの話だった。

「そう、それっすよ。昔、ネットのニュースで見てたから、超笑っちゃって」

「どうしておかしいんです？」

「だって、〈富士山〉ナンバーって静岡県と山梨県の両方にあるんでしょ。そんなのもうナンバーの意味ないじゃん、って友達と話したんですよ」

「言われてみれば、確かに県にまたがるナンバーでは何かと不便ではありそうですね」

「それで、どんな田舎の人が乗ってるのかなあと思って、立ち読みしながら見てたんですよ。そしたら店内に入ってきたのが、全身黒い服を着たおばさんでがっかりしちゃった。こっちは地方の女子大生なんかを勝手に期待してたんで」

「なるほど。ところで一条さん。どうしてあなたはその女性のことを覚えているのですか？　私もこちらの木崎刑事もあなたを疑っているわけではないのですが、ひと月近く前のことですし、軽自動車が珍しいというだけでは――」

一条が饒舌に話すのを聞きながら、どうしても気になったのがその点だった。木崎の事前の聞き取りでは、その点が曖昧だった。

「そのおばさんが大量の食料を買い占めちゃったからですよ」

「食料を買い占めた？」

「そうなんです。文字通りの買い占め。おにぎりとかパンとか弁当とか。あと、お茶や水なんかも。棚のもの、ほとんど買い占めちゃって。だから、後から入ってきたお客さんと揉めたりしてね」

　事件への扉が不意に開いた気がした。隣で木崎が唾を飲み込む音がする。

「おばさんの方は完全無視で出て行ったけどね。あまりに大量の食料だったから、その時、車の中から男の人が出てきてトランクに詰めるのを手伝ってましたよ」

「この男性でしたか？」

　ブルゾンの内ポケットから田中の写真を取り出し、一条の前に置く。解剖時に撮影されたものでなく、勤務していた小学校から借りた写真だ。少し若いが遺体の顔よりはわかりやすい。

「似てるかもしれないけど、どうかなあ。何しろ夜だったし、ガラス越しだったからなあ。おばさんの方の写真はないんですか」

　当然、〝佐伯和子〟の写真はない。その旨を告げると、一条は再び記憶と格闘を始めた。目撃された男女はおそらく田中と佐伯だ。ここまでの状況の一致は偶然では起こり難い。姿を消す直前、田中たちは食料を買い込んだのではないか。コンビニと周辺一帯の防犯カメラの映像を片っ端から集めて、目撃者の証言を補完すれば確証が得られるはずだ。

　特殊犯に捜査を依頼するため、宍戸はポケットから携帯を取り出し電話した。

*

俗世を離れ、この世界に身を置いて改めて確信したことがある。

〝集〟の中では〝個〟はほとんど無力だ。〝個人〟あるいは〝私〟という存在は、閉じた世界ではまったく意味をなさない。そこでは〝個〟の意思は目的化しない。あるのは常に〝集合体〟の欲望である。多種多様な個が集まって全体があるわけではない。まず全体があり、その構成要素として多数の個があるのだ。集団全体のある欲望から目的が生まれ、行動が始まる。その動きに追随する形で、要素としての個が行動する。つまり、個人の自由な欲求で毎日暮らしていると思っていることは、実は単に集合体が生み出したものの〝おこぼれ〟をもらっているに過ぎない。

　例えば、倫理上許されないと感じる行状が起きたとする。イジメでも私刑でもいい。それを個人の力で止めることが果たして出来るだろうか。１００人の人間が非道の極みを尽くしている時、１人の正義感は意味がない。集団に反発すれば、その個は攻撃・排除されるだろう。もっと身近なことでもいい。ＯＬ５人が会社の昼休みにランチを食べる。なんとなく流れで和食を食べようという雰囲気になっている時、１人が内心パスタを食べたいとしても、彼女は勇気を持って「パスタを食べたい」と言うだろうか。言うかもしれないし、言わないかもしれない。言えないかもしれない。いずれにしても、彼女がパスタを食べられることはほとんどない。もちろん、何回かに1回は皆も気が変わるかもしれない。しかし、毎回集団の意に反することを唱える個はいずれ強制、攻撃、排除されるはずだ。われわれ人間は集合体の奴隷なのだ。

　ごく稀に〝集〟を個人の意思でコントロールする人間が現れる。強いリーダーともカリスマとも言われる存在だ。宗教の教祖もこれにあたる。しかし、このリーダーも注意深く観察してみると、決して純粋な個人の欲求から行動してはいない。全体が望んでいる構成要素としての一役割をこなしているに過ぎない。リーダーが先頭に立ち、集団を率いている状態が、そのリーダーが本来したいことと完全に一致するなどあり得ない。役割期待に応えているだけなのだ。だから、実はリーダーになるのは簡単なことだ。自らの意思ではなく、集合体の欲求を人より少しだけ早く嗅ぎ取り、そこに他の者を誘ってやればいい。そうすると人は導かれていると感じ、あるいは逆らえないと感じる。強いリーダーに引っ張られていると思うのだ。

　個が抗えない集団心理が存在する以上、非道徳的で非倫理的なことが起きてもおかしくない。あるベクトルに向かう集合体は個人の正義感などで止めることなど出来ないからだ。集団リンチや民族虐殺、宗教対立などが世界各地で起き続けるのはこのためだ。誰も逆らえない。人間が構成要素となっているシステムが存在する限り、おぞましき事態は起こり続ける。

　もちろん聖浄心会においてもそれは変わらない。むしろ極めて閉鎖的な空間に多くの人間が暮らす道場内で〝集〟の力は絶対だ。すべてにおいて教義が優先される。そこに個人の意思はない。

　集団と個人について考えるといつもあのことを思い出す。むしろ、それが頭から離れないからこそ、何度も集団の欲求、集団心理について思考しているのかもしれない――。

「本日の申し送り事項は以上です。明日の午後、父主様は書籍を執筆するために宿坊にこもられます。出家された1週間、働き詰めでしたから、高木さんは〈聖浄活動〉の時間は宿坊で休養を取ってください」

夜の〈説諭準備室〉。渋沢とその日の確認を行い、仕事が終わろうとしていた。部屋には2人だけ。中庭から〈聖浄活動〉を終えた修道士や出家会員が各々〈食堂〉や浴場、宿坊へと向かう物音が微かに聞こえてくる。

秘書の仕事をこなしながら、父主周辺の不審な動きを探っているので、精神的にも体力的にも限界に来ている。渋沢は相変わらず〝調子のいいイケメン〟だが、竹中は必要以上のことは決して話さない。〈説諭準備室〉にいる時以外、竹中は道場内のすべての場所で空気のような存在になる。柔らかい微笑みの裏側を見せることはない。

〈本部会員室〉で内野と加賀美に遭遇してから4日経つが、竹中や渋沢からは2人について結局何も探れていない。会話の端々にトラップを仕掛けてみるがことごとく空振りだった。道場内の人間も注意深く観察しているが、聖浄心会内部で起きている揉め事や権力闘争のようなものは未だ見つかっていない。スキャンダルなんか存在しないかのように、表面的には静謐な宗教空間だけが広がっていた。結局、内野が作成した〝ゴシップ資料〟を2人にぶつけることも躊躇していた。父主や渋沢の命令でそれらが作られたとしたら、せっかく握った〝起爆剤〟をみすみす渡してしまうことになる。何より、もう少し事態を整理しないと、この情報自体が事件解決を遠ざけてしまう可能性もある。誰が連続事件と関わっているのか。誰が味方なのか。それともすべてが仕組まれているのか。とにかくはっきりとしない。あの資料を突きつけるにはもう少し態勢を整える必要がある。

「あのう、私、明日もお休み要らないです。働きたいです。早く会の活動に慣れないと秘書としてお仕え出来ないですから」

「そんな根を詰めなくて大丈夫ですよ。それに明日の〈聖浄活動〉の割り振りはもう終わってますし」

　突然の提案に渋沢は困惑顔になる。重たい空気によって覆われている施設の中で、この男の言動だけが異常に軽い。〈聖浄心会〉にまったく似つかわしくない。だからこそ、紗香は渋沢を警戒していた。軽薄さの裏に何かがあるような気がしてならない。やんわりと断っている渋沢に構わず、さらに頼み続ける。今日がラストチャンスかもしれない。この件だけはどうしても許可を得たい。

「屋外の電気保安工事に立ち会うとかどうですか？　真冬の屋外作業は皆さん避けたいのではないでしょうか」

「まあ確かに担当してるのは高齢の男性出家者で、昨日の寒さで風邪をひいたと報告が来てますが」

「それです、それです。私の唯一の自慢は体力とやる気があること。その方、風邪が悪化したら可哀想ですよ」

　渋沢は相変わらずいい顔をしない。急な変更が会内部に必要以上の混乱を生むのを心配しているのか。あるいは、秘書がことのほか表立って活動することを竹中が嫌っているからかもしれない。

「いくら側役だからって、皆さんが働いているのに出家したての私が休むわけにいきません。そんなこと知られたら、私の立場が悪くなっちゃいます」

紗香はなおも食い下がる。渋沢は怪訝な顔で覗き込んでくる。端整な顔に緊張する。

「高木さんって変わってますよね。この前だって〈清掃活動〉の時間を使って館内を見て回ってたでしょ？」

感づかれていたか。思わず息を呑む。確かに、竹中や渋沢に隠れて敷地内の施設を探っていた。もう後には引けない。

「あっ、それは動線確認です。掃除が早く終わったので、つい」

「ほんと、高木さんは真面目だね。初対面の印象と随分違うな」

「私、極度の方向音痴だから。父主様をご案内する時に粗相があったらマズいんで――」

「実は何か妙なこと考えてるとか？」

渋沢が放った言葉に背筋が凍る。表情に出ていないことを祈る。何を探っているのか。何か知っているのか。

「冗談ですよ。〈清掃活動〉の時間の件、今回は大めに見ますが、本当は戒律違反ですからね」

「スミマセン。私、時間を有効に使いたいだけなんです。明日の〈聖浄活動〉もなんとか――」

怯んでいる場合ではない。真摯な表情で真っ直ぐ渋沢を見る。2人は見つめ合う形になる。

「――本当に変わった人だ。わかりました。手配しておきます」

「ありがとうございます。私、頑張ります」

「休息は取れる時に取っておかないと後で辛いですよ。父主様の側役は本当に激務なんですから」

最後はいつもの軽い雰囲気に戻り、渋沢は部屋から去って行った。

翌日の午後。工事現場は木立のちょうど真ん中辺りにあり、周りをビニール柵に囲まれていた。工事担当者の姿は見えない。北風が吹く度、武蔵野の冬が身に染みる。遠くの方に敷地内で発生したゴミを焼却する出家者たちが見える。声を発することなく、黙々と作業する姿は産業用ロボットのようだ。担当の修道士が巡回に来る度、ビュンと指示棒を振る。

確かに〝孤独と瞑想〟は約束されている。しかし、それは全財産と半生を捨て去ってまで手に入れたかったものなのだろうか。個を押し殺し、修行という名の使役をこなしている出家者の姿は、実は孤独でも何でもなく、ひたすら集団化しているのではないか。紗香は自らを出家者の立場に置き、初めて聖浄心会の本質を見たような気がしていた。

執拗な〈聖浄活動〉への志願には訳があった。潜入捜査を次なる段階に進めるために、敷地内で電気保安工事が始まった4日前からこの機会をずっと待っていた。

「スミマセン、お邪魔してます。ここ電気工事中なんで危ないっすよ」

背後から声を掛けられて急に我に返る。

「なんだよ、その顔は。ちっとは喜べよ」

振り返るとくたびれた作業着を着た宍戸が立っていた。


「秘書だって？　お前さん、渋沢の側で内偵する計画だったじゃねえか」

「私だってそのつもりだったんですけど、父主と面談しているうちになんとなくそういう流れに――」

「なんとなくってよう。父主が犯罪に加担してたら、お前さん逃げ場ねえぞ」

挨拶もそこそこに出家後に起こった出来事を報告する。父主が女性だったことや竹中が一瞬見せた表情の変化、犯罪の臭いなど、一連の面談の内容を伝える。

「奴がホシってことか？」

「わかりません。ただ父主は聖浄心会内部の情報に精通しています。事件のことや警察の動きを知っていてもおかしくないはずです」

「それで秘書になることを承諾したっていうのか？」

「はっきり言って、側役になれって、竹中に見つめられた時はビビりました」

「こればっかりは俺にはどうすることも出来ねえ。悪く思うな」

「わかってますって。こうして危険を冒してまで敷地の中に入ってきてくれるだけで心強いです」

感謝の気持ちで宍戸の肩を軽く手のひらで叩く。宍戸はさあっと体《たい》をかわす。後輩の親愛の情なのだが、必要以上に照れるのが宍戸らしい。

「それはそうと、あまり時間がねえ。出入り業者の俺がお前さんと長々と話してるのを見られるのもちょっとな。とにかくブツを渡しておく」

宍戸は足下に置いてある点検用の工具箱の中からいくつかの捜査ツールを取り出す。それらを受け取り、ひとつひとつ素早く点検して修道着のポケットや靴の中に隠す。

「さすが辻さんですね。想定していたよりずっと小さく出来上がってます」

「あの技官さん、なんか不思議な人だな。何が起きても動じない感じっていうかな」

「宍戸さん。どうせ辻さんに揶揄われたんでしょ？」

「そんなことはねえよ。ただ、お前さんとどこか似てる感じがしたな」

「私と辻さんが？　初めて言われましたけど」

「〝とにかく深追いは禁物、常に一度引くことを意識しろ〟。そう、お前さんに伝えてくれとさ」

辻らしい。常に事件を一歩引いた場所から見ている。ほんの一瞬だが潜入捜査の恐怖から解放される。本出家後の1週間。父主・竹中の側に1日中いなければならない緊張感と恐怖。それは予想以上に紗香の精神を追い詰めていた。しかし、こうして宍戸と接触し、辻が作った特注の捜査ツールを手に入れたことで、再び強い精神力が漲《みなぎ》ってくる。

「死んだホームレスの鑑はどんな感じですか？」

「おう、それだよ。奴さんのことが徐々にわかってきた――」

この1週間で調べ上げた田中の足取りを宍戸は順を追って説明する。その精緻さに宍戸の操作能力の高さを改めて感じる。

「要するに、変態的な事件を起こして、逃げるようにホームレスになってから、小綺麗な格好になって女と新橋から消えるまでの7年の間に、田中に今回の事件とつながる何かが起きたということですかね」

「他の事件との関係を考えると、この1年余りの間に何かが起きたって考えるのが自然だな」

「そこら辺の話って聞き込みで何か挙がってないですか？」

「今のところはな。俺を含めて4人体制で田中の敷鑑してんだけどな」

「そうですか。やっぱり妙ですね――」

「妙って何が？」

　説明を聞きながら、紗香は被害者に対して疑問を抱いた。田中は社会からドロップアウト後、数年経って突然新興宗教に入信した。きっかけは何なのか。自分の変態的な性癖を嫌悪し、なんとかそこから抜け出したかった。そのきっかけを宗教に求めた。普通に考えればそうだ。だが、もしそうだとしたら、もっと早く頼っていたはず。

「他の被害者と聖浄心会とのつながりはどうです？　竹中や渋沢、加賀美、内野、あるいは例の教団の書籍に顔出ししてた古参信者たちとの関係って何か出ましたか？」

「いや。まだ何も挙がってない」

　宍戸は残念そうな表情で首を横に振る。被害者たちがこれほどまでつながらないことは珍しい。

「ただ、ちょっとキナ臭い話がいくつかある」

「何です、何です？」

捜査進展のきっかけになる情報に飢えているので、勢い込んで宍戸の腕を摑んで揺らしてしまった。宍戸はさらに照れて、身をかわして答える。

「まあ、落ち着けって。まず、自殺した稲垣に気になることがある。奴さん、死ぬ直前、精神的に不安定になって、品川の心療内科に通院してただろ」

「確か、職場から離れたクリニックに行ってたんですよね」

「おうよ。そんでもう一度、そのクリニックの周辺を洗ってたら、行きつけのバーが出てきた」

バー。確かに稲垣の捜査資料にはなかった情報だ。自死で処理された事案だ。会社や自宅の周辺はローラーしたがクリニック辺りは手薄だったということだろうか。驚くべきは宍戸の刑事としての嗅覚の鋭さだ。

「奴さん、病院行った帰り、開店と同時にそのバーで飲んでたらしい」

「もしかして精神安定剤を処方された後にですか？　それこそ自殺行為じゃないですか」

「まったくだ。それでバーテンの爺さんによると、よく携帯で電話してたっていうんだ」

「相手は誰です」

「詳しくはわからねえんだが、仕事の話じゃない感じがしたそうだ」

「というと、女とか——」

「あるいは犯人とか、な」

宍戸の目がすーっと細くなる。事件の臭いを嗅ぎ取った表情——。

「しかも、その時、使ってたのがガラケーだっていうんだよ」

「ガラケー？　確か稲垣はスマホの2台持ちですよね。仕事用とプライベート用を分けてたって」

稲垣の資料をもう一度思い返す。稲垣は誰にも知られていない秘密の携帯を所有していた。相手は事件関係者である可能性が高い。

「残念ながら携帯電話会社に問い合わせたが、稲垣名義での契約はなかった」

「プリペイド式か、〝飛ばし〟ってことですね」

「とにかく稲垣の交友関係には、まだ捜査線上に挙がっていない人間がいることは確かだ。長嶋さんに手を回してもらって、所轄に追加調査を頼んでおいた」

なぜ室長の長嶋が宍戸を捜査に呼び入れたのか。改めてわかったような気がした。冴えない風体とやる気のない言動に隠されているが、目の前の男は警視庁の中でも指折りの刑事なのだ。上からの指示を待たず、常に自分の頭で考えて行動する。加えて、労を惜しまず地道な捜査を黙々とこなす。一点集中型の潜入捜査官と組むことで、宍戸の特性が最大限活かされる。孤独と恐怖と戦う紗香にとってこれほど心強い相棒はいない。

「おい、高階。何ニヤけてんだよ、気持ち悪いぞ」

「ニヤけてないです。ただ宍戸さんって頼もしいなあって」

「だから、そういうのやめろって。俺を揶揄うなよ」

宍戸はまた恥ずかしがり、意味もなく工具箱を開けたり閉めたりする。冬の太陽が傾き始め、辺りの木立が徐々に赤みを帯びてくる。接触時間もそろそろ限界だ。

「冗談ですよ。あと、何か情報挙がってますか？」

「田崎明子の夫が、明子の両親と揉めてるな」

「どういうことです？」

「子供の養育だ。ほらよ、明子んところは、夫の隆が明子の方に養子に入ってるだろう」

「ああ、そうでしたね。明子が一人っ子で田崎の名前を継がなきゃならなかったとか」

「ところが、当の明子が失踪した。夫からしてみれば、どこぞの男と駆け落ちしたんじゃねえかって、疑うようになった——」

「だから、息子の洋一郎を連れて田崎の家を出ようとした」

「名前も自分の旧姓の葉鳥に戻してな。妻の不貞を理由に」

「ところが明子の両親からしてみれば、孫は唯一の跡継ぎだから認められない」

「結局、親権を巡って裁判沙汰になってるようだ」

やるせない。幸せな家族を事件が一変させた。聖浄心会のことを伝えれば、わだかまりも少しはなくなるだろうが、潜入のことを明らかにするわけにもいかない。秘匿捜査はこういう時一番辛い。

「結局、俺たちに出来るのは犯人逮捕だけだ。元気出せ」

「感傷的になってる場合じゃないですね」

宍戸は励ますためなのか、精一杯の笑顔だ。風体と不釣り合いな表情に元気が出る。

「あっ、そうそう。大事なことを忘れるところでした。この写真のことを調べて欲しいんです」

修道着の中から例の内野の資料を取り出す。掻い摘んでことの顛末を話す。話を聞きながら、宍戸は食い入るように写真を見ている。

「しかし、お前さんは本当に危ない橋を渡るねえ。聞いてるこっちが冷や汗だよ。そもそも今日一番に報告することだろ、これ。それを〝そうそう、忘れるところでした〟って何だよ」

「この一件は私も焦りました。でも、本当に偶然の鉢合わせだったから、回避出来なくて」

「とにかく無事だったからいいけどよ。でもよ、すぐに調べるのはいいがこの資料はお前さんが持ってた方が良くねえか」

「もう少し聖浄心会の内部に精通するまで温存した方がいいかなあって」

「切り札は大事にしまっておくってことか。わかった、持って帰って次までに素性を探っておく」

陽はかなり傾いてきた。最後に小さな確認をいくつかする。宍戸は話しながら工事用具の整理整頓をする。見よう見まねで作業を手伝う。今日、このまま宍戸と別れると再び孤独な潜入捜査が待っている。少しでも仲間を感じたかった。

「おう、悪いな。秘書様に手伝わせてよう」

「冗談やめてくださいよ。それにいつも私が手伝ってもらってますから」

「おいおい。だから、いい感じの話をしてるんじゃないよ。勝負はこれからだぞ。犯人の輪郭がうっすら見えてきてる。これは俺の刑事としての勘な」

「私の勘もそう言ってます」

事件は再び動いている。聖浄心会の内部でも絶対何かが起きるはず。そして、その時が事件解決のチャンス。改めて強い決意を持った。

ガシャン、ガシャン——。突然、工事現場を囲うビニール柵が倒れた。

振り向いて、音がした方向を凝視する。足下のレンチをゆっくりと握る。隣で宍戸も腰を屈めて、構えている。誰だ。いったい、誰——。

冬の午後、木立の薄暗がりの中、人間のシルエットが浮かび上がる。

「こんな暗くなってるのにまだ作業ですか？」

近づいてくるシルエットの頭部に作業灯の明かりが当たる。ようやく表情が見えた。白髪の初老の男だ。安物の灰色のスーツに、洗いざらしの白シャツ。どちらもアイロンをかけていないので皺だらけだ。宍戸が目で訊ねてくる。どこかで見たような気がするが直ぐには思い出せない。

「いやあ、そんな2人して驚かないでくださいよ。ここの警備員です」

男は倒れたビニール柵を直しながら向かってくる。どこかの方言の名残りか、イントネーションに少し特徴がある。その顔には見覚えがあった。正門の警備室だ。体験出家の時、受付の手続きを取った男だった。私服姿なので気がつくのが遅れた。

「制服じゃないのでわからなかったですよ」

「シフトが終わって今帰るところなんでね。いやね。ここの工事を担当している出家者の荻野さん、なんか熱を出されたなんて聞いたから。ここんところ、寒い日続いたでしょ。でね、工事もお休みかと思ったら、随分遅くまで作業員の方もいるようだから――」

「代わりに私がここの担当をするようにと渋沢修道士長が――」

「そうでしたか。だったら問題ないですね。警備室にも私から伝えておきます」

「スミマセン、警備にも連絡が入ってると思ってました。私、高木っていいます」

「いいの、いいの。よくあることだから。ウチは所詮委託業者だから。ハッ、ハッ、ハッ」

　老警備員は豪快に笑いながら、先ほどやって来た方向に歩き出す。

「アンタもそろそろ作業を終えてくれよ。遅くまで工事すると近隣の皆さんに迷惑だからね。それに、こんな若いお嬢さん出家者も可哀想じゃないか。女に冷えは禁物なんだから。じゃあ――」

　作業員姿の宍戸には少しぞんざいな物言いを残し、老警備員はいつの間にか暗闇に包まれた木立の中に消えた。

「何なんだよ、あれは？　かなりビビったぞ」

「正門の脇に小さな白い建物があったでしょ。入館者の受付。あそこの警備員さん。宍戸さん、見ませんでした？」

「俺たち〝業者〟は裏門から出入りするように言われているからな」

「昨日までって警備員さんの見回りってありましたか？」

「誰も現場確認に来なかったな。もっともこんな時間まで作業してないけどな」

　用心に越したことはない。〈本部道場〉関係者は全員容疑者みたいなものだ。

「とにかく高階、くれぐれも無理するなよ」

「わかってます。それに私には宍戸さんがいるから大丈夫です」

「だからよう。そういうのはやめろって――」

思いっ切り照れた宍戸の声がすっかり暗くなった木立の間を通り抜ける。響いた自分の声に宍戸は慌てている。そんな中年刑事を微笑ましく見る。先輩刑事を揶揄ったのは底知れぬ不安と恐怖を払拭するためだった。心が少しだけ落ち着く。

その後、次回の接触の段取りを確認し、紗香と宍戸は電気保安工事の現場をそれぞれ後にした。

*

北千住。

「要は電話の相手が誰かってことだ」

駅へ向かう道すがら、宍戸は隣を歩く木崎につぶやいた。潜入捜査中の紗香と接触した日以降、被害者の１人、稲垣の身辺を再度洗っていた。稲垣が持っていた名義不明の携帯電話がどうしても気になった。稲垣の会社の同僚たちに、携帯電話に関することで何か思い当たる節がないか個別に訊ねた。返ってきた答えはどれも同じだった。

死の３カ月ほど前から、会社にいる稲垣の携帯電話に頻繁に着信が来るようになった。その度、稲垣は人目を避けるようにオフィスから出て行った。〝席に戻ってくる時はいつも両目が充血し、どこかオドオドしていた。何かに怯えているようだった〟という証言もあった。稲垣が品川の心療内科に通院し始めるのもこの頃だ。

「まあ確かに電話の相手ってのが気になりますね。稲垣の自殺にも疑問の余地がありますかね？」

「状況証拠からすれば、他殺の線は薄いが、もし自殺するように追い込まれたとすれば――」

立派な殺人事件だ。遺体発見時の検分やその後の特殊犯の捜査で挙がった証拠を洗い直しても、稲垣の死は現状、自殺に間違いない。だが新橋のホームレス、田中が変死した。肛門の裂傷や憔悴し切った遺体の状況から自然死ではない。しかも稲垣や他の被害者と同じく、聖浄心会との関係を臭わせるチラシが遺体発見現場にあった。もし田中が何者かに殺されたとすれば、稲垣の死もまた殺人である可能性が出てくる。

　連続殺人事件。犯人は聖浄心会と何らかの関係のある人間――。

　宍戸はそう考えている。父主や修道士たちの行動の不可解さもこの読み筋を確信に近づけている。紗香から託された聖浄心会の修道士たちのスキャンダル資料の裏取りや被害者たちとの関係は特殊犯の刑事が当たっている。

「木崎よう。浅野っていう女子社員の証言覚えてるか？」

「庶務課のちょっと美人のコですよね」

「お嬢さん、〝稲垣さんの電話相手に嫉妬しちゃったんです〟って言ったろう」

「電話の応対が明らかに自分の時と違うって言ってましたね」

　浅野という女子社員は少しの間、稲垣と恋愛関係にあった。当人以外にもそう証言する同僚が数人いたから間違いないだろう。もちろん２人とも独身なので、交際自体には何ら問題はない。ただ、稲垣は将来を嘱望されたエリート社員だった。当然、彼を狙う女性がかなりいた。稲垣自身もそれを知ってか、数多くの女性と適当に交際していた。浅野も稲垣とつき合っている女性が自分以外にもいることを知っていた。だから周囲の女たちは浅野を羨望と哀れみの目で見ていた。

「そんな状況での職場恋愛だ。浅野は稲垣の一挙手一投足から目を離さなかった」

「他の女が稲垣に近づくのをとにかく妨害しようとしてた」

　なんとも実りのない話だった。ただ、会社の職場のような小さな世界では往々にしてあることだ。

浅野がある意味ストーカーのように観察していたからこそ重大な証言を引き出すことが出来た。

「稲垣さんは私からメールを送ったり、電話をかけることを禁じてました。一度、そう、私の誕生日に待ち合わせの時間が知りたくて携帯に電話したんです。そしたら着信拒否されたどころか、それから3週間くらい口も利いてくれませんでした。お前以外に女なんていくらでもいるって捨て台詞吐かれて。もう、あの頃は地獄でした。そしたら、ある時からデスクにいる稲垣さんに怪しい電話が頻繁にかかってくるようになったんです。それもスマホじゃなくて、新しいガラケーに。私、直ぐにピンと来たんです。新しい女が出来たんだって。そりゃあ、わかりますよ。着信来たら、慌てて取って、周りに聞かれないように口覆って、会議室とかに消えちゃうんです。庶務課の先輩なんかは仕事のトラブルじゃないかって言ってましたけど、あれは絶対に女ですよ。妙にしおらしい表情して電話に出てましたもん。私の時は連絡すら許してくれなかったのに――」

　余程溜め込んでいたのか、浅野は一気にまくし立てるように証言した。自殺事案として処理されたこともあり、死亡当初の同僚からの聴取は極めて簡易なものだった。だから埋もれていた事実。浅野は稲垣が慌てて出ていた着信は常に〝ガラケー〟だったとも証言した。品川のバーテンダーの話と一致する。足のつかない〝ガラケー〟に頻繁にある着信。稲垣は死の直前その電話の主に何か追い込まれていた。おそらくその人間が犯人だ。だが稲垣の遺留品には〝ガラケー〟はなかった。携帯キャリアも特定出来ない。

「宍戸さん、応援、頼めないですかね」

「状況があまりに漠然とし過ぎてるだろ。敷鑑に当たる人数を闇雲に増やしても結果は同じだ」

「折角犯人の影が見えたのに八方塞がりですか――」

「要するに、犯人は被害者を追い詰めるのが目的だったのかもしれねえな」

「なんですか急に」

「根拠はねえ。ただの勘だ。だけどよ、臭ってきたぜ」
右側だけ口角を上げて笑うのが宍戸の癖だ。叩き上げのベテラン刑事の表情は獲物を前にしたハイエナのようだった。

*

夕方の食堂。内野は独り夕食を摂っていた。他の修道士や出家者も点々と座っている。時折、食器とカトラリーが当たる音がする以外、食堂には重苦しい静寂が広がっている。父主への傾倒。出家という帰る場所のない行為。宗教者としての自覚もあるだろうが、ここに集う多くの人間は自分の存在を殺す。集団内で目をつけられたら終わりだ。〝孤独と瞑想〟に逃げ込むしかない。皮肉にもそれがまた個人の感情を奪う。自分たちは決して〝孤独〟ではない。集団だ。だからこそ、統制する側の力は絶対的となる。〝孤独と瞑想〟の殻に閉じこもった人間ほど抑圧しやすいものはない。黙って会の命令に従うだけの無個性な出家者なのだから。

　聖浄心会の幹部はその従順な信者たちをのうのうと支配している。一部の修道士長たちの規律や風紀の乱れも、口に出して批判する者がいないことで増長し続けている。瞑想時間の男女、男男、女女の密会。就寝時間での無断外出。修行に必要ない物品の受け渡し。その他、〝孤独と瞑想〟とはおよそかけ離れた風紀の乱れの証拠となる監視カメラの映像の数々。行状は内野の予想を超えていた。

　嫌悪感が募る。だからこそ、自分が事を起こさなければならない。内野の中で義憤心が湧き上がる。今なら実行出来るはずだ。修道士長たちの醜聞の数々。その証拠は摑んだ。それとあの〈身上履歴書〉の情報を組み合わせれば、誰もが自分にひざまずくに違いない。

〈身上履歴書〉。まさか日の目を見る時が来るとは思わなかった。最初は本当に興味本位から捨てずに隠し持っていた。仲間の過去を覗き見たい。そんな気楽な気持ちだった。しかし、日々の修行や聖浄活動に勤しむうちにその存在すら忘れていた。その間、台帳は宿坊のベッドの下に眠ったままだった。それが今まさに必要とされている。自分の〈身上履歴書〉を読んだ時の加賀美の反応を見るだけで、それが会員たちにとってどれほど重たい意味を持つか再認識した。新興宗教で出家を考える人間にとって、自分の過去は決して明かしたくないものなのだ。

　計画を打ち明けた日の翌日、加賀美は正式に仲間となることを了承した。思った通り、彼女自身も今の聖浄心会には不満を持っていた。理由は詳しく言わないが、自分の上役である渋沢に対して殊の外不信感があるらしい。その後、加賀美と〈聖浄活動〉の時間のほとんどを計画遂行のための打ち合わせに費やしている。籠絡すべき修道士長たちを3人決め、加賀美からアプローチする大まかな道筋も整ってきた。内野は秘書を解任されて以来の興奮を覚えていた。

「やっと会えましたね、内野さん――」

　突然、声を掛けられて大声を出しそうになる。竹中の秘書の高木が立っていた。

「隣、失礼します」

　女は返事を待たず隣の席に座る。先日の〈本部会員室〉でのやり取りが思い出され、思わず強い警戒心を持ち、身構える。この女は侮れない。

「そんなにビックリしないでくださいよ。きちんと確認して連絡すると申し上げたじゃないですか」

「別に驚いてはいない。それにしても随分と確認に時間がかかったようじゃないか」

「あなたの行為は破門に値します。〈会員情報システム〉の悪用に他ならないですから。ただ、秘書の立場として、私も聖浄心会の内部に腐敗があるのを黙って見過ごすわけにもいきません。理由はおわかりですよね、内野さん」

女の態度は相変わらず不遜だ。〝秘書の立場〟という部分をわざとはっきりと発音した。怒りがふつふつと湧いてくる。

「ただ、あなたの悪行はある意味で私の利害と一致します」

「なんだって？　君は何を言っている――」

「私と取引しましょう」

ゴクリ。内野は思わず唾を飲んだ。女の意図がわからない。もう一度、隣の女を見る。鋭い視線で射貫くようにこちらを見ている。この女はいったい何を考えているのか。

「あなたの望みは何ですか？　お金ですか？　それとも会での地位ですか？」

女は更に強い圧で畳み掛けてくる。いつの間にか相手に主導権を握られて焦っている自分がいる。

「わ、私は修行者だ。個人的な望みなんかない。ただ渋沢修道士長の命で動いているだけだ。何度も言ったはずだ」

「修道士長たちのスキャンダルを暴けという命令だったのですか？　しかも修道士長たちを陰で――」

「お、脅してなんかいない。ただ注意を――」

「ふーん。なるほど」

「な、何だ？」

「私、内野さんが修道士長たちを恐喝してるなんて言ってないですよ」

引っかけられた。この小娘にまんまと。いつもこうだった。信用金庫時代に精神的に追い詰められた記憶が蘇る。気が動転する。形勢を立て直さなければ。

「い、一修行者として、仲間の風紀の乱れを注意することのどこが問題だというんだ――」

なんとか反論する。しかし、女は言葉を遮り、身体ごと内野の方に向き直った。そして食堂のテーブルの下から両手を出し、内野の右手を包み込む。全身に緊張が走る。

「私は取引をしようと言っているのです。悪いようにはしません」

「何度言えばわかる。私は何も悪いことはしていない。取引などしない――」

「内野さん。あなたに選択の余地はないのです。父主様にこの間の資料を渡しましょうか？　いや、今この場で私が悲鳴を上げて、あなたの痴漢行為を訴えれば簡単ですよ。どっちにしても、あなたは破門です」

周囲の修道士や出家者たちが２人の方を見ている。普段、個々人が離れて食事するのが慣習だ。２人が並んでいるだけで不自然なのだ。ましてや女は距離を詰め、内野に顔を近づけている。食堂中の視線が集まるのも無理はない。逃げ場がない。内野は全身から力が抜けるのを感じた。

「――わかった。な、何をすればいいんだ」

「ひとつは、今まで通り、会員の行動確認を続けてください。密会現場だけでなく、無断外出のチェックを重点的に。もうひとつは、私が〈本部会員室〉に自由に出入りして、〈会員情報システム〉にアクセス出来るようにしてください。もちろん、誰にもバレずに」

「何のためにシステムにアクセスする？」

「もちろん、聖浄心会の会員中に蔓延《はびこ》る不正の芽を摘むためです。私は父主様の秘書ですから――」

女の本当の意図は何かわからない。ただ、追い詰められた自分にはどの道それしかなかった。システムへのアクセスには自分のアカウントとパスワードを入力する。問題は部屋の鍵だ。手元には渋沢から渡されたもの１本しかない。合鍵を作るためには外出する必要がある。

「じゃあ。一旦、私に鍵を預けてください。その間の作業は免除します」

女は躊躇する内野から半ば強引に鍵を受け取り、席を立った。

「いつまでも預けておけないぞ。渋沢に知れたら事だ」

「次に渋沢修道士長に活動を報告するのは？」

「３日後の〈聖浄活動〉の時間だ」

「それでは明後日の夜。〈瞑想時間〉に〈事務棟〉の医務室前の階段室に来てください。そこで鍵は返却します」

「鉄扉の前には常に見張り担当の修道士がいる。簡単には通れない」

「それまでになんとかしておきます」

女が自信の表情で小さく頷く。観念して、内野は小声でパスワードをつぶやいた。念のためもう一度言おうとするのを制し、女は軽く微笑む。たった一度聞いただけでパスワードを記憶してしまった。

「それでは内野さん。ご機嫌よう――」

これみよがしに女は片目をつむり、足早に食堂を後にした。全身から汗が出る。あの高木という若い女はいったい何者なのか。取引の真意もわからない。いずれにしても計画を少し見直す必要がありそうだ。加賀美には何て説明するべきか。まだ何もわかっていないのに軽々に話すとかえって混乱するかもしれない。一先ず、今日の一件は自分の胸の内だけに留めよう。内野はそう結論を出した――。

*

桜田門。

翌朝。宍戸は警視庁本部内のカフェテリアにいた。４人掛けのテーブルに座り、特殊犯罪対策室長の長嶋を待っていた。セキュリティエリア内にあるスペースなので記者などを除けば客は警視庁関係者だ。壁や柱には財形や住宅ローンや共済組合の保養施設のポスター、スキー合宿や夏の旅行のチラシなど職員向けの案内がところ狭しと貼ってある。冬の今時分から夏休みの子弟向けのツアーが募集されている。家族とは無縁の生活を送る宍戸には驚きだ。

濃紺の制服を着た中年のウエートレスが注文したコーヒーをテーブルに置く。一口飲んで、カップをソーサーに戻す。予想していたよりいくぶん美味い。

「朝の10時。カフェテリアで待っていてくれ」

昨晩長嶋から突然連絡が入り、本部に来るように言われた。さすがの宍戸も朝からの呼び出しに緊張していた。到着を待つ間、頭の中で捜査の現状とこれからの方向性を整理する。

事件に巻き込まれたと思われる４人のうち、第２の被害者〈不動産開発会社員の稲垣〉と第４の被害者〈ホームレスの田中〉の鑑で、事件の真相解明の端緒となりそうな事実が見つかった。稲垣は死の３カ月ほど前から、頻繁に携帯電話で何者かと話している姿が目撃されている。その頃から心療内科に通院していたこともわかっている。そして遂に会社のトイレで自らの命を絶つことになる。

田中は、全身黒尽くめの女性と共に〈富士山ナンバー〉の軽自動車で虎ノ門から消えた。最後に目撃されたコンビニと周辺の防犯カメラの映像に、確かに黒い服を着た女と田中と背格好のよく似た男が映っていた。しかし、女は大きなサングラスを着用しており、顔まで判別出来なかった。約１カ月後、根城である新橋のブルーシートハウスで遺体となって発見される。司法解剖の結果から判断して単純な衰弱死ではなく、他殺の可能性が高い。

２人には父主・竹中との面談を示唆するチラシを所有していたこと以外にもうひとつ共通点があ

った。稲垣にしろ田中にしろ、死ぬ前に突然、生活の中に〝異物〟が混入している。稲垣には登録者不明の携帯電話。田中には黒尽くめの女。外形的にはまったく異なる。だが、携帯電話の先に通話者がいると考えると、何者かが突如として２人の前に現れたとも言える。死に至るまでの様子を見る限り、被害者の２人はその人間によって徐々に追い詰められていった。そう思わずにいられない。

「朝から呼び出して悪かったな」

低音のよく響く声がした。顔を上げる。いつもの濃紺にグレーのストライプが入った三つ揃いのスーツ姿。長身の長嶋が立っていた。宍戸は反射的に立ち上がり、背筋を伸ばして敬礼した。

「おはようございます。すみません。考え事をしていて気付きませんでした」

「気にするな。俺も、コーヒーを頼む」

長嶋は笑いながら宍戸に座るよう促し、レジの脇に立つウエートレスに自ら注文した。

「いつも電話じゃなんだから。たまには実際に会ってな」

「お忙しいでしょうに。申し訳ありません」

「それで、捜査の方はどうだ」

長嶋らしく単刀直入に質問が飛んでくる。念のため周囲に記者などがいないか確認する。

「事件の闇にようやく小さな光が見えてきました」

「ほう、そうか。どんな光だ?」

先ほど整理した捜査の概要を話す。途中、長嶋は質問を挟むことなく、ただ宍戸の言葉に耳を傾ける。最後に事件の連続性に言及した。

「——つまり被害者たちを結ぶ線が存在するということか」

「はい。これは間違いなく連続殺人事件です」

「どうしてそう言い切れる」

「勘です。刑事としての私の勘です」

「適当なことを。証拠も挙げずに」

「スミマセン――」

「ただ、最後は勘に頼る刑事のことは嫌いじゃない」

そう言ってニヤリと笑う。敵わない。改めて長嶋という人間の器の大きさを痛感する。

「いずれにしても、やはり聖浄心会が鍵ということか」

「事件の行く末は高階巡査部長の潜入捜査にかかっています」

「それで、その高階の方はどうなんだ？」

長嶋の顔が少し緩む。冷徹な警視の表情が娘を思う父親のようになった。カフェテリアの壁に貼られた職員向けのポスターが目に入る。

「宍戸。何がおかしい？」

「いや、おかしいというか――」

「何だ。はっきり言ってみろ」

「高階の話になると室長の様子が少し柔和になるというか――」

「なんだそれは。いい加減なことを言うな」

口調とは裏腹に怒った様子はない。当たらずといえども遠からずと理解する。

「潜入捜査官は孤独と危険を背負って戦っている。他の刑事以上に心配になる」

「恐怖との戦いですからね」

「まあ、それはいい。高階の捜査の状況を教えてくれ」

「聖浄心会の人間関係を重点的に当たってます。事件との関係はまだ不明ですが、高階曰く『刑事の勘が何か臭うと言ってます』と」

「勘か。お前も高階も、そればかりだな。で、聖浄心会の〈本部道場〉は実際どんな状態なんだ?」

「会の権力闘争が激しくなっているようです。明らかに父主の意に反する勢力がいるとか」

紗香との次回の接触は3日後の予定だ。それまでは連絡がつかない。微弱電力を使用した使い捨ての携帯電話も渡しているが、それは非常事態時の緊急連絡用だ。紗香から電話をかけてこなければつながらない。

「アイツがどこまで父主に食らいつけるかだな」

「はい。父主の側に付くことで被害者たちの情報に接触する道を探っています」

「そこは高階に賭けよう。で、お前はどうする?」

「稲垣の電話の相手と田中を連れ回した女の特定を急ぎます。もしかしたら、同一人物かもしれません。捜査チームのメンバーには、高階が入手した会幹部のスキャンダルを示す資料の分析と敷鑑をやらせます」

宍戸の表情に揺るぎない自信を確認したのか、長嶋も大きく頷く。

「犯人の影を踏むしかない。そういうことか――」

「はい、室長」

「頼んだぞ――」

ドスッ。不意に長嶋の拳が鳩尾に打ち込まれた。

「痛っ。だから室長、やめてもらえますか。洒落になってないですから」

宍戸の抗議に長嶋は笑っている。いつものたわいないやり取りだ。

捜査は遂に正念場を迎えた。

*

朝の〈清掃活動〉の時間が終わり、出家者たちは瞑想のために各自の宿坊に戻って行く。その光景を中庭で見ながら、紗香の意識は自然と〈管理棟〉の4階に向かう。今日は何としても〈会員情報システム〉のサーバーにアクセスして被害者たちの情報を引き出したかった。

昨晩も、食堂で内野から鍵を強引に奪ったその足で〈本部会員室〉に忍び込もうとした。だが、途中の廊下で渋沢に呼び止められ、新しい教典の中身についての校正を言い渡された。今日の午後、〈聖浄活動〉の時間に竹中に提出しなければならない至急の案件だった。結果、深夜まで会議室にこもることになってしまった。

残された時間はあと1日。内野に鍵を返却する明日の夜までに〈会員情報システム〉にアクセスする必要がある。しばらく辺りの様子を窺い、他の出家者の流れに沿う振りをしながら〈管理棟〉を目指す。入口にいる見張り役の修道士に告げる言い訳を想定する。

「もしかすると新しい側役になられた方ですかな――」

背後から突然呼び止められた。心臓が止まる気がした。年配の男性の声。警戒心を露《あら》わに紗香は振り返る。

「失礼。驚かせてしまったようですな」

頭の禿げ上がった年配男性がほのかに笑みを浮かべて立っていた。その顔と名前には覚えがある。〈神奈川道場〉の実質的な管理者である修道士長の前場だった。渋沢から渡された各修道士長の資料に名前と顔写真があった。

「おはようございます。お話しするのは確か初めてでしょうか――」

何故、突然話し掛けてきた？　相手の出方を窺う。ただ、目の前の男はどこかのんびりとしていて、他の出家者たちと雰囲気が違う。聖浄心会全体を覆う重苦しさがない。

「これまた失礼。最初に名乗るべきでしたな。〈神奈川道場〉の前場です」

　艶の良い地肌が露わになった後頭部をさすりながら、前場と名乗った男は軽く会釈をした。悪意や謀略は微塵も感じさせない。前場の資料の記憶を辿る。確かもともと厚木の農家だった。読書会が学生以外に開放された時からの古参メンバー。その時、前場の年齢は既に60歳近かったはず。とにかく誰もが〝人の好いおじいちゃん〟と評価する人物だ。竹中や渋沢の口からも前場の悪口を聞いたことがない。逆に言えば、いい人というだけの小人物だ。聖浄心会が宗教法人化して直ぐに私財を寄付して出家し、今も年金を毎月聖浄心会にお布施として入れている。会は残された余生の生き甲斐。それが前場の印象だった。

「いやね、支部の雑事で本日こちらに参ったんです。そしたら偶然、姿をお見受けしましたのでもしやと思って声を掛けさせてもらったんですよ、ハッ、ハッ、ハッ」

　前場はあくまでもマイペースで話し続ける。

「どなたかお探しですか？　誰かに案内させますが」

「いやいや。自分で行けますよ。そこまでボケてはいませんよ、ハッ、ハッ、ハッ」

「支部のご用とはどんなことでしょう。父主様に関係することでしたら、私が」

「ああ、やっぱりあなたは新しい秘書なんですね。お名前は確か——」

　いつの間にかペースを乱された。前場がどこまで知っているのかわからない。紗香が秘書であることを言い当てた。仕方がない、こちらの情報も少し与えるしかない。

「こちらこそ失礼致しました。高木といいます。〝渋沢修道士長〟のもとで修行しております」

「なるほど、なるほど。そういうことですか。渋沢さんの——」

「父主様のご予定にも〈本部会員室〉の予定表にも、前場さん訪問の件がなかったものですから」

「そうでしたか。そりゃ、おかしいですね。確かに昨晩遅く、今日こちらに来るように言われたんですけどな。それはそうと、高木さん。しばらく私とおしゃべりなどいかがです？」

　前場は紗香の警戒をよそに呑気に話を続ける。意図はまったく摑めない。ただ、声を掛けてきたのは決して偶然とは思えなかった。潜入捜査に気付いた事件関係者かもしれない。これ以上の接触は危険だ。〈会員情報システム〉にアクセスする機会をまた失うことにもなりかねない。だが、一方で前場との接触が新しい情報ルートの開拓につながる可能性もある。現状、内野以外の協力者の開拓は上手くいっていない。正直手詰まり感はある。紗香は判断に迫られた。時間稼ぎのために眼鏡に手をやり、位置を正す。

「どうですか？　高木さん、お忙しいですかな――」

　好々爺然とした雰囲気で、前場はゆっくりと問い掛けてくる。

「私は末端の出家者です。前場修道士長のお時間をいただくなんてもったいないです」

「謙遜しないでくださいな。私なんぞは古いだけが取り柄の修行者なんだから。それより最近の〈本部道場〉の様子はいかがです？　何か変な動きはないですかな」

「どうでしょう。私はなにぶんここに来て日が浅いものですから」

「だから感じることもあるでしょう。そうそう、高木さんはどうして出家されたのですかな」

　なんとも食えない男だ。何気ない会話の中に明らかに意図のある質問を織り込んでくる。紗香を疑っているのか。それとも内野のような不穏な勢力を探っているのか。やはり単に人の好い年寄りではないのかもしれない。自分の中で警戒レベルを上げる。

「いきなり難しい質問でしたかな。若い人はそういうの苦手でしたね。私たちの世代はほれ、団塊の世代なんていって、皆議論が好きですからね」

「高木さん、こんなところで何をしているんです。随分探しましたよ」

中庭の方から声がする。渋沢だ。小走りで回廊をやってくる。

「〈瞑想時間〉がとっくに始まっていますよ」

「スミマセン。前場修道士長に声を掛けられたものですから」

「前場さん、来てたんですか？　ここで何してるんです」

「いやあ、今日は支部の雑事があってね」

「修行のルールはしっかり守ってください。来訪者用の宿坊で瞑想をお願いします」

「久しぶりの〈本部道場〉なもんだから、つい知己を探したくなるんだよ。じゃあ高木さん、出家でわからないことがあったら何でも聞いてくださいな。私はいつも厚木にいますから」

意外にも前場は渋沢の言葉に従順だった。軽く会釈をし、とぼとぼと〈出家棟〉に消えて行った。

「なんか不思議な方ですね。摑みどころのない――」

「会の創立メンバーの1人ですからね。私なんかよりずっと古い出家者です。たまに〈本部道場〉に出てきてあんな感じで自由に闊歩するんです」

「それは困ったものですね。渋沢さんがいらっしゃったから、てっきり約束なのかと思ってました」

「私は高木さんに用があったんです。父主様がお呼びです。今すぐ私と一緒に〈説諭準備室〉に来てください」

「父主様が？　それこそ〈瞑想時間〉にお呼びなんて珍しいですね。何の用でしょうか」

「それが高木さんに会ってから直接話すとおっしゃって――」

〈会員情報システム〉へのアクセスを狙った途端、いろいろな人間の邪魔が入る。果たして偶然なのか。渋沢はいつもの笑顔だ。

「さあ、行きましょう」

突然の呼び出し。前場、渋沢、竹中。皆、紗香の前で微笑む。その微笑みの奥にどんな思惑があるというのか——。

新たな不安と疑念を持ちながら、紗香は小走りでどんどん先を歩く渋沢を追いかけた。


ガチャ。1時間近く経っただろうか、部屋の奥にある扉が開く。

竹中がいつもの微笑みを湛えて現れた。しかし、目の下にはっきりとした隈があり、疲労が隠せない。視線も力なく、どこか強張っている。父主にここまで待たされたことはこれまでなかった。

何か起きている。そんな気配を感じる。

「お待たせしました。高木さんの反応を見る限り、私の顔は酷いもののようですね」

「そ、そんなことはありません。ただ——」

「いいんです。事実ですから。ここのところ、いろいろ考えなければならないことが多くて。睡眠時間を惜しんで対応しているものですから」

「すみません。私が不慣れなばっかりに」

「あなたのせいではありません。高木さんはもう十分、秘書として役立っています」

「あ、ありがとうございます」

勢いよく頭を下げて礼を言う。

大仰な振る舞いに竹中は少し声を出して笑った。顔を上げながら表情を盗み見る。

やはり、いつもの竹中とは何かが違う。内野たちの動きに感づいたのか。それとも事件のことか。

あるいは、潜入捜査に気付いたか——。

「今日の午後に〈説諭〉を再開します。ずっとタイミングを見計らっていましたが、高木さんの秘書としての働きからそろそろではないかと判断しました」

「それはつまり――」

「あなたに、今日から〝私そのもの〟になってもらいます」

「無理です。私にはまだ早いです」

必死に訴えるが、竹中の視線が紗香を射貫く。先ほどまでの疲労が嘘のように、いつの間にか父主の顔には生気が戻っている。微笑みも妖艶さが増している。言葉を継げなくなる。

「あなたにはもう十分に資格があります。まだ早い、自信がないとあなたは感じるかもしれません。でも、父主の代役を務める自信なんて、そもそも簡単に生まれるものじゃありません」

一旦言葉を切り、竹中は再び微笑む。この微笑は危険だ。取り込まれないようにしなければ。

気を引き締め、ずっと引っかかっていた疑問をぶつける。

「歴代の側役が教祖の代役を務めてきたのはわかります。でも皆、男性です。私が父主様の代わりをしたらカラクリがバレてしまいます」

「高木さんの場合はおかしいことはありません」

「どうしてですか？　絶対におかしいです」

「あなたが、本物の父主だと宣言するからです」

なんだって？　竹中の言っている意味がわからない。頭の中が混乱する。

「今日の〈説諭〉で、今まで代役を立てていたことを正直に話して会員に謝罪します。そして、これからは本物の父主が表に出て行くことを宣言するのです」

「だ、誰が宣言するのです」

「もちろん、あなたです。高木さんが聖浄心会の父主の正体ということです」

「正体？　父主様は？　そうです、父主様はどうなさるのですか」

「私は今まで通り、私の教えを広めるだけです。聖浄心会は私の教団なのですから」

　聖浄心会のトップの座を出家したての秘書に禅譲する。しかし、会自体は依然自分のものだと言い切る。竹中の狙いはどこにあるというのか。何のために――。

「あなたには聖浄心会の教祖として、出家者や在家会員に秘匿されていた〝父主〟という存在をしっかりと現実化してもらいます。もう誰が父主なのかというゴシップのような話題が修行の場に持ち込まれないようにするのです。もちろん、私も〝秘書〟としてあなたを守ります。約束ですから」

　竹中は柔和な口調ながら反論を拒否するかのように言い切って、そのまま奥の扉を開ける。

「さあ、参りましょう」

「参るって、どこへです？」

「講堂です。修道士や出家者の皆さんが待っているはずです」

「えっ？　どうして？　〈説諭〉は午後からですよね？　何故集まっているのですか」

「渋沢修道士長が緊急説諭の集合をかけました。これからはあなたが発令することになります。肝に銘じてください」

　竹中は紗香の顔の両側に手を出し、秘書になる際にかけるように命じた眼鏡を外す。父主に祭り上げる時、紗香の顔が印象づけられていないようにするため。今となって眼鏡の意味を悟る。

　そして、竹中は金色の縞の刺繍が施された袈裟のようなものを羽織らせた。無言のまま紗香の腕を取り、〈説諭準備室〉の外へ連れ出す。

　暗い廊下をしばらく進む。しばらくするとそこに大きな木扉があった。

「さあ、聖浄心会初の父主宣言です」

　照明のない暗がりの中、竹中の表情はよく読み取れない。

ただ白い歯だけが見える。

講堂内に響く渋沢の声が聞こえる。

「――皆さん。これまで父主様は聖浄の教えに従って、ご自身のご尊顔をお出しになっていませんでした。皆さんがご覧になっていたのは、父主様の代役の者たちでした」

あちこちで会員たちの驚きの声が上がる。

突然の説明に明らかに戸惑い、騒然としている。

「今日ここで、初めて〝本物〟の父主様が皆さんに〈説諭〉されます。もちろん、今までご尊顔を隠していらっしゃった根拠となる聖浄の教えについて語られるはずです。さあ、皆さん。大きな拍手で父主様をお迎えしましょう」

完全にはめられた。

最初からこれが目的だったのだ。

聖浄心会の内部に蔓延る不穏な動きを察知し、誰かを生け贄にするつもりだった。

バンッ。目の前の扉が開かれる。〈講堂〉に集まった信者たちの視線が一斉にこちらに向けられる。

長らく秘匿されていた父主の姿が女性であったからか、誰もが驚きの表情を浮かべている。

もう逃げられない。紗香は腹を決めた。

ゴクリ。逃げ場を失った。唾を飲み込み、演台に向かって歩き始める。

後のことはわからない。きっと突破口が開けるはず。そう思うしかない。

「――これまでの10年余り。私は皆さんの中に入り、修行を重ねてきました。皆さんに私の姿を認識させないよう、修行場所の道場を変え、名前を伏せ、一会員として精進してきました。現人《うつしおみ》としての父主の存在が皆さんの修行の邪魔になるからです。何故なら〝孤独と瞑想〟こそが聖浄の教えそのものであり、私を崇めることは何の意味もないからです。

もちろん、教えを伝え、皆さんの修行の拠り所となる存在も必要でした。その役目を何人かの修道士に担ってもらいました。新しく出家された人の中には、その男性修道士が父主だと思ってらっしゃった方もいるでしょう。それは仕方のないことです。ただ、その誤解は修行の甘さに起因するのです。何度も申し上げているように、聖浄の教えは個人の崇拝にはありません。もう一度、教典の最初の1行を思い出してください。

〝すべての人々を導くのは父主である。父主とは聖浄心そのものであり、聖浄心の預言者であり、聖浄心の奇跡である。父主は既に目の前にいる。聖浄心を持つ者だけにその姿が見える〟

教えを会得した人だけが父主の存在を認めるのです。皆さん、今日まで本当に自分の内面とのみ向き合い、父主の姿を見出すことが出来たでしょうか？　徒《いたずら》に時間を無駄にしていたことはありませんか？　他の出家者の存在を意識し、比べ、想い、誹《そし》り、貶めたりしていないと言い切れますか？　〝孤独と瞑想〟の精神はどこにありますか？　聖浄心会は今、危うい状況にあります。俗世を捨てた皆さんの居場所が崩壊する可能性があります。だから、私は皆さんの前に現れたのです。私自身が〝孤独と瞑想〟の修行から一旦離れる覚悟をしました。今、救わなければ新たな犠牲者が出るからです。聖浄心会は、内なる病巣によって侵されようとしています――」

＊

「高木さんが父主様だなんて、いったいどういうことなの？」

宿坊へ戻ろうとするところで加賀美に捕まった。〈講堂〉で起きた出来事を未だ受け入れられないという表情をしている。内野自身まだ咀嚼出来ていない。あの高木という女が只者でないことは

2度話してわかってはいた。ただ、まさか自らを父主として宣言するとは思いも寄らなかった。

「どうもこうも。機先を制されたということだ」

「何を悠長なこと言ってるの。彼女は父主様なんかじゃない。そうでしょ?」

「当たり前だ。あんな新入りの出家者のわけがない」

「だったらなんで?　本物の父主様はどこにいるのよ」

「〈講堂〉にはいなかった。最近は道場内でも見かけない」

「姿を消したってこと?　大体、本物の父主より先に会員の前で〝父主宣言〟するって、内野さんの計画そのものじゃない」


加賀美が混乱するのは無理もない。内野から提案されたクーデター計画に乗った矢先に、自分たちと同じ作戦で先に父主の座を奪われたのだ。自分の焦りを悟られないように努めて平静を装う。

「勝負はこれからだ。いや、むしろ私には父主が焦ってると感じられた」

「焦ってる?　どうして?　別の女に父主宣言されたのよ。それにあの〈説諭〉は間違いなく、私たちのことを言ってたわ。病巣だって」

「考え過ぎだ。計画はバレてない。あれは修道士長たちの腐敗のことを言ってたんだよ」

「〝代役〟システムについても詳らかにされたじゃない」

「あの女の話をみんなが信じているわけではない。むしろ父主が女性だったなんて受け入れ難いだろう」


確かに本物の父主は女性だ。しかし、歴代の秘書たちは皆男性だった。聖浄心会の会員たちのほとんどが父主は男性だと思い込んでいる。女などとは露ほども思っていない。だからこそ本物の父主よりも先に男性である内野が宣言する意味があった。それをあの高木という女が先にやってしまった。信者たちが状況を受け入れてしまったら、父主の座を奪うのは相当難しい。ようやく正常の形になった宗教団体を好き好んで混乱させるほど皆バカではない。

「混乱しているのは今のうちだけよ。多くの人たちは本当の父主様の姿を見られて感激してた」

「ああ、確かに時間を置かずに手立てを打つ必要はある。計画の実行を早めよう。加賀美君は例の修道士長たちに早速当たってくれ。私は〈身上履歴書〉の洗い出しを急ぐ」

「わかった。高木さん、っていうか新しい父主様へもアプローチしてみる。私は彼女の出家担当だった。父主宣言した理由を探ってみるわ」

「いや。彼女へは私が直接当たる。秘書経験者の私の方が何かと共通点が多い——」

　加賀美は怪訝な顔をする。

「内野さん。もしかしたら高木さんと何かあったの？」

「別に何もない。ただあの女は表面上父主なわけだから、位階的にも私が対処した方がいい」

　加賀美は少し躊躇いがちにこちらを見る。何か物言いたげな態度だ。

「——食堂で一緒にいるところを見たっていう出家者がいるわ」

「君は私に監視をつけているのか？」

「違うわよ。たまたま知り合いの出家者が食堂で見たって」

「別に会話らしい会話はしてない。向こうから声を掛けてきただけだ」

「〈身上履歴書〉のことは？　話したの」

「台帳はまさかの時のお守りだ。誰にも話しちゃいない」

「それこそ見つかったらマズいんでしょ。私が預かっておきましょうか？」

「いや。むしろこれからは積極的に表に出していく。父主たちにとっても、あれは明らかにされたくないことだらけだからな」

　あれは交渉材料になる。先手を取られたあの女の動きを封じ込め、直接父主の禅譲をはかる。内野の自信に満ちた態度に加賀美も安心したようだ。いよいよ計画を実行する時が来たのだ。

*

「どういうつもりなのか、きちんと説明してください――」

説諭の後、紗香が〈説諭準備室〉に戻ると竹中が待っていた。傍らには渋沢が静粛な面持ちで立っている。〈講堂〉での言動の記憶がほとんどない。緊張のあまり全身から吹き出た汗が今となって気持ち悪い。罠にはまり、自分が父主であると宣言せざるを得なかった。なんとか事態を取り繕い、乗り切ろうと必死だった。しかし、途中から肝が据わった。

もし犯人が紗香の〈説諭〉を聞いていたとしたら。いや、必ず聞いているはずだ。

そう思うと〈説諭〉の言葉が攻撃的になった。事態が動くかもしれない。その点に賭けた。

〈説諭〉が終わった瞬間、〈講堂〉には満場の拍手喝采が鳴り響いた。

当初は疑心暗鬼だった出家者たちも、最後には紗香の言葉に集中していた。多くの人間が初めて認識する父主の姿に陶酔していた。

だからこそ、罠にかけた理由を竹中に問い質す必要があった。

紗香を聖浄心会の教祖に仕立て上げる理由を。

「仮面の存在を明らかにするのなら、父主様自らがお顔出しすれば良かったはずです」

竹中は黙って紗香の言葉を聞いている。渋沢は対峙する紗香と竹中をじっと見ている。

「この場で理由を説明してもらえなければ、私は聖浄心会を脱会して真相をマスコミに発表します」

今までの〈高木麻里〉のキャラクターを捨て、強い口調で迫った。

これほどまでに自己主張をしてくるとは想像していなかったのか、渋沢の表情が変わる。

一瞬、竹中も怒りを露わにした。恐怖心が頭をもたげるのを必死に抑える。

しばらくの間、無言の時が続く。

「——乗っ取られる恐れがあったからです」

竹中が突然つぶやくように言った。傍らの渋沢が驚いて叫ぶ。

「父主様、いけません」

「彼女には正直に話した方が良いでしょう」

渋沢の言葉を制し、竹中は紗香の顔を鋭い視線で見つめる。

「乗っ取られるとはどういう意味ですか？」

「教祖イコール男性。ほとんどの人間がそのように思い込んでいます。この状況を利用して嘘の真実を作り、会の実権を握ろうとする勢力が存在するのです」

「父主の座を奪おうとしている者がいると？」

「あなたも気がついているのでしょう。その勢力の中心人物である男性会員は〝秘書〟の本当の姿を詳らかにし、自分こそがその者たちに〝仮面〟をさせていた本物の教祖、父主であると宣言しようとはかっていました」

「勝手に宣言なんかしても、直ぐに偽者だとバレたはずです」

「いいえ。ことはそんなに簡単ではありません」

「何故です？　現にあなたは実際に存在しています」

「私が本物の父主であることを証明するのは、その反勢力の男性が父主であることを否定するのと同じくらい難しいからです」

おそらく事態は退っ引きならない状況なのだ。だから、竹中が聖浄心会の内幕を暴露している。

改めて竹中と渋沢の顔を交互に見る。罠にまんまとはまったおかげで、皮肉にも2人と対等に向き合えるようになった。

「あなたの目の前にいる方が本物の父主様である。それを知っている人はごく少数しかいないのです。例えば、この私です。でも、誰か別の者が父主宣言をした後に、私がこの方こそが父主様だと会員の前でどんなに宣言したところで１００％信用する人はいないでしょう」

竹中に代わって渋沢が説明をする。

「そんなこと初めからわかってたことじゃないですか？」

「確かにそうかもしれませんが――」

「だったら、どうして側役に替え玉なんかさせたんです。仮面を着けさせたんです」

紗香の追及に対し、渋沢は珍しく答えに窮した。もしかすると、そのことが内部抗争の火種なのだろうか。あるいは、連続殺人事件の発端なのか――。

「――始まりは単なる読書会だったのです。みんなで読みたい本を持ち寄るだけ。もちろん父主なんかいませんでした」

再び父主が口を開いた。どこか達観した表情をしている。紗香を〈講堂〉に送り出す前の憔悴し切った顔は何だったのか？　いったい何が聖浄心会で起きているのか？

「期せずして徐々に人が集まり始めました。そうなると会を取り纏めるリーダーが必要となります。趣味嗜好がバラバラの会員たちを納得させる本選びをしなければなりません。リーダーとなった者は発想の転換をしました。彼は読書会のテーマを探すのではなく、何かの目標のための読書会と考えることにしたのです」

「宗教のための読書会――」

そう、とつぶやき、竹中は小さく頷いた。

「リーダーは心に安らぎをもたらす宗教書を読むことにしました。その結果、読書会をやめる人もたくさん出ました。そもそもの目的と違ったからです。一方で、宗教書だけを読むというスタイルに深くコミットメントする者もいました。会員の人数は一旦減ったものの、直ぐに盛り返していきます。その後も会員は増え続け、聖浄心会という宗教法人に変容しました」

竹中の話はどこに向かっているのか。想像もつかない。10年以上も前の出来事に今日の父主宣言がどう関係しているのか。彼？　今、竹中は〈彼〉と言ったのか――。

「読書会の歴史は〈父主である私が聖浄心会の前面には出ず、代役の人間が父主の〝仮面〟を被っている〉理由そのものと言えます」

「会の歴史そのもの――」

「読書会を宗教の場に変更したのは2代目のリーダーの男性です。名前を〝竹中〟といいました」

「男性？　その竹中というリーダーは父主様、あなたではないのですか？」

「私ではありません。あくまでもリーダーはその男性です。そして、彼は私の〝仮面〟でした」

「なんですって？」

読書会の2代目のリーダーで、後に聖浄心会の教祖になる人間が既に代役だった――。

混乱する頭の中をなんとか整理する。捜査資料によると、初代リーダーは設楽という女性で、大学卒業と同時に就職して会をやめている。その後を継いだのが読書会の最初期メンバー〝竹中〟だった。

確かに資料には〝竹中〟は名字だけで、下の名前はなかった。

当時の関係者の証言も性別を表すような記述はなかった。このような場合、人はその人間の性別を男性だと認識する。紗香もそうだった。ところが出家して初めて面会した父主の竹中が女性だった衝撃があり、一挙に資料の記述が脳内で修正されてしまった。そのために客観的な事実が歪められてしまった。

「読書会において、私は目立たないメンバーの1人でした。よくサークルでもいますよね。数年後、誰からも忘れ去られるような人」

「でも、本当はカリスマリーダーだった竹中さんを裏で操っていた」

「随分人聞きの悪い言い方ですね。私たちはお互いのニーズが一致して役割分担しただけです」

「役割分担？　どんな役割を分担したというんです」

「竹中はとにかく人前に立つことを好むタイプでした。そして、リーダーシップを発揮したい人間でもあった。ただ、残念なことに自分の志向に反し極めて凡庸な人間でした。取り立てて弁が立つわけでも、頭が良いわけでもない。いろんなことに興味があるものの、どれも極めて浅薄でした」

「そんな人間はリーダーにはなれない。だから――」

「そう。だから、私が彼の希望を叶えてあげた。半信半疑の読書会に誘い、徐々に頭角が現れるように導いた。1年もすれば、竹中はその読書会の中心人物になっていたわ」

「あなたは何をやったのです？　何故、それが可能だったのです」

「それについては口でなかなか説明できません。ただ可能だったという他ありません」

　前身の読書会の時代から既に〝父主と側役の関係〟が存在していた。

「その〝竹中〟という男性とはどんな関係だったのです？」

「大学のとある授業で席が隣でした。番号順の座席だったのです。そこで知り合い、少し話すようになりました」

「恋人になったということですか？」

「まさか。私たちは単なる知り合いでした。竹中が読書会で頭角を現した後も関係は変わりませんでした」

「でも利害関係が一致しただけで、そこまで上手く二人三脚でいけるものでしょうか」

「フフフ。高木さんはやはり真っ直ぐな人ですね。確かに単なるサークル内のことですからね。でも、男の心を留めておくことなど女にはとても簡単でしょう？　恋人でなくたって」

竹中は妖艶に笑った。

いつもの微笑みよりも強い毒性を感じる。

「もしかして肉体関係を利用したってことですか？　好きでもない男と寝たんですか」

「さあ、それはどうかしら。でも、確かに若い男の人をコントロールするのにセックスは有効な手段ですね」

「そんな。救いを求めて聖浄心会に集まっている会員たちが聞いたら皆失望と混乱に苛まれます。私が父主だと宣言したことだけでも収拾がつきませんでしたから」

「高木さん。あなた大した嘘つきですね――」

竹中はもう一度フフフと小さく笑う。いつの間にか目は妖しさに溢れている。

「どういう意味ですか。どうして私が嘘つきなんです」

「今の聖浄心会は決して純粋に救いを求めて修行している出家者の集まりではない。〈説諭〉であなた自身そう言い切ったではないですか――」

確かに言った。突然、出家会員の前に立たされ、何を話していいかわからなかった。

美辞麗句も思い浮かばない。口から出たのは連続殺人事件絡みのことだった。聖浄心会を舞台にした殺人事件。どこかで聞いているかもしれない犯人に向けて紗香は〈説諭〉していた。この新興宗教は決して純粋じゃない。そこには確信があり、だからあの言葉になった。紗香の意図を竹中は見抜いている。

深く突き刺された。新興宗教の教祖。これまで経験したどの潜入捜査よりも恐ろしい。

だが、逃げるわけにはいかない。

「――それに父主が女であることなど、明日になれば会員たちは納得するでしょう」

「あなたの言葉に感銘を受け、宗教の道に一生を捧げた人たちですよ。そう簡単に騙されるとは思いません」

「人のつながりなど実は形式的なものなのです。セックスでも、お金でも、家族でも、生まれた後に認識される型枠に過ぎません。出席番号順に並べられるのとさして変わらないのです。竹中の名字が例えば和田だったとしたら、私は彼と隣の席にならず、彼を読書会のリーダーに祭り上げることもなかった。そうしたら現在の聖浄心会だって違ったものになったかもしれない」

「人間関係はそんな形ばかりではないはずです」

「結局、血のつながりも、その後の養育によるところがほとんどです。血縁関係のない者でも、ひとつ屋根の下で〝親子〟として暮らせば、最終的には本物の家族になれるではありませんか」

すべてを悟った顔。いや、そうじゃない。あらゆることに諦めている顔だ。

父主の柔らかな表情にどこか居心地の悪さを感じていた理由がようやくわかった。体温が感じられないからだ。父主はひんやりとした柔和な笑みを紗香に向けている。

「〝竹中さん〟はどうなったんです？　彼はその後、どこに行ってしまったのですか？　拡大路線の中、会のリーダーとして組織を引っ張っていったと聞いていますが」

「聖浄心会が正式な宗教団体として動き出す直前、彼は消息が不明になりました。どこに行ったのか、私は知りません。おそらく、彼は限界だったのです。読書会のサークルのリーダーくらいが丁度いい器だったのでしょう」

「そんなの薄情過ぎませんか。一度は肉体関係を結んだ――」

「ですから、私たちの関係はあくまでも形式的なものに過ぎなかったのです。単なる出席番号順のお隣さん」

「じゃあ、その竹中さんのお隣さんはいったい誰なんです？　父主様。あなたは誰なのですか？」
竹中はその質問には答えなかった。ただ冷たい微笑みを浮かべて、こちらを見ているだけだった。

〈説諭準備室〉を出る頃、辺りはすっかり暗かった。竹中や渋沢とのやり取りは平行線のままだった。竹中は珍しく饒舌に語ったが、自分の狙いや真意は決して明らかにしなかった。事態を受け入れざるを得ない状況を回避出来なかった。宿坊に戻るために中庭の回廊を急ぐ。

無理やり〝父主〟にさせられた。出来るだけ会員と会いたくなかった。幸い道場内を歩く者はいない。臨時の説諭の中で今日1日は全員瞑想をするようにと申し付けたのが効いたようだ。

「人のつながりなど実は形式的なものなのです――」

何気なく発せられた竹中の言葉がずっと引っかかっていた。〈説諭準備室〉を出てから頭の中で何度も浮かんでは消え、消えては浮かぶ。多くの人々に心の安寧を与えている宗教団体の教祖の言葉としては考えるだけで薄ら寒いものがある。だが、引っかかるのはそこではない。

「人のつながりなど実は形式的なものなのです」

形式的。つながりが形式的。形式的。形式的――。

そうか。そういうことだ。どうしてもっと早く気がつかなかったのか。ずっと情動ばかりを追っかけていた。そうじゃない。〝形式〟こそが重要なんだ。宿坊へと向かう足取りが自然と速まる。

〈会社〉〈取引先〉〈宗教〉〈趣味〉〈先輩〉〈後輩〉〈学校〉。頭の中に様々な社会的〝形式〟が思い浮かぶ。これまで浮かび上がってこなかった形式的に人間関係を形成するもの。〝器〟と言ってもいい。それが被害者たちの共通点だったのだ。成人してからの被害者の足取りはほぼ掴んでいる。だから、もっと昔のことだ。学校。小中高まで捜査を広げる必要がある。

田崎、田中、田山、竹中。そして、父主の本名も竹中の近く――。

そうだ。頭の中で何かが弾けた。遂に見つかった。

〈出家棟〉に入り、自分の宿坊のある3階まで一気に階段を駆け上がる。廊下を急ぎ、宿坊の木扉の前に辿り着く。扉を勢いよく開け、ベッド下に手を突っ込んだ。

間違いない。絶対間違いない。ついに見つけた。

隠しておいた工具ケースを取り出す。前回の接触で宍戸から渡された潜入ツールだ。蓋を開け、中から小型の携帯電話を取り出す。緊急事態用の微弱電力型のモデル。1回きりしか使用出来ない使い捨てだ。暗記している宍戸の番号を思い出す。サイズが小さいからなのか、それとも緊張のためか、なかなか上手く押せない。

「もしもし——」

「あ、あーっ。つながったあ」

「高階か？　緊急事態か？」

「名字ですよ、名字。被害者たちの——」

「名字？　何言ってんだ？」

「わかったんです。わかったんですよ、被害者の共通点。たぶん、ビンゴです。違う、違う、絶対当たりです」

「命の危険とかじゃないのか？」

「全然違います。それより、名字なんですよ」

「はあ？　名前がどうしたってんだよ」

「初めは主婦の田崎。次が会社員の稲垣。3番目が司法書士の田山。そして、ホームレスの田中。聖浄心会の父主の名前は竹中。稲垣を除けば、みんな名字がタ行なんです」

「だから、今さら名前がなんだってんだ」

「あっ、でも田崎は結婚して名前が変わってる——違う、違う。田崎家は夫の隆が養子に入ってる。やっぱり、そうだ。どうして気がつかなかったんだろ」

「おい、おい。お前さん、何を1人で盛り上がってるんだ。俺にはさっぱりわからねえぞ」

「被害者たちがつながったんですよ。彼らには共通点があったんです」

「なんだって？　何なんだ、それは」

「出席簿です——」

「はあ、なんだって？」

「だから、出席簿ですって。田崎、田中、田山。あっ、そうだ。竹中もかもしれません」

「なんだよ出席簿って、学校とかで読み上げるやつか？」

「それです、それ。あっ、でも小中高はみんな別の学校なのはわかってますから、もっと他の出席簿。塾とかスポーツチームとか」

「おい、おい。もっとちゃんと説明しろよ」

「スミマセン。でも、バッテリー切れちゃいそうです。とにかく、被害者の共通点は過去、何らかの時の出席順なん——」

ツー、ツー、ツー。

バッテリーが切れた。電話の向こうで宍戸は何か話したがっていたが仕方がない。勘の鋭い宍戸のことだ。紗香の伝えたいことはわかったはずだ。あとは任せるしかない。

＊

最初に異変に気付いた時にはもう何もかも破壊された後だった。妹は内側から壊れていた。むしろ表面的にはそれまでと変わらない日常生活をよく送れていたと思う。それは私たち家族に心配させたくないという妹の優しさがなしたものだったかもしれない。だが、幼いながら1人で一生懸命戦っていた妹にも遂に限界が来た。

あれは正月休みも終わり、明日から3学期が始まる前の夜だった。久しぶりに私の部屋に妹がやってきた。毎年の正月旅行がなくなったので、私は友達と毎日遊んだ。大晦日には友達と皆で初詣に行き、初めて徹夜も経験した。今思えば、ちょうど反抗期を迎えていたこともあり、家族という枷から解放されて清々していたのかもしれない。だから妹ともほとんど会話していなかった。彼女がほとんど部屋にこもっているのはなんとなくわかっていたが、それほど関心を持っていなかった。

久しぶりにちゃんと向き合った妹の表情からは生気が失われていた。妹はドアの側にしばらく突っ立っていた。徐々に私の中に言いようのない恐怖が生まれる。とんでもないことがこれから起きる予感がする。それでもなんとか勇気を振り絞って妹に質問した。妹への愛情か、それとも何か喋らないと自分自身が耐えきれなかったのか。おそらく両方だった。

「どうした？　酷くやつれているように見えるけど」

私の質問に妹は不思議そうな顔をするだけで何も答えない。瞳からは生気が完全に失われ、ただ透けた茶色の円形があるだけだ。気まずい沈黙がしばらく流れた。

「――私が悪いの。お母さんもお父さんも悪くない。悪いのは私だけ」

突然、妹がつぶやいた。

「ゴメンね。ゴメンね。もうどこにも行けない。私が悪いの」

「悪いって、何かしたの？」

私の質問には答えず、妹は壊れたレコーダーのようにずっと同じ言葉を発し続けた。明らかに精神を病んでいた。それもかなり重症だった。この状態になるまでよく1人で耐えたと思う。しかし、この日ネジが飛んだ。心の中の混乱を遂に制御出来なくなった。壊れながら、おそらく彼女は自分が家族全員を不幸にすることをわかっていた。だから「私が悪い」と言い続けた。あの時の妹の悲痛な言葉がいつまでも頭から離れない。今でもずっと私の中で繰り返されている。妹を闇から救う手立てを何ひとつ持ち得なかった私を咎めるように。

第六章　出席簿

「もともと職場でもお荷物だった――」

そう自分を卑下していた女が、自分は聖浄心会の父主だと突然宣言した。〈講堂〉に集まった会員たちの反応は興味深かった。最初は、戸惑い、疑心、非難、反発など否定的なものがほとんどだった。しかし、彼女が〈説諭〉を続けるうち、徐々に順応、憧憬、待望、そして畏怖の念が生まれてきた。父主の不定は、思いの外出家者たちの間に長く不満と不安を生んでいたということか。

あの若い女が本物の父主ではないことは明白だ。それを確信する人間が会にどれくらいいるかわからない。いつの間にか聖浄心会を乗っ取ってしまうかもしれない。残された時間はもう少ない。それまでにすべてを終わらせる必要がある。

聖浄心会内部での混乱。〈本部道場〉で修行をしている会員は当然のこと、各支部道場の人間もその渦の中に取り込まれている。幹部は堕落している。姿見えぬ父主に反旗を翻している勢力がいる。その中心は前任の秘書である内野だ。もちろん、多くの者たちは父主に対して絶対的に傾倒している。ただ、これから会がどうなってしまうのか。自分たちはどうすべきなのか。道場内のどこそこで密かに囁かれてきた。さらに在家会員たちの間でも会の腐敗や混乱の噂が立ち始めている。中には〝会員の死〟にまつわるものもあった。事実、この数週間で入信する会員の数は急激に鈍化している。

聖浄心会の誰かが殺人事件に関わっている――。

標的の人間には〝何が起きているのか〟認識させる必要があった。特に外との接触が極端に少ない者に対してはしっかりと恐怖を感じてもらえなければ意味がない。だから〈チラシ〉を持たせた。警察もバカではない。それぞれは単体の事故や個人的事件として処理されても会への問い合わせは必ずなされる。そうすれば道場内に自ずとその死の話が伝播するはずだった。しかし、ここ最近それが急速に外部へこれほど早く広まったのは想定外だった。在家の会員が知ったということは、一般の人々つまり世の中が早晩知ることになる。その時点で、警察は事件の点と点をつなぎ、連続殺人という線として捉えるだろう。

会が内なる敵に食い物にされている状況がここまでだったということだ。父主の威を借りる人間が跋扈し、その混乱を隠れ蓑にして権力に近づこうとする。精神的に追い詰められた者を食い物にする。聖浄心会の現状が事件を露わにしようとしているように思える。

少し早い。ほんの少しだが計画よりも早い。もちろん下準備は整っている。あとは最後の仕上げだけ。標的は特定された。もう何が起きても迷うことはない。そう。相手も動き出した。悠長なことは言っていられない。残された時間との戦いになる。強引に進める部分が出てくるかもしれない。それも仕方ない――。

*

西東京。

「出席簿ねえ――」

宍戸は頭の中で何度も反芻していた。

〝被害者たちがつながったんですよ。彼らには共通点があったんです〟電話の向こうで紗香はそう断言した。

「宍戸さん。出席簿がどうかしたんですか？」

　向かいに座る木崎が怪訝な顔で訊ねてくる。

「どうもこうもよう、潜入している高階が事件の鍵を摑んだみてぇだ」

「それが出席簿ですか？」

「長嶋室長のところの捜査員も俺たちも被害者たちの〝現在の共通点〟をずっと探してきた。聖浄心会のチラシってのも挙がってたしな」

「確かにそうですね。聖浄心会との関係、そこから派生する人間関係を追ってました。何も見つからなかったですけど」

「だけどよ。もう一方で何か気にならなかったか？」

　田無駅前の焼き鳥屋にいた。紗香の突然の連絡の後、馴染みの店に木崎を呼び出した。すっかり擦り切れた畳の小上がりで、２人は顔を寄せ合うように話す。

「田中の足取りを追っているとよう、いつも奴さんの過去を調べることになっただろ」

「そう言われてみればそうですね」

「まあ、もちろん田中はホームレスだから、現在の交友関係なんか調べても大したもんは挙がってこない。人間関係を断ち切りたくてそういう生活してたんだろうしな」

「自然と奴さんの過去の生活を追ってましたね」

「おうよ。でも、他の被害者たちとの線は浮かんでこなかった。ずっとそのことが気に入らなかった。連続殺人事件に違いないはずなのに、田中の場合だけ間違った方向を調べてる感じがしてな」

　ちゃぶ台のグラスの焼酎をあおる。銘柄もよくわからない安焼酎の水割りだ。木崎も合わせて手許の緑茶ハイをゴクリと飲む。店内は炭火の熱なのか、客たちの熱気なのか、冬だというのに汗が出るほど暑い。カウンターはいつの間にかいっぱいだった。

「いいか、木崎。俺は一瞬、田中が事件の被害者であることを忘れたんだ」

「はい？　言ってることがよくわからないんですが——」

「犯人の過去を洗ってる気になっちまったってことよ。だって、そうだろ。田中が教え子の児童と他にもヤっちまってねえか調べてんだ。完全に犯人扱いだったろ」

「確かに、〝余罪〟がないか探してました。なんかありそうでしたしね」

　木崎は少し下卑た笑いを浮かべる。

「だけどよ、他の被害者たちはあくまでも事件の〝被害者〟として調べた。事件の起きた1年間で何があったのか。どこで聖浄心会と関係してたのか」

　結局、共通点も聖浄心会とのつながりも見つからなかった。品行方正。事件に巻き込まれる要素がない。どこにでもいる〝普通〟の人間たちだ。学校を出て、働いて、結婚や恋愛して。平凡だけれど幸せな人生を送っている。そんな印象だけが際立つ。

「およそ凶悪犯罪とは縁遠い。だから捜査が難航してる」

「正直、俺もちょっと諦めかけてます」

「諦めてるだと？」

「いや、いや、いや。宍戸さん、ちょっとですよ、ちょっと。それに稲垣の死に新展開が見えてきたから、そっちはちゃんと追っかけてますって」

　諦めたくなる。それが正直な気持ちなのだろうと宍戸も思う。大海で藻屑を集めるような捜査に自分だって嫌気が差す時がある。ただ、そんな気持ちが頭をもたげても身体が勝手に捜査に向かう。刑事とはそういう人種だ。

「まあ実際、俺たちの捜査はいい線いってるはずなのに、妙な感じになってるのは事実だからな」

「被害者の共通点は摑めず、むしろ田中とその他の人たちの差異が浮かび上がってきましたからね」

「そんな時、高階の奴が放り込んできやがった。事件の鍵をよう」

「それが〝出席簿〟ってことですか?」

「ああ。俺たちが見落としていた被害者の共通点だ」

「今回のヤマが連続殺人事件だとして、被害者が4人ですよ。その事件の鍵が〝出席簿〟って、ちょっとピンと来ないんですけど」

木崎は少しだけ不満気な顔をする。仕方ない。確かに事件の大きさに比べて鍵となるものが普通過ぎて軽い。

「出席簿って学校とかのですよね。被疑者たちは誰一人同じ学校に通ってたことはないですよ」

「だから高階の電話が切れた後からずっと考えてる。アイツは〝もっと他の〟と言っていた」

「学校じゃないとなると何があるんですかねえ――」

木崎は頭をフル回転して記憶を呼び戻す。つい先ほどまで弱気になっていた男とは思えない。木崎のこの切り替えの早さも買っている。いつまでもいじいじするのは現場の刑事には似合わない。

「稲垣、田崎、田中、田山。稲垣、田崎、田中、田山――」

すっかり氷が溶けて薄まった緑茶ハイをあおりながら、木崎が呪文のように口に出す。

稲垣だけが飛んでいる。確かに他の3人は同じクラスにいたら出席簿では並んでいた可能性もあるが。高階は竹中までは入れてもいいと言っていたが――。

「スポーツクラブってどうですか？　子供の頃、いろいろやりますよね。野球とかサッカーとか。柔道や空手っていうのもありますよ」

「課外活動か。だったらスポーツに限る必要もないかもな」

「文化系ってことですね。書道とかブラスバンドとか」

「将棋や囲碁ってのもある」

「宍戸さん。将棋に囲碁って、さすがに渋過ぎませんか」

「うるせえ。渋くて悪かったな」

　宍戸が木崎の頭をペチリとはたく。

「イテッ。痛いっすよ、宍戸さん」

　木崎は声を上げ、小上がりの壁の方ににじって逃げる。

「子供じゃないんですから。ていうか、宍戸さんは子供の頃からこんな感じでしょ。ガキ大将っていうか、むちゃくちゃっていうか」

「そんなこたあねえよ。子供の頃は品行方正で、優等生だったぞ。学級委員だったしよう、夏の遠泳大会なんか選抜チームのキャプテンだった。俺の泳ぎに選抜チームのみんなが尊敬の眼差しで見てたもんよう」

「はい、はい。宍戸さんは神童だということはわかりました」

「お前。また、そうやってバカにしやがって。まあ、いいや。いずれにしても、途中で高階からの電話が切れちまったから、真意はわからねえ。ただ、捜査の範囲をもっと過去にまで広げよう。〝出席簿〟の中に被害者の共通点があるかもしれねえ」

「わかりました。渡部たちも明日からそっち方面を当たらせます」

　大きく頷き、グラスの焼酎をあおる。そして木崎の方に寄り、声のトーンを落として聞く。

「虎ノ門のコンビニを最後に、消えた田中と〝佐伯〟って女の足取りはどんな感じだ？」

「まだ何も。さすがに〈富士山〉ナンバーの軽自動車ってだけじゃ、追いきれません。オービスにでも引っかかってくれりゃあ、顔写真の線から追えるんですけど」

「普通に考えりゃあ静岡か山梨に行ったってことになるな」

「そうですね。盗難車でもなければ都内でその車を乗り回す意味がないですからね」

「富士山近辺に1カ月近く暮らして、田中は再び新橋の根城に戻ったってわけか」

「おそらくその間に身体に過度な負荷がかかり、結局心臓をやられて死んだ」

「過重労働か、拷問か。奴の肛門裂傷からすれば、過度な同性交渉ってのもありますね」

やはりどう考えても田中だけ他の被害者と状況が違う。殺され方も悲惨極まりない。失踪や交通事故、それに自殺。他の被害者は事故性も強い。田中の場合だけまったく別の事件ということはあるのだろうか
「最初の3つの事件への関与もフェイクってか。その線も考えた方がいい」

宍戸の言葉を最後に木崎は黙り込む。何か見落としがある。それが〝出席簿〟なのか。頭の中でもう一度今回の事件を追い始める。駅前の焼き鳥屋の店内は相変わらず満席だ。この土地を本拠とする新興宗教を巡って何人もの人間が不審な死を遂げている事実を、誰も知らない。小上がりから店内を何気なく眺めながら、宍戸はこれ以上、被害者が出ないように祈った——。

*

〈瞑想時間〉となり、周囲の闇と相まって宿坊は深い静けさの中にある。

「父主様として道場内を隈なく視察してください」

今朝早く、渋沢に通達された。

結局〈清掃活動〉から〈朝食〉〈瞑想時間〉〈聖浄活動〉と休む間もなく動き回った。すれ違う出家者たちは驚きと疑い、圧倒的な畏怖の眼差しで紗香を見た。自分が24時間衆人環視の環境に置か

れたことを覚った。結局、〈本部会員室〉のサーバーにアクセス出来ていない。〈管理棟〉4階にさえ近づけていない。竹中の意図がどこにあるのか未だはっきりとはしない。ただ、父主宣言によって潜入捜査が大きく制限されたことだけは明らかだった。

　気がつくともう夜だった。内野との待ち合わせの時間が迫っている。宿坊を密かに出る。さすがに廊下には誰もいない。紗香はそのまま鍵を預かり続け、〈本部会員室〉に入る機会を窺おうかと考えていた。ただ思い直して内野には直接会ってその旨を伝えることにした。約束違反だと暴れられても捜査に支障を来す。それに紗香の父主宣言は、内野にとって不意打ちだったはずだ。協力者の状況を見極めたかった。

「父主様。お帰りの際にはドアを3度鳴らしてください」

　見張り役の修道士が慇懃に開いた鉄扉を通り抜ける。父主となったことで修道士たちは格段に扱いやすくなった。背中で鉄扉が閉まる音が聞こえる。夜の木立の中には外灯がない。ただ今夜は満月が晴れた夜空に輝いている。敷地内もぼんやり薄明るい。その月明かりを頼りに、紗香は回廊を進み、今度は〈事務棟〉の鉄扉を開ける。建物の中に入り、廊下を眺める。体験出家の際、閉塞状況を打破するために仮病を使って運ばれた医務室がすぐ側に見える。本来ならばいるはずの〈事務棟〉担当の修道士が見当たらない。

　建物の奥へと進む。階段室の前まで来る。非常灯の薄明かりが廊下をぼんやりと照らしている。廊下を右に折れ、階段室へと入る。内野はまだ来ていない。〈出家棟〉の見張りの修道士も誰の出入りもないと言っていた。ゆっくりと慎重に階段を上がる。そして、踊り場まで辿り着き、そのまま身体を反転させ、さらに続く階段を見上げる。

「はっ――」

　思わず声が出た。しかし、それ以上は言葉を続けられない。階段の中ほどに、灰色の修道着姿の男が横たわっていた。修道着の腹の辺りは赤く染まっている。それが血なのは明らかだった。窓の明かりが丁度、死体の顔を照らしている。両目がしっかりと見開かれ、苦悶と恐怖の表情のまま硬直している。

その顔を知っている。

内野――。

紗香はその場に立ち尽くした。とにかく深呼吸をして動転する気持ちをなんとか落ち着ける。

死んでいる。

床には大量の血。おそらく腹部ないしは右背部を刺されたことによる失血死。辺りに凶器はない。つまり自殺ではない。血はまだ鮮やかな赤色だから殺されて間もない。

なぜ――。なぜ内野は殺されたのか？　連続殺人事件が再び動き出したというのか。自分が潜入捜査をしている場所で人が殺された。その事実に背筋が凍る。事件を解決するために潜入しているはずが、反対に新たな事件を生んでしまった。膠着する捜査が新たに展開することを狙い、協力者となるよう追い込んだ。そのために内野は殺されてしまったとしたら――。

逃れようのない事態が重く伸し掛かる。いったい何が起きてるの――。

今夜、この場所で紗香と内野が接触することを知っている人間はいないはずだ。しかし、犯人はこの時間にこの場所に内野が来るということを知っていた。内野が誰かにしゃべったということだ。誰に話した？　ふと我に返り、身構えて周囲を見る。

〈出家棟〉の見張り役の修道士は誰の出入りもないと言った。遺体から流れる血はまだ凝固していない。

犯人はまだ近くにいる――。

耳を澄まし、暗がりの様子を探る。遠くで微かに風の音が聞こえるだけ。人の気配はしない。

〈事務棟〉の入口の鉄扉付近にいるべき見張り役の修道士はいなかった。遺体の周辺をもう一度見る。やはり犯人につながるものは残されていない。とにかく、この場所から離れなくては――。

「そこにいるのは誰ですか？」

突然、階段の上から声がした。思わず叫びそうになるのを必死に堪える。こんな時間に誰？

「父主様？」

死体から顔を上げ、声がした方を見る。もはや立ち去る時間はない。

「もしかして父主様ですか――」

渋沢だった。薄明かりがかえって、端整な顔立ちの陰影をはっきりとさせている。いつもの軽薄さが消え、深刻な顔をしている。

「こんなところでいったい何を？」

「――渋沢さんこそ、こんな時間にどうしてこの場所にいるのです」

渋沢は階段の踊り場の手前で立ち止まった。その場所からだと階下に横たわる内野の遺体はちょうど死角だ。

「ここで内野さんと待ち合わせですか。父主様」

「なんですって？」

予想だにしていなかった質問だった。内野との接触がバレていた。月明かりは渋沢の顔半分だけを照らしている。表情を探るのは難しい。

「あなたが指定した密会の場所はこの階段室ですよね」

「――何を言っているのかわかりかねますが」

「私は父主様を支える会員担当の修道士長ですよ。侮らないでください」

監視していたのか。それとも誰かの密告か。いずれにしても一連の行動は筒抜けだった。

「最近の父主様の言動、食堂での内野さんとのやり取り。誰が見ても不審な動きでした。内野さんと何を画策していたのですか？」

「何も画策していません。私はただ職務を遂行しているだけです。それは渋沢さん、あなたもご存知でしょう。ずっと側にいるわけですから」

渋沢は質問には答えず、再び階段を降りてくる。

踊り場を過ぎれば自ずと視線の先に遺体が入ってくる。もう逃げ場がない。紗香は観念した——。

「これは、いったい。いったい何があったんです？」

声を上げながら、渋沢は内野に近寄る。恐怖に慄いているのが伝わってくる。それでも震えながら首筋に2本の指を当て、脈を確認した。そして、小さく首を横に数回振り、立ち上がった。

「父主様。いったいどうして？　なぜ内野さんを殺したのです」

「違います。私がここに到着した時には既にこの状態でした」

「そんな言い訳信じられるわけありません。こんな時間にこの場所にいること自体おかしい」

「それは——確かにあなたの言うように、私は内野修道士長補と待ち合わせをしていたからです」

「やはり。それで内野さんと諍い、殺した——」

「いい加減なことを——」

「では何故、先ほど内野さんとの密会を否定したのです？」

一瞬、言葉に詰まる。状況はすべてが自分に不利だ。

「たとえ父主様であろうとこんな非道な行為は決して許されませんよ」

「ですから、私は何もしていません」

「誰が信じられますか？　ここにはあなたと内野さんしかいなかったのですよ」

「私は殺してなんかない——」

張りつめた緊張感から言葉が強くなる。潜入中に殺人事件が起きた。しかも、その容疑をかけられている。間違いなく罠にかけらた。竹中か。いや、目の前の男もグルかもしれない。

「では、誰が内野さんを殺したんです？」

渋沢の表情は相変わらず暗がりの中にある。窓からの明かりで部分的に照らされる瞬間に表情を読む。そもそもどこから来たのだろうか。時折、渋沢は階上から現れた。この時間の〈事務棟〉には人は誰もいない。そこで何をしていたのか。いや、上に行きたかったのだとしたら。

「渋沢さん、あなたではないですか？　内野修道士長補を殺害し、階上で私が来るのを待っていた」

「何を根拠にそんなデタラメを」

「あなたは私と内野さんが会う約束をしていたことを知っていた」

「いい加減にしてください。神に仕える身の者が人を殺すわけありません」

「父主と勝手に接触する内野さんが許せなかったのかもしれません」

「そんな理由で殺すわけありません。排除したければ、聖浄心会から追放すればいいのですから」

一瞬驚きを見せたが、渋沢は直ぐに平静を取り戻した。その言動の真意は不明だが、紗香には嘘を言っているようには思えなかった。もちろん、状況的には内野を殺したのは渋沢に違いない。ただ、何か釈然としない。犯人ではないのか。

「——内野さんは渋沢さんに命じられたと言っていました。あなたの命を受け、修道士長たちの素行調査をやっていると」

「それは——」

「内野さんは古参の修道士長たちの密会現場などを収めた監視カメラの画像を集めて資料を作成していました。私はその現場を目撃し、資料を接収しました。その資料の作成はあなたが命じたのですね？」

「会員の管理は私の仕事ですから。何も疚しいことはありません」

「内野さんは怯えていました。だから私はもう一度話を聞きたいと思いました。誰にも監視されていない時に。しかし内野さんは殺された。その調査の件が私に知られてしまったからでしょうか」

渋沢は答えない。じっと黙ったまま、こちらを向いている。薄暗い階段室では互いの表情が読み取れない。足下に横たわる内野の遺体から流れた血が酸化し、赤黒く変色している。

「何を調べていたのです、渋沢修道士長？」

1階の廊下の方向から声がした。女の声。竹中が立っていた。

自分の行動が見透かされていた。自分は痛恨のミスを犯した。どこで？　内野を殺した犯人はわからない。

ただ、間違いなくその原因を作ったのは紗香の潜入捜査だ。自分のせいで人が殺された。

その現実が重く伸し掛かる。だが感傷に浸っている時間はない。この状況を打破しなければならない。自分の命すら危険に晒されているかもしれない。

「会員の風紀の現状です。それ以外は何も命じてません――」

渋沢の声に明らかに狼狽が感じられる。竹中の登場を予期していなかったというのか。

「内野さんに修道士長たちの監視を命じていなかったという証拠はあるのですか？」

竹中は階段室まで来て、執拗に渋沢を問い質す。足下には内野の遺体が横たわっている。

「証拠と言われましても。残念ながら内野さんは亡くなってしまいましたし――」

「それが内野さんを殺した目的ですね。証拠隠滅のために」

狼狽える渋沢に対し、紗香は攻勢に出る。渋沢は声を出さずに首を大きく横に振る。

明らかに追い詰められている。竹中と渋沢は共犯ではないのか――。

「――父主様。内野修道士長補が作っていた資料というものはどこにありますか？　私も内容を確認させていただきたいのですが」

竹中が不意に紗香に問い掛けた。竹中の目には怒りとも恐怖とも取れる必死さが感じられる。彼女もまたこの事態を予期していなかったということなのか。それとも紗香や渋沢に責任を被せようとしているのか。

「そ、それは――」

歯切れの悪い反応になる。資料は先日、宍戸に渡した。タイミングの悪さを心の中で呪う。

「そうですよ。私の関与を疑う前に、その資料を見せてくださいよ。内野さんが修道士長たちの内偵をしていたという証拠を」

我が意を得たりという顔で渋沢も迫ってくる。絶体絶命。追い込んだつもりが、いつの間にかかえって追い込まれた。どうすればいい。

いくら自問自答しても的確な答えは浮かばない。

「スミマセン。誰かいますか？」

突然、１階の廊下から男の声がした。今度は誰だというのか。

「あのう。誰かいらっしゃいますね。こんな時間にどうしました？」

懐中電灯の明かりが廊下を照らす。足早に向かっているのか、廊下を照らした光が小刻みに震える。

「ここは夜間立ち入り禁止です。ちょっとこちらまで出てきてもらえますか？」

男の声は階段室の近くまで迫っている。竹中と渋沢を交互に見る。２人とも息を潜めている。

この事態を予期していなかった――。内野の遺体に、渋沢、竹中、そして新たな男の出現。

現状を把握するには時間がない。内野の遺体を見られたら、誰一人として逃げ場はない。

「スミマセン。お騒がせして。あまりに月が綺麗だったので――」

紗香はそう言いながら階段を降りた。1階の踊り場の先、廊下の真ん中に、ぼわーっと男のシルエットが浮かぶ。竹中や渋沢に構っていられない。自分だけでも乗り切らなければ――。

大きく息を吐き、紗香は男に向かって近づいて行った。


「ちょっと散歩していました――」

目と鼻の先で起きている内野殺害を気取られないため、努めて明るく懐中電灯の男に向かって声を掛ける。気配から相手も緊張しているのがわかる。いきなり紗香の顔に懐中電灯を当ててきた。

「――うん？　あれ？　あんたはこの間の出家者の方じゃないかね」

男の声のトーンが変わる。再び懐中電灯をしっかり顔に当てられる。眩しさで目がくらむ。

「ああ、やっぱりそうだ。私ですよ。ほれ、木立の電気工事の時に会ったでしょ」

「えっ。ああ。この間の――」

「今日は夜勤なんですよ。2時間おきに見回りにね。ああ、もちろん正門周りとこの〈事務棟〉の中だけですけどね」

懐中電灯の主は、以前宍戸と接触していた時に遭遇した老警備員だった。確か近田という名前だった。制服姿なので前回会った時よりも威厳があるように見える。ただ、相変わらず少し訛りが残る話し口調なのでどこか緊張感がない。顔を知っている相手にいくぶん気が楽になる。

「ご苦労様です、こんなところで会うなんて」

「本当ですよ。どうしたんですか？　今は確か、夜の〈瞑想時間〉のはずでしょ」

「いやあ、なんか月明かりがとっても綺麗だったからつい誘われて。あっこれ内緒です」

「ははは、今日は満月ですから散歩もしたくなるってもんですね」

警戒心が解けたからか、老警備員はすっかり笑顔になっている。つられて紗香も笑みを返す。

「階段室からいらっしゃったようですが、あちらに何かありましたか?」

「いえ。別に何も。踊り場の窓から月がよく見えるんじゃないかと思って。でも、あそこからの眺望は大したことありませんでした」

「なるほど、なるほど、そうですか。だけども、どうして〈事務棟〉に来たのです?　ただ月を見るなら〈出家棟〉や〈中庭〉でも良かったはずでしょ」

相変わらず笑顔を漂わしているが、老警備員の目はこちらを捉えて離さない。

「それにしても、まあよく入れたねえ。鉄扉の前、見張り役の修道士さんが常に待機してるのに」

「〈出家棟〉を出歩くわけにはいかないですから。見つかったら、それこそ叱られちゃいます」

「ここで見つかったらもっとマズいでしょ。逃亡の疑いだってかかる恐れがある。この〈事務棟〉に何か目的があったとか?」

「本当に月を見に来ただけなんです」

「あれ?　当番の修道士さんがいないじゃないですか」

「私が来た時からいなかったですね――」

「私はこの3年間こちらの警備をさせてもらってますけど、夜勤の時は必ず扉の前に修道士さんが詰めてるんだけどなあ」

鉄扉を指差しながら紗香に近づいてくる。思わず後ずさる。背中に壁の気配を感じる。この場を上手く回避しなければ内野の遺体に気付かれる。老警備員の指差した扉の辺りを探る。主のいないパイプ椅子がポツンとひとつ置かれている。その口ぶりから、紗香が父主を宣言したことを知らないはずだ。これに賭けるか――。

「わ、わかりました。本当のことを言います。だから、そんなに迫ってこないでください」

「やっぱり何か嘘をついてたんだね」

「スミマセン。相手のいることだったから――」

「相手？　いったいどういうことだい」

「見張り役、代わってあげたんです」

「当番を？　何のために」

「そこまでは聞いてません。ただ今夜、〈事務棟〉の扉前の見張りを仰せつかっていた修道士さんから頼まれたんです」

「その人はどうしたんです」

「なんか昼間の〈聖浄活動〉がキツかったみたいで、宿坊で休んでます」

「何て人かね、その修道士さん」

「名前はちょっと。私が密告したみたいになっちゃうの嫌なんで」

「あなたが嘘を言っているかもしれない」

「そんなこと言われるのは心外です。それに、これは聖浄心会内部の問題です。本来、警備員さんが踏み込む領域ではないと思いますが」

　最後の言葉を敢えてしっかりと発する。もしこれ以上迫ってきたら、父主であることを宣言して強行突破するつもりだった。

「確かに、私は警察でもないですからな。会の中の話に首を突っ込めるわけもありません」

「わかってもらえればいいんです。下っ端の出家者はいろいろ辛いんですよ」

「なるほどね。まあ、私ら警備の者にとっては、この〈事務棟〉が安全であればいいんでね。出過ぎた真似をしました。ごめんなさい」

「そんな、謝らないでください。私も最初から本当のことを言えば良かったんです」

「いえいえ。それじゃあ、私はこれで。代役とはいえ、扉の監視はしっかり頼みますよ」

　老警備員は頭を下げ、再び巡回を始める。その後ろ姿は階段に向かって行く。思わず大声を出しそうになった。

「あのう、どちらへ？」

「念のために一応階段室を見ておこうと思ってね。あっ、疑っているわけではありませんよ。あくまで巡回の一環です」

「それなら、必要ないと思いますよ。それこそ、私がさっきまでいましたから」

「そうは言ってもねえ。こっちも仕事だから。ハッ、ハッ、ハッ」

　屈託なく笑いながら警備員は階段へと進む。遺体を見つけられたら元も子もない。言い訳が利かないどころか、殺人事件の容疑者になってしまう。絶体絶命だ。

「待ってください――」

　今度はもう声を抑えることが出来なかった。〈事務棟〉の廊下に声が響く。階段室に入ったが、老警備員の姿はもうない。後を追いかける。階段を数段上がったところで立ち止まっている。遅かった――。茫としたシルエットが目に入ってくる。その足下には――。

　ない。ない。遺体がない――。

　紗香は自分の目を疑った。階段の半ばに両手両足を広げた形で殺されていた内野の遺体が跡形もなかった。あれだけ大量に流れていた血もすべて取り除かれている。

「どうしたんです、そんな大声出して。まだ何かありましたか？」

　警備員がいつもの訛った口調で訊ねてくる。その声で我に返る。

「――い、いいえ。そんな大したことじゃないです。ただ、お礼を言ってなかったなあと思って」

「お礼？　何のことです」

「いやあ、見張り役の交代を見逃してもらったこととか」

「そんなわざわざ。大声出して、駆け足で追っかけてこなくても。さあ、早く持ち場に戻ってください。誰が来るか、わかりませんから。ハッ、ハッ、ハッ」

老警備員は再び笑いながら階段を上がり、2階の廊下に消えた。

紗香は踊り場に1人取り残された。完全に脱力していた。目線はずっと目の前の階段にある。どうして？　誰が、どうやって、何のために、あんな短時間のうちに。何が起きたのかわからない。

ただ、この場をなんとか切り抜けたのは確かだった——。

*

遺体をどう処理するか。それが一番の問題だった。初めて内部で実行した。

外に連れ出すことが出来れば簡単だった。しかし、日々管理されている状況の中、それはなかなか容易ではない。結局、内部で機会を窺うことになった。

だが、これで問題が解決したわけではない。常に周囲の目が光っている。

どうやって孤立させるかだ。

ここ数年、増え続けた出家者のため、〈本部道場〉の人口密度は確実に上がった。〈聖浄活動〉などで、敷地内に隈なく会員が配置されている。建物内に死角はほとんどない。

〝見せしめ〟のためのインパクトを考えるとやはり道場内が望ましい。

パブリック空間から人が消える〈瞑想時間〉に決行したかった。

昼の〈瞑想時間〉はリスクが多過ぎるため、夜を選んだ。

そうしたら、自ら動いてくれた。狙われていることに気付き、慌てて動いたのだろう。

それがかえって自らの存在を晒す結果になった。面倒なのは遺体の処理だ。

効果的に、そしてしっかりと目的を果たしたい。

それを誰が見るのか。誰が狼狽するのか。そして、誰が喜ぶのか。

――きっと、喜んでくれるはずだ。

*

経堂。

「突然、刑事さんがいらっしゃって、正直ビックリしました」

田山幸代は、小振りの渋色の茶碗に煎茶を入れながらそう言った。

宍戸は朝から木崎と一緒に3番目の被害者である田山正行の自宅を訪ねていた。通されたリビングは15畳以上の広さがあり、シミひとつないクリーム色のカーペットが敷かれている。壁には大判の洋画が2枚かけられている。宍戸たちが座るソファも総革張りだ。死んだ田山正行が明らかに裕福な暮らし振りだったことがわかる。田山の両親がまだ健在で何かと生活の支援を受けているらしい。

結局、昨晩は木崎と夜の12時近くまで検討した。とにかく、紗香が残した〈出席簿〉という言葉を信じて当たるしかない。ただ、闇雲に当たっても仕方がない。そこで田山に狙いを定めた。田山は親の代から経堂で、親戚もその界隈に住んでいる。妻の幸代も、夫が亡くなった後も自宅でそのまま暮らしている。他の被害者に比べ、生誕から死去に至るまでの詳細な足取りを追える可能性が高かった。

「――主人が亡くなった時はあんなにぞんざいに扱われましたのに、急に再捜査だなんて」

「その節は失礼しました。もう一度、奥さんがご主人の死を単なる交通事故ではないと思われた理由をお聞かせ願えないでしょうか」

この辺りのことは捜査資料に詳細に記されており、幸代への2回の聴取の内容も記憶している。ただ、今回の訪問の目的を達するには幸代の協力が必須だった。宍戸は敢えて彼女の思いの丈から聞くことにした。

「あの時も何度も言ったんですけど、主人が大井町なんかにいたこと自体おかしいんです。あの人は生まれも育ちも経堂です。お父様もお母様も同じ町会に住んでますし、学校だって地元です。私は結婚して10年ですけど、主人が大井町に行った話は一度も聞いたことありません」

幸代は堰を切ったように話し始めた。適当に相づちを打ちつつ話を合わせる。

「――あの時の捜査員は、最後は主人の浮気を疑ったんです。愛する人を失い悲しみにくれる私にとって、それは堪え難い苦痛でした」

幸代の証言は2カ月近く経った分だけ幾分話が盛られている以外、取り立てて新しい事実は出てこなかった。事故死した夫の行動に妻が疑問を呈すれば呈するほど〝隠し事〟を想像するのは当然だ。警察でなくともそう考える。

最初の被害者、田崎明子の失踪の時も〝駆け落ち〟を疑われた。次の被害者である稲垣も執拗な携帯電話への連絡を元恋人に見られている。ホームレスの田中にしても、黒尽くめの女と一緒にいるところが目撃されている。

その死に疑念を持たれても、結局死んだ人間の情事が背景にあるように仕組まれている。犯人は思った以上に狡猾だ。周囲の人間の考えを巧みに誘導している。犯人像や動機は輪郭すら見えてこない。

「奥さん。田山さんの死の疑念については十分理解致しました。帰ってすぐに上司に報告致します。

ところで、ちょっと話は変わるのですが、ご主人が成人するまでの思い出の品のようなものは今どちらにありますか？」

「思い出って、卒業アルバムとか文集とかそういうものですか？」

「あとはクラブ活動の日誌とか習い事の記録とか。学校の授業以外の活動について調べておりまして――」

「それなら主人の書斎にあると思います。あとは実家の主人の部屋に。小学校の時から使っていた部屋がそのままになってますから。でも、どうして急にそんな昔のことなんか？」

「奥さんのおっしゃる通り、ご主人の死をもっと掘り下げて考えるべきではないかとわれわれも考えまして――」

幸代はにわかには信じ難いという顔をする。家族がどんなに訴えても、警察が単なる交通事故死と判断した事案だ。急に過去の課外活動や習い事について捜査すること自体がおかしい。しかし、聖浄心会という新興宗教周辺で起きた連続殺人事件に田山が巻き込まれたかもしれないと明かすわけにはいかない。

「どんな些細なことでもいいのですが、ご主人から何か思い出話のようなものを聞かされたことはないでしょうか？」

「はあ。まあ、結婚してからは司法書士仲間の皆さんとのゴルフ会でしょうかねえ。あとは趣味という趣味はない人でしたし」

「もっと若い頃、それこそ10代の頃はどうですか？」

「うーん、私は大学のテニスサークルで主人と知り合ったのですけど、取り立てて何かと言われても。ずっと一緒でしたけど」

幸代の表情を注意深く探る。何か引っかかるのか真剣に思い出そうとしている。

「何か子供の頃の思い出なんか聞かされたとか。そういう類いで結構ですので」

「あっ、夏合宿。そう、そう、そう」

「夏合宿がどうかしましたか？」

「いえね、そのテニスサークルは毎年夏に河口湖畔で夏合宿をするんです。ところがね、私たちが大学3年の時、幹事の子がうっかりミスして定宿の予約が取れてなかったんです。合宿の日程は変えられないし、大騒ぎになったんです。みんなで手分けして予約出来る宿を探したんですけど50名以上の学生が宿泊出来るところはなくて。結局、旅行代理店に就職した先輩に頼み込んで、山中湖畔のホテルの閉鎖中の別館を無理矢理開けてもらったんです。それでなんとか予定通り合宿が出来たんですけどね——」

「なるほど。そりゃあ大変でしたねえ。そのOBの方もよくそんな無理をしてくれましたね」

「なんでもそのホテルは経営不振で、規模の縮小をするために別館を閉めてたらしいんですが、私たちの予約を引き受けないなら今後自分の支店からは客を回さないと言ったらしいです」

　随分、横暴な話なのだが、幸代はいい思い出のように話す。宍戸は辟易した心持ちが表情に出ないように注意する。ここまでは事件との関係は感じられない——。

「奥さん、その話はどのようにご主人と——」

「そうでした。すみません。それでいざ当日を迎えたんですけど、あれほど楽しみにしていたはずの主人が突然合宿に行かないって言うんです」

「行かない？　そりゃまたどうして」

「主人は『山中湖はやっぱりダメだ』の一点張りなんです。なんでも小学生の時に一度訪れたことがあったらしいのですが、その時にちょっと嫌な思い出があるようなことを言うんですよ。まあ、私はとても楽しみにしてたので、主人を無理矢理引っ張って行きましたけどね。合宿中も主人は機嫌が悪くて大変でした」

「ご主人が合宿の参加を躊躇ったのはその年だけですか？」

「そうです。翌年、これは私たちの最後の夏合宿でしたけど、前年のことなどなかったかのように大はしゃぎでした」

「場所はどこでした？　４年の時の合宿は」

「河口湖です。その年の幹事はしっかりしていて、定宿をきちんと押さえてくれましたから」

頭の中でアラート音が鳴り響く。刑事の嗅覚が事件の臭いを感じ取る。隣の木崎もゴクリと大きく唾を飲み込む。

「ご主人が小学生の時、山中湖を訪れたのは何のためでしたか？」

「えーっと、何て言ってたかしら」

「よく思い出してください。河口湖なら問題ない。山中湖だけを毛嫌いしてたわけですよね——」

「サマーキャンプ」

「サマーキャンプ？」

「そう、サマーキャンプよ。地元の観光協会かなんかが主催で、東京近郊の子供に泊まり込みでアウトドア体験をしてもらうキャンプ合宿に参加したんですって。確か主人は小学6年生で、その時、山中湖に行ったとか言ってましたわ」

「もしかして、そのキャンプは個人参加ってことですか？　学校の授業とかではなく」

「ええ。東京近郊の子供たちが集められて、地元の子供たちと一緒に2泊3日キャンプしたんですって。主人の場合は、親が勝手に申し込んだんじゃなかったかしら。実家のお母様に聞けば、覚えてらっしゃるかもしれないわ」

「その時の写真とかってありませんか？」

「うーん、どうかしら。実家にあるアルバムにでも残ってるかしらねえ」

誰でも自由に申し込み、参加出来る〝キャンプ合宿〟。

田崎、田中、田山、そして稲垣。もしかしたら竹中も。彼らが同じキャンプに参加し、参加者の出席簿で隣り合わせになって知り合ったとしたら――。

宍戸の鼓動が速まる。学校や職場といった明確な社会システムとは違う、本当に偶然括られた枠組みで形式的に五十音順に並べられた子供たち。たった３日間だけ時間を共有していた。だが、ちょっとした事件が起きるには十分だ。それから10年近く経ち、大学生になっても、田山はそのサマーキャンプに囚われていた。そこで何があった？　小６の子供たちにいったい何があったのか？


田山の小学校時代の思い出の品は完全な形で実家に残っていた。妻の幸代の証言通り、成績表から写真アルバム、参加したクラブ活動の日誌、旅行の記録など、田山正行の半生がそこにあった。しかし、不思議なことに、小学６年生の時に参加したサマーキャンプの写真やしおりなどはひとつもなかった。

「おかしいわねえ。思い出の品の管理は私が好きでやってただけで、息子はまったく興味がなかったはずなのに。しかも、どうしてあの時のものだけがないのかしら」

田山の母の静江は不思議そうな顔をして言った。田山正行が記憶の抹消をしたとしか思えなかった。サマーキャンプについては、61歳の静江もよく覚えていた。キャンプ活動と田舎の子供との交流に魅かれて応募した経緯や、帰宅後の田山の様子などを詳細に教えてくれた。

「それにしても刑事さん。何故そんなに詳しくお調べになっているの？」

「いやあ。息子さんについてきちんとお調べしないと交通事故死の原因も探れませんから。奥様からもしっかり捜査して欲しいと依頼されておりますし」

「あら。幸代さんがねえ。私は正行のことなんかすっかり忘れてるのかと思ってましたよ――」

静江はそれからお決まりの嫁への苦言を話し続けた。木崎と適当に相づちを打ちながら、消失したキャンプ前後の写真や学校の文集などをめくる。サマーキャンプにまつわるヒントが隠されていないかつぶさに目で追う。

その後も遺品を丹念に調べ、念のために誕生から結婚まで丁寧に編まれたアルバムなどをすべて借り受けた。タクシーのトランクはおろか助手席まで埋め尽くした資料を、そのまま麴町の〈中央システムエンジニアリング〉へと木崎に運ばせる。捜査チームのもう1班、渡部と小清水には電話で残りの田崎、稲垣、田中の幼少期を調べるように指示した。親の代から住む街が変わっていない田山と違い、昔の情報はすぐに入手出来ないだろうが、確実に裏を取りたかった。

田山家を後にし、宍戸は近くの公園のベンチに座って缶コーヒーを開けた。コーヒーが喉を通って重たく内臓に落ちる。気がつくと朝から何も胃に入れていなかった。冬の寒さにもかかわらず、赤や青の原色に塗装された遊具ではたくさんの子供たちが遊んでいる。その周りには自分の子供を目で追いながら何気ない会話を続ける母親たちの姿が見られる。自動販売機で買った缶コーヒーは必要以上に熱く、持っているのも一苦労だった。座ったベンチの脇に缶を置き、タバコに火を点ける。

最初の潜入捜査が始まってから1カ月近く、犯人の姿や被害者たちのつながりは闇の中だった。それが〝出席簿〟というキーワードで一気に事態が変わった。はるか昔、無作為に集められたことが被害者たちの共通点。それがずっと空隙だったパズルのピースをあっという間に埋めた。

「もしもし。久しぶりだね、宍戸巡査長。突然、どうしたの？」

「だから、人を階級で呼ぶのやめてくれないか。自慢出来る階級でもないしよう」

「何言ってるの。警察は階級社会。ひとつ違ったら王様と家来なんでしょ。刑事は皆そう言うわよ」

電話口に出た辻は相変わらずの調子だ。出端を挫かれ、すっかりペースを乱される。ひとつ大きな咳払いをし、少し意識的にゆっくりと携帯電話に向かって話す。

「聖浄心会の事件。突破口らしきものにぶつかった――」

「本当？　何が出たの？」

宍戸の只ならぬ様子を察知し、辻の声のトーンがぐっと下がる。

「潜入中の高階から緊急電話で連絡が入った。電話は途中で切れちまったから全部はわからなかったんだが、奴さんはっきりと〝出席簿〟って言った」

「出席簿？　それはまた、高階さんらしいわね」

「高階らしい？　そりゃあどういうことだい」

「だって、命を賭けて潜入捜査してるような事件なのに、その鍵が出席簿だなんて。学校のホームルームじゃないんだから」

「俺も最初はそう思った。緊急連絡で伝える内容がそれかよってよう」

「あの子、いつもそうなのよ。とっても当たり前のこと、普通のことを見つけてくるの。〝普通の〟捜査員だったら絶対気にしないようなことをね」

「奴さんには、むしろ、それが重要に見えるんだな」

「そう。その〝普通の〟目で見たことが事件解決へとつながるのよ」

電話の向こうで辻がフッと笑う。つられて宍戸も思わず噴き出す。それが潜入捜査官として高階が他の誰よりも優れているという証左というわけか。

「彼女は間違いなく警視庁で最も優秀な潜入捜査官よ。本人は気がついてないけどね」

「そして、自分の優秀さに本当に無頓着だ。清々《すがすが》しくもあるな」

「ははは。宍戸さんもいつの間にか高階巡査部長にぞっこんじゃない」

「そんなんじゃないよう、俺はただよう、たった1人で戦ってるアイツがさあ――」

「意外とお似合いだったりしてね」

「おい、おい。いい加減にしてくれよ」

電話の向こうで辻はまた笑っている。宍戸も無駄な抵抗をやめ、苦笑いした。その後、田山家で入手した資料の解析を依頼する。明日の夜、その結果を聞きに麴町を訪れる約束をして、宍戸は電話を切った――。

*

昨晩から一睡もしていない。状況を整理する必要があった。近田と別れた後、直ぐに〈事務棟〉から出て、自分の宿坊に戻った。廊下で誰とも会わなかったのは幸いだった。

そのまま逃げ出そうとも考えた。しかし、〈本部道場〉の敷地の周囲には高い鉄柵が張り巡らされ、防犯カメラで24時間監視されている。敷地内と〈事務棟〉は警備員が随時巡回している。固く閉ざされた〝監獄〟。簡単には抜け出せない。ましてや〝父主〟である紗香の行動は注目の的だ。近田に見つかりでもしたら、それこそ逃げ場がない。

しばらく身体の震えが止まらなかった。捜査一課所属の刑事とはいえ、潜入捜査専門だ。日常的に遺体と接する殺人犯係の刑事とは違う。内野の遺体を目の当たりにし、恐怖と焦りが絶え間なく襲ってきた。殺人犯が近くにいる。自分が狙われない保証はない。そもそも内野の遺体はどこに消えたのか？　殺人現場にいたはずの竹中と渋沢はどうやって逃げたのか？　結局、混乱した頭の中を整理出来ないまま朝を迎えた。

窓辺のグレー系の地味な色をしたカーテンを開ける。日の出の時間までには少しあるが、辺りは徐々に明るくなっている。もうしばらくで朝の〈清掃活動〉の時間だ。竹中からの申し送りで、〝父主〟は講堂の〈説諭準備室〉の清掃を担当することになっている。迎えに来るまでにもう一度事態を整理したい。犯人の次の狙いは誰なのか。このままだと状況は確実に悪くなる。

内野の遺体は忽然と消えた。消えた内野の遺体処理を行ったのは竹中か渋沢か。あるいは両者か。近田と階段室近くの1階廊下で話していた間に、他の人間がやってきたら何かしら感じたはずだ。では、やはり内野を殺した犯人は竹中と渋沢なのか。比較的外界に近い〈事務棟〉とはいえ、外部の人間が犯行に走った可能性は低い。容疑者の対象を聖浄心会内部に限定する。聖浄心会内部の混乱を考えると〈本部道場〉の会員全員が容疑者になり得る。

では、動機は何なのか？　内野はあれだけ幹部修道士たちのスキャンダルを追っていた。内野の作成した醜聞資料は20人近くに及んでいた。調査してそのままにしていたとは考えにくい。それを元に脅された人間がいて、その者が犯行に及んだと考えるのが自然だ。問題はその資料が誰の意思で集められ、何を見返りに修道士長たちを恐喝したのか。仮に竹中や渋沢が命じたとすれば、それは教団の中の反父主勢力を駆逐するためと考えるのが道理だ。渋沢は事ある毎に、聖浄心会内部の対立の激化を憂えていた。

しかし、内野が自らの意思で動いたとすると、内野こそが反父主勢力ということになる。スキャンダルの暴露をちらつかせ、父主の周辺を守る古参の修道士長たちを恐喝。自らが主導する反父主勢力へと強引に引き入れたとしたら、竹中や渋沢には殺害の動機があったことになる。内野が自分たちの地位を脅かす存在になりつつあったとしたら。

そこまで思考を巡らせた後、紗香はもうひとつの読み筋に立ち返る。内野の殺害が連続殺人事件の一端だという可能性を探る。そもそも聖浄心会に出家者として潜入しているのは教団内の抗争に巻き込まれるためではない。表面上まったく関係ないように見える事件に、実は聖浄心会が絡んでいるかもしれない。その真相を明らかにするためだ。

　内野が今回の事件絡みで殺されたとしたら事態が相当急変していることになる。内野は前任の秘書であり、教団の中では幹部クラスに入る。４人の被害者と殺された内野はかなり毛色が違う。これまで姿を潜めてきた犯人が遂に表立って動き出したのかもしれない。教団施設内で起きた殺人事件。常識的に考えれば今回の事件の犯人は内部の者だ。内野が殺害された理由を炙り出せば自ずと、連続殺人犯に行き着くかもしれない。

　どちらにしても内野の事件を追うしかない。緊急電話は使ってしまった。宍戸に接触出来るのは早くても明日。少なくとも今日だけは、１人で無事に乗り切らなければならない。昨晩の状況からして、紗香が犯人扱いされてもおかしくない。こちらから仕掛けていくしかない。刑事としての使命で恐怖を後ろに追いやる。

　コン、コン、コン。突然、木扉がノックされる。既に迎えが来る時間が過ぎていた。竹中がどんな顔をして自分を迎えるのか想像もつかない。突然、襲ってくることはないはずだが。

「はい。今すぐ出ます」

　努めて冷静な声で応える。一度、衣服を正してから扉を開ける。

「お、おはようございます——」

　扉の前に立っていたのは竹中ではなかった。40代半ばの小柄な女性修道士が立っていた。どこか見覚えのある顔だが思い出せない。その表情は明らかに緊張し、声は上ずっている。事態を理解出来ず、混乱しているようだ。だが、それは紗香も一緒だった。心の中の恐怖を顔に出さないのに必死になる。掌と背中に一気に汗が吹き出る。

内野を殺した犯人か？　今度は私を狙いに来たのか。

「あなたは誰です？　何故ここにいるのですか」

「わ、わたしは鏑木と申します。渋沢修道士長から命じられました。父主様のお側にいるようにと──」

蚊の鳴くような挨拶をした後は声も出せず、緊張のあまりその場で小刻みに震えている。襲う気はない？　むしろ私のことを畏れている。

逃げた。紗香はそう直感した。

〈事務棟〉で発見された内野の遺体。犯人はその咎を紗香に着せるつもりだった。しかし、巡回の警備員が現れたことで計画が崩れた。だから罪を着せるどころか、殺人事件自体をなかったことにした。

犯人は竹中か渋沢、あるいは２人の共犯──。

真実を知る紗香を避け、表向きの側役を他の者に振った。鏑木？　そうだ一度見かけている。体験出家の際、渋沢に連れられて〈本部会員室〉で作業した時にいた。私のことを訝しげに見て、部屋から出て行った。渋沢の親衛隊。私の父主宣言をどう捉えているのだろう。この女に何をさせようとしているのか。紗香の動きを監視するのが目的なのか。それとも、折を見て、命を奪うつもりなのか──。

「１時間ほど前、急に呼ばれて任務の説明を受けました。私に務まるかどうかわかりませんがしっかり頑張ります」

「渋沢修道士長はどこにいるのです。秘書の竹中さんは？」

語気が自然と強くなる。その声に気圧されて鏑木は完全に萎縮する。ここで泣かれては面倒なことになる。慌てて目の前の年上の出家者を取り成す。

「あなたを責めているわけではないのです。渋沢さんと竹中さんの居所がとても重要なのです」

「申し訳ありません。何も伺ってないのです。た、竹中という人は知りません」

「わかりました。大きな声を出してすみませんでしたね。朝の〈清掃活動〉の時間はとうに過ぎています。急ぎましょう」

尚も萎縮する鏑木を促し、廊下に出て、講堂へ向かって歩き出す。女性修道士は黙って後ろからついてくる。廊下を歩くスピードが自然と速くなる。〈清掃活動〉へと急ぐ出家者が〝父主〟の姿を認めて頭を深く下げる。極力視線を下ろしているが、間近に見る〝本物の〟父主を覗き見している。

いつ襲われてもおかしくない。すれ違う出家者全員が犯人に見えてくる。姿を消した竹中や渋沢が再び仕掛けてくる可能性は高い。内野の死体の発見者を放っておくはずがない。後ろを歩く鏑木には渋沢の意が及んでいる。紗香の動きは筒抜けだろう。

自分の命が脅かされる前に攻勢に出る。こうなったら父主の立場をフルに活かすしかない。

〈瞑想時間〉になっても、〈説諭準備室〉で次の手を頭をフル回転させて考えていた。内野の死がどれくらい〈本部道場〉内に浸透しているのか探りたかった。残念ながら状況はほとんど把握出来ていない。聖浄心会に本出家して約2週間。会の中で自分の意を汲んで動いてくれる仲間や協力者はいない。死んだ内野がそれを担ってくれるはずだった。体験出家から現在を通じて、会の中でまともに話が出来たのは竹中、渋沢、内野、加賀美くらいのものだ。他人に不干渉で〝孤独と瞑想〟をモットーとする聖浄心会では、横のつながりを作るのが本当に難しい。紗香の手持ちのカードは少ない。鏑木を使うしかない。渋沢とつながる女性修道士へこちらの情報を少しずつ漏らす。彼女や周囲の反応によっては、いろいろな動きが顕在化するかもしれない。

犯人は道場内で殺人事件を起こした。逃亡するのは時間の問題だ。一か八か賭けてみる。あと自分に情報を提供してくれるとしたら加賀美か。彼女は同期の内野と強いつながりもあった。外で待たせている鏑木を室内に呼ぶ。少し緊張がほぐれたのか、先ほどまでのようなぎこちなさはない。表情も自然になっている。

「何か御用でしょうか？」

「修道士長補の内野さんと体験出家担当の修道士の加賀美さんを呼んできて欲しいのですが。あなたは２人を知っていますか？」

「内野さんは知っています。前に〈説諭〉の時——」

「ああ、そうでしたね。２人の宿坊の番号ですが、そうか渋沢さんが不在だから——」

「修道士仲間に聞けばわかると思います」

鏑木は小さく会釈し、〈説諭準備室〉を出て行った。表情や声のトーンからはあまり意思は読み取れなかった。鏑木が動き回ることで竹中や渋沢を刺激してくれれば突破口が開けるかもしれない。あとは〈会員情報システム〉だった。もう機会を窺っている場合ではない。〈説諭準備室〉を飛び出し、中庭を抜けて〈出家棟〉に入る。一旦、自分の宿坊に戻り、ベッドの下に隠しておいた高速読み取りＳＤカードに、クラッキング用のソフトデータが入ったＵＳＢ、そしてパスワード解読専用のカード形コンピュータを取り出し、修道着の中に隠す。さらに、今度はマットレスの一角を剝ぎ、そこに置いておいた鍵を手に取った。

そのまま宿坊を出て、〈管理棟〉４階へと向かう。幸い〈説諭準備室〉から〈本部会員室〉に到着するまで誰とも会わなかった。廊下にも人はいない。〈本部会員室〉の扉の錠を、持ってきた鍵で開ける。

ガチャリ。

木扉が開く。皮肉なことに、内野が殺され、竹中や渋沢が姿を消したことで、どうしても入れなかった場所に入ることが出来た。

　真冬とはいえ、閉め切られた部屋の空気は生温い。スリープ中の端末からわずかに音がする。モニターにカラフルなスクリーンセーバーの画像が揺らめいている。照明のスイッチを入れる。部屋中を一通り見渡し、安全を確認する。誰もいない。扉を閉めて鍵を掛け、照明のスイッチを切る。そして、そのまま奥のサーバールームへと向かう。サーバールームの扉には鍵がないことは確認している。

　扉を開け、狭い部屋の中を目視する。サーバールームにも誰もいなかった。隠し持ってきた捜査ツールを取り出し、サーバー管理用端末が置かれたスチールデスクの上に並べる。時間はない。会員情報データのコピーが精一杯だろう。分析は麴町に戻ってからしか出来ない。

　まず、内野から聞き出したパスワードを打ち込む。画面がイントラ用のウィンドウに切り替わる。そこから〈会員情報システム〉へとアクセスする。〈会員情報システム〉のホーム画面が立ち上がる。念のために検索ウィンドウに〈高木麻里〉と打ち込む。すると、会員情報のウィンドウが別に立ち上がり、紗香の顔写真と入会時に提出した人物データが表示された。にこやかに笑う自分の写真と作られた履歴のギャップを感じる。

　ここで一旦〈高木麻里〉のウィンドウを閉じ、ホーム画面に戻る。そこから管理者作業用のウィンドウへの入口を探す。体験出家の時、渋沢が自ら立ち上げて紗香に作業させた画面だ。あの時、渋沢は何回かパスワードを入力していた。〈会員情報システム〉のホーム画面のプルダウンメニューに〈管理者用〉の文字を見つける。クリックすると案の定パスワードが要求された。闇雲に文字を入力しても時間の無駄になる。パスワード解読専用のカード形コンピュータをサーバーのＵＳＢポートに差し込む。カタカタと音を立て、自動で作動しパスワードの解析を始める。ＳＥとしての研修を積んだ紗香から見ても、この解析用コンピュータの性能は驚くほど高い。

３度のパスワード要求を数分間で自動解析した後、モニター画面に〈管理者用〉のウィンドウが立ち上がった。遂にデータベースに行き着いた。〈会員情報システム〉のプログラムソースを閲覧し、データの格納に関するアルゴリズムを確認する。

思ったほど複雑じゃない。これなら完全にコピー出来そうだ。画面を〈会員情報システム〉のデータベースのウィンドウに戻し、数千の会員情報を確認する。事件の被害者たちの名前をそれぞれ入力し、検索にかける。しかし、田崎明子、稲垣時男、田山正行、そして田中秋智。いずれのデータも存在しなかった。渋沢の話では被害者たちのデータはもともと存在しない。しかし、最後に殺されたホームレスの田中の会員情報登録は紗香自身が体験出家の時に入力した。それを命じたのは渋沢だ。

明らかに田中のデータを誰かが抹消した。そうなると、他の被害者たちのデータも消された可能性が高い。

いったい誰が？　竹中か？　渋沢か？　渋沢だとしたら、わざわざ田中の情報入力をさせた理由がわからない。内野？　連続殺人事件の被害者と何らかの形で関係していて、それが露見するのを恐れたのか。これまでの捜査で得た情報を頭の中でもう一度整理する必要がある。

きっと何かを見落としている――。

サーバーのＳＤポートに高速読み取りのカードを差し込み、会員情報をコピーする。データが膨大なのですぐには完了しない。５分ほど経っても、モニターには「copying 15%」の文字が表示されている。コピーを待つ時間がまどろっこしい。

コツ、コツ、コツ。廊下から微かに靴音が聞こえた。サーバー室のドアから顔を出し、様子を探る。〈本部会員室〉の扉の錠は、入室して直ぐに鍵を掛けた。照明も切っている。靴音はどんどん近づいてくる。ドアを閉め、サーバー室のライトも切り、紗香はサーバーが置かれているラックの陰に身を潜める。データをコピーする音が室内に漂う。普段であれば、まったく意識しないサーバーのドライブ音がやけに気になる。廊下から聞こえる靴音が部屋の前で止まった。

ガチャ、ガチャ、ガチャ。ドアノブを乱暴に回す音が響く。

身の回りを見渡し、非常事態に陥った時、少しでも身を守るものを探す。目に入った、デスクの端に置かれていたボールペンを手に取る。そして、息を潜めて、扉の向こうの人間の出方を待つ。

ガチャ。今度は鍵が開く音が鳴った。

この部屋の鍵を内野以外に持つ人間。渋沢か。あるいは竹中。渋沢だとすれば、隠れないで正面切って対峙した方が、勝機があるかもしれない。竹中の代役として鏑木を立てた理由を問い質す。昨晩の出来事についても——。

すぐに行動に移す。サーバー室から出て〈本部会員室〉の扉が開くのを待つ。右手に握ったボールペンを強く握り直す。

キッ、キィーッ。蝶番《ちょうつがい》の音が耳に響く。扉が開き、室内に人が入ってくる。

パチッ。同時に部屋の明かりを点ける。ＬＥＤ照明がその人間の顔を照らす。

「加賀美さん？　加賀美さんがどうしてここに——」

扉のところに立っていたのは加賀美だった。

「高木さん——スミマセン、父主様。どうしてここに？」

加賀美は突然の事態に驚きを隠せないでいる。表情には嘘がない。

「〝高木〟で大丈夫です。それより、加賀美さんこそ、なぜこの部屋の鍵を持っているんです？」

「そ、それは、私が渋沢修道士長付きの出家担当の修道士だから——」

「嘘はやめましょう。仮にも私は聖浄心会の父主です。組織のこと、各担当の人間の役割や権限のことは理解しています。加賀美さん。あなたには〈本部会員室〉に許可なく入る権限はありませんよ。自分でもそう言ってたじゃありませんか」

加賀美は言葉を継げず、黙ってこちらを見ている。動揺しているのか、黒目が忙しく動いている。

「もう一度伺います。あなたはどうしてここの鍵を持っているのですか？」

「内野さん、そう、内野修道士長補から借りました」

「内野さんが？　何のために？」

「仕事を手伝って欲しいと依頼されました」

「何の仕事です？」

「それは、父主様もご存知の――」

加賀美は再び言葉に窮す。明らかに後ろめたい表情をする。

「教団幹部のスキャンダルを探す作業ということですか」

「本当に私は頼まれただけで――」

加賀美は扉の前で立ち尽くし、完全に固まっている。彼女は昨晩の出来事を知っているのだろうか。そもそも内野の鍵は他でもない紗香が持っている。加賀美は嘘をついている。何故なのか？内野の仲間である加賀美も彼同様狙われてもおかしくない。いや、加賀美自身が内野を殺した可能性だってある――。

「今は〈瞑想時間〉のはずです」

「すみません。内野さんに言われて最近はずっと瞑想の時はここにいました。あっ、でも、父主様に見つかってからは来てません」

「それなら尚更です。どうして今日はここに来たのです？」

「それは――」

「何です？　父主である私にも言えないことですか？」

「そういうわけでありません。ただ――」

「ただ、何です？」

「ここのところ内野さんの様子が変だったものですから、ちょっと気になって。作業も中止だと言って塞ぎ込んでたんです」

「塞ぎ込んでいた？」

　紗香が食堂で内野を追い詰め、鍵やパスワードを奪った事実と時系列的に一致する。強制的に協力者に仕立て上げられたことで、内野の気勢が急速に萎んでいったのだろうか。それとも他に何かあったのか。それが殺された理由なのか――。

「だから、内野さんがここで作業をしてたら、理由が聞けるかもって思いました」

「加賀美さん。私はあなたにこの会のイロハを教えてもらいました。父主になった今でも、私にとって聖浄心会の先輩だと思っています。だから正直に教えて欲しいのです」

「そんな、もったいない言葉を。私は単なる一修道士です。もう勘弁してください」

「あなたたちは古参の修道士長たちの醜聞を集めて、何をやろうとしていたのですか？」

「それは――」

「包み隠さず教えてください。このままだと、私はあなたを処分しなくてはならなくなります。でも、今この場で正直に話しくれれば――」

「自衛のための戦いです」

「どういう意味です？」

「内野さんは聖浄心会の行く末を案じていました。会が大きくなるにつれて、〝孤独と瞑想〟という修行の基本が忘れられ、どんどん風紀が乱れてきました。今や古参の修道士長たちは私利私欲に走り、宗教者としての矜持の欠片《かけら》もない――」

「だからと言って、スキャンダルをかき集めるようなことなどすべきではないでしょう。渋沢修道士長に相談すれば良かったではないですか？」

「父主様。お言葉ですが、渋沢修道士長こそ聖浄心会の危機の元凶です。あの人は、お気に入りの女性の会員を手当たり次第に、強引に性的関係を結んでは捨て去ったり、会の浄財を私物化したり、やりたい放題なんです」

　加賀美は聖浄心会で出会った人間の中では唯一自然体で、話していても苦にならない人間だった。しかし、本出家の形で会に戻ってくるとどこか人間が変わってしまったように思えた。この短期間に何があったのだろうか。加賀美は堰を切ったように話し続ける。

「父主様は渋沢さんの一面しか見ていないのです。確かに、渋沢修道士長は一見すると爽やかなイケメンで、優しいですから、騙されるのは仕方ないかもしれません。でも、裏の顔は極悪人です」

「それが事実だという証拠はあるのですか？　内野さんから没収した資料にも渋沢さんに関するものはありませんでした」

「内野さんはそれを必死に探していました。決定的な証拠がないと負けてしまうって、常に言ってました」

「負けてしまう？」

「渋沢修道士長の力は聖浄心会においては絶対的です。失礼ですが、父主様もおそらく敵わないと思います。そんな強大な敵と戦うのです。だから、渋沢さんの周囲にいる取り巻きの修道士長たちの籠絡をはかりました。それがあの資料です」

「相手の不正を暴くために、自ら不正を働いたということですか」

「それが褒められたことじゃないことくらい、もちろん私たちだってわかっていました。でも、それしか道はなかったのです。これは聖浄心会という宗教の〝自衛のための戦い〟、そう〝聖戦〟です。戦いには勝たなければいけません。方法は二の次です」

　真っ直ぐこちらを見る加賀美の目は真剣だ。その目力の強さに一瞬圧倒されそうになる。内野の話に感化され、狂信的になっている。加賀美からすれば、紗香は教団の元凶である渋沢を守る存在ということか。

「つまり、あなた方は内なる敵から聖浄心会を守るために活動をしていたということですか」

「はい。でも、このところ内野さんの元気があまりになかったので本当に心配だったんです。昨日の夕食の時も食堂に現れなかったし」

　加賀美に内野の死について話すべきなのだろうか。加賀美が本当のことを喋っている確証はない。事件との関わりも不明だ。ただ、内野殺害の話をここで放り込むことで何か事態が変化しそうな気もする。

「父主様は、最近内野さんとお話しになったことはないですか?」

　沈黙を破るように加賀美が質問をする。

「私はここで資料を没収した後、1回だけ〈食堂〉で話しました。今、質問したことを内野さんにもしました」

「何て言ってましたか?」

「何も。ただ、私の調査には協力してくれると言っていましたが」

　内野を強引に協力者に仕立てたことを知らないなら本当のことを言う必要はない。加賀美からすれば、内野は裏切り行為をしていた。それを知った加賀美や他の反渋沢派の人間が内野を殺したとしたら――。

「父主様に賭けていたんだと思います。内野さん、〈説諭〉で父主宣言されたことで会が変わるチャンスだと感じていましたから」

「私はこれまでの秘書と何ら変わらない存在です。私には聖浄心会を変える力はありませんよ。加賀美さんが一番よくわかっているじゃありませんか？」

「確かに、私が〝高木麻里さん〟を体験出家で担当した時には、こんなことになるなんて想像もつきませんでした。でも、父主様が他の出家希望者とは何か違うっていうことはわかりました」

ウィーン、ドゥン。

サーバー室からシステムがスリープダウンする音が聞こえる。〈会員情報システム〉のデータをコピーしているのを思い出す。とにかく、今は被害者の情報を集めるしかない。連続殺人事件と内野殺害との関係もわからない。敵か味方か不明な加賀美にこれ以上、こちらの手の内を明かすことは出来ない。

「加賀美さん。とにかく今は〈瞑想時間〉です。あなたは自分の宿坊に戻ってください。あなたや内野修道士長補の会を憂える気持ちはしっかりと胸に刻みました。私を父主として認めているなら、あなたも私の言葉の重みを感じてください。さあ、行ってください」

加賀美はまだ何か言い足りないという顔をしている。ただ、目の前の父主の強い意志を感じたのか、最後は深々と会釈をして〈本部会員室〉から去って行った。

慌ててサーバー室に戻る。モニター画面には「complete」の文字が表示されている。ＳＤカードを抜き、デスクの上に広げられた捜査ツールを修道着にしまう。そして、作業用端末を操作して、すべてのウィンドウを閉じる。最後に部屋中を見渡し、痕跡が残っていないかを確認してサーバー室から出た。

それにしても妙だ。物事が重なり過ぎている。昨夜から立て続けに起きた出来事が頭の中を駆け巡る。

内野の殺害。紗香が発見する。それを渋沢に見つかり、殺人を疑われる。さらに竹中が来る。警備員の見回り。消えた遺体。姿を消した竹中と渋沢。鏑木という臨時の秘書。突然現れた加賀美。連続殺人事件が再び動き出したからなのか。それとも聖浄心会の内部抗争が激化したからなのか。あるいは、その両方なのか。輪郭のはっきりしない疑問が次々に生まれる。何より、昨晩の内野の殺人自体が現実から遠ざかっていく感じがした――。

　紗香が〈説諭準備室〉に戻ると、部屋の正面、窓の上にかけられた丸い壁時計の針は午後の13時30分を示していた。聖浄心会の〈本部道場〉の中で内野の遺体が発見されたという報告もない。そんな事態になれば、当然父主に報告されるはずなので、事件は隠蔽されていると考えるべきだろう。

　竹中や渋沢の音沙汰もない。逃亡。２人して姿を消しているとすれば共犯の線が濃い。そもそも昨晩、竹中と渋沢があの時間に〈事務棟〉にいたこと自体おかしい。なぜ紗香が内野と待ち合わせていたことを知ったのか？　聖浄心会を混乱させている内野の命を奪い、現父主である紗香に罪を着せる。理屈としては合っている。しかし、それなら、どうして遺体を処理したのか？　遺体があれば、確実に紗香に嫌疑がかかったはずだ。

　内野の死が、連続殺人事件の一端という読みが間違っているのか。思考が何度もループする。これまでの４人の被害者たちと比べ、内野は年齢も殺害状況も、そして〝名前〟も違う。〝出席簿〟に名前が連なる状況が想定出来ない。父主との面談を案内するチラシを持っているどころか、内野は聖浄心会の修道士であり、元秘書だ。

　自分が未だ掴んでいない人間が一連の犯罪を行っていた可能性はどうか。この〈本部道場〉には２５０名を超える人間が暮らしている。被害者たちの接点にしても、まだ隠された真実が存在してもおかしくない。ただ、体験出家、本出家、秘書、そして父主。この数カ月の間に起こったことは決して偶然とは思えない。そこには、きっと何かの強い意志が働いている。コピーした会員のデータを解析すれば、何かヒントが出てくるかもしれない。宍戸との接触は明日の予定だ。だが、事はそこまで待ってくれるだろうか。竹中や渋沢の不在はそのうち〈本部道場〉の混乱を呼ぶ。宍戸は無事にこの中に入り込めるだろうか。そもそも、犯人が紗香を襲ってこないとも限らない——。

　ガタン。突然、扉が勢いよく開く。

「父主様、大変お待たせしました」

　鏑木がノックもせずに駆け込んできた。額に大粒の汗を浮かべている。

「鏑木さん、２人は？」

「スミマセン。残念ながら、どこにもいませんでした」

「宿坊へは行ってみたのですか？」

「それぞれ３度ほど行き、声を掛けたのですが返事はありませんでした」

「宿坊の中には？」

「いくらなんでもそれは——」

　おかしい。加賀美とは現に〈本部会員室〉で会っている。その姿すら見えないということは——。紗香は覚悟を決める。反転攻勢に打って出る。たとえ鏑木が渋沢側の人間だとしても、何かの盾にはなるはずだ。

「２人の宿坊に案内してください。先ずは加賀美さんの宿坊へ行きましょう」

　椅子から立ち上がり、木扉へと向かう。机の脇に立って報告していた鏑木が慌てて後を追いながら叫ぶ。

「に、２階です。加賀美さんの宿坊は２階の２１３号です——」

　その声には応えず、紗香は扉を勢いよく開け、廊下へと出た。

〈出家棟〉の２階。長い片廊下に宿坊がズラッと並ぶ。その真ん中辺りに２１３号とプレートに記された木扉があった。鍵のない一般出家者のものと違い、修道士以上の宿坊は中からは施錠できる。ただ、外から鍵を掛けることは出来ない。鍵はあくまでも〈瞑想時間〉の〝孤独〟を確保するためだけのものだ。修道士長や父主の部屋は内外から施錠出来るが、捜査ツールは持ち歩くわけにはいかず部屋に隠しているので、侵入者の有無がわかるように紗香も常に扉周辺に入念にマーキングを施している。

改めて加賀美の宿坊の扉を見る。他の部屋と同じ、濃い茶のラワン材のベニヤ板製。ドアにはステンレス製のノブ。マーキングを確認するが、それらしきものはない。もちろん、室内のドア周りに施すことも多いので、扉を開ける時にも注意が必要だ。

ガチャリ。ドアノブを回す。施錠されていない。中に声は掛けない。

内開きの扉を中へと慎重に押す。引っかかりは感じない。開き切ったところで一呼吸置き、室内へと進む。部屋の臭いを嗅ぎ、空気齢を探る。おそらく数時間は誰も室内に入っていない。

加賀美は〈本部会員室〉から去った後、やはりここには戻っていない。竹中や渋沢と同じように姿を隠したのだろうか。事態の概要が摑めない――。

ドア付近のマーキングを確認する。加賀美が何か標《しるし》を施した様子はない。次に室内全体を眺めながら、状況を頭の中で整理する。加賀美の宿坊はごく一般的な修道士の瞑想部屋だった。ベッドの下やマットレスの中などを丹念に探る。木製の机や小さなクローゼットなど造り付けの家具の中もすべて見る。10分近くかけて隈なく調べたが、結局収穫はゼロ。生活用品以外のものは何もなかった。

部屋から出て、木扉を静かに閉める。鏑木は扉の前の廊下に立って、室内を訝しげに見ている。

「何もありませんでした。次は内野さんの宿坊に行きましょう」

「あのう――」

廊下を階段方向に進もうとすると、鏑木が弱々しい声で訊ねる。

「加賀美さんが何かしたのですか？　どうして宿坊の中を調べたのですか」

「あなたが報告してくれた通りです。朝から加賀美さんが姿を消しているからです」

「〈聖浄活動〉で外出されているのかもしれません。あの方は出家担当の修道士ですし、何かと外出されることが多いですから――」

　鏑木の口から淀みなく加賀美の情報が出てくる。監視。渋沢の意を受けて道場内で監視活動をしていたとしたら。

「どこにいるかはわからない。だから、宿坊を調べた。それだけです」

「お言葉ですが、たとえ父主様でも勝手に他人の宿坊に入るのは、聖浄心の教えに反するのでは」

　鏑木の声は震えている。だが、視線はしっかりとこちらを捉えている。目に偽りがない。何か隠し事を知られたくないから意見しているという雰囲気でもない。教義への信奉から来る言葉。聖浄心の教えへの忠誠。あるいは父主への畏怖。鏑木もまた、その人物像は単純ではない。

　あえてそこに訴えて利用する。上手くいけばこちらの協力者になるかもしれない。味方にならずとも、鏑木を利用すれば、竹中や渋沢をおびき寄せられるかもしれない。

「鏑木さん。あなたは今朝から父主の秘書役を命じられました。秘書は父主が置かれている状況を共有し、率先して対処する義務があります。わかりますか？」

「――はい。なんとなく」

「内野さんは殺人事件に巻き込まれている可能性が非常に高い」

「殺人事件？　なんですって？　ど、どうして？　この聖浄心会の中で、ということですか――」

「ですから私たちは急がなくてはいけません」

「内野さん、殺されたんですか？」

「とにかく急を要します。内野さんの宿坊に早く行きましょう」

「そんな――」

まだ何か質問をしたそうな鏑木を制し、廊下を足早に歩き出す。内野のことを知らされた時の表情は本物だった。鏑木は殺人事件を知らない。何も教えられず、ただ紗香の監視だけ命じられたということか。おそらく、今、鏑木の心の中は大きく揺れているはずだ。

「ふ、父主様。427号です」

鏑木の声が追いかけてくる。階段を駆け上がり、〈出家棟〉の4階で内野の宿坊を探す。427号室は長い廊下の中ほどにあった。秘書を務めていたので、特別に修道士長が使用する部屋を充てがわれていた。木扉のノブにゆっくりと手をかける。

ガチャリ。予想に反して、鍵は掛かっていない。扉を少し開く。念のためマーキングを確認する。目につくものはない。今度は扉をゆっくりとすべて開いた。淀んだ空気がざっと流れてくる。この宿坊がしばらく使用されていなかったのは明らかだ。

「う、内野さんは？」

後ろから鏑木が声を発する。紗香の身体で後方からは室内は見えない。その声に促されるように宿坊を見渡す。内野の姿はなかった。中に入り、室内を丁寧に調べる。ベッドの裏や机の中、クローゼット。先ほどの加賀美の宿坊以上に微物にも気をつける。その間、鏑木はやはり廊下に立っていた。勝手に他人の宿坊へと足を踏み入れることを頑なに拒んでいた。

ドアを開けた瞬間、内野の遺体が置かれているかもしれないと少し身構えもしたが、結局、事件へとつながるようなものは何も出てこなかった。

室内をなるべく元通りに直し、宿坊を出て、廊下でじっと待っていた鏑木に声を掛ける。

「ここにも何もありませんでした」

「父主様、内野さんは本当に殺人事件に？」

「それは間違いありません――」

「どうして父主様はそう確信を持ってらっしゃるのですか？」

鏑木を改めて見る。その表情から読み取れるのはやはり悪意ではない。心の安らぎの場であるはずの聖浄心会で、犯罪事件に巻き込まれたことに対する戸惑いと嫌悪だけだ。誰だって犯罪になど関わりたくない。しかし、現にこの会の内部では事件が連続して起きている。鏑木だってもう逃げられない。今朝から突然側役を言いつけられ、おそらく情報を流すように命令された。さらに父主から殺人事件の存在を知らされる。自分がその渦中にいることを思い知った。彼女の混乱に付け入るしかない。

混乱。それが突破口になる――。

道場内での殺人事件が詳らかになれば、聖浄心会は騒然となり、〝孤独と瞑想〟の世界に潜っていられなくなる。その時がチャンスだ。

「いくつかの看過出来ない事実を知っています。父主だからこそ知り得たことです。緊急の修道士長会を開催します。時間は3時間後。手配をお願いします」

「そんな突然。それに、渋沢修道士長もいません。私1人では到底出来ません」

「やはり、渋沢さんはここを去ったのですね」

「いえ、そういうわけでは――」

「鏑木さん。別に責めているわけではありません。今、私のために動いてくれればいいのです。〈修道士長室〉の協力を仰いでください」

「しかし、やはり私だけじゃあ――」

「これは父主としての命令です。あなたは私の言葉に従うしかありません」

渋沢の指示と父主の命令の狭間で揺れ動いている。もう一押し。

「これは人の命がかかっているんです。鏑木さん、お願いします」

紗香はそう言って頭を深々と下げた。鏑木は取り乱し、慌てふためく。

「わ、わかりました。父主様、ですから頭を上げてください。こんなところ見られたら、私、懲罰房行きです」

「懲罰房？　何ですか、それは」

「ですから、懲罰房です。私の修行が足りないことの報いとして、罰を受けることになります」

身体中に電気のようなものが走る。刑事としての勘が頭の中に警鐘を鳴らしている。

「そのようなことが行われているのですか？」

「み、みんなが噂しています。もちろん、私は懲罰されたことはないです――」

「どんな噂なのですか」

「もしかして父主様はご存知ないのですか？　じゃあ懲罰房も嘘なのですか――」

「真偽を聞いているのではありません。会員たちの噂の内容を訊ねているのです」

鏑木の手首をしっかりと摑む。相手の目を捉えて視線を決して外さない。鏑木は明らかに戸惑っている。何気なく口に出した一言に父主が語気を荒らげた。しかも、本当のことだと信じていた噂がその当事者であるはずの人間から疑問を向けられたのだ。

「いいですか。私は懲罰の有無について問うてはいないのですよ。皆さんがどのような噂話をしているのか知りたいのです」

今度は少しだけ優しい口調で話しかける。ここで心を閉ざされるわけにはいかない。

「――本当に噂なんです。たぶん嘘だと思います。私たち修道士の中で広まったんです。突然、配置換えになった修道士や出家者が〈本部道場〉からいなくなることがたまにあったものですから」

「あなた方の間では、その懲罰房はどこにあると言われているのです?」

「それはわかりません。ただ、この〈本部道場〉の中じゃないという話でした」

――ある。

懲罰房は存在する。絶対に噂なんかではない。竹中も渋沢も、そして内野や加賀美もその所在について言及しなかった。頭の中で空いていたパズルのピースが埋められていく。ということは――。

*

山中湖。

麹町に資料を届けに行った木崎を新宿でピックアップし、そのまま警察車両で中央高速を富士吉田まで飛ばした。インターチェンジを降りた後は、運転を木崎に任せ、富士五湖周辺特有の緩やかなカーブが続く国道を山中湖へと向かう。沿道の木々は葉をすべて落とし、灰色と土色が延々と続く様は冬の直中《ただなか》を感じさせる。

宍戸は20年以上前の出来事について考えていた。この1年余り、密かに起きていた連続殺人事件。犯人の姿は未だ見えない。だがその事件の端緒となった出来事に遂に近づいた。本来ならば、事件解決に向けてもっと興奮していいはずだが。

ブー、ブー、ブー。ブルゾンのポケットに入れた携帯電話のバイブレーションが震える。携帯を取り出し、液晶画面を確認する。他の被害者周辺を洗っている渡部からだ。

「何かわかったか?」

「田崎明子の実家に行ってきました」

「キャンプ合宿のこと、知ってたか?」

「夫の隆の話が聞けたのですが、田崎明子の口から小学生時代のことを聞いた記憶はないようです」

「そうか。何か資料は残っていなかったのか」

「残念ながら。明子の実家にあるかもしれないようですが、ご存知の通り、隆は現在、明子の両親と離縁協議中でして」

「明子のアルバムのことなんか触れたくもないか」

「随分と修羅場になっているようです」

　憂鬱な気分になる。婿養子の田崎隆と田崎明子の両親の間で行われている、息子の親権も含め、離婚および婿養子の縁組みを解消する協議は一向に進展していない。幼い子供がいつも犠牲者となる。遠い昔、自分が結婚から身を引いたのも、子供が出来て間で苦しむ姿を見たくなかったからだ。

「埒が明かなかったので、直接両親のところに行ってみました」

「なんだかフットワークが良くなったじゃねえか。初めは口ばっかだと思ってたけどよう」

「酷い言いようですねえ。まあ、宍戸さんと捜査させてもらって、俺も相当鍛えられましたよ」

「で、なんか挙がったのか?」

「田崎明子の両親は子供に相当習い事なんかをやらせてたようです。その分、ひとつひとつの事実には記憶が薄い感じでした」

「20年以上も前のことは覚えてないってか?」

「まあ、そんな感じです。例のサマーキャンプも詳細はあまり覚えてないと」

「教育熱心が過ぎると、させるという事が優先されちまうってことよ」

　部下たちには独り身の憂さを晴らすような悪態に聞こえただろうか。運転席の木崎が思わず噴き出す。そんな木崎の頭を小突いてから携帯電話に意識を戻す。

「それでも教育を受けさせてくれるだけ良いですよ。ウチなんか、塾も習い事も一切なし。完全に出遅れてましたからね」

「それで立派な刑事になれたんだから、渡部、親に感謝だな」

「確かにそうですけど――」

電話の向こうで渡部が一旦言葉を飲む。重要な報告をする時の癖だ。少し居ずまいを正し、携帯電話をスピーカーモードに切り替える。木崎も耳を傾ける。

「母親の方が面白いことを言ってます」

「どんな内容だ？」

「初恋をしたそうです――」

「初恋？　田崎明子が、か？」

「ええ。小学校6年生の娘の記憶と言えば〝初恋〟だと」

「例のキャンプで初恋をしたってことか？」

「母親はそこまで覚えてないんです。夏休み中だったような気がするとは言ってるんですが」

「母親は娘の明子が初恋をしたってなんで思ったんだ？」

「女親だからわかったと。なんとなく娘から〝女の気配〟が出始めたそうです」

「女の気配か――」

思わずつぶやいた。渡部の報告を咀嚼する。母親が娘に〝女の気配〟を感じた。その表現にはどこか穢らわしさを感じる。

「それにしても随分娘のことを突き放した言い方だな」

「田崎明子の周辺では、明子は男と失踪したことになってますからね――」

両親は娘の失踪が連続殺人事件の一端かもしれないことを知らない。この1年余り、周囲から好奇の目で見られてきたのは容易にわかる。今回の事件が引き起こす悲劇の広がりに宍戸は胸を痛める。サマーキャンプで田崎明子に何があった？


「何しろ20年以上も前のことですからねえ――」

　老年の男性職員は困惑の表情を隠さず大きなため息をつく。

　被害者の親たちの証言だけでは、事件の発端となったであろうキャンプ合宿の詳細はわからなかった。イベントの主催者も不明だ。少しでも可能性があるところをしらみつぶしに当たるしかない。最初に訪れたのが山中湖の観光協会の事務所だった。

　年代物の応接セットで宍戸たちに応対したのは羽原《はばら》という職員だった。使い古した黒縁の老眼鏡のつるの所々が白く汚れている。70はとうに過ぎているだろう。着古された臙脂《えんじ》のチョッキには虫食いの穴が開いている。

「夏の林間学校やキャンプねえ。ウチで募集しているものなら30年分くらい記録があるんだが」

「それ、見せてもらえますか？」

「はあ、ちょっと待ってください。台帳持ってきますから――」

　羽原はゆっくりと椅子から腰を上げ、事務所の奥のキャビネットに資料を探しに行った。この男で大丈夫かという顔で木崎がこちらを見る。

　時折、観光客がやってくる。そのほとんどが目当ての温泉やホテルの場所を聞きに来る客だ。待っている間、事務所内を改めて見回す。山中湖畔のバス停の最新時刻表。その隣には日焼けした10年以上前のポスターが貼ってある。他の職員たちは静かに仕事をしている。役所からの出向者やＯＢなのか、職員の多くは高齢だ。

「お待たせしました。夏のイベントの資料です。年ごとにまとまっています」

羽原が応接テーブルに台帳を置く。全部で7冊。バインダーに閉じられている。そのうちの1冊を手に取る。羽原が訝しげに見ている。

「しかし、警視庁の刑事さんがお二人も来られるなんて。いったい、どんな事件なんですか」

「事件については、お話し出来ない決まりでして――」

「そりゃあそうでしょうな。何かあったら声を掛けてください。私はあっちで作業してますので」

聞き足りない気持ちを抑え、羽原は自分のデスクへと戻って行った。30年分のイベント資料だが、宍戸と木崎は時期を22年前の前後2年に絞り込み、手分けして台帳をめくる。田山の妻は確かに小学6年生の時のサマーキャンプだと言った。記憶違いを考慮しても、それで十分だと判断する。田舎の観光協会の資料にあまり期待していなかったが、主催したイベントの概要や参加者のリストなどがきちんと整理されて残されている。中には資料写真が添付されているものもある。県外の小学生向けのキャンプ体験合宿を中心に1時間近くつぶさに調べた。

「どうでしたかな。何か見つかりましたか？」

不意に掛けられた声で資料から顔を上げる。羽原が縁の欠けた茶碗にお茶を入れて立っていた。隣で木崎もゆっくりと資料を閉じる。

「残念ながら何も見つかりません――」

「まあ随分と昔の話ですし、田舎の催し物なんてものはあんまり宣伝もしないもんねぇ」

「90年代の初めじゃインターネットもまだ普及してませんでしたしね」

木崎が半ば諦め気味に言う。

「そんなもんはここらじゃ最近の話だよ。この観光協会だってミレニアム以降ですよ。ほれ、あったでしょう、２０００年問題って――」

「ああ、ありました、ありました」

適当に話を合わせながら捜査の次の一手に思いを巡らせる。事件の被害者たちが参加したサマーキャンプは観光協会主催のものじゃないとすると、ホテルやペンション、スポーツ団体などが個別に開催したものということになる。

「あ、そうそう。こんなものは参考になりますかな。町役場の広報誌です。後ろの方にイベント告知欄っていうのがありましてな――」

羽原は古ぼけたバインダーを数冊テーブルの上に置いた。表と背に手書きで〝役場広報誌１９８５〜〟〝役場広報誌１９９０〜〟〝役場広報誌１９９５〜〟〝役場広報誌２００５〜〟と書かれている。

「田舎のイベントなんて結局口コミなんですよ。地元の人間は結構こっちを参考にしてますよ。もしかしたら刑事さんたちの欲しい情報があるかもしれないって、パートの須賀さんがね」

羽原は事務所の奥にいる中年の女性を指差す。年齢は40代半ばだろうか。須賀と呼ばれたパートの女性が宍戸たちに軽く会釈する。宍戸も軽く頭を下げ、目の前のバインダーから１９９０年代のものを手に取る。先ずは１９９０年の広報誌をめくり、小学生を対象とした催し物を探す。

〝わんぱく小学生アウトドア体験開催。対象：県内小学生とその保護者。問い合わせ：ペンションいしかわ〟

〝湖上スキー体験講習会。小学生の部、中学生の部。山中湖水上スキー協会〟

〝レッツ！乗馬体験合宿。定員20名。小学校高学年。梶本牧場までご連絡を〟

観光協会主催とは異なり、かなり小規模なイベントがずらりと並ぶ。ひと夏だけでも30種類近くある。宍戸は思わず木崎を見た。木崎も頷く。それっぽい催し物を片っ端からメモする。翌年も広報誌には夏のイベントが記載されている。前年と同じものも多く、重複を確認しながら読み進める。

そして広報誌の日付が１９９２年に変わる。動悸がする。1月号から順にイベント欄を確認する。

視線が止まる。

「おい、木崎。これを見てみろ」

指をさした欄を木崎は慌てて読む。広報誌から顔を上げたその表情には興奮と緊張が綯《な》い交ぜになっている。前年までのメモを確認する。続いて翌93年以降の広報誌をチェックする。このキャンプ企画はその後7年間開催されている。連絡先も変わらず〈和田キャンプ場〉。

「羽原さん、ちょっといいですか?」

急に呼ばれた羽原は、何事かという顔でゆっくりとやってくる。その所作が焦《じれ》ったい。

「このイベントについて、何かご存知ないですか――」

〝初めてのキャンプ&ちびっこ交流合宿!! 対象:東京、神奈川在住および山梨県の小学生。主催:和田キャンプ場〟

ついに辿り着いた――。

〈本部道場〉で殺人が起きた。複数の人間が現場を見ている。いつまでも隠し通せるものではない。ただ、どうしても目撃させる必要があった。そう。あれはしっかり目に焼き付けるべきものなのだ。全体の欲求とはどういうものか。聖浄心会を構成する要素としてはっきりと認識させられたはずだ。個人では抗えない力を。

しかし、それがたとえ全体の意思だったとしても、実行したのは集団ではなく私自身だ。犯人探しは既に始まっている。逃げたところですぐに割り出されるだろう。その時、集団の意思を利用して、私は責めを回避出来るだろうか。正直、それはわからない。でもそれでいい。最後まで計画を実行出来れば、私はそれでいい。

結局のところ、それが最も効果的なのだ。自らの行為がどれほど人を不幸にしているのか。それを自覚していない者には。しっかりとじっくりと時間をかけて気付かせる。

あの時、どういう気持ちだったのか。どれほど辛かったのか。個を踏みにじる集団がどれくらい恐ろしかったのか。

そして、そう集団を仕向けた人間がいかに罪深いかを――。

*

〝懲罰房〟はいったいどこにあるのか――。

もし出家者たちの間で広がる噂が真実なら、竹中や渋沢はこれまでもその場所に足を運んでいるに違いない。〝父主〟の外出に関しては、教団設立当初からすべて記録に残されている。父主は各地の支部道場に少なくとも季節ごとに出向くのが通例だ。その他、各種講演や取材などのために都内近郊へは週2、3度は外出する。もちろん前面に出るのは側役の人間で、竹中自身は書記係の修道士として帯同していた。紗香が秘書をしていた時は、側役の仕事に慣れるまで支部での〈説諭〉などを控えたため、竹中の外出は極端に少なかった。あっても渋沢が同行したので、本出家後、紗香は施設から一歩も出ていない。

〈説諭準備室〉に保管されている父主の行動予定表と外出記録、〈車両部〉から取り寄せた運行記録を照らし合わせる。最近1年分の記録を調べると竹中のおおよその行動が把握出来た。紗香の頭の中には関東近郊の地図や道路網などが記憶されている。竹中の活動パターンが地理情報のイメージとなって浮かぶ。

大きく分けて3カ所。神田の〈聖浄心会出版部〉。世田谷・下馬の〈在家会員ホール〉。そして厚木の〈神奈川道場〉。地方道場への説諭以外で外出した時はほぼ、このいずれかの施設に足を運んでいる。父主や秘書の立場になれば、この3つの場所の重要性は理解できる。

〈出版部〉は会員維持および獲得のための最強の武器である〝教典〟などを扱っている。今でも父主は2カ月に1冊のペースで宗教書を出版している。〈在家会員ホール〉は都内近郊の在家会員の聖地であり、ここに集まる〝お布施〟が〈本部道場〉の運営費に当てられている。たまに父主本人のイベントを開催しないと在家の会員に不満が出る。竹中は資金源を失わないために頻繁に顔を出していたし、渋沢はそれ以上にこまめに通っていたことが外出記録よりわかる。〈神奈川道場〉は出家者数が修道士、在家会員を含めても50名に満たない小さな支部だが、聖浄心会誕生の地にあるため特別な場所とされている。読書会時代によく利用していた厚木市郊外の集落の寄合所を建物ごと買い取り、〈神奈川道場〉として使用している。道場には責任者として古参の修道士長の１人が詰め、道場長は〈本部会員室〉担当の修道士長である渋沢が兼ねている。

さらに記録を見ていくと、本来の日程よりも車両の走行距離が明らかに長い日があることがわかる。そのような日は〈本部道場〉への帰着時間も予定より明らかに遅い。予定外の行動をした日。車両に乗っているのは竹中と秘書だけ。あるいは、その２人に渋沢が加わる。口裏さえ合わせておけば誰にもバレない。紗香は記録資料をめくりながら、再度頭の中に地図を思い浮かべる。本来想定された走行距離と実際の走行距離の差から、竹中たちが立ち寄った記録に残らない場所はどこか特定出来ないだろうか。

この１年間で竹中が外出した１４７日。３日に１回以上の割合だ。そのうち、どこか極秘に立ち寄った可能性があるのが35日。父主は１回の外出で３ないしは４カ所を回る。１日の行程でいつ予定外の場所に寄ったかまではわからない。具体的な場所を特定するには、技官の辻のところでコンピュータを使って解析するしかない。

〈本部道場〉の修道士や出家者から情報を聞き出すというのも難しい。予定外の父主の動きを知る人間は少ない。それに、紗香は〝父主〟なのだ。その一挙手一投足は出家者の注目の的になっている。運行記録を調べている事実も既に隠しようがないだろう。こちらの動きは瞬く間に犯人に伝わる可能性が高い。新たな協力者を作る時間もない。

もう一度、35日間の行動を詳しく見る。予定の場所に行く間に必要以上に時間がかかっている行程や〈本部道場〉への到着時刻が極端に遅い行程から、予定にない場所に行った可能性を探る。それらを地図上に落とし込むと、まだ範囲は広いものの怪しい場所が４カ所炙り出された。

〈文京区、逗子・横須賀周辺、神奈川県・宮ヶ瀬湖周辺、江戸川区〉

これらの場所には聖浄心会の運営する施設はない。歴史的、宗教的な関係性があると思えない。だからこそ、秘密の場所が存在する可能性が高い。

自分ならどうするだろう。もし〝懲罰房〟を作るとしたら、どこを選ぶだろうか。

そんな物騒なものを街中に作るわけにはいかない。江戸川区は下町の住宅密集地で周囲の目が厳しい。文京区エリアは古くからの文教地区で、修道着姿の女性が出入りすれば目立つ。だから人里離れた場所。横須賀や宮ヶ瀬湖周辺に〝ひっそりと〟。そこで教えに反した者に罰を与える。宗教を厳密に突き詰めると、懲罰という発想が出てくることは理解出来る。〝孤独と瞑想〟という聖浄心会の信条を追求すればするほど人間の欲望との戦いになる。人間はそれくらい弱い。内野や加賀美たちが詳らかにしたように、〈本部道場〉内でも実際に聖浄の教えに反した〝罪深い〟行為が存在する。でも、何故だか紗香にはピンと来ない。紗香には聖浄心会という新興宗教と〝懲罰房〟という存在がどうも結びつかない。

会の中枢に入り、１日中竹中の側にいた。その間、竹中が会員に処罰を下したことは一度もない。自分が父主となってからも同じだ。もちろん、目の届かないところで懲罰が行われていた可能性はある。柔和な笑顔の裏に竹中の暴力的な本当の姿が隠されているのかもしれない。渋沢だって同じだ。ましてや、閉鎖的宗教内での集団化、先鋭化、その先にある私刑の横行は、これまで何度も繰り返されてきた歴史的事実だ。それでも聖浄心会における暴力行為の存在には懐疑的にならざるを得ない。〝孤独と瞑想〟という個人の内面に向かう教義。出家者の横のつながりの希薄さ。何よりこの〈本部道場〉において、会員を懲罰する意味を見出せない。メリットがない。人に危害を加えたり、宗教活動を阻害したり、風紀を乱す人間がいれば破門にすればいいだけだ。出家者は皆、既に財産を会に寄付している。破門にしたからと言って、それを戻す理由もない。１人分、出家者の維持管理費用が減るという点では助かるくらいだ。

では、どうして出家者たちの中で〝懲罰房〟の存在が噂されたのだろう。どうしてそれが実在すると感じたのだろう。鏑木は会員が突然姿を消した例があると言っていた。そもそも、本物の〝竹中〟という男性が失踪している。そして、今は竹中や渋沢も身を隠している。紗香の頭の中で疑問が堂々巡りする。

身を隠す――。

そうか。その施設が〝懲罰房〟でなく、竹中たちの隠れ家だとしたら。信者を罰するのでなく、自らが隠れる場所だとしたら。新興宗教の信者が日常生活の場に紛れ込むのは容易ではない。在家会員ならともかく、出家者、それも〝父主〟であれば尚更だ。竹中は10年以上宗教の世界だけで生きてきた。〝俗世〟に頼れる人間や隠れられる場所がそうあるはずもない。

父主の秘密の場所がいつの間にか〝懲罰房〟に置き換えられ、出家者たちの間で噂となった。

そうか。竹中や渋沢はそこに逃げ込んだのだ――。

コン、コン、コン。

「父主様。修道士長会ですが2時間後には開催出来そうです」

扉がノックされ、鏑木が入ってきた。〝懲罰房〟の話を聞き、紗香はある決心をした。

「地方の修道士長のうち、9人がインターネットによる参加となります」

「急なので仕方ありません。近郊の〈支部道場〉の皆さんはどうです？　全員出席されますか？」

「そうですね。こちらに向かわれています。あ、ただ〈神奈川道場〉に関しては、道場長の渋沢さんが捕まらないので――」

「仕方ありません。代理の人間が出席されるのですか？」

紗香の頭の中である確信が生まれていた。

勝負に出るなら今――。

鏑木を促し、〈説諭準備室〉を出る。修道士長会が開かれる会議室は〈管理棟〉の最上階にある。〈講堂〉から一旦外に出て、〈管理棟〉に向かう。時間が無限に感じられる。鏑木は黙って後ろからついてきている。中庭の回廊を右に曲がる。

「父主様。〈管理棟〉は左ですが――」

驚く鏑木の声を無視して、そのまま進む。慌てて鏑木も追いかけてくる。〈講堂〉と〈事務棟〉の間の外廊下を進むとほどなく〈車両部〉の小さな建物が見えてきた。脇のスペースに教団所有の車が３台駐車している。担当の男性修道士がそのうちの１台の窓ガラスを拭いていた。

「ご苦労様です――」

紗香は満面の笑みでその修道士に話しかける。

「ふ、父主様」

突然の父主の登場に、男性修道士は声を裏返して叫ぶ。

「急にスミマセン。ちょっと車を見せてくれませんか」

努めて自然に話す。ここで担当の修道士に怪しまれたら元も子もない。予定外の依頼に修道士は明らかに取り乱している。紗香は再度突然の訪問を詫び、修道士を落ち着かせる。幸いなことに、日課の車両整備のために父主専用車は駐車場に停まっていた。中古のトヨタ・クラウン。コストパフォーマンスに優れる中古のクラウンを使っているあたりに聖浄心会の性格が表れている。キーも掛かっている。メーターを見ると走行距離は既に10万キロを超えている。

「鏑木さん、ちょっと助手席に座ってみてください」

ずっと黙って帯同してきた鏑木は突然の指示に驚きながらも、言われた通りにドアを開けて座る。それを確認して、紗香は担当の修道士とともに〈車両部〉の建物の中に入った。デスクが２つあるだけの簡易な事務所。奥に整備用の工具などの倉庫が見える。右奥に目的のものを発見した。紗香はずんずんと奥に進み、その前に立つ。非常ベル。上手く作動してくれるだろうか。一瞬の迷いを振り払い、紗香はプラスチック製の蓋を破り、非常ベルのスイッチを押した。

　リリリリーン。リリリリーン。

　突然、けたたましい音が道場内で鳴り響く。〈車両部〉の修道士は一連の出来事が理解出来ず、ただ事務所に立ち尽くしている。紗香は全速力で建物を出て、父主専用車に飛び乗った。何か話しかけたがっている鏑木を無視し、クラウンのエンジン・スイッチをかける。柔らかい音を立ててエンジンが作動する。アクセルペダルを踏み、車を発進させる。

「父主様、何があったんです？　どうして非常ベルが――」

　慌ててシートベルトをしながら、助手席の鏑木が立て続けに質問をしてくる。それには答えず、運転に集中する。敷地内の木立の中の道を進む。潜入捜査官は普段、警察車両を使うことがない。久しぶりの運転に手に汗を握る。非常ベルはけたたましく鳴り続けている。出家者たちや〈事務棟〉の職員たちが建物から出てくるのが見える。狙い通りだ。

　しばらくして正門が目に入ってくる。父主専用車を見つけて、脇の小さな建物から制服姿の警備員が飛び出してきた。近田とは別の人間だ。父主の外出は予定外の上に、突然の非常ベルだ。パニックになっているのがわかる。

　頼むから制止しようと道に出てこないで――。

　紗香はアクセルペダルを踏み込み、スピードを上げて一気に正門を突き抜けた。当然、呆然と立ち尽くす警備員の男を後にし、クラウンはそのまま田無の街へ出た。久しぶりの外界。この強行突破で正体がバレるかもしれない。だが、もう勝負に出るしかなかった。紗香が動くことで、犯人も再び動き出す。その一点に賭ける。

　紗香は車を厚木へと向けた。

圏央道を降り、小田急線の本厚木駅前から県道を郊外にしばらく向かうと風景が一変した。先ほどの繁華街の喧噪が嘘のように静かな田園風景が広がっている。露わになった黒い土肌に、薄茶色に枯れた草が冬を感じさせる。父主専用車は市街地から更に小高い山へと進んでいた。辺りは田畑の中に住居が点在し、道場はそれを見下ろすなだらかな山の麓に位置する。本格的に潜入する前、父主や修道士たちの噂話を収集するために、都内各所の集会所など聖浄心会の様々な施設に足を運んだが、聖浄心会〈神奈川道場〉に来るのは初めてだった。

道中、助手席の鏑木はずっと黙っていた。〈本部道場〉を抜け出してしばらくの間は、何か聞きたそうだった。だが、紗香の強い覚悟の気配を感じたのか、そのうちそれもなくなった。常に側に置いておけば、こちらの動きを誰にも伝えることが出来ない。まさかの時には〝盾〟にする。

田舎道を進むとしばらくして〈神奈川道場〉が現れる。寄合所を改装した2階建ての何の変哲もないこぢんまりとした漆喰壁の小建築。ここで20人ほどの出家者が寝食を共にし、瞑想と聖浄活動を行っている。住宅の玄関のような半間ばかりのドアがある。上部には同じく小さな庇《ひさし》。15年前、1人の女子大生が始めたごく普通の〝読書会〟はいつしかこの場所での開催が定番となった。父主の竹中も参加者の1人だった。会が巨大な新興宗教になり、そして連続殺人事件が起きることになろうとは、その時の参加者のうち誰が想像しただろうか。だが、事件の背景が被害者たちの過去の〝出席簿〟にあるならば、聖浄心会が生まれた時に関係しているに違いない——。

ドアを開ける。小さな玄関があり、三和土《たたき》には靴やサンダルが10足ほど脱ぎ置かれている。そこで靴を脱ぎ、中へ入る。鏑木もそれに倣い、黙って室内に上がってきた。左右のトイレや水屋の間を中廊下が延びる。突き当たりの扉を開けるとそこは集会所の会議室のような部屋だった。聖浄活動をしている修道着姿の出家会員たちが一斉にこちらを見る。各地の〈在家会員ホール〉で売られているお守り袋を作っているようだ。作業机の上には紫色のお守り袋と赤色の紐が大量に置かれている。

「あなたは――」

　年配の男性出家者が探るように話しかけてくる。他の出家者は一様に紗香の方をじっと見ている。

「父主様、で、ございますか――」

「先日の〈説諭〉については御存じのようですね。よろしい。今日は横浜で公務があったのですが、皆さんの顔を見たくなって寄ってみました」

「あ、ありがとうございます。こんなちっぽけな道場にわざわざお越しいただけるなんて」

　男は必要以上に恐縮し、頭を深々と下げる。〈本部道場〉での騒ぎは耳に入っていないようだ。

　男は近くにいた中年の女性出家者に小声で指示を出す。その女性ともう1人の女性出家者がその場を離れ、慌てて道場の2階へと上がって行く。

「さ、さあ。こちらへお座りください。直ぐに修道士長が参りますので」

　男は作業机が並ぶ部屋の奥へと案内する。木扉があり、その上部に白地のプラスチックのプレートが貼ってある。〈道場長室〉と黒字で記されている。男性出家者はその扉を開け、中に入って行く。鏑木にその場で待つように指示し、ひとまず自分だけ案内されるままついて行く。部屋は6畳ばかりのカーペット敷で事務机と小さな応接セットがあった。どちらも相当に使い込んでいるもので、机には所々シールの跡がある。おそらくどこかの会社の廃棄物を活用したものだろう。男は応接セットの上座に腰掛けるように言い、部屋から出て行った。入れ替わりに先ほどの女性出家者の若い方がお茶を運んできた。明らかに緊張した面持ちで湯飲み茶碗を置く。手が震えているので、溢れた緑茶が茶托にこぼれる。それをまた過剰にその女性が謝るので、一時小さな部屋はちょっとした寸劇のようになる。

ガチャリ。

紗香が使用した扉とは別の扉が開く。見覚えのある頭が禿げ上がった年配男性がのんびりとした動きで入ってきた。

「これは、これは父主様。一言ご連絡いただければ、お出迎えに上がりましたものを――」

「前場さん、この前は〈本部道場〉の中庭でお会いしましたね」

「あの時は失礼致しました。まさか父主様だとは存じませんで――」

「こちらこそ。〈説諭〉前でしたので、あまりお話も出来ず」

「とんでもない。それより臨時の修道士長会の方は？　ちょうど出かけるところでした」

「突然にスミマセン。直接伺って確かめたかったものですから――」

前場は人の好さそうな顔で思案する。臨時招集された修道士長会直前の突然の訪問。その意味を一所懸命に汲み取ろうとしているように見える。

「前場さん。父主の秘書役を務めていた修道士長補の内野さんのことは御存じですよね」

「もちろんです。修道士長会で渋沢さんに巧いことやられて役職替えに遭ってましたなあ」

「その後は〈本部会員室〉で会員の情報管理をしていました」

「内野君がどうしました？　うちの道場と何か関係があるのですか？」

「秘書時代、内野さんはよくここを訪れていましたね」

それまで好々爺然としていた前場の表情に緊張が走る。内心、身構えているのがわかる。

「そうでしたかな――」

「秘書の行動はすべて〈本部道場〉に記録されています」

前場の顔から焦りや後ろめたさが漏れる。ただ、その焦燥に切迫感があまり感じられない。どこかで前場がそれを受け入れている印象を受ける。何か不思議な感覚になる。どこか芝居がかっている。

「いやあ、まいったなあ。別に隠していたわけではないのです。ただ――」

「ただ、何です？　内野さんはこの道場に何をしに来ていたのですか？」

「いやあ、何て言うのか。マズいなあ」

「何がマズいのです。何か悪事に関係しているのですか？　このままだと前場さん、あなた自身も徹底的に調査する対象となりますよ」

「マズいというのは、まあ約束でしてねえ。勝手に私が話すのもちょっと――」

「私は聖浄心会の父主です。全会員から話を聞き、それを会のために活用出来る権限があります」

前場の目を射貫く。加齢により濁った白目の中で眼球が激しく動く。

「隠していることをすべて話さなければ――」

そこで言葉を一旦止める。

ゴクリ。

前場が唾を飲み込む音が鳴る。

「あなたを聖浄心会の世界から追放します。父主の命をもって永遠に」

冷酷に言い放つ。永遠という言葉を敢えてしっかりと刻んだ。前場は恐怖のあまり震えている。突然、現れた教団のトップの恫喝に怯えている。心の中で良心の呵責に苛まれながら、目の前の老修道士長が口を開くのを待つ。

「――高遠《たかとお》さんなんです」

どれくらい経ったか。遂に観念した前場がポツリポツリと喋り出した。高遠。知らない名前だ。

「誰です、その人は」

「この道場に用があったのは内野君じゃなかった。書記の高遠修道士長だったんです」

「書記？」

しばらく思考を巡らす。そして、それが竹中であることに気付いた。

「内野君は事ある毎に偉そうにしていましたが、実際の行動を決めているのは高遠さんでした」

紗香の質問には答えず、前場はそのまま話を続けた。

「それはどうでしょうか。位階はともかく、内野修道士長補は実質的なこの会のリーダーだったのではないですか？」

「父主様。私は読書会からのメンバーです。頭はそれほど良くないが、長くいる分だけ聖浄心会については誰より知ってる自負があります――」

「つまり？」

「つまり、皆、代役だったということです」

「代役？　いったい誰の代役だというのです」

「高遠さんのです。渋沢君や内野君、その他歴代の秘書役は皆、高遠さんの代わりに聖浄心会の〝顔〟として働いていたのです」

「何を根拠にそんなことを――」

「何度も言って恐縮ですが、私は古いだけが取り柄の男ですから――」

改めて前場の顔を見る。シミだらけで、深く刻み込まれた皺。頭髪も薄く、白く、地肌が露わだ。眉毛にも白いものが目立つ。眼光も強いわけではない。他の修道士長に比べると迫力不足であることは否めない。会員歴の割に就いているポストも低く、出家者がたかだか20名の〈神奈川道場〉の現場責任者に過ぎない。しかし、父主のカラクリについて知っている。

「――内野君がこの道場に立ち寄るのは、高遠さんの方に用があったのは間違いないんです。内野君は秘書として高遠さんに仕えていた。表向きは彼が主導していることも、すべて高遠さんの言いつけに過ぎなかった」

「内野さんはただ付き添いで来ていた。そして、その高遠修道士長こそが〝父主〟だと？」

「父主様はあなたですよね。そう、われわれ会員の前で宣言された」

「心の底から本当にそう思っていますか？」

「これまで私たちは父主様の影だけを感じていたのです。宗教に生きる者にとって、それは非常に辛いものです。信仰の拠り所がないのですから。それをあなたがご自分の姿を現し、父主だと宣言された。私は、ようやく正常な聖浄心会が始まったと感動しました」

「では何故、高遠さんは――」

「昔からそうだった」

「なんですって？」

「高遠さんは読書会の時から、ずっとそうだったんです」

　この男は聖浄心会の根幹の秘密を知っている。ここに来て正解だった。詳しく聞き出したい。

「言っている意味がわかりませんが――」

「竹中さんという青年が読書会のリーダーでした。ここらで農家をしていた私は、ちょっと文化的な香りのするサークルに憧れて入会しました。何しろ読書会ってのがなんだかインテリに聞こえた――」

　前場はそこで一度居ずまいを正した。安物の応接セットのソファが軋む。その顔には何故か清々しさを感じる。話す覚悟が既に出来ているということか。

「入会して初めて読んだ本は『聖書物語』でした。参加者はそう、15人くらいだったでしょうか。毎週2、3人が担当になり、自分なりの感想や解釈を言い、それに対してみんなで討論する形式でした。聖書なんていうから取っ付きにくいかなあと思ったんですが、まあ平易に翻訳されたものでしたし、何よりみんなの解釈を聞くのが楽しくて。すぐ読書会にのめり込みました――」

「のめり込む？」

「はい。もう、文字通り。農家の仕事そっちのけで、会報やら勧誘やら、読書会の場所探しやら。なんだか会のためになるのが嬉しくてね。60近くになって人生の最後を感じてたから、生き甲斐みたいなものを求めてたのかもしれません。その時分ですかね、高遠さんと話すようになったのは」

「高遠さんは当時、どんな立場だったのです？」

「まあ一メンバーでしたよ、表向きは。大学生だったか、卒業して直ぐだったか。とにかく会の細かいことをボランティアでやってましたね。だから私は彼女と話す機会が多くなったのです」

「表向き、というのは？」

「それは後々になって理解したことです。リーダーの竹中さんは弁舌爽やかな青年で、常に読書会の中心でした。若い女性メンバーの中には竹中さん目当ての人も多かったと思います。まさに竹中さんあっての読書会だったのです。私のような年寄りからしても、頼りがいのある人でした。ただ、雑務を手伝うようになって、徐々に読書会の実態を内側から知るようになりました」

　読書会の実態。それはくしくも聖浄心会の実態と置き換えられるということか。前場の話が徐々に核心に迫ってきたのを感じる。

「結局、竹中さんは表だけの人でした。すべてが表面的で一言で言えば中身がない。みんなで読む書籍の選定、内容に関する解釈、読書会当日の進行など、そのすべてを人任せ。彼は言われた通り、演じるだけなのです。竹中さんが自分の意思でしていたのは、メンバーの女の子を個別にベッドに誘うことくらいでした」

　前場の話はかつて竹中が話した内容と通じる。父主の竹中は、読書会の2代目リーダーの男、もう1人の〝竹中〟はあくまでも彼女に操られた存在だったと証言していた。

「つまり、実質的に会を取り仕切っていたのは高遠さんだった——」

「もちろん、竹中さんの持つ魅力は読書会の拡大には大いに貢献していました。会員、特に女性会員が増えたのは彼のおかげでしょう。ただ、一度参加したメンバーをつなぎ止めるのはとても難しい。結局、活動自体が魅力的でなくてはならないですから。その重責は浅薄な男には無理でした」

「読書会はその後、宗教法人へと発展していきます。聖浄心会として組織も拡大してきました。父主という教祖の存在も明らかにされます。その時、その竹中さんや高遠さん、そして前場さん、あなたはどのような役割をされたのですか？」

「高遠さんは相変わらず事務方の仕事に徹していました。表に出たことは一度もなかった。古いメンバーはともかく、新規の会員にはほとんど彼女の存在は知られていなかったはずです」

「竹中さんはどうです。今、聖浄心会の中に彼の姿は見かけませんが」

「読書会から宗教教団に組織変革し、宗教法人として認可されるまでの数年間が一番苦しい時期でした。読書会のメンバーの多くは脱会しましたし、新規の会員たちの取りまとめは煩雑を極めました。そんな時、竹中さんは無力でした。目の前の若い女の子をナンパするだけでは何の役にも立たなかった。彼自身も悩んでいたと思います」

「悩んでいた？　それは会の活動に対してですか、それとも自分自身に対してですか？」

「もちろん両方でしょう。普段、事務方に対してほとんど関心を持たない人でしたが、ある時ふと声を掛けられたことがありました——」

　前場はそこで一旦話を止めた。手許の湯飲み茶碗の緑茶をゴクリと飲む。どこまで話し続けるつもりなのか。何が目的なのか——。

「竹中さんはこう言ったのです。〈初めはこんなじゃなかった。こうなることがわかってたら、読書会なんかに参加しなかったのに〉と。私は、それまでの竹中さんの会への貢献度の高さを話して元気づけてみたのですが、彼は落ち込んだままでした。昔だったら酒でも飲みに行こうと誘えたのですが、その頃には聖浄心の教えから飲酒は禁じられていました。結局、その日はなんとなくそのまま会話が終わりました」

「その後、竹中さんはリーダーを辞めた――」

「2、3カ月後でしたかね。彼は姿を消したのです。突然でした。文字通り消えたのです。さすがに会員たちは動揺しました。でも、そんな時も高遠さんは淡々と会の日常活動を続けました。しばらくして1冊の書籍が発行されました。それが〈聖浄心〉。聖浄心会の最初の教典です。その1ページ目に記された言葉に、私たち会員は安心と畏怖を抱きました」

「すべての人々を導くのは父主である。父主とは聖浄心そのものであり、聖浄心の預言者であり、聖浄心の奇跡である。父主は既に目の前にいる。聖浄心を持つ者だけにその姿が見える――」

　紗香はその一節を諳んじた。前場もそれに合わせる。この書籍の中で初めて〝父主〟という存在が示された。聖浄心会の〈瞑想時間〉、会員たちは皆この文章を諳んじてから瞑想に入る。

「教典を題材にして、直ぐに読書会が行われました。高遠さんに言われて、私がそのセッティングのすべてを取り仕切りました。あの読書会は本当に白熱した。解釈やそれに対する討論のために連日徹夜。結局、読書会は4日間ぶっ通しで開かれました。その中で、竹中さんの存在は抹消されていきました――」

「抹消？　どういうことです」

「〈聖浄心〉を読み進めると会の存在や父主の具体的な話になっていきます。そうするとどうしても前のリーダーだった竹中さんの話になります。当時の会員の多くは彼のことを知っていますから。教典〈聖浄心〉を読み進める中、ある会員が父主とそれまでのリーダーの関係に言及しました。〈竹中さんこそ父主なのではないか〉という解釈です。するととある男性会員がすぐさま〈父主様は会が誕生する前から私たちの前に存在していた。読書会のリーダーのような小さな役目とは訳が違う〉と発言します。さらに別の会員から〈そもそもリーダーなんて人いたかしら。教えを穢すように女性に声を掛けまくってた、如何《いかが》わしい男はいたけど〉なんて意見が出てくるんです。竹中さんの功績を口にしようものなら、修行が足りないと他の参加者から激しく糾弾されました。結局4日間の読書会の後には、もともと聖浄心会にはリーダーなどおらず、修行で徳を積んだ者だけが見える父主様のみがずっと存在していたのだ、ということになったのです」

「集団心理を利用して竹中さんの存在をなかったことにした。そして、その心理操作を主導したのは、おそらく高遠さん、ですね――」

「わかりません。ただ、私たち会員は父主様を拠り所にして、聖浄心会に心身ともに傾倒していきました。会のその後については、父主様もよくご存知でしょう」

「読書会という前史を書き換え、〈聖浄心〉の内容を正当化した。どうして、そのような強引な手段を取ったのでしょう?」

「わかりません。ただ、当時の私たちにはそうするしかなかった――」

「前場さん。もしかして――」

紗香の脳裏に恐ろしい考えが浮かぶ。

「あなた方、みんなで竹中さんを亡き者にしたのではないですか?」

じっと前場の目を見る。好々爺然とした老修道士長の姿はもうそこにはない。前場の視線は決して泳いではいない。〈神奈川道場〉の小さな応接室。塗料の剥げた質素なテーブルを挟んで2人は対峙している。隣の部屋から、出家会員たちが〈聖浄活動〉をしながら談笑している声が聞こえる。〈本部道場〉では決してあり得ない牧歌的な情景。自分はここで何をしているのだろうか。一瞬、不思議な感覚に陥る。

「父主様。あなたはここに来るのが遅過ぎました。私はあなたに会いに行きました。でもあなたは本気で私の言葉を捉えていなかった。ずっと待っていたのに――」

前場の言葉からふっと力が抜ける。真っ直ぐこちらを見ている。何かを覚悟している目。そして、それは同時に紗香にも何らかの覚悟を迫る目だ。

「私にはどうすることも出来なかった。全部、会に捧げてしまったんだから。今さら何を、今さらどうすればいい――」

前場はそのままテーブルにうつぶして嗚咽し始める。

「あなたはこの10年間その記憶に押さえ付けられていた。その重圧から解放されたくて、誰かに竹中さん失踪に関してずっと話したかった。高遠さんはそれを察知していたからあなたをこの小さな道場に閉じ込めた――」

「違う。それは違う。過去の話じゃない。10年前に起きた封印された事件じゃないんだ。今も、今も、私は、私は――」

「何が今なのです。今、あなたは何をしているのですか？」

「わからない。わからないのです。ただ、私は、私は、高遠さんのために、高遠さんのために。わ
ああ――」

「前場さん、前場さん。しっかりしてください」

前場はうつぶしたまま、両手でテーブルをどんどん叩く。泣き声がますます大きくなる。心の中で決壊した感情がとめどなく広がっている。聖浄心会の闇を感じながらその姿をじっと見つめ続けるしかなかった――。

「父主様。前場修道士長とはどのようなお話を？」

運転席の鏑木の声で我に返る。〈神奈川道場〉を出て、厚木の田園地帯を走っていた。

〝高遠〟という人物のことが頭から離れない。高遠はおそらく父主・竹中の本名に違いない。竹中という名前は聖浄心会における教祖の通り名として使用していたに過ぎない。表の顔として活動していた側役たちはあくまでも高遠の代役だった。その高遠は聖浄心会の発足当時、表面上のリーダーだった竹中という男性を亡き者にした可能性がある。少なくとも最古参の修道士長である前場はそれを否定しなかった。信者の集団心理を利用して、役割を終えた竹中を排除した。それが事実ならば、聖浄心会では10年も前から残虐な行為がなされていたことになる。

　初期のリーダー・竹中の失踪と今回の連続殺人事件。この2つはつながっているのだろうか。被害者たちの関係性が何かの〈出席簿〉だとしたら、〈高遠〉〈竹中〉だって〈田崎、田中、田山〉という一連の流れに連なっているかもしれない。

　紗香は次の一手を探っているが、なかなか答えが出てこない。自分が慎重になっているのがわかる。姿なき犯人を至近距離まで追い詰めた実感がそうさせている。

「鏑木さん。あなた〈本部道場〉の高遠修道士長のことはご存知ですか？」

「高遠さん、ですか。ちょっと聞き覚えないですけど」

「渋沢さんや内野さんの下で書記をしている修道士長です」

「ああ、あの方、高遠さんっていうんですね。とても静かな方」

「話したことは？」

「ありません。なんか取っ付きにくい方ですよね。もしかして、その高遠さんが事件に関係しているんですか？」

　その質問には答えず、後部座席の窓から山々の風景を見る。丹沢山系の山並みだ。夕日がまさに沈む直前で辺りは徐々に暗くなってきた。前場の言葉を思い出す。

「〝丹沢の山々、そしてその先には富士山があるでしょう。〈神奈川道場〉はそこへのゲートだから重要ですね〟。高遠さんはずっとそう言ってました。だから、厚木のこの場所で信者全員のために修行するのだと――」

富士山へのゲート。意味を訊ねても前場は首を横に振るだけだった。聖浄心会発祥の地というだけではない。明らかに何かがある。父主専用車の運行記録も、〈宮ヶ瀬湖周辺〉は竹中が秘密裏に通っていた場所だという可能性を示している。そこが高遠の潜伏先――。

思考が高速回転する。片側半分のピースは揃った。あとは、もう半分とつなぎ合わせる必要がある。勝負をかける時が来たということか。

鏑木に行き先を指示する。怪訝な顔の鏑木の質問には一切答えない。中古のクラウンは田園地帯を抜け、東名高速に入る。工場や住宅地、高いビルが目に入ってくる。前場との最後の会話がフラッシュバックする。

「父主様。もう、終わらせてください。あの人を楽にさせてあげてください」

「楽に？　それはどういう意味です」

「ここで止めないと、不幸が続いていくような気がしてなりません。お願いします、父主様」

「前場さん。高遠さんがどこにいるか知っているのですか？　〈神奈川道場〉の修行房ですか」

前場は質問には答えなかった。ただ、寂しげな顔をした。ここにいるのならばどれだけ楽だろうか。そう訴えているような気がした。残念ながら、竹中は厚木にはいないのだ。

「あなたは何か覚悟を持って話をしてくれました。でも、高遠さんへの思慕や服従心を一方で持ち続けている。それは何故です？」

「私は所詮、あの人に憧れている年寄りに過ぎません。たった一晩の、夢のような体験をいつまでも宝物のように記憶の中に持っている、ただの――」

「あなた、もしかして彼女と——」

「一度だけです。ただ、夢のような時間でした。年寄りにはそれが永遠に感じた。私はあの悦楽の記憶だけで今も生きているのです——」

穏やかに過ごしていた人生の終盤。聖浄心会という新興宗教に出会ったばかりに前場の生活は一変した。私財を擲ち、出家道場を終の住処とした。果たして、それは本当に前場が望んだことなのだろうか。高遠が築き上げた聖浄心会が魔物のように思えた——。

*

「ああ、これ。なんか覚えてるかも——」

羽原に訊ねられた、須賀という中年女性のパートは悠長に答えた。

「私、地元の短大の保育学科だったんです。で、夏休み中に友人たちと子供向けのイベントのボランティアしてたんですね。楽しかったなあ」

「当時、この周辺のたくさんの催し物に参加してらっしゃったわけですね」

「それで、確か2年の時、オリエンテーリングのお手伝いしたんだけど、その日夕方から大嵐になったんですよ。人生で一番の台風。皆、管理事務所に避難して大変だったからよく覚えているのよ」

「つまり、須賀さんはその夜、和田キャンプ場で小学生たちと一夜を共にしたということですね」

「私たちは〈和田キャンプ場〉のオリエンテーリングが終わってすぐ、午後に別のキャンプ場に移動したんです。地元の小学校の林間学校の〈飯盒炊爨《すいさん》〉のヘルプ頼まれてたんで」

外れだったか。隣で木崎が小さくため息をつくのが聞こえる。

「ごめんなさいね。なんか期待に沿えなかったみたいね」

「そういうわけではないですが――」

「実はよく覚えてるっていうのは、その夜、避難した場所で地元の男子大学生のグループと仲良くなったからなのよ。みんな不安だったから妙に親密な感じになっちゃって。フフフ、それでね――」

須賀の話は事件とは大きくかけ離れ、いつの間にか単なる中年の思い出語りへと変わっていく。いい線いきながら、肩すかしを食らったか――。

「それでね、なんとなく私たち、それぞれのパートナーを見つけた感じになって。その後もしばらく本当につき合ってた子もいたし。そうそう、一組は結婚したのよ。なんか映画みたいでしょ――」

「須賀さん。その時のイベントの主催者の方ってご存知ですか？」

また空振りだと諦めかけるが、念のために訊ねた。

「それはキャンプ場のオーナーなんだけど、数年前に亡くなったって聞いたなあ。今は確か息子さんが継いでるわ。羽原さん、そうよねえ？」

「ああ、次男の方がね。昔、証券マンだった。和田耕司さん」

羽原はデスクのアドレス帳から、〈和田キャンプ場〉の電話番号をメモ用紙に書き記して宍戸に渡す。番号を暗記し、その紙を木崎にも見せる。

「そう言えば刑事さん。あの晩、大嵐の中避難した時、皆でラジオのニュースを聞いてたんです。地元のＦＭが一晩中臨時ニュースを流してたんですよ」

「はあ――」

「山梨県内の被害状況とかを速報で放送してたんだけど。そのラジオで女子小学生が宿泊している施設から一時行方不明になったってニュースが流れたのよ。確か、その施設が〈和田キャンプ場〉だったはずよ」

「なんですって?」

「もちろん数時間後には無事見つかったってニュースが流れたから私たちも安心したんだけど。だって、ほら自分たちがさっきまでオリエンテーリングを教えた子供がいなくなったなんて嫌でしょ」

須賀は話し続けているが、宍戸にはもう聞こえていなかった。


国道138号を左に折れ、しばらく山中湖畔を走った右側に〈和田キャンプ場〉があった。入口には古材を利用した焦茶色の門があり、すぐ側に同系色のログハウスの管理事務所が建っている。キャンプ場全体は野球場1個分ほどの広さ。中央の炊事場を囲むようにテントサイトが並んでいる。冬の直中なのでテントは1張もない。敷地のオーナーの和田耕司には木崎が事前に電話を入れている。宍戸たちが到着すると、和田は既に事務所の外に立って待っていた。年齢は56歳だという和田は真っ黒に日焼けした顔で笑う。事件ではなく、人を探していると説明したので、気楽に構えているのがわかる。

「まあ、こんなところではなんですから、事務所の中にお入りください――」

和田はログハウスの扉を開けて宍戸たちを誘った。標高の高い湖畔の冬の夕暮れで気温はかなり低かったので、いそいそと言葉に従う。

和田は2人の刑事を窓際の木製のテーブル席に案内した。薪ストーブにかけられた薬缶のほうじ茶を注ぎ、自身は反対の席に座る。一連の動作を見届け、ゆっくりと話し始める。

「キャンプ合宿は死んだ親父が始めたんです。7、8年やったかなあ」

「確か22、3年前に始まったと伺いました」

「そんなに昔になりますかあ。私が脱サラして東京から帰ってきて、2、3年して始まったんだっけかなあ」

「実家のキャンプ場に戻られたのは何か理由でも？」

　木崎が横から質問する。

「私は地元の大学を出てるんですが、就職バブルで最大手の証券会社に入ったんですよ。大量採用してましたから、地方大学生でも入れたんですよ」

「すごいじゃないですか。バブル期は相当儲かったと聞いてますよ」

　木崎は驚きの声を上げる。

「それが肌に合わなくてね。上司も同僚もみんな浮かれてて。実体のない商品で泡銭《あぶくぜに》を手に入れて、繁華街に繰り出すんですよ」

「なんか、随分楽しそうな話に聞こえますが――」

「初めはね。でも直ぐに空しくなったんです。みんなお金に群がってるだけ。人格なんか何もない。ただ集団で熱狂してた。もう耐えられなくなって、そのまま会社辞めちゃったわけです。結果的には、その後バブル崩壊が来ましたからラッキーでしたよ。残った人間は悲惨だったと同期の連中が言ってますから」

　和田は手に持った湯飲みのほうじ茶を音を立てて飲んだ。帰郷の理由は事件との連関を感じられない。

「なるほど。で、先ほどのキャンプイベントについて詳しく伺いたいのですが」

「キャンプ場の手伝いを始めてしばらく経った春先ですかね、親父が事務所で突然思いついて」

「ほう。お父さんが――」

「それこそバブルが弾けて、ここら辺のレジャー業も突然景気が悪くなりましてね。ウチもご多分に洩れず、売り上げも前年割れが続きました。何か対策を練らないとならない状況でね」

「それで、小学生を？」

「ええ。アウトドアのファンになって、キャンプを趣味にしてもらうには、子供の頃から刷り込まなきゃダメだって。それでキャンプ体験合宿ってわけです」

和田によるとキャンプ合宿の内容はシンプルなものだった。東京と神奈川の小学生を集めて２泊３日のキャンプをするだけ。和田は父親に人集めを担当しろって言われて苦労したようだ。特に初年度は参加する小学生は当然のこと、運営するスタッフ探しも結構大変だったらしい。

「それこそインターネットなんかない時代だったからねえ。証券会社時代の知り合いにハガキ送って勧誘したり、町内会の回覧で告知してもらったり、まあ出来ることなら何でもやりましたね」

「どれくらいの子供が集まりました？」

「最初は20人くらいかなあ。あとは地元の子供たちが14、５人。初年度にしては結構集まった方じゃないかなあ」

「キャンプに参加した児童の名前ってわかったりしますか？」

「翌年以降のイベント募集に使うために作ったリストがあったはずですけど。残ってるかなあ――」

和田は記憶を絞り出すように唸りながら、事務所のデスクの引き出しをガサゴソ探り始めた。

その様子を黙って待つ。事件の真相につながる鉱脈はすぐそこにあるはずなのだ。

「ああ、これですね。もう10年以上開いたことありませんでしたよ――」

ようやく見つけたファイルは、書類に丸穴を２つ開け、黒い厚紙と黒紐で束ねる旧式のものだ。

表紙には〈初めてのキャンプ&ちびっこ交流合宿〉と書かれたシールが貼られている。

礼を言いながら台帳を受け取り、和田に悟られないように木崎に目配せをする。木崎が引っ張るように和田を奥へ連れて行く。２人が十分離れたことを確認して台帳の表紙を開く。心なしか鼓動が高鳴る。珍しく緊張している。１枚目は、参加者募集のために作られた１９９２年度の案内チラシだった。改めて気を引き締め、慎重に資料の文面を追う。

〈初めてのキャンプ&ちびっこ交流合宿‼　参加者大募集‼〉

そんな文字がチラシに躍る。囲み文字やイタリック体、簡単な挿絵。当時の個人向けワープロで出来ることをすべて使って書かれている。イベントの開催日時を確認する。

〈１９９２年7月31日金曜日〉

今から22年前。事件の被害者たちは全員小学６年生だ。

内容をしっかり記憶して、チラシをめくる。イベントの概要がまとめられた予定表。キャンプの内容が箇条書きされている。〈飯盒炊爨。オリエンテーリング。キャンプファイヤー。自由行動。山間散歩〉。それぞれの担当者名が記されている。和田耕司の名前もある。さらにページをめくる。〈イベント・レポート〉と記されたワープロ書類。２泊３日のサマーキャンプの実施報告書のようだ。和田の父親の名前で書かれている。

ゴクリ。唾を飲み込む音が鳴る。口の中はすっかり乾いている。報告書の文言を追う。

２日目の午後の項で目が止まる。

〈第三班メンバー、近田あかりさんが行方不明となる。午後3時頃、レクリエーション担当の藤松さんが点呼を取ったところ、第三班の近田さんがいないことが判明。直ぐに班員に確認を取るが、自由行動時間から姿を見ていないと証言。迷子の可能性を考慮し、キャンプ場スタッフおよびボランティア学生３人で捜索。念のため警察と消防団にも連絡。２時間後、裏山の斜面の底部で無事発見される。本人の意識ははっきりしている。散策中に足を滑らせて斜面を落ちた模様。ショックを受けているので、速やかに事務所２階の個室に運び、休養を取る。念のために湖畔の診療所の杉浦先生に往診を頼む。異常なし。一同、安心する。その後突然の豪雨。台風の進路が変わり、山梨県を直撃する。キャンプファイヤーは事前に中止を決めていたが、テント就寝も断念。テントを畳み、全員がロッジでの雑魚寝《ざこね》となる。嵐の中で停電もあり、児童たちは不安な顔もしていたが、皆でゲームをしたりしているうちに盛り上がった〉

参加者の行方不明話。宍戸は自分の鼓動が速くなるのを感じた。

明らかに不自然な出来事。単なる子供の迷子ではない。ページをめくる。〈参加者リスト〉と記された１枚がある。

〈出席簿〉

紗香が電話で伝えてきた言葉が自然と思い出される。さらにページをめくる。〈第一班〉。氏名、学校名、保護者名、連絡先が記される、メンバーリスト。計６名。知らない名前が並ぶ。次は〈第二班〉。同じ書式でメンバーの名前などがリストになっている。さらにページを進める。

〈第三班〉

迷子のメンバーが出た班だ。リストに並ぶ名前を見る。

〈高遠由美子。小６。神奈川県厚木市立※※小学校〉

〈田崎明子。小６。東京都杉並区　私立〇〇小学校〉

〈田中秋智。小６。東京都江戸川区立△△小学校〉

〈田山正行。小６。東京都世田谷区　私立××小学校〉

〈稲垣時男。小６。甲府市立＊＊小学校〉

〈近田あかり。小６。富士吉田市立・・小学校〉

視線がリストに釘付けになる。そこには事件の被害者たちの名前が並んでいた。

遂に見つかった。ようやく探して当てた――。

謎だった被害者たちの共通点。それが目の前に並んでいる。台帳を持つ手が自然と震える。上から4人は東京やその近郊からの参加者。あとの2人が地元の子供だ。紗香が、どうしても共通点がない被害者たちを括る〈出席簿〉という視点を提示した。確かに五十音順で見れば、田崎、田中、田山が一気につながる。ただ、その並べ方だと被害者のうち、稲垣時男だけがどうしても仲間外れになる。それが疑問だった。木崎ともいろいろ検討してみたが、答えが見出せなかった。しかし、目の前の資料にはその答えがいとも簡単に記されている。キャンプ合宿の参加者は、東京や神奈川からの子供と地元・山梨の子供が交ざって班を作っていた。紗香の〈出席簿〉という見方は正しかった。

班のメンバーは全部で6名。そのうち、4人が聖浄心会にまつわる連続殺人事件の被害者だ。残りの2名はいったい何者なのか。1人は行方不明騒ぎを引き起こした当事者の近田あかりという地元の小学生。もう1人は高遠由美子という厚木からの参加者。この2人の現在を探ることで、事件の突破口が開けるかもしれない――。

「和田さん。ちょっといいですか?」

離れたところで木崎の質問に答えていた和田を呼ぶ。

「この年のキャンプですが、資料によると途中で1人の女の子の迷子騒ぎがあったようですが。覚えてらっしゃいますか?」

「そんなことあったなあ。確か、台風の前に女の子の姿が見えなくて、みんなで捜したっけね――」

和田が記憶を辿っている中、木崎に先ほどの〈第三班〉のリストを見せる。木崎の顔がみるみる興奮していく。事件の核心に近づいたことを理解し、台帳のページをめくる。しばらくして手が止まった。

「どうした木崎？」

「宍戸さん。これを見てください――」

あるページを開いたまま木崎から返された台帳を見る。和田も覗き込む。１９９２年のサマーキャンプの記録写真のページだった。イベントの様子を記録した写真が１ページに２枚ずつ貼られている。しかし、そのうち２カ所だけ写真がない。正確に言うと、貼ってあったはずの写真が剝がされている。台帳の中にぽっかりと空隙がある。宍戸はページをめくり、他の年のページと見比べる。どの年も記録写真は日程順に同じ数だけ貼られている。写真の最後は参加者全員の集合写真だ。再び１９９２年のページに戻る。写真が剝がされた２カ所のうち、ひとつは他の年では集合写真が貼られていた場所。もう１カ所はイベントの１コマを切り取ったスナップ写真の位置だ。

「和田さん。ここの写真ってどうされましたか？」

なるべく平静を装って質問する。事の重大さを理解していない和田は緩慢に台帳を受け取り、２カ所の空きがあるページをじっと見つめる。

「どうされたって言われましても。あれ、おかしいなあ――」

「２枚、抜けていますね。誰かが抜き取ったということでしょうか。ご家族とか、従業員の方とか」

「いやあ。それはないと思います。死んだ親父ならともかく、イベントの記録と参加者リストは私が管理してますから。ほれ、この台帳だって私のキャビネットに保管されてましたでしょ。鍵掛けて」

「どんな写真だったか覚えてますか？」

「いやあ、さすがにそれはねえ。ひとつは集合写真だと思いますが」

「この剝がされた写真について、御存じの方はいらっしゃいますか？」

「うーん。親父だったら、何か知ってたかもしれないですけど」

「実は、われわれが捜査している案件で非常に重要な証拠となるかもしれません」

和田は刑事に詰め寄られて明らかに戸惑っている。何しろ20年以上も前のキャンプの写真だ。ほとんど何も記憶にないのが普通だ。それでも何もしないのはマズいと思ったのか、和田は事務所の固定電話から誰かを呼び出した。

「あ、俺だ。あのさ、キャンプ場のイベントの記録写真のネガってウチのどこかにしまってたけか？　スナップでも良いんだけどね。ああ、そうか。そうだったな。ああ、助かったよ。え？　納豆？　２つ。わかった。帰りに重岡んところのスーパー寄ってくよ。じゃあ」

和田が電話をしている間、宍戸と木崎はテーブル席で会話の断片に耳を傾けながら待っていた。

「いやあ、スミマセン。女房です。俺なんかよりずっと親父の世話とかしてましたから、聞いてみたんですけどね」

「それで奥様は何と？」

「あ、そうそう。スナップの方は、従業員がウチのカメラで撮ったものなんですけど、ネガはとっくの昔に捨てたそうです」

「そうですか。で、集合写真の方は？」

「女房に言われて思い出したんですけど、最初の数年間は街の写真屋に頼んでたんです。参加者の子供たちへのお土産でもあったので。後半はウチも経営が厳しくなったんで、集合写真もスタッフが撮るようになりました。デジタルカメラも普及しましたしね」

「ということは、この92年の集合写真は？」

「富士吉田市の筧《かけい》写真館さんに撮ってもらったものです。その翌年も、翌々年も」

「今もその写真館はありますか？」

「潰れたとは聞いてないですねえ。あ、これ電話番号――」

裏紙で作ったメモ帳に備忘録から数字を走り書き、和田は宍戸に渡す。その数字を一瞥して、メモを隣の木崎に渡す。木崎は携帯電話にその数字を打ち込みながら、屋外へ消える。夕飯時、その写真館が営業していれば、まだ電話がつながる時間だ。

宍戸は確信した。１９９２年８月１日。山中湖畔のサマーキャンプで近田あかりという女子児童が一時行方不明になった。それが今回の連続殺人事件の発端――。

*

もう逃げ切れない――。

それはわかっている。〈本部道場〉の中で人が殺された時点で結果が出ている。だが、それでも最後まで悪あがきをしたい気持ちがある。まだ道があるのではないかと。自分は何も悪くないはずだ。20年以上何度となく振り返り、必ず導き出される結論だ。突発的に起こったアクシデント。その場にたまたま居合わせただけ。それを今になってどうして責め立てられるのか。理不尽だ。実に理不尽だ。逆恨みも甚だしい。恐怖の次に湧いてくるのは怒りだ。この1年以上、恐怖と怒りが交互にやってくる。永遠に動くピストンが心をいたぶり続ける。再び、記憶はあの日へとフラッシュバックする。

「ちょっと待ってよ。僕は悪くない。君たちが勝手に追い回したんじゃないか」

「母さんはいつも言ってた。嫌なことがあったら事故だと思えばいいって。交通事故みたいなもんだって」

「もう、こんなんじゃ誰にも相手にされないから。どっかに消えた方がいいよ」

「お前が悪いんだ。お前が。僕の中の悪い奴の目を覚ました。お前が悪い」

「私たちにはそれぞれ運命があると思う。これは、あなたの運命だった。神様はそう言うはずよ」

空はどんよりと曇っていた。嵐の前兆だった。後でわかった。昼食時に午後から夜の予定の変更が発表された。楽しみだったキャンプファイヤーが天候不順により早々と中止になった。皆、口々にブーブーと不平を漏らしていた。昼食後の自由時間。仲良くなった班のメンバーで探検に出ることになった。２泊３日の２日目。まったく知らない者同士、当初は互いに緊張していた。でも、同年齢ということもあって、この頃になるとすっかり打ち解けていた。

「キャンプ場の奥に行ってみようよ」

誰の提案だっただろうか。６人でキャンプ場の裏山に向かった。天気は心配だったがキャンプの先生の話では雨は夜からということだった。他の班のメンバーはキャンプ場でゲームをしたり、湖畔の方へ散策に行ったようだ。

「せっかくだから、自分たちだけで行きたいね。先生とかウザいじゃん」

「確かに。じゃあさ、みんな別々に行動しよう。15分後に、裏山に向かう道の案内板集合で」

「了解」

先生たちの目を盗み、自分たちだけで探検する。随分ワクワクしたのを覚えている。小６の子供らしい。他のみんなも同じだった。集合場所に人目を避けて集まった時には全員高揚していた。裏山には別荘などは建っていないので、路は完全な林道だった。雑木林が生い茂り、曇天と相まって辺りは薄暗い。最初こそ様々な話を口々にしていたが、ほどなく６人とも無口になった。その後は林道をただ黙って歩いた。思えば、この時既に不穏な雰囲気が漂っていた。そして、それを全員が感じていた。誰かがキャンプ場に引き返そうと言えば他のメンバー全員が賛成したかもしれない。でも、誰もその勇気がなかった――。

いつまでも互いが隠れてはいられないことはわかっている。誰が隠れ、誰がそれに反応するのか。果たして最後まで守り通すことが出来るのか。自分が潜んだ理由も相手には伝わっているだろう。内野の死によって、事態は最終局面を迎えるはずだ。この場所はおそらく誰にも知られていない。いや、わからない。知られているのかもしれない。ほどなく突き止められるかもしれない――。

　どうしても思考が悲観的になる。自問自答する。内野の死は強力なメッセージになるはずだった。聖浄心会の存続自体を揺るがす事件であることは間違いない。内野はとにかく多くのことを知り過ぎた。そう、それは自分も同じだ。知らなければ、こんなことにはならなかった――。

　何気なく書籍を手に取ったのがきっかけだった。長年、苦しみ続け、心がすり減っていた。だから聖浄心会に救いを求めた。本当に偶然だった。たまたま書店で見たのが聖浄心会の本というだけ。もし、別の宗教のものだったら、今頃そこに帰依しているはずだ。ただ、父主様との出会いは強烈だった。こんなことがあるのか、というくらい衝撃だった。だから、出家に迷いはなかった。少しでも長い時間、話を聞きたかった。本物かどうか見極めたかった。

〈聖浄活動〉もとにかく全力で務めた。〈説諭〉でも積極的に発言した。初めは出家者の1人だったが、ほどなく修道士になった。父主様が認めてくれたことが嬉しかった。それが自信となり、宗教者として生きていく覚悟を持てた。今思えば、その時期が一番充実していた。修行は確かに辛かった。でも純粋な気持ちで向き合っていた。父主様の教えの一言一言がすべて心に深く突き刺さる。

それが幸せだった。永遠に続くことを疑っていなかった。

その幸せを変容させたのは自分自身だ。父主様への思いは、修行者を導き、世の中の悩める人々を導く教祖への畏怖の念であるべきだった。境界線を越えてしまっては、理性も信仰も何の役にも立たない。より広く、より深く、相手を知りたいという思いだけが突き進む。ストーカーと言われても仕方がなかったかもしれない。あからさまに付きまとっていたにもかかわらず、父主様は寛容だった。自分を受け入れているように感じた。過去や心の中を探るような不躾な質問にも嫌な顔ひとつしないで答えてくれた。それが誠意なのか、それとも好意なのかはわからない。ただ父主様もまた、ある程度自分に心を許してくれていたと信じている。

だからこそ、あの話をされた――。

聖浄心会において絶対的な存在である父主様が感じている不安。何かに苛まれている過去。あまりに何気なく父主様はそれを話すのだ。最初はどうして自分にそのような話をするのか見当もつかなかった。途中から事の重大さに気付いたが、その時はもう遅かった。

それ以来、ずっと囚われている。どうすれば攻撃から守ることが出来るのだろうか。私に何が出来る。この1年間、状況は明らかにおかしかった。〈本部道場〉内部でも修道士や出家会員の間で様々な憶測が流れていた。父主様自身もナーバスだった。自分にも相談することなく、陰で行動することが頻繁にあった。その存在は徐々に自分から程遠いものになっていた。

そんな状況で出来ることは、聖浄心会の会員の動向を探ることぐらいだった。本来は外部の反宗教的な動きから会を守るための〈会員情報システム〉を使い、聖浄心会そのものを監視した。修道士たちの不穏な動きや裏の顔がいろいろと詳らかになった。父主様自身の不可解な行動も摑んだ。明らかに怪しい者に対しては秘密裏に対処した。

その間、警察が2度ほど聞き込みに来た。どちらも、父主様名で出された面談案内のチラシに関しての質問だった。〈会員情報システム〉を調べると、チラシを所持していた者はいずれも出家会員だった。不思議なことに自分にはその会員のことがまったく記憶になかった。出家会員であれば、どこかで必ず会っているはずだった。警察には会とは無関係だと証言し、その者のデータは直ぐに抹消した。

　内部の人間と同様に目を光らせたのが新規に出家を希望してくる在家会員だ。この不穏な状況の中で〈本部道場〉の内部に入り込もうとする者を排除する必要があった。〈本部会員室〉に集められる信者の履歴情報を調査し、怪しい者にははなから出家許可を出さなかった。審査をクリアしたとしても、〈体験出家〉の段階で信頼の置ける〈本部会員室〉の子飼いの部下たちに徹底的に監視させた。

　そこに不思議な女性会員が現れた。どこに引っかかったのかは上手く説明がつかない。部下の報告書を読み、実際会ってみたくなった。何気なく様子を探りに行った時、その女性会員は突然腹痛を訴えてきた。何か普通の信者ではない感じがした。敵か味方か。それはわからない。ただ、単純に危険分子として排除するのも違う気がした。もっと使える存在にも見えたのだ——。

＊

　東大島。

雑居ビルに囲まれた小さな公園。夜も10時を過ぎている。たまに、駅から自宅への近道として横切って行く住民以外は誰もいない。

「どうして出席簿が被害者の共通点だとわかったんだ？」

　その声は駅側の入口の方から聞こえた。それほど時間は経っていないのに懐かしい。振り返った自分の顔は少し喜んでいるかもしれないと思った。

「わかったも何も。まあ、勘です」

「竹中まではわかる。だけどよう、稲垣だけは随分離れてるだろ」

「まあ、そうですけど。そういうこともあるでしょ。クラスの中で1人だけ少し座席が離れてるけど仲間の人って」

「いい加減なことを。そんなので俺たちを走らせたのかよ」

「要は人のつながりって、案外外形的なことなのかもって思ったんです。今回の連続殺人事件って、もっと機械的にはめ込まれた関係から生まれたんじゃないかと」

　殺人事件は強い憎悪から生まれることが多い。だから、家族や恋人、友人などで深い人間関係を洗う。だが、聖浄心会に潜入して、もっと形式的なものから集団が作られることに気付いた。

「不思議な奴だな、お前さんは。本当にそれが突破口になった」

「あっ、でも。竹中はハズレでした――」

「高遠か？　あるいは近田か」

「た、高遠です。宍戸さん、どうして知ってるんですか？」

「お前さんが調べてくれって言ったんだろうが」

「流石《さすが》です。やっぱり出来る刑事。スゴい刑事なのにどうしてやる気のないフリするのかなあ」

「バカ野郎。わかったようなことを抜かすんじゃねえよ」

　宍戸はそう言って紗香の頭を小突こうとする。ヒラリと横に身をかわして、背筋をシャンとして立つ。そして、目の前の宍戸に改めて正対し、身体を屈め敬礼をする。

「宍戸さん、お疲れ様です。急きょ潜入捜査を中断してきました」

「お、おう。ご、ご苦労さん。だけどよ、いったい何があった？　直接会いたいってのはよっぽどのことなんだろう」

「水面下に潜んで処理するのが捜査の鉄則なんですけど」

「時間がないってことか」

「はい、緊急事態です。実は昨晩、〈本部道場〉で殺人事件が発生しました。殺されたのは宍戸さんにも身辺調査を依頼していた修道士長補の内野です」

「本当か？　内野ってのはお前さんの前任者だろ」

　さすがの宍戸も驚きを隠せない。必死に頭の中で情報を整理している。

「――犯人の目処は？」

「残念ながら。今は何とも。ただ、状況から見て、内部の犯行であるのは間違いないと思います」

「連続殺人事件との関係はどうだ？」

「わかりません。でも、無関係には思えません」

「どうして？　お前さんの勘か？」

「それもありますが、何より私が内野に接触をはかっていたからです」

「なんだって？　ガイシャはお前さんの協力員だったたってのか――」

　宍戸の声のトーンが上がる。無理もない。接触していた関係者が殺されたということは犯人にこちらの動きがバレている可能性が高い。潜入捜査中に内野との間に何があったのか宍戸に詳しく説明する。質問を挟むことなく、宍戸は目を閉じてじっと話を聞いていた。

「つまりお前さんは父主の竹中、いや本当は高遠か、とにかく父主と敵対関係にある内野の弱みを握って、それを餌に奴さんを協力員に仕立て上げた。その矢先、お前さんが待ち合わせに指定していた場所で殺されていた、というのか？」

「はい。犯人にこちらの動きを完全に知られていたとしか思えません。私が軽々に動いたばかりにまた1人犠牲者を生んでしまいました」

「そう自分を責めるな。内野の殺害だって、何が理由かはまだわからねえ」

「潜入捜査で初めて殺人事件に遭遇しました――」

「お前さんは捜査一課の刑事だ。殺しの現場はつきもんだろうが。お、そう言えば、せっかく買ってきたのに忘れてた」

宍戸はブルゾンの左右のポケットに手を突っ込む。そして、手品師のように両手を出して大きく広げる。左手には缶コーヒー、右手には缶のココアを持っている。

「こんな寒風吹き荒ぶところに呼び出されたからよう。駅前のコンビニで買ってきたんだ。どっちがいい？　お前さん、選んでいいよ」

「ありがとうございます。でも、それって私がコーヒーにする選択肢なくないですか？」

「どうしてだよ」

「だって、宍戸さんがココアっていうのはちょっと――」

「なんだよ、それ。俺だって、たまにはココアぐらい飲むぞ。じゃあ、お前さんはコーヒーな」

子供のように不貞腐れた顔をして、宍戸は缶コーヒーを手渡す。受け取った缶はまだ温かい。その気遣いに心の中で改めて相棒に感謝する。無糖ブラックの思い切り〝オヤジ〟仕様のコーヒーだが随分優しい飲み口だ。

「とにかくよう。〈本部道場〉の中で事を起こしたってことは犯人も焦ってるってことだ」

「目的はまだはっきりしません。ただ、聖浄心会内部に留まっていては事件を解決出来ないと思いました」

「命の危険があるしな。ただ、お前さんは聖浄心会の〝父主〟だろう。会からいなくなって大丈夫なのか？」

「秘書には、会の中で非常事態が起きていることは伝えています。もちろん、犯人とつながっていないとも限らないので、表面的な情報しか与えていませんが。今は一先ず〈本部道場〉に戻り、宿坊に閉じこもるように命じています」

「素直に従ってるとは思えんな。今頃、道場で噂が立ってるだろうな」

「おそらく。ただ、高遠も渋沢も、内野と行動を共にしていた加賀美も姿を消しています。内野の遺体も行方知れずです。どちらにしても教団内部は混乱しています」

「その混乱に乗じて、ここに来たわけか――」

宍戸は一旦話を止め、缶ココアを飲み干す。やはりココアは苦手なのか、顰めっ面をして缶を近くのゴミ箱に捨てる。

カラン。冬の夜の公園に思った以上に大きな音が鳴る。思わず背筋が伸びる。

「宍戸さん、ひとつだけ質問です。どうして被害者と関係するのが高遠だってわかったのですか？」

「〈出席簿〉だよ。被害者を結び付ける〈出席簿〉を見つけた」

「本当ですか？　それはどこで――」

「山中湖だ。22年前の夏。事件の被害者たちは偶然出会っていた。そこに高遠の名前もあった」

「22年前、山中湖で何があったんです」

「夏のキャンプ体験イベントで近田っていう小学生の女の子が行方不明になった。２時間後には無事に見つかったから大きな事件にはならなかった」

「そこに今回の事件関係者がいた――」

「ああ。田崎、田中、田山、稲垣、そして高遠。みんないた。で、お前さんの方は何を摑んだ？どうして高遠の名前が出てきた？」

「〈本部道場〉から姿を消した竹中の居場所を探していたら偶然に。聖浄心会の発祥地、厚木で10

年前の父主誕生の闇に触れました」

「その中心に高遠がいたというわけか」

「はい。その後、彼女は高遠という名前を捨て、ずっと竹中の名を騙っていました」

22年前の出来事がすべての発端だった。夏のキャンプ場で起きた行方不明事件――。

そして、すべての鍵を握るのは高遠由美子。しばらくの間、紗香と宍戸は互いに入手した捜査情報をすり合わせ、精査した。特に、共通する人物や時間経過の確認を精緻に行った。缶コーヒーの温もりはすっかり消えてしまったが、不思議と寒さを感じなかった。事件の真相に近づきつつあるのを実感し、身体が自然と強張る。

ゴクリ。

宍戸が唾を飲み込む。紗香も緊張から口が乾く。

「けどよう、まだピースは埋まっていねえな」

「内野殺害と事件との関係がまだ不明です」

「その件だけで言えば、高階の潜入捜査自体がバレていた可能性がある」

「意図的に私に近づいてきたということでしょうか」

「そこまではわからねえが、お前さんが出会った聖浄心会の人間の多くが事件と何かしらつながっている。これは偶然じゃあねえだろう」

「確かにそうですね。向こうから寄ってきたのかもしれません。しかも高遠や渋沢は姿をくらましています」

事件はまだ終わっていない。長嶋室長に高遠の捜索を依頼すべきかもしれない。また新たな被害者が生まれる可能性は否定出来ない。刑事警察を総動員するべき時ではないだろうか？　厚木には、高遠や渋沢はいなかった。その存在が噂される〈懲罰房〉に高遠たちが隠れている可能性がますます高くなった。だが、どこに〈懲罰房〉があるのか特定出来てはいない。

潜入捜査の流儀とは違うが、新たな被害者を出さないためにはローラーをかけるしかないのかもしれない。時間との戦いを意識しながら、紗香は久しぶりに警視庁捜査一課特殊犯罪対策室長の長嶋の携帯に電話をかけた――。

*

問題はどうやって目的を果たすか、ということだった――。

初めは本当に偶然だった。肉親の死という衝撃がその後の自分の人生を大きく覆していった。〝死〟そのものというよりも、その原因と死に至るまでの壮絶な毎日が自分をがんじがらめにする。特に最後の1年間の記憶は、所構わず自分の頭の中でフラッシュバックする。それは常に悪夢を見ているようなものだった。頭がおかしくなりそうな毎日の中、地元の本屋で偶然手に取ったのが聖浄心会の書籍だった。平易で表面的な文章で〝聖浄心の教え〟が記されていた。キリスト教や仏教のいいとこ取りに過ぎないのはわかっていた。ただ、深く傷つき、ささくれ立っていた心には、それくらいの内容の方が良かった。どこか救われた気持ちになれた。

それから他の聖浄心会関連の書籍を貪るように読んだ。1週間かけてすべての本を読破し、気がつくとその足で地元の富士市から世田谷の〈在家会員ホール〉に向かっていた。当時は精神的に勤務出来る状態ではなく休職中だったので時間はいくらでもあった。その日から新宿の安いビジネスホテルに宿泊し、毎日〈在家会員ホール〉に通った。とにかく聖浄心のすべてを自分のものにしたかった。当時の〈在家会員ホール〉はまだ規模も小さく、会員も今ほどは多くなかった。特に平日に通ってくる人たちはいつも同じだったので、すぐに顔なじみになった。自分よりもかなり年上の女性がほとんどで、趣味のサークルに来るような感じだった。出家を意識するような人は誰もいなかった。

いつまでもホテル住まいを続けるわけにもいかず、ほどなく聖浄心会に通うために稲城に安アパートを借りて引っ越した。塾講師のバイトが運良く見つかったのも大きかった。昼間は〈在家会員ホール〉の簡易瞑想室で聖浄心の教えに向き合い、夕方からバイト先の塾で試験の採点や添削をする毎日。文字通り、それ以外のことは一切しない。興味も湧かなかった。塾の仕事の収入は微々たるものだったが、物欲もなく、ただ生きていくだけならなんとかなった。

その頃、唯一願っていたのは父主に会うことだった。聖浄心会に傾倒するにつれ、その中心にいる父主という存在への興味が頭の中でぐるぐると渦巻いた。心を奪われていたと言ってもいいかもしれない。そのおかげなのか、あれだけ悩まされた死の記憶がいつの間にか嘘のように消えていた。会の規模は今より小さかったが、一般の会員が父主と接する機会はなかった。本部の修道士たちはかなりの頻度で〈在家会員ホール〉に来るが、父主が姿を現すことは皆無だった。だから、会員歴の長い信者仲間に父主についていろいろ聞いて回った。会員間の噂話にも耳を傾け、教典の表紙にまつわる歴史を自分のものとしていった。自分の気持ちが徐々に出家へと向かったのはこの頃だ。信仰以外に生きる意味を持っていなかった。躊躇う要素は何もなかった。

出家を目標としてからは修行により集中した。会の様々な活動にもより積極的に参加し、古参の修道士たちとも顔見知りになった。当時はまだ〈体験出家〉の制度はなかったが、〈本部道場〉へ〈一日瞑想体験〉をしに行ったりもした。真実を知ったのはその時だった。

最初は自分を担当した修道士の何気ない一言だった。午後の瞑想が終了した時、古くから聖浄心会で修行をしているという年配の男性修道士が会の成り立ちを話してくれた。その内容は会の教典や関連書籍に書かれているものとほぼ同じだった。ただ、会の草創期、特に単なる読書会から宗教へと変容していくくだりは、さすがに実際に体験した人間の話だけに迫力があった。その頃、聖浄心会にどっぷり浸かっていたので、あれこれ質問した。その修道士も懇切丁寧にいろいろと教えてくれた。

「どうして、そこまで詳しく教えていただけるのでしょうか？」

あまりにも何でも答えてくれるので、逆にちょっと心配になったので聞いてみた。

「やはり修行仲間は増えて欲しいですから。会の本当の良さ、本当の姿を知ってもらいたいのです」

「修道士さんはこの〈本部道場〉で修行されているのですか？」

「私は普段、地方の道場にいます。たまに今日のように〈本部道場〉のお手伝いをしています」

「そうなんですか。どちらの道場ですか」

「厚木です。ずっと厚木の〈神奈川道場〉で修行しています」

「聖浄心会、発祥の地じゃないですか。凄いですね――」

「凄くなんかないですよ。ただ古くからの会員ってだけでね――」

老修道士はその後も、いろいろと昔話をしてくれた。会に傾倒している者には堪らない逸話ばかりだった。おおげさに言えば、それは自分にはヨハネやペトロからキリスト教の草創期の話を聞くようなものだった。

「その頃、会はまだちっちゃくてね。高遠さんも私たちも修行どころじゃなかったよ――」

高遠――。

聖浄心会に帰依して以来、自分の記憶の中から削除したはずの名前。

「前場修道士。高遠さんって誰ですか？」

「えっ、ああ、まあね――」

それまで滑らかだった修道士の顔がわずかに歪む。

まさか。急に動悸が激しくなる。戦慄のようなものが走る。

そんな偶然なんかあるわけない——。

「本部の修道士の方ですか？」

「いやあね。教典で父主様が教示されるよりずっと前、実質的に会を引っ張っていた方です」

「読書会のリーダーの？」

「うーん、そうじゃなくて。聖浄心会のですよ——」

「その方って、男性ですよね——」

「女性です。とても素敵な女性です——」

鼓動が速くなっていくのがわかる。なんとか目の前の修道士にバレないようにする。根拠はない。でも、その高遠があの女であるのは間違いないような気がした。

神様が、そう〝聖浄心の神様〟が導いてくれたに違いない。まだ終わってなんかいなかった。自分が勝手に逃げていただけだった——。

それから高遠について知り得る限り調べた。聖浄心会の関係者にさりげなく信仰の一環として接触し、高遠の情報を聞き出した。会を離れた人にはもっとあからさまに高遠の人となりを問い質した。厚木の小学校を回り、高遠の小学校時代を探り当てもした。ほどなく、根拠のない偶然は、確証のある必然となった。心の奥深くにしまい込んでいた感情は今や大きな怒りとなって頭をもたげていた。

情報が出揃ったところで、一旦富士市の実家に戻り、父親にすべてを話した。父親は途中からだらしないほどに涙を流して泣いた。つられて涙が止まらなかった。思う存分泣いた後、2人で今後について話し合った。聞かずとも気持ちは一緒だった。具体的な手順を詰める。こんなに長い間悲しみにくれていたのだから、2年も3年も変わらない。慌てず、ゆっくり、正確に追い込むのだ。

3カ月後、聖浄心会の〈本部道場〉に出家した。

高遠由美子に復讐するために――。

*

どれくらい時間が経ったのだろうか――。ずっと潜んでいた。食料と水。最低限の生活用品。それ以外には何もない。部屋には上辺に小さな窓がついているが、周囲の木々によって日が遮られるので中は1日中真っ暗のままだ。だからと言って、不自由に感じているわけではない。出家し、宗教に生きると決めた日からずっと同じような生活だ。〝孤独と瞑想〟の中で生きている。真理を追究するために。違う。真理なんかどうでもいい。私の本分なのだ。人を知り、人の中へ入り、人を導く。

木立の中に紛れて建つ作業小屋。人目につくことはない。まさかの時のために裏にはスクーターも隠している。文字通りの潜伏であり、〝孤独と瞑想〟の連続だ。事件について考える。内野を殺したのは誰なのか。このところ、脅し続けてきた人間が殺したのか。動機は何か。やはりあの忌まわしい事件と関係しているというのか。頭の中で何度も同じ疑問が渦巻く。そして、思考の最後には必ず22年前のあの日に行き着く。私は何もしていない。ただ一言、口に出しただけ。いつだって周りが勝手に何かを引き起こす。そうあの日だって――。

今と同じように、あの日の裏山も昼間なのに薄暗かった。

2日目になり、小学6年生の6人は徐々に仲良くなっていた。皆、心の中の高揚感を隠しながら、お互いにもっと距離を近づけたいと思っていた。そうでなければキャンプの先生たちに内緒で裏山に行ったりなんかしない。誰がリーダーだったのかは思い出せない。寄せ集めのグループだったから、そんな者はいなかったのかもしれない。私でないということだけは確かだ――。

キャンプ場の裏山の更に奥まったところに到着して、6人はようやく腰を下ろす。途中からなんとなく無口だったので堰を切ったように話し始める。小6のたわいもないおしゃべり。そのうち話が自然と〝誰のことが好きか〟という流れに向かった。自然と。本当に自然だった。異性を意識し始める小学6年生らしいものだ。サマーキャンプに参加して、偶然同じ班になった6人だった。でも、共同生活をしていくうちに互いに意識してもおかしくない。

「僕は××××が好きなんだ。お母さんに頼んでファンクラブにも入ったんだよ」

屈託のない笑顔で言い出したのは、東京の世田谷から来たという田山だ。小太りで運動神経もそれほど良くないので、このキャンプ中はいつもみんなの足手まといになっている。ただ、いつもニコニコと笑顔を絶やさず、育ちの良さからか我も通さないので、班の中では好感を持たれていた。

「××××ってアイドルの？　全然、可愛くないよ」

田中がバカにしたように言った。田中は身体自体さほど大きくないが、田山と違って運動神経も良く、ゲームやオリエンテーリングでも班を引っ張っていた。何より全身にエネルギーが漲っている。少年ラグビーの選手だと事ある毎に自慢している。

「そんなことない。絶対、可愛いよ。じゃあ、田中君は誰のことが好きなんだよ」

「俺は、そんなのはいない。俺はラグビー一筋なのさ」

そう言って、田中は目の前の田山に軽くタックルする。不意打ちを食らった田山はそのまま後ろに倒れた。

「ず、ズルいぞ、突然」

「常に重心を下げて、急な動きに備えなければダメなんだ。コーチが言ってたよ」

「僕はラガーマンじゃないんだから――」

今度は田山が太った身体を田中にぶつける。思わぬ田山の反撃と重みに田中も腰を落とす。

「わああ。やめろ、デブ――」

2人は言い合いをしながら、じゃれ合いを始める。

「もう何やってるの、子供じゃあるまいし。ホント、これだから男子は。ねえ――」

田崎が呆れ顔で他の者を見渡し、同意を求める。みんな困った顔になる。田崎は6人の中で取り分け大人びている。昨日の夜、浴場で話した際、月経を迎えてもう1年以上経つと自ら言っていた。班の男子に対して、常にどこか冷めた態度を取る。

「あの2人はもう放っとこう。ねえ、ねえ、そう言えば、高遠さんは今、好きな人とかいるの？」

田崎が突然こちらに話を向けてきた。予期せぬ質問に一瞬戸惑う。だが、それを悟られないように自然と言葉が出る。小さな頃からこの瞬発力で生きてきた。どんな言葉が効果的か。それはわかっている。

「私はお母さんかなあ――」

「高遠さん、そんな答えダメよ――」

「私のことなんかより、ねえねえ、近田さんって稲垣君のことが好きなのよね？」

「えっ」

名指しされた近田本人もさることながら、田崎やじゃれ合っていた田中と田山、そして稲垣が一斉に近田を見る。近田の小動物のような可愛らしい顔は、驚きと緊張で瞬く間に崩れる。

「私、そんなこと――」

近田の言葉は他の5人の強い視線によって途切れた。本当のところはわからない。ただ、稲垣は

〝第三班〟の男子の中で、圧倒的に美形で背も高く格好いい。他の班の女子の中にも密かに気にしている子がいるのは前日の入浴時間に確認していた。近田だって気にしていないわけがないと踏んでいた。何より確かなのは、田崎が稲垣にご執心だということだった。昨日、田崎は聞かれていないのに自分から伝えてきた。おそらくライバルと思い、機先を制するつもりだったのだろう。近田のことは眼中になかったからか、田崎は驚きと怒りの表情を近田に向けている。

「ちょっと何よ、それ。近田さんそうだったの？　そんなこと私に一言も言ってなかったじゃない」

　田崎は烈火の如く怒り、声を荒らげる。傍らにいた近田は明らかに怖がっている。どういう理屈で、いちいち報告する必要があるのだろうか。まったく勘違いも甚だしい。本当にやっていられない。杉並在住で、幼稚園から私立だという田崎は典型的なわがままな女だ。教育熱心な両親が勝手に申し込んだためキャンプ合宿に参加しているが、野外活動に興味はまったくない。キャンプが始まって直ぐに参加者の品定めを始めた。出席簿が隣だったのでつき合わされる羽目になった。都会からの参加者は出席簿の五十音別に班分けされていた。

「私は何も言ってません。高遠さんが勝手に――」

「言い訳はいいわ。近田さんは稲垣君のことが好きなの？」

　自分と同じ男子を狙う女子、しかもそれが自分と同じ班にいたことがそれほど気に食わないのか、田崎はさらに執拗に近田を責めた。その顔はショックのあまり悲しみまで醸し出していた。あれが演技なら大したものだが、田崎はそうじゃない。生まれながらの自分好きで自己中心的。〝ジコトースイ〟。子供ながらあれが自己陶酔なのはわかった。謂れなき因縁のはずだが、あまりに田崎が真剣に今にも泣き出さんばかりに詰問するので、他のメンバーたちも徐々に近田を責める空気に変わり始めた。誰もが田崎の熱量に手を焼いていた。

「近田さん。稲垣のことが好きなら初めから言った方が良かったよね。田崎さんが昨日から言ってるんだからさ」

田山はいつものにこやかな表情を浮かべて近田に話しかけた。

「だから謝った方が良いんじゃないかなあ」

「ど、どうして、私が謝るの。私、悪いことしてない――」

田山の言葉に近田は精一杯の抵抗を示す。小柄な近田の体が震えている。その姿を見ながら、田崎が過剰な反応をした理由を改めて認識した。田崎は本気で稲垣を近田に奪われるのではと恐れていたのだ。本人は気付いていないが、近田は男好きするタイプだった。小柄だが、発育はいい。胸もキャンプ参加者の女子の中で一番大きい。顔も整っていて、少なくとも田崎より美人だ。前日の夕方の自由時間、なんとなく他の班も一緒に鬼ごっこをした時、何人かの男子がどさくさまぎれに近田の胸を触ったりしていた。田中もその1人だった。性に目覚めた男子は本当に手に負えない。

当の田中が口を開いた。

「近田はさあ、本当に稲垣が好きなのかよ？」

「ほ、本当に私は何も――」

「もし好きじゃなかったら、それはそれで稲垣がかわいそうだよ。なあ、稲垣。みんなの前で、近田から好きじゃないなんて言われてさ」

「ぼ、僕は関係ないよ。女子が勝手に思ってるだけだろ」

今まで黙っていた稲垣だったが田中の言葉に促されるように話し始めた。甲府の小学校に通う稲垣は確かに格好良かった。サッカーチームのフォワードで、県の選抜チームにも選ばれていると言っていた。女子からちやほやされるのにも慣れている感じで常に自身満々だ。

「でも、さすがに面と向かって嫌いって言われるのは反則だよ。ねえ、近田さん」

稲垣は満面の笑みを近田に向ける。田崎の表情が更に悲痛になる。嫉妬心が膨れ上がっている。何か良くない展開になりそうなのは明白だった。キャンプファイヤーが中止になって刺激に飢えていた。予想以上に面白い時間になりそう。内心、ウキウキしていた。何気ない自分の一言がここまで大事を呼ぶとは思っていなかった。言葉ひとつで人の心やグループの状況が簡単に変容するのを痛感した。

「わ、私は稲垣君のことを嫌いなんて言ってない——」

「ほら、やっぱり好きなんじゃない。どうして黙ってたのよ。私を騙すつもりだったのね」

「だけど、好きとも言ってない。だって、これってただのキャンプでしょ。明日になったらみんなお別れじゃない。好きとか嫌いとかって話じゃないはず——」

「近田さん。それがあなたの本音なのね。確かに、あなたと稲垣君は地元の人だから、このキャンプが終わった後ゆっくりつき合えばいいものね」

「それじゃあ、いくら田崎さんが稲垣のこと好きでも勝ち目ないよね」

田崎の言いがかりに田山が短絡的に同調した。

「ちょっと待ってよ。僕は甲府だよ。近田さんの住んでる田舎と一緒にしないでよ」

「稲垣、俺たち東京の人間から見たら、どっちも山梨、どっちも田舎なんだよ」

「なんだよ、田中。甲府をバカにしてるのか、お前」

田中の棘のある言い方に稲垣が語気を強めて反論する。2人の間に緊張が走った。変な方向に話が流れしまったので軌道修正をしなければ。言葉を挟んだ。

「まあまあ、みんな仲良くしようよ。とにかく、近田さん。班がこんなギスギスした形になっちゃったんだから、みんなに謝ろうよ。ね?」

「高遠さん。元はと言えば、あなたが——」

「ちょっと、いい加減にしてよ。何、その人のせいにする感じ。高遠さんは関係ないじゃない。だから田舎者って嫌なのよ」

近田が見せたちょっとした抵抗も、田崎のヒステリックなまでの態度にかき消された。男子たちはその語気の強さに完全にビビっていた。口では偉そうなことを言っても所詮、小学6年生の子供。田崎のようなエキセントリックで発育がいい女子には敵わない。

「近田さあ、なんか知らないけど謝っちまえよ。それで一件落着って感じだからさあ」

田中が近田を促した。口調こそガサツだが声は随分と優しい。それで納得した。田中は近田のことが気になっている。奥手のスポーツ少年の初恋だったのかもしれない。

「わ、私、何も悪くない。田崎さんや高遠さんが勝手なことを言ってるだけじゃない」

近田はそれでも必死に抵抗した。彼女の言っていることが正論だった。ただ、そこはキャンプ場の裏山で、随行する大人は誰もいなかった。小学6年生の寄せ集めのグループのメンバーがいるだけ。田崎の言い分に肩入れする空気が十分に出来上がりつつあった。近田の顔がどんどん泣きそうになった。集団の心理に個が飲み込まれていく瞬間だった。

「ねえ、みんな。〝王様ゲーム〟って知ってる?」

その時、田崎が唐突に言い出した。他の者を舐め回すように見る。その顔は今でも忘れない。意地悪で支配欲の塊のような表情で満ちていた。質問には誰一人として答えられなかった。何より田崎の真意が汲み取れないでいた。

「なんだ、みんな知らないの。今、大人たちの間で流行ってる遊びよ。〝合コン〟、だっけ。みんなやってるのよ」

「なんだよ急に。合コンのゲームなんか知らねえよ」

「田中君は確かに知らないわよね」

「なんだよ。じゃあ、田崎は行ったことあるのかよ」

「私はそんな軽い女じゃないもん。ただ、私の家庭教師の先生がね、慶應の学生で詳しいのよ。この前、先生にドライブに連れて行ってもらった時にいろいろ聞いたんだ」

「先生とドライブ？　田崎さん、その慶應生とつき合ってるの？」

思わず質問してしまう。他の者も同じ疑問を持ったようだった。

「まさか。ただ仲が良いだけ。っていうより、ママとのことがあるから、先生私にビビってるのよ」

「ママが家庭教師の先生とどうしたっていうのさ？」

田山が男子らしい、勘所の悪い質問をする。お金持ちのお嬢様で何不自由ない暮らしをしているはずの田崎もいろいろ抱えていた。今思えば、それが彼女の屈折した性格の原因だったのかもしれない。とにかく、状況はその後ますます面白くなっていった――。

「ママのことはいい。それより、王様ゲームよ。今からみんなでやろうよ」

田崎がそう言って、ニコッと微笑む。他のメンバーは当惑の色を隠せない。もう誰も田崎に異を唱える者はいなかった。スケープゴートにされた近田だけが狙われ、集団の攻撃を受けることとなった。

「今回の近田さんのやったことって、正直ヒドいと思う。嘘ついて、陰でコソコソ抜け駆けして、おまけにバレたら知らないフリ。こんなのあり得ないでしょ。私だけならまだしも、稲垣君のことも傷つけたわけだし」

「まあ、そうだよね」

再び田山が安易に同意する。ここまで思慮が浅いと人の好さが悪意的に見えた。ただ、もう他の者も同じような反応だった。

「確かに稲垣君はかわいそうよね――」

自分も早いうちに相づちを打っておいた。当の稲垣は困惑の顔を隠さないが、自分が責められているわけではないので少し安堵していた。近田だけが反論をしようと口を開きかけるが、田崎の発言であっけなくかき消される。

「だからって、なんか普通に謝ってもらってもどうしようもないじゃない？」

「じゃあ、どうするっていうんだよ」

田崎が苦手なのだろう、田中がおそるおそる訊ねる。

「みんなで王様ゲームをしようよ。近田さん以外のみんなが1回ずつ王様になるの。そして、近田さんに命令する。近田さんは私たちに謝る代わりに命令には絶対服従。まあ、王様ゲームだからね。仕方ないでしょ」

「何よそれ。どうして私が――」

近田は田崎の身勝手な言い分に必死で抵抗しようとする。ただ、その反論は誰の耳にも届かなかった。田崎の提案は確かに唐突で支離滅裂なのだがどこか魅力的だった。今思えば、子供特有の純粋な残酷さから、これから起きることが楽しいはずだと感じていた。

「――確かに、ただ謝ってもらってもねえ。私、王様ゲームに賛成」

自然と口から同意の言葉が出る。

「高遠さんは賛成ね。あとの人はどうかしら。田山君は？」

「僕はそれでいいよ。田中君もそれでいいよね」

「ああ、構わない」

「田山君、田中君もオーケーね。稲垣君は。あなた被害者なんだからよく考えて」

田崎にそう促され、稲垣は明らかに困惑していた。そもそも、どこが被害者なのかも曖昧なのに、いつの間にか近田への罰ゲームを決める判断を迫られている。

「俺は、何でもいい――」

「じゃあ、賛成ということね。これで全員一致。近田さん、それでいいわよね。そもそもあなたが悪いんだから――」

全員の視線が近田に集まった。すべての目が彼女に同意を求めていた。それで事態が収まる。その流れ、集団の空気を無視しないで欲しいというのが本音だった。近田の小柄な肩が小刻みに震えていた。怒りと恐怖。追い詰められた彼女には、あの時、選択の余地はなかった。

「――わ、わかったわ」

ふーっ。誰ともなく大きく息をした。

「そう。それでいいのよ。それに単なるゲームなんだから。じゃあ、いい。王様ゲームの詳しいルールなんだけど――」

田崎が嬉々として説明を始める。その意地悪な笑顔は今でも忘れない。

そう、今でも忘れない。あの瞬間から悲劇が始まったのだ――。

*

麹町。

「こんな遅くまでスミマセン」

久しぶりに特殊犯罪対策室ＩＤセンターに入った。宍戸は技官の辻に事前に連絡を入れ、住民基本台帳の洗い出しやクレジットカードの履歴、出身校の名簿追跡、記念写真の分析などを依頼していた。

「そんな大きな声出すなよ。他の技官さんに迷惑だろ」

「宍戸さんの声も十分大きいですけど――」

足を止めて振り返り、後ろからついてきた宍戸に言い返す。だが、紗香の言葉などどこ吹く風で涼しい顔をしている。

「どっちもどっち。私に言わせれば2人ともうるさいわよ。それに今、何時だと思っているの？　警視庁本部の技官がいくら忙しいって言っても、こんな時間まで残業している人はそういないわよ」

声の方を見る。技官の辻が立っていた。腕時計は〈本部道場〉の宿坊に置きっ放しなので、壁の時計を見る。針はちょうど午前1時を指している。

「辻さん。急な依頼でスミマセン。あっ、挨拶忘れてました。お久しぶりです」

「高階巡査部長。相変わらずね」

「こんな奴にいくら言ってもわかりゃしないよ。それより何か手掛りは？」

「宍戸巡査長。あなたも〝相変わらず〟ですよ」

「はい、スミマセン――」

辻の前では紗香も宍戸も出来の悪い小学生のようだ。

「まあ、いいわ。頼まれた位置確定分析、一応やってみたわよ」

そう言って、辻は受付カウンター脇にあるクリーム色の3人掛けのソファベンチに紗香たちを誘った。テーブルの上には東京都とその近郊の地図が広げられている。A全のポスターほどの大きさだ。

「視覚的に把握して欲しいから地図に直接分析結果を記しておいた。全体を把握するにはモニターよりこっちの方が早いはず」

「助かります。これだとこのまま記憶出来ますから――」

目の前に広げられた地図を見る。地図には聖浄心会の各施設がラベリングされ、その間に無数の行動線が引かれている。紗香が暗記していた父主の車両運行記録のおおまかな数字と過去の父主の講演場所の記録などはここに来る前に事前に送っておいた。それに加えて、警察がこれまで把握した聖浄心会にまつわる過去の軽微なトラブルなどを考慮して割り出された〈懲罰房〉の場所の候補が記されている。

「ただ、あまり期待に沿える結果は出てないのよ。正直なところ――」

地図とノートパソコンを使いながら、辻は地理情報の分析結果を説明する。あんなに騒々しかった宍戸も隣でじっとテーブルの上を凝視している。

「――つまり、高遠たちが隠れている施設の特定は難しいということですか？」

「正確には、何か変数がひとつ足りないから解析精度が上がらないのよ」

「うーん。やっぱり父主の正確な車両運行記録が必要ということか――」

紗香は思わず唸り声を上げる。

「それはそうなんだけど、それだけじゃないのよね」

「それは、どういうことなんだ？」

今度は宍戸が唸るような声で聞く。

「高階巡査部長が〈本部道場〉で車両運行記録を調べた結果導き出した〈文京区、逗子・横須賀周辺、宮ヶ瀬湖周辺、江戸川区〉の４カ所は、私のところで解析したデータとほぼ一致してる。もちろん、コンピュータ解析してもう少し絞られたけど。とにかく高階さんの簡易分析は正しかった」

何か言いたげな宍戸を遮るように、辻は大きく咳払いをする。表情がかなり険しい。

「だから、運行記録とは別の指標がないとこれ以上解析出来ないってこと。捜査員を増強して一気にローラーをかけるならともかく、このままだと犯人の隠れ家を見つけることが出来ないのよ」

「長嶋室長に掛け合いましたが、今の時点で捜査を〝表〟にすることは出来ないという判断でした」

「さすがに連続殺人事件としての証拠が少な過ぎるもんなあ――」

「せめて、内野殺害の証拠でも摑んでいれば良かったんですけど」

「状況的にそれは難しかっただろ。お前さんが高遠や渋沢と対峙している時に警備員がやってきた。その警備員を適当にいなしている間に、高遠たちも内野の遺体も姿を消してたわけだからよう」

「写真のひとつでも撮れていたらまた違ったんですが――」

「もう一度、高階さんが〈本部道場〉に潜入して、殺人事件の現場でルミノール反応を調べてみるのはどう?」

いつの間に持ってきたのか、〈ルミノール反応キット〉を手にしながら辻が言う。

「〝父主〟としての戻り方が難しいんだよなあ。高階の動きが犯人側に筒抜けの可能性が高いし」

「確かにそうね。徒手空拳で再潜入はちょっと危険だわね」

「やっぱりあの時、内野の遺体から離れるべきじゃなかったんですよねえ。高遠と渋沢も道づれに発見されてれば、事態は一気に動いたはずですもん」

「それは仕方ねえって。警備員がよう――」

その時、紗香の中で何か電流のようなものが走った。頭の中でずっと立ち込めていた霧がさっと消えていく。

ああ、これだ。そうか。どうして気付かなかったんだ――。

あまりに遠過ぎて結びつかなかった。

「ちょっと待ってください。でも、絶対に間違いないはず――」

あまりの大声に宍戸と辻は面食らった顔をしてこちらを見ている。地図の上に事件関係者の資料を広げる。宍戸たちが聞き込みで入手したネタに、辻たちが住民票などの公的機関で裏を取った情報を突き合わせた資料だ。

「あった。これだ。やっぱり――」

思わず大声が出た。

「おい、高階。さっきからどうした。ちゃんと説明しろ」

「宍戸さん、辻さん。突破口見つけました」

大量の資料の中から取り出した1枚の紙を宍戸たちの前に突き出す。

「俺が今日聞き込みした22年前のサマーキャンプイベントでの行方不明騒ぎの概要じゃねえか」

「そうです。2時間、サマーキャンプの参加者の1人がいなくなった事件です。その行方不明騒ぎを引き起こした少女の名前は――」

「近田あかり、小6よね。富士吉田市内に該当する人間がいるか追跡させてるけど――」

紗香の意図が見えず、辻も怪訝な表情を浮かべている。

「私が高遠たちと内野の遺体の件で対峙している時に現れた警備員。実は、宍戸さんが〈本部道場〉内に工事関係者を装って潜入して、私と接触してた時にも現れました」

「あの時と同じ警備員が内野殺害の時にも現れたっていうのか？」

「偶然にしてはちょっと出来過ぎな感じがするわね」

「偶然も何も。あの警備員は意図的に私の前に現れたんです」

「なんだって？　根拠は？」

宍戸の顔が獲物を捕らえる時の刑事のものになる。辻が息を呑む。

「――あの警備員の名字、〝近田〟です」

＊

父主様を危険から守る。そのためには自分はどうすれば良いのか。当初は聖浄心会が外との接触を極力抑え、内にこもっているのが一番だと考えていた。実際、会は他の新興宗教に比べて、社会との距離はうまく取っている。信者以外の人間が会の内部に入り込むこともない。〝孤独と瞑想〟という信条が組織を、そして父主様自身を安定させていた。

しかし、いつからか何者かが父主様に近づいてきた。最初は〈講堂〉の演台の上に短いメモが置かれていた。〈説諭〉前のチェックで父主様が発見した。

「脅迫めいたメモだった」

父主様もそれしか説明しない。実際の〈説諭〉は秘書の内野がその場所で行う。だから、初めは内野が脅されていると思っていた。しかし、その後も同じような脅迫メモが父主様の近辺で見つかった。間違いなく、父主様への脅しだった。そして、遂にメモが父主様の宿坊に置かれた。

外部との接触が極端に排除されているはずの〈本部道場〉の宿坊の中だ。それは聖浄心会内部の人間にしか出来ないことだ。父主様を狙う者が近くにいる。そして、その人間は実際の父主が誰か知っている。

脅迫の理由はわからない。ただ、いつもは泰然としている父主様も明らかに動揺していた。その状況下で自分に何が出来ただろうか。父主様に仕える人間の数を減らし、なるべく自分がその代わりを務めた。出家者の動向を詳細にチェックした。しかし、それでも父主様の懸念は払拭されたようには見えなかった。更に死んだり、行方不明の信者の捜査のため、3度も警察がやってきた。脅迫メモとの関連は不明だが、聖浄心会がグラついているのは確かだった。

父主の地位を明け渡す——。

それが唯一浮かんだ考えだった。聖浄心会は発足後、教祖である父主様が表に出ることを極力排除していた。自分をはじめとする歴代の〝秘書〟が表向きには教祖のように振る舞った。在家会員のほとんどはその代役たちが会のリーダーだと信じている。出家者たちはさすがに秘書が父主様だとは思っていない。ただ、〝孤独と瞑想〟が徹底しているので、会の本当の教祖が誰かは知らない。一部の古参のメンバーも、父主様が実際誰なのか特定している者はいないはずだ。〝父主様〟という存在だけが独り歩きし、畏怖の対象となっている。それこそが父主様が会員たちの心を掌握するために生み出したシステムだった。

それを逆手に取る。身代わりを立て、会員たちの前で父主宣言をさせる。それまで不可視な存在だった父主様が突然目の前に現れる。会員たちは当初は当惑するだろう。しかし、それもすぐに収まるという確信があった。会員たちは自らを導いてくれる教祖を自分の目で見たいという願望をどこかで持っている。その欲望を利用する。その時、父主様を脅している人間は必ず動き出す。間違いなく姿を現すはずだ。

この提案に父主様は同意した。いくつか細かい質問はあったが、基本的にはすべてを受け入れてくれた。実行に移すにあたり最大の課題は〈誰を父主にするか〉ということだった。〝父主宣言〟をし、会員たちの前に現れた時の説得力が必要だ。聖浄心会は常に不満分子を抱えている。それは他の組織と同じだが、父主様への脅迫が体制への不満によるものである可能性があった。だから、敢えてそれが顕在化するように仕向けた。やがて内野を中心として不満分子が集約されていった。身代わりによる父主宣言の際に、この勢力をも一掃する算段だった。そのためにも、父主となる人間が重要だった。〈支部道場〉にも頻繁に出かけて候補者を探したが、なかなかこれという人間はいなかった。

そんな時、現れたのが〈高木麻里〉だった。初めは〈体験出家〉の担当者から本出家に相応しいという評価が上がっていたので見に行った。実際、会って話してみると何か普通じゃない雰囲気があった。腹痛に見舞われたという特殊な状況がそう感じさせたのではないことは明らかだった。何か普通の出家希望者とは違うのだ。数千人の出家者や在家会員と接してきた自分だから気がついたのかもしれない。外見や口調はむしろ普通過ぎるほど普通だった。ただ、そのすべてが〝自然〟だった。それがかえって作為的に感じられた。でも、それが身代わりとしてプラスに働くのではないかとも思った。父主様にも実際に見てもらったが、同じ考えだった。

一方で、純粋な信仰心ではなく、何か別の目的を持って聖浄心会に接触してきた可能性もあった。父主様を脅迫している人間の仲間かもしれない。ひと月以上かけ、身辺を調査した。彼女は〈体験出家〉の際に既に勤めていた新宿のデパートを辞めていた。〈体験出家〉後はアルバイトすらせず、都内の〈在家会員ホール〉や会員の集いなどに出かけ、日々聖浄心の道を極めようとしていた。

「本出家して〈本部道場〉で修行したい――」

そう言っていた彼女の言葉が本心であることを裏付けるような毎日だった。その頃、〈高木麻里〉の方から接触をはかってきた。出家希望者が直談判することは珍しくはない。〈本部道場〉の門の前で待ち伏せされたことも何度となくある。ただ直接〈修道士専用電話〉を使って呼び出されたのは初めてだった。番号を教えた人間がいたことも驚きだった。実際にもう一度会ってみようと思った。会って、利用出来る人間なのか判断すればいいと思ったからだ。

３日後、喫茶店で彼女のことを最終的に見定めることにした。店に現れた〈高木麻里〉は、父主様との面会案内のチラシを持った連続不審死について質問してきた。教団内でもトップシークレットの事項をいきなりぶつけてきた。確かに各道場や〈在家会員ホール〉でもポツポツと噂になっているのは知っている。だが、それをこのような形でぶつけるというのもまた普通じゃない。彼女は少なくとも純粋な信者なのではない。何か別の意図があると感じた。しかし、その意図は父主様を脅迫している勢力とは違うとも確信した。誰かに操られているのでもない。なぜそう思ったのか。これは理屈ではない。宗教者としての勘だ。

だからこそ彼女は利用出来ると判断した。父主様も了解した。〈本部道場〉内部での不満分子の動きも活発化してきていた。父主様の身代わりとして〝父主〟に据えるため、〈高木麻里〉に本出家を許可した――。

*

バタン。オフィスのドアが開く音がする。大股で歩く足音が聞こえる。時刻は朝6時30分。結局、紗香は昨晩から麴町の特殊犯罪対策室にそのまま残っていた。久しぶりに自分のデスクにうつぶして仮眠を取った。応接セットのソファにはドアの音で目覚めた宍戸がねぼけ眼《まなこ》のままいる。辻は先ほど帰宅した。

「――ローラー作戦は難しいと言ったはずだぞ」

張りのある低音の声が早朝のオフィスに響く。その声に反射的に立ち上がり敬礼する。

「おはようございます。長嶋室長」

「この時間に話がしたいというからには捜査に進展があったと思っていいんだな」

「はい。事件の真相解明はまだですが、殺人事件の関係者は特定出来ました」

「犯人か？」

「わかりません。被害者かもしれません」

「随分、曖昧だな。動機は何だ？」

「それも不明ですが、22年前に起きた少女の行方不明騒ぎが発端なのは間違いないと思われます」

いつの間にか覚醒した宍戸が紗香の隣に立ち、答える。

「ほう。宍戸にしては珍しく曖昧な答えだな」

「恐縮です。ただ、再び殺人事件が起きる可能性がありますので、室長にこんな早朝にご登庁願いました」

「まあいい。俺の最も信頼する２人の捜査員が出した結論だ。高階、状況を詳しく説明してくれ」

やはり、長嶋には敵わない。なんとも自然に部下への信頼を口にした。これにはどんな刑事だって信奉する。改めて上司の大きさを感じながら、これまでの捜査の概要を報告する。その間、長嶋はじっと目を閉じて話を聞いていた。宍戸もそうだが、優秀な刑事は予断なく情報を収集する。

「事件の始まりは22年前の山中湖か――」

長嶋がようやく口を開く。低音の声がオフィスに響く。その目をじっと見返し、大きく頷く。長嶋の表情には微かに憂いが入っている。

隣に立つ宍戸が大きく唾を飲み込む音がする。早朝の特殊犯罪対策室のオフィスは冷気と共に静けさが漂っている。窓外の麹町界隈からは時折、車の音が聞こえるだけだ。

「室長。おそらく22年前、偶然同じ〈第三班〉になった６人の小学生の間に何か事件があったと思います。そして、その事件が元で今回の事件が起きている。私たちはそう考えています」

「６人のうち、田崎、田中、田山、稲垣の４人は行方不明か既に死んでいます。残るは高遠と近田の２人ってことになります」

宍戸が言葉を継ぐ。長嶋は再び、２人の刑事の話にじっと耳を傾ける。ただ、今度は目をキッと開け、鋭い眼光でこちらを捉えている。

「高遠は〈聖浄心会〉の実質的な教祖です。殺された４人の身辺にはその教祖との関連が窺われるチラシがありました。連続殺人事件に〈聖浄心会〉が絡んでいることを示唆しているのか、あるいは絡んでいるように思わせたのか」

「とにかく、当の高遠は姿を晦ましました。明らかに一連の事件への関与が疑われます。おまけに消える前に、内野という聖浄心会の修道士の殺害事件が高階の目の前で起きてます。これも奴さんが関係しているのは間違いない」

「犯人が動く前に手を打とう。高遠の足取りを今、宍戸に預けている愛宕署の刑事3人に加えて、ウチの捜査員に専任で当たらせる。ただし、本部強行犯の刑事を動員して、事件を〝表〟にするにはまだ多くが状況証拠に過ぎない。お前たちの勘だけに頼ってるところもあるしな」

「ありがとうございます、室長。辻技官が割り出してくれた潜伏場所の候補があります。これを木崎たちとこちらの刑事さんたちに伝えておきます」

「あと、高遠の敷鑑にも当たらせろ。厚木界隈はやっぱり何か臭うしな」

「わかりました。確かに厚木は要注意です。〈聖浄心会〉発足の場所ですし、〈神奈川道場〉に詰めている修道士長の前場は事件の背景を知っているような気がします」

「古参の修道士か。高遠の裏の顔を見てきた可能性が高いな。よし、前場には行確をかける」

長嶋の命令が次々飛ぶ。捜査一課の管理官の姿そのものだ。普通の潜入捜査では感じられない、刑事警察の世界で叩き上げてきた圧倒的な存在感が伝わってくる。

「ただし、あくまでも――」

長嶋はそこで一旦言葉を切り、目の前に立つ紗香と宍戸を改めて見た。じっと次の言葉を待つ。

「今回の捜査のメインターゲットは近田あかりだ。そのルートから徹底的に洗う。異存はないな?」

「はい。彼女は間違いなく今回の事件の鍵を握る人間です。22年前の行方不明騒ぎ以降の足取りを追う必要があります」

「高階。それをお前がやれ。宍戸と組んでだ」

「はい」

背筋を伸ばし、しっかりと返事をする。隣の宍戸もブルゾンに入れていた両手を出して敬礼する。

「お前に何度も接触してきた警備員の名前が〝近田〟だというのが一番臭う。状況から見て、近田あかりの近親者である可能性が高い」

「年齢的には父親かもしれませんな。室長、奴をしょっぴきますか？」

宍戸が獲物を追う刑事の目をして聞く。

「それは時期尚早だ。別件で引いてくるのも難しいだろう。先ずは、近田が勤める警備会社に当たり、所轄と辻のチームに履歴や勤務実績の洗い出し、行動分析をさせる」

「了解しました」

いつものらりくらりとしている宍戸も長嶋の前では機敏な応対をする。

「先ずは近田の行確だ」

長嶋の指示が続く。

「奴の鑑を洗った後、お前たちが直当たりしろ」

「はい」

「いいか、高階。ここが勝負だ。直当たりした後の近田の動きが最大のチャンスだ。事前に宍戸とよく相談しておけ。わかったな」

「わかりました」

「宍戸もいいな」

「了解です」

「あとの指示は俺がやっておく。お前たちは一旦、自宅に戻って仮眠でも取ってろ。これから集中戦になるからな。以上だ」

長嶋は立ち上がり、自分のオフィスへと向かって行った。

「室長、もうひとつだけいいですか？　私は近田あかりが犯人のような気がします」

「高遠ではなくか。何故そう思う？」

「——勘です。刑事としての勘がそう言っています」

その受け答えが余程面白かったのか、長嶋が大声で笑った。笑い声がフロア中に響く。

「最後はやっぱり〝勘〟か。よし。それでこそ高階だ。それでこそ刑事だな」

「いろいろとありがとうございます。必ず犯人を挙げます」

紗香は長嶋の背中に声を掛け、敬礼した——。

＊

復讐の手順は本出家の前にすべて決めていた。順番も。そう最後はじっくりと真綿で首を絞めるように——。

準備には時間をしっかりかける。犯行が明らかになって逮捕されるのが怖かったわけではない。5人に自分たちの犯した罪をしっかり体験させなければ意味がなかった。だから、ゆっくりと入念に下準備をした。聖浄心会での修行も人一倍やった。会での位階が上がれば、それだけ自由に動き回れる。苦労して一般出家者から修道士になり、念願の出家希望者の担当となった。

出家担当となり、外出する機会を得た。都内近郊の〈在家会員ホール〉の出家希望者への説明会などの手伝いが主な仕事だった。いよいよ計画を実行に移す。5人を順番に殺していく過程で、他の者たちにしっかりと恐怖を感じさせることに意味がある。

次は自分ではないだろうか――。

常にその恐怖の中に5人を置く必要があった。横のつながりはないと確信していた。しかし、あからさまに5人の共通点を詳らかには出来ない。当事者だけが気付くように殺す。そのために聖浄心会を利用することを思いついた。新興宗教という外部との接触が極端に少ない組織を徹底的に利用する。最終ターゲットに近づくために出家したが、聖浄心会は5人に復讐する場所としては極めて打ってつけだった。

修道士としてかなりの頻度で出歩く機会があったので、1人を除いて標的に近づくのは容易だった。それぞれの職場や家庭に近づき、崩壊のレールに乗せる。予想以上に彼らは恐怖に苛まれ、容易に事が運んだ。稲垣などはこちらが最終的に手を下す前に自ら命を絶ってしまった。迫りくる恐怖に勝てなかったのだ。それくらい22年前の事件は5人の心の中を大きく侵食していた。

計画通りに事が進んでいく中、警察が何回か聖浄心会との関連を疑って〈本部道場〉にやってきた。復讐をする人間の名前はそれぞれ秘密裏に会員登録をしていた。最終ターゲットの人間が恐れをなして調べると思ったからだ。それは対応次第では警察の介入を招く恐れもあった。ただ、それは教団を挙げて阻止するだろうと踏んでいたので、どういう対応に出るのか楽しみでさえあった。もちろん復讐が遂げられれば、会の存続はどのみち難しくなる。

対応したのは渋沢だ。冷静沈着に、そして宗教法人の独立性を盾に、頑なに警察権力の介入を阻止した。被害者たちの会員登録も密かに削除された。結局、事件との関係を明るみにされることなく、警察の聞き込みもその都度、形式的に行われるだけで終わった。もともと側近中の側近である渋沢は、事件が発覚してからより明確に父主を守る行動をするようになった。父主の宿坊に置かれた脅迫文の件だけでなく、22年前のあの日のこともしかすると渋沢は知っているのではないか。

そう疑ったこともあった。

だが、父主は何事も自らが処理し、常に人の心をコントロールする。結局、自らの弱点となり得るあの事件について、軽々に渋沢に相談しなかった。ただ、渋沢は最終的な計画の実行には邪魔になる可能性が高い。だから父主と渋沢を分断するための罠を仕掛けることにした。そのためにはスケープゴートを用意する必要があった。それが父主の秘書だった内野であり、〈高木麻里〉という新人出家者だった。

組織が巨大になるにつれて父主や会への不満が徐々に募りつつあった。その対応の先頭に立っていたのもまた渋沢だった。修道士長の中でも人気と実力を兼ね備え、圧倒的な力を持っている渋沢だからこそ、内心良く思っていない者も多かった。父主の姿が見えない以上、渋沢が実質的なリーダーのように振る舞ったり、女子会員と手当たり次第に肉体関係に及ぶのに眉を顰めている古参の会員もいた。そんな不満のはけ口として、実直で鳴る秘書、対外的なリーダーを演じていた内野を立てた。姿の見えぬ父主への対抗馬に据えた。もともと虚栄心が強い内野は、すぐに話に乗ってきた。ほどなく、聖浄心会の内部では、渋沢を支持する主流派とそれに対抗する反主流派が真っ二つに分かれ、権力闘争や見苦しいほどの出世争い、あるいは風紀の乱れが顕在化していった。

父主と渋沢を分断するもうひとつの手立てとして、2人の間に放り込んだ異分子が〈高木麻里〉だった。出家担当になってから、多くの出家希望の会員と接する機会を得た。その特権を活かし、まさかの時に備えて会の中に手駒を増やしていた。初めは高木という女性もその1人にしようと、出家承認を上申した。出家への率直な思いも利用しやすい要素だった。加えて、他の出家希望者とは違い、人生への迷いが感じられなかった。自分の時もそうだったが、聖浄心会に帰依しようとする人間は誰もが生きることに迷いを持っている。だからこそ宗教に興味を持つとも言える。ところが、〈高木麻里〉からはその迷いが一切感じられなかった。それが、彼女に凜とした強さを持たせ、他人に対しての魅力となっていた。彼女を〈本部道場〉に放り込んだら、早晩渋沢が食いついてくるのは予想出来た。その時、父主が高木にどのような感情を持つだろうか。それを見たくもあった。

そろそろ時間だ。父主たちを迎えに行かなければ――。

邪魔する者は排除する。その手筈は整えた。おそらく本人も覚悟をしているだろう。次は自分しかいない。そう、もう最後の1人なのだから――。

＊

西東京。

紗香は一旦、東大島の〝自宅〟に戻り、シャワーを浴びて着替えだけした。仮眠を取れば良かったのだが、一度寝てしまうと起きられる自信がなかった。結局、10時に長嶋からの電話が鳴るまで、椅子でウトウトしただけだった。

「近田の基礎資料を宍戸に預ける。お前たちは田無の駅で待ち合わせして対応を考えろ」

長嶋の指示はそれだけだった。潜入捜査はまだ継続中だ。用心するに越したことはなかった。電話を切るとすぐ家を飛び出し、都営新宿線から西武線に乗り換えて待ち合わせ場所へ向かった。

「――高階よう。お前さん、長嶋室長の前で、〝刑事の勘〟って言っただろう」

「ちょっと格好つけ過ぎでしたかね。スミマセン」

待ち合わせ場所の純喫茶〈キリマンジャロ〉に着くなり、既に到着していた宍戸に声を掛けられた。宍戸は喫茶店の奥のソファ席に座っていた。店の椅子はどれも所々紫の生地が擦り切れている。純喫茶に相応しいガラスのローテーブルの上にはコーヒーが2つ既に置かれている。

「それより、私はまだ潜入中なんですから、そんな大声出さないでくださいよ」

「大丈夫だ。客は俺たちしかいない」

「そう言ったって、マスターがいるじゃないですか――」

「お前さん、ここをどこだと思ってる。田無署の溜まり場だぞ。マスターだって、そのつもりでここを開けてくれてるんだよ」

　そう言って、宍戸はカウンターの奥で洗い物をしている、薄くなった頭に白髪まじりの髭をたくわえたマスターの方を一瞥する。

「そんなことより、お前さんの話だ。さっきの〝勘〟って言ったやつ、あれ刑事の勘じゃないだろ？」

「なんか質問の意味がわからないですよ」

「女の勘だろう。お前さんが感じているのは――」

　宍戸が紗香の目の奥を探るように見る。宍戸の真意を知りたくてじっと見返す。やはり只者じゃない。宍戸には嘘を見抜かれていた。

「実は刑事としては何も響きませんでした。ただ、22年前の事件の状況、湖畔のキャンプ場という非日常の世界に偶然集められた小学6年生の男女。そこに参加していた高遠という女性、つまり聖浄心会の父主・竹中の言動や雰囲気。そのすべてが自分の胸の中で混ざり合った時、なんとも言えない厭な気持ちになりました。それはもう理屈ではありません」

「もちろん、刑事としての勘でもない」

「はい。宍戸さんならよくわかると思いますけど、刑事の勘ってもっと論理的な感覚です」

「確かにな。論理的な思考の先、最後の選択肢をどっちにするかを決める感覚だよな。刑事の勘は」

「高遠も女性、近田も女性。連続殺人事件の犯人が22年前のキャンプ合宿の〈第三班〉の出席簿の人間を無き者にしているのは間違いない。じゃあ、どうしてこの女性2人が生き残っているのか。それがどうしても気になったんです。なんか、とても女性的な業みたいなものを感じるんです」

「で、その理由はわかったのか?」

宍戸の質問に紗香は小さく首を横に振る。

「ただ、犯人が近田あかりだとは感じました。高遠は私から逃げたんじゃない。近田から逃げたんじゃないかって」

「なるほどな。4000人近く信者がいる新興宗教の教祖より近田あかりが怖ろしいということか」

ブーブーブー。突然、目の前のガラステーブル上で宍戸の携帯電話が震える。

「はい、宍戸。はあ、なるほど。そうか。わかった」

宍戸は電話の相手先の人間にひたすら相槌を打つ。周囲の人間に会話の内容を悟らせない、刑事の基本的な技術だ。それが身に染み付いている。宍戸の電話は長引いている。辻たちが緊急で調べてくれた〝警備員〟近田のプロフィールに目を通す。

「近田千太郎。62歳。本籍、山梨県富士吉田市。現住所、立川市東町(静岡県富士市より転入)。戸籍上、5年前に亡くなった妻・時子と2人の娘・ゆかりとあかりがいる。3年半前から西東京××警備保障株式会社に契約警備員として勤務。同会社は業務の性格上、従業員に厳格な身元照会を求めるため、近田が会社に提出した上記履歴には基本的に齟齬は発見されなかった。

西東京××警備保障は、おもに三多摩地区の企業や病院の警備を請け負う一方、大手警備会社の下請けとして警備員の派遣や部分委託を担当している。聖浄心会の〈本部道場〉の事務棟の警備は、5年前の完成時から部分委託されている。近田自身は、1年8カ月前から〈本部道場〉に派遣されている。エリアリーダーの証言によると、〈本部道場〉勤務は本人の強い希望があった……」

「――近田あかりの父親であることは間違いないな。出身地も名前も一致する」

いつの間にか電話を終えた宍戸が言う。

「お前さんが言うように、近田あかりが犯人だとしたら、高遠や他のメンバーを殺すための手筈として父である千太郎を警備会社に送り込んだということになるな」

「事件は3年以上前から計画されていた」

「そして、そこまで用意周到に準備するからには近田には明確な動機があるはずだ。お前さんの女の勘が働くような犯行の動機がな」

「22年前の行方不明騒ぎの裏で何かが起きたんです、きっと――」

紗香の言葉を頭の中で整理しているのか宍戸はそのまま黙っている。

カランカラン。

入口のカウベルが鳴る。サラリーマン風の客が2人入ってきた。

「いらっしゃい。お席こちらへどうぞ」

マスターの鈴木が柔らかい口調で客を案内する。紗香たちに気を遣って、互いに死角になるような席を案内している。宍戸の言う通りだ。この何気ない気遣いが刑事たちの溜まり場になる理由だろう。

リリリーン。リリリーン。今度はカウンターの固定電話が鳴る。懐かしいピンク電話だ。鈴木が受話器を取り、小声で話している。

「少々お待ちください」

そう言って受話器を一旦カウンターテーブルに置き、こちらにやってきた。

「そちらの女性のお客様にお電話です――」

てっきり宍戸への電話だと思っていたので、慌ててカウンターに向かい受話器を取った。

「長嶋だ。念のため固定電話を使った。近田千太郎が消えた。昨日の夜勤明け以降、姿を晦ましている。自宅のアパートにもガサ入れさせたが、立ち寄った形跡もない」

事件が動き出している。電話の向こうの長嶋も少し興奮している印象を受ける。

「高階、俺たちが思っている以上に早く次の事件が起きるかもしれない。宍戸と相談して、次の手を考えてくれ。頼んだぞ――」

ガチャ。プープープー。

あまりの急展開に電話の前でしばらく立ち尽くす。

「マスター、お会計頼むわ」

気がつくとブルゾンを着た宍戸がレジで千円札を鈴木に出している。

「いつもすみません。またよろしくお願いします」

鈴木は釣銭を宍戸に渡しながら、頭を下げる。

「行くぞ。ほれ、お前さんの――」

宍戸は紗香のコートを放り投げ、ドアを開けて先に外に出た。再び、カウベルが店内に響く。

「ああ、ありがとうございます。ごちそうさまでした――」

慌ててコートを着て、外に出る。宍戸は商店街をずっと先の方に歩いている。周囲を気にしながら宍戸の背中を追う。ここは聖浄心会のお膝元だ。どこに外出中の修道士がいるとも限らない。コートのポケットからマスクを取り出し、顔を隠すように着装する。

*

「ちょっと待ってよ。僕は悪くない。君たちが勝手に追い回したんじゃないか」

「母さんはいつも言ってた。嫌なことがあったら事故だと思えばいいって。交通事故みたいなもんだって」

「もう、こんなんじゃ誰にも相手にされないから。どっかに消えた方がいいよ」

「お前が悪いんだ。お前が。僕の中の悪い奴の目を覚ました。お前が悪い」

皆、何度も言い訳を口にした。

もともとはただ、〈田崎明子〉と〈近田あかり〉が〈稲垣時男〉を巡り小競り合いを起こせば面白いと思っただけだった。そのために少し種を蒔いた。人の心はいとも簡単に操縦出来るもの。12歳の頃にははっきりそれがわかっていた。だから、それを試したかった――。

単なるゲームのはずだった。目の前で何が起きたのか。経験はなかったが、保健の授業や密かにクラスで回し読みされていた〈レディースコミック〉などで一応の知識はあった。おぞましいことであることはわかっている。ただ、どうしてゲームをしているうちにこんなことになったのか。それは理解出来なかった。こんな展開になるとは当時の自分は思いもしなかった。いや今だってわからない。本当に止めることの出来ない渦に巻き込まれたとしか思えない――。

「私たちにはそれぞれ運命があると思う。これは、あなたの運命だった。神様はそう言うはずよ」

読み始めていた宗教の本に書いてあった一節が思わず口から出た。〈近田あかり〉が目の前に横たわっている。その目は焦点が定まらず、遠くを見ている。衣服が泥だらけで、所々まだ肌が露出している。その脇に〈田中秋智〉が立っている。

「俺じゃない。俺は知らない。奴が、奴が勝手に――」

先ほどまでの興奮状態とは打って変わり、ブツブツとつぶやき続けている。ただの思慮の浅い典型的な12歳の男子だと思っていた。それがあんな悪魔を飼っていたとは思いも寄らなかった。こんなおぞましいものを内に秘めていたとは想像も出来なかった。

「しゃ、写真。写真、撮ったわよね？」

突然、〈田崎明子〉がこっちを見て叫んだ。自分が強制したゲームがここまでエスカレートしてしまったことに怯んでいた。親や先生に報告されたら大変なことになる。学校にだっていられなくなるかもしれない。典型的な優等生は自分の保身で頭がいっぱいだ。

「ちゃんと撮ったわよ。あなたも一緒にね」

「ちょっと。何勝手なことしてんのよ――」

「勝手って、何撮ろうと私の自由でしょ。でも、あの罰ゲームは一部始終撮ったわ」

「お、お、お前。写真、どうするつもりだよ」

〈稲垣時男〉が顔を真っ白にしたまま聞いてくる。このゲームのきっかけが自分にあるので気が気でない。

「安心しなよ。この写真は保険になるわよ」

「保険――」

田崎や稲垣だけでなく、〈田山正行〉や放心状態の田中もその言葉に反応した。皆、安心したのだ。その単語に、そして写真に。

「ひ、ひどいよ。そんなのひどいよ」

地べたに仰向けに横になったままの〈近田あかり〉が振り絞るような声で言った。その声に全員が一斉に反応し、近田の顔を見る。

「みんな、ひどいよ。サイテーだよ」

近田はもう一度、つぶやく。右目からすーっと涙がこぼれ、頬を伝って地面に落ちた。

「汚い」

その状況を見ながら、私は自然とつぶやいていた――。

＊

商店街を抜け、バスを乗り継ぎ、宍戸は〈小金井公園〉までやってきた。

紗香も適当な距離を保ちながら宍戸の後を追った。少し離れてベンチに座る宍戸が口を開く。

「後から来た2人組、あの店、初めての客だった」

「えっ？　どうしてわかったんですか？」

「マスターだよ。鈴木さん、常連に〈こちらへどうぞ〉なんて応対はしない。あれは俺に客筋を教えるためだ。だから、念のために俺たちの死角に案内した」

「なるほど。そうだったんですか。確かに、彼らが来てから直ぐ室長からの電話が来ました」

「近田が飛んだか？」

「はい。昨日の夜勤明けから行方知れずだそうです。室長は宍戸さんと相談して動きを決めるようにと」

紗香はそう言って、一度顔を上げる。缶ココアを飲む振りをして周囲をもう一度探る。不審な人物は見当たらない。

「高遠の実家周りを当たりますか？」

「それなら木崎たちがもうやってる。さっきの電話は木崎からだ」

「木崎さんは何て？」

「高遠の両親はともに亡くなってた。家屋も取り壊されて、敷地はその後に建ったマンションの一部になっている。小、中、高まで地元の公立で、大学も地元のキャンパスに通っている。念のため、小学校時代の作文なんかを探しているが、まだ何も見つかってない。木崎が言うには、ごく普通の人間というものしか挙がってこないそうだ。とても聖浄心会の父主の子供時代とは思えないってよ」

宍戸は手に持った雑誌に目を向けながら話す。

「じゃあ、高遠ルートは木崎さんたちに任せるとして、私たちはどうしましょう?」

「長嶋さんはお前と俺で近田を当たれと言ったじゃねえか」

「だけど、近田千太郎は姿を消してしまいました」

「刑事やってたら、被疑者がいなくなっちまうなんてことザラだ。それで諦めるわけねぇよ」

「それはそうなんですけど――」

「近田あかり、近田千太郎。俺たちにはまだ当たるべきところがあるはずだ」

「うーん。確かに、千太郎に関してはあれだけしっかりとした個人データがあるんですからねえ」

「奴さん、それだけのリスクを負ってでも、わざわざ地元離れて聖浄心会を担当する警備会社に入る必要があったってわけだ」

近田千太郎は犯行のために立川に引っ越してきた。その瞬間。脳裏に記憶されていた事件の情報が一気に浮かび上がる。

「ああっ」

そうか。ちゃんと足跡がある――。

「どうした?」

大声に宍戸も思わず雑誌から視線を上げる。慌てて周囲を見る。近くで子供とボール遊びをしていた母親が怪訝な顔をして見ている。適当な笑みを返し、再び缶ココアを口にする。

「〈富士山ナンバー〉ですよ。４人目の被害者、田中秋智を新橋の根城から連れ出した女が運転していた軽自動車。ナンバーがいわゆるご当地ナンバーでした。コンビニにいた学生が証言したって言ってましたよね」

「ああ、そうだったな。それがどうした？」

「近田千太郎が警備会社に契約の警備員として入る前に住んでいたのは静岡県富士市です。富士市は〈富士山ナンバー〉適用地域です」

宍戸はブルゾンのポケットから畳んだ資料を取り出し、慌てて確認する。

「確かに富士市から転入となってる」

「住所変更と言っても、あくまでも警備会社に入るためです。自動車のナンバー変更までしていない可能性があります」

「あるいは、まだ富士市に拠点を残しているかもしれない」

「〈富士山ナンバー〉が偶然の一致とは思えません。自分たちの所有する軽自動車を使って田中を運んだ可能性が高い」

「よし。辻技官に早速連絡して、自動車の特定を依頼してみるか」

「Nシステムに引っかかってる可能性もありますよ。あれだけ動き回ってますから」

「オービスも含めて、網にかかってないか調べてもらおう」

痕跡に近づいた。犯人の足取りをようやく捕らえた。絶対に逃がすわけにはいかない。刑事としての魂が大きく動いた——。

＊

ガタン。

乱暴に開けられたドアの音で我に返る。

辺りは相変わらず薄暗い。今、何時くらいなのかもわからない。裏口から逃げる暇など与えてくれなかったようだ。

結局、この場所など既に調べがついていたということか——。

5人のうち、おそらくもう4人死んだ。あとは自分しか残っていない。ずっと覚悟はしていた。ただ、ヒタヒタと忍び寄る影がいつ現れるのかがわからないことが辛かった。定期的に置かれる脅迫文。〈会員情報システム〉に上がっては消される〈第三班〉のメンバーの名前。

常に向こうのペースだった。人の心を支配するのが誰よりも長けているはずの自分が、この1年はいつも後手に回っていた。初めから勝負がついていたことを改めて知る。

そうか。最後にここに逃げ隠れして、もがくことも想定内ということなのか。復讐は思った以上に綿密だったということか——。

*

私の部屋で、妹が壊れていく自分について語った日、告白された話の内容を直ぐには信じられなかった。私だってまだ中学2年、14歳だった。性の知識は既にあった。クラスにはもう経験を済ませた子もいたので遠い話ではなかった。しかしあの日、妹に起きたおぞましい事件を咀嚼することは不可能だった。今でもどこか信じられない。本当は妹の創り上げた妄想なのではないかとどこかで思っているような気がする。そう思った方が楽だからだ。

だが、事件は確実に22年前に起きた。悪夢の始まりだった。ある人間の悪意によって、妹は生贄となった——。

田崎明子。典型的な自己中心的な女。

とにかく自分の思い通りにならなければ癇癪を起こすタイプだ。妹はそんな彼女の逆鱗に触れたために犠牲になった。同じ班にいた稲垣時男のことが好きだと言わなかった。そんな因縁をつけられて。言いがかりだった。妹は私に言った。稲垣のことを好きでも何でもなかった。ただ田崎にそう思わせ、他のメンバーにそう信じ込ませた人間がいた。名前は、高遠由美子だと。

なぜ高遠は妹を生贄にしようとしたのか。ずっと疑問だった。たった3日間のキャンプ合宿のグループで、いったい何をしようと思ったのか。〈第三班〉の6人は全員寄せ集めの他人だったのに。なぜ狙われたのか。最後まで自分に何か落ち度があったのかもしれない。妹はそう自らを責めていた。家族を不幸に陥れた原因が自分にあるんだと。でも、それは絶対間違っている。妹は少しも悪くない。聖浄心会に入信し、出家までして高遠に近づき、考えに触れてみて初めて確信を持った。高遠はただ人の心を操りたかったのだ。あの女はおそらく22年前からずっとそうだったのだ。他人の心を弄びたくて仕様がない、下衆《げす》な人間なのだ。

そんな下衆な人間である高遠が、もう1人の下衆の田崎をコントロールした。そして、田崎は高遠が思っていた以上に操られた。そして、おそらく思っていた以上に最低な女だった。

〝王様ゲーム〟。妹に起きた悲劇の直接的な原因が王様ゲームだと聞いた時、私はトイレに飛び込んで吐いた。暴行された事実を聞かされてもなんとか我慢出来た。ただ、合コンで〝大人たち〟がする浮ついたあのゲームをしながら妹は貞操を奪われた。いや、そんな簡単なことじゃない。尊厳を蹂躙された。現実の社会、学校、友人、大人、あらゆるものに対する不快感から嘔吐した——。

田崎の提案で始まったゲームでは、妹以外のメンバーを順番に王様に指名した。妹は常に奴隷役だった。くじなど決して引くことなく、謂れなき罰ゲームだった。中途半端な命令をすると田崎からやり直しの声が掛かる。内容は自然とエスカレートしていく。先ず田崎が自ら王様になり、妹の上着を脱がす。稲垣が妹の胸を触る。何度も。田山が妹の下着を脱がす。田中が妹にキス。もちろん口に。高遠が田中の服を脱がし、裸の妹に抱きつかせた。田中が密かに妹のことを好きなのを知っていたからだ。もちろん、ただ抱きつくだけでは許されなかった。閉鎖的な集団でのリンチが決して歯止めが利かないのは歴史が証明している。〈第三班〉も例外ではなかった。王様の命令は、最後に田中が妹を犯すまで続いた。妹は何度もやめてくれと懇願した。でも、誰も聞く耳を持たなかった。むしろ、目の前で繰り広げられる性交渉を、固唾を呑んで見ていた。乱暴の最中、妹の目には他の班員の表情が飛び込んできた。田崎も含めて実際のセックスを見るのは初めてだった。そこは小学6年生だったというわけだ。

「どうして今まで黙ってたの？」

私は妹に思わず問い質してしまった。それがどれくらい妹を傷つけるか当時の私はわからなかった。私だって14歳だったのだ。

「だって私が汚いから。私が悪いから。お姉ちゃんやお父さん、お母さんだって、汚い私のこと嫌いでしょ。言えるわけないよ——」

妹はようやく言葉を絞り出した。自分が汚されたことをそんなに簡単に人に言えるわけがなかった。12歳だった妹は自分を責め続けていたのだ。しかも、行為の一部始終を写真に撮られていた。〈第三班〉が最低な人間の集まりなのは、犯罪のすべてを写真に残していたことだ。妹は事件のことを口外出来るわけがなかった。

撮影したのは高遠由美子だった。あの女はやはり幼い頃から人心掌握の天才だった。しかも自分たちのやっていることが犯罪であることを彼女は知っていた。それが決して表に出てはいけないものであることも。だから証拠の写真を撮った。被害者である妹だけでなく、加害者である他のメンバーの口をも閉ざすために。事件を6人の中で共有し、一生互いの目を意識させ続けるために。結局、22年前の事件を主導していたのは高遠由美子だった――。

　今でも妹がすべてを吐露したあの日の不快感を持ち続けている。高校、大学と学び、教師となり、結婚した。人間に対して覚える汚物感をなんとか払拭出来ないかとずっと悩んでいた。しかし、それは無理だった。妹への喪失感もあった。自分の心がどんどんこの世の中から乖離していき、いつの間にかそのギャップを埋められなくなっていた。だから、宗教に縋った。そうして安寧を求めて出会ったのが聖浄心会だったのに。そこには諸悪の根源である〈高遠由美子〉がいた。聖浄心会の中心として。

　長く、晴れることのない悲劇からようやく解放される。すべてを失った妹。謂れなき誹謗中傷で疲れ切った家族のための復讐が終わる。今、この扉の向こうに最後のターゲットがいる。おそらく恐怖の中で――。

*

　藪の中に切り開かれた敷地に車で乗り付けた。辺りは鬱蒼と生い茂る富士山麓の林だ。そこにプレハブ造りの掘建て小屋があった。もともとは林業組合の建物だったらしいが、数年前から空き家になっていた。〈富士山ナンバー〉の軽自動車が駐車しているのが確認出来る。

　Nシステムのデータやオービスの追跡捜査で、近田千太郎名義の軽自動車がこの近くを走行していたことが判明した。紗香は宍戸とすぐに〈神奈川道場〉に向かい、前場を問い質した。父主である紗香が怪しげな刑事と一緒に道場に突然やってきたことで、前場は驚き、怯え、そして頑なな態度を取った。しかし、宍戸がオービスに写った軽自動車の写真を突き付け、高遠の命が狙われていると脅すと更に動揺した。

「前場さん。もう楽になっていいのですよ。あなたは十分苦しんだのですから」

紗香は年老いた修道士長に優しく声を掛けた。父主の言葉に観念したのか、前場は遂に重い口を開いた。

「〈懲罰坊〉などは知りません。ただ父主様専用の〈修行坊〉とは別に、山の方に高遠さんのための小屋というか宿坊があると聞いてます。でも、管理はうちの道場ではないので詳しい場所までは」

「だいたいでいいんです。どの辺りにその宿坊はあるのです？　高遠さんの身に危険が迫っています。前場さん、教えてください」

「ここからはそれほど遠くないと思います。宿坊に行った帰りに、この道場に寄られたことが何度かありますから」

「高遠さんはいったいそこで何をしていたのです？」

「わかりません。でも、うちに寄られた時はいつも目が遠くの方を見ていました」

辻たちの位置確定分析により、候補に挙げられた4カ所の中に〈宮ヶ瀬湖周辺〉があった。前場の証言と照らし合わせると、高遠が逃げ込んだと思われる秘密の宿坊は宮ヶ瀬湖と厚木の道場を結ぶラインにある。紗香と宍戸は文字通りローラーをかけ、周辺を捜索した。そして、遂に近田の車を宮ヶ瀬湖畔に発見した——。

「宍戸さん。ナンバー、一致してます」

「近田千太郎の車に間違いない。虎ノ門のコンビニの防犯カメラに映ってた軽自動車と同じだ」

建物から少し離れた場所に捜査車両の黒のマークⅡを停める。極力音を立てずに車から降り、静かに掘建て小屋に向かう。経年劣化で表面が薄黒くなった建物には四方に小さな窓があるだけだ。

窓から明かりが漏れている。カーテン越しに人影も見える。一旦、木々の陰に身を隠し、長嶋に応援要請の連絡を入れる。

「近田の軽自動車があります。ナンバーも確認しました。小屋には数名の人間がいます。面は確認出来ていません。わかりました。応援が来るまで、宍戸さんと待機します」

「応援、来るのか？」

宍戸が小声で聞く。吐く息が白い。日が落ちてから気温は一気に寒くなってきた。

「はい。高尾署と八王子署から第1陣が来ます。本部の機捜も手配すると」

「おう。中にいるのは高遠に近田千太郎、あとは近田あかりか」

「あと1人いるような気がします。人影が微妙に違うんです」

ガタン、ガタン。ガガー。突然、中から大きな物音がした。カーテンの人影が大きく動いている。2人の人間が摑み合っている。

「うぉーっ」

男の呻き声が聞こえた。辺り一帯に響くような大きな声だ。

「うぎゃーっ」

今度は別の男の叫び声が上がる。明らかに苦痛の叫びだ。

「宍戸さん。行きましょう」

「でもよう、まだ応援が。ていうか、待ってられねえな――」

2人は全速力で走り出し、掘建て小屋のドアの前まで辿り着く。万が一に備えて携帯してきた拳銃をホルスターから抜き、胸元に構える。紗香がドアノブに手を回す。鍵は掛かっていない。宍戸が大きく頷く。その瞬間、ドアを大きく開ける。

バターン。開いたドアの前に紗香と宍戸は立った。目に部屋の中の状況が一気に入り込んでくる。

信じられない光景だった。隣に立つ宍戸も言葉が出ない。

ドアの側に2人の男が血みどろになって倒れている。警備員の近田千太郎と、もう1人は修道士長の渋沢だった。2人とも右手に刃物を持っているのが見える。先ほどの格闘はこの2人のものだったようだ。辺り一面は血の海だ。渋沢は目を見開いたまま絶命している。近田はまだ辛うじて意識はあるが、虫の息だ。宍戸が慌てて携帯電話で救急車の手配をする。

ウィーン。紗香は微かながらずっと聞こえている音に気付く。

部屋の中を見渡すと奥に三脚が立てられており、据え付けられたビデオカメラが作動している。カメラのレンズの方向から別の機械音が聞こえる。

ガッシャン、ガッシャン。

鉄製の機械が前後運動を繰り返している。アームのような突起を持ち、その先端には木製の棍棒のようなものがつけられている。そして、その棒は、機械が設置された更に奥に寝かされている女性の局部に出たり、入ったりを繰り返している。

「父主様――」

女は高遠由美子だった。瞳孔が開き切り、完全にイってしまっている。苦痛と屈辱に満ちた表情のまま固まっている。両足を大きく開かされ、ベッドのようなものに仰向けの格好で縛りつけられている。衣服は着ておらず、全裸状態だ。開かれた両足も固定されている。その状態で高遠の局部に向けて機械のアームの先端の棒が突かれている。

「父主様。どうしてこんなことに――」

「父主なんかじゃない。こいつはただの下衆な女に過ぎないわ」

右側の奥から声がする。紗香は声の方を振り向く。

「加賀美さん。加賀美さんがなんで――」

そこに立っていたのは修道士の加賀美だった。

「高木さんこそ、どうしてここがわかったの？　誰にも教えてないのに」

質問に答えられず、ただ立ち尽くす。

「そうか、あなたもしかして刑事なのね。だからか。だからあなたは初めから迷いがなかった――」

加賀美の口調にはまったく動じた気配がない。紗香がこの場所に来ることを予想していたようだ。

「加賀美さん。いったい何があったんです。あなたは誰ですか？　近田あかりさんとどんな関係なのです？」

「なるほど。警察はまだ何も摑んでないのか。不思議なものね。あれほど恨んだ神様が、最後までやり遂げられるように味方してくれた。出家して、宗教者として本当に一所懸命頑張ったから認めてくれたのかしら」

「わかってます。私、出家の先輩として加賀美さんのことを本当に尊敬してました」

「それはどうかしら。あなたは刑事なんでしょ。捜査のために出家しただけ。本当の修行なんかしてないわ」

「そうかもしれません。でも、加賀美さんを尊敬していることは変わりません」

初めて聖浄心会〈本部道場〉に潜入した日。担当として目の前に現れた時、すぐに加賀美に好印象を持った。本出家した後、父主の秘書となり、内野と何やら画策し始めてからは距離が出来たが、基本的にはこの心象は変わらなかった。

「あなたはいったい何者なのですか？　近田あかりさんなのですか？」

しかし、目の前にいる人物は自分の知っている人間ではない。今、起きていることとこれまでの潜入捜査で得たもの、そして連続殺人事件を頭の中で必死につなげる。

「本当に何も知らないのね。私は加賀美ゆかり。近田あかりの姉よ。一度、結婚して、名字が変わった。それだけ。簡単なことよ」

「お姉さん。お姉さんである加賀美さんが、どうして妹さんが参加したキャンプ合宿のメンバーにこんなことを？」

「この機械、素晴らしいでしょ。本来なら、22年前と同じ生身の人間がやるべきだけど」

「生身の人間？」

加賀美の表情は微笑みを湛えている。狂気。紗香は背筋が凍るのを感じた。22年前の事件がどれだけ多くの人間の運命を変えたのか——。

「田中よ。田中秋智。刑事なら知ってるんでしょ。新橋のホームレス。あの男も死んじゃったから」

「理由はなんです？　こんなのひど過ぎます。どうして、こんなひどいことが出来るんですか？」

「ひどいこと？　こんなことは追体験に過ぎない。もっとひどいことを5人はしたのよ」

「何があったんです。22年前、妹さんに何が起きたんです？」

紗香は一歩前に出て、横たわっている高遠に近づこうとした。

「動かないで。彼女の手枷と足枷には電気コードをつなげてる。近づけばスイッチを入れるわよ。そうすれば一発でショック死する」

加賀美は右手に持っている黒いスイッチを目の前に差し出す。声は至って平静だが、狂気の表情とのギャップがかえって恐ろしい。紗香が一歩でも動けば、おそらく本当にスイッチを入れるだろう。今すぐ高遠の救出をするのは難しい。

「もちろん、そんな簡単には殺したくないけど」

「キャンプ場で何があったんです。それだけは教えてください。それがわからないと私は——」

「そうね。人間がいかに穢れて救いようのない存在なのか、高木さんは知るべきね。あなた、聖浄心会の父主なのだから――」

加賀美は澄んだ視線で射貫く。紗香は動けなくなり、その場で立ち尽くした。

「22年前のあの日。妹は謂れなき誹謗を受け、おぞましい凌辱を受けた――」

「凌辱。凌辱って、それはつまり――」

「犯されたのよ。何の罪もない小6の女の子なのに」

「キャンプ合宿でですか？　誰にそんな酷いことをされたんです」

「直接、襲ったのは田中です。ただ、そう仕向けたのは第三班のメンバー全員です！」

加賀美の口から出てきたのは死んだ妹の近田あかりから聞いた22年前の出来事だった。内容は信じ難いものなのに、加賀美は本当に淡々とした口調を崩さない。それがかえって事件のおぞましさを増長している。〝若年層レイプ〟のことは最近、警視庁管内でも問題視されている。しかし、事件は22年も前のことだ。紗香はどこか現実感を失い始めていた。

「おい。小6の女の子が同じ小6の男子に暴行されたっていうのか？　そんなわけないだろう」

ずっと黙っていた宍戸が初めて口を開く。宍戸にしても加賀美の話がどこまで真実なのか測りかねている。

「あなたは高木さんの同僚の刑事さんですね。もしかしたら、高木という名前も偽名かしら」

紗香は無言を通す。とても正直に話す気になれなかった。

「まあいいわ。刑事さんの先ほどの質問に答えましょう。12歳は確かに子供よ。ただ、心も身体も大人になりつつある。そして、何より大人と違って、穢れが少ないだけ、時にとても残酷になる」

「確かに、無垢な子供の発言ほど残酷なのはわかります」

「高木さん。あなたは本当にわかっていないわ――」

加賀美は紗香の言葉を遮り、こちらをじっと見つめる。その目は異様に澄み、どこか恍惚さすら帯びている。それが異常さを際立たせている。

機械のアームにいたぶられている高遠を一瞥する。その姿はあまりに痛ましく、直視出来ない。なんとかやめさせられないかと思うが、電気ショックで殺される危険があるので手が出せない。

「あの事件の首謀者は、表向き田崎明子。だけど、彼女も高遠の手のひらの上で踊らされていた」

「だから高遠さんが最後の標的となった。長い間、恐怖に苦しむように――」

「ようやくわかってきたようね。さすが私が見込んだ人だわ。捜査ではなく、本気で修行すればいい宗教者になったはずよ」

「そんな褒め言葉要りません――」

加賀美と出会った日、このように対峙する時が来るとは思わなかった。言いようのない空しさを覚える。

「もう一度確認する。一連の殺人事件はすべてお前がやったんだな」

宍戸の目が刑事のものに戻る。加賀美の話があまりに救いがないからなのか、いつも以上に目に宿る怒りが強いように感じる。

「妹に代わって、わたしがおぞましい5名の犯罪者に22年前と〝同じ〟体験を強いたのです」

「順番は。殺した順番は何なんだ？」

「ゲームで命令した順番です。妹をどん底に陥れた順番。命令は、田崎、稲垣、田山、田中、高遠の順に出されました。田崎が決めたそうです。高遠を一番最後に指名した田崎のセンスも恐ろしいですが、私は高遠がそう導いたんだと思っています」

「その命令とはどんなものだったんだ。小6の男女がどんな酷いことをしたっていうんだ――」

再び加賀美は淡々と事件の状況を説明する。狂っている。加賀美は狂っているんだ。妹に降りかかった悪夢は、姉である加賀美の心も人生も狂わせた。22年前に妹から事件のすべてを聞いた時から、加賀美自身が精神を病んでいた。妹に降りかかったあまりに惨たらしい仕打ちが彼女のすべてを蝕んだ。だからこそ、このように淡々と話すのだ。だからこそ、恐ろしい復讐を実行出来るのだ。やり場のない怒りが込み上げてくる。宍戸もまた激しい怒気をどんどん増長させているのが隣でわかる。

「4人の被害者がまったく異なる形で報復されています。これも意味があるのですね」

「妹が凌辱された後、5人は我に返って口々に言い訳をしたそうです。田崎は『もう、こんなんじゃ誰にも相手にされないから。どっかに消えた方がいいよ』と冷たく言い放った。だから、幸せな家族から引き離し、消えてもらいました。稲垣は『ちょっと待ってよ。僕は悪くない。君たちが勝手に追い回したんじゃないか』と妹が自分のことを当然好きで、それが原因のような口ぶりだったらしいわ。だから、毎日のようにストーカー行為をして、モテる男の末路を用意してやりました。本当はもっとひどい目に遭わせようと考えていたのです。しかし、途中で自ら命を絶ってしまいました。田山は『母さんはいつも言ってた。嫌なことがあったら事故だと思えばいいって。交通事故みたいなもんだって』と甘やかされて育った子供らしく、慰めにもならないことを言った。だから、本当に交通事故に遭ってもらいました。田中は『お前が悪いんだ。お前が。僕の中の悪い奴の目を覚ました。お前が悪い』と自分の性欲を正当化するような口ぶりだったそうです。もっとも田中は本当に病気で、小児性愛者だったようですが。ホームレスになっているので捜すのに時間がかかりましたが、見つけて妹がされたように死ぬまで蹂躙しました。最後に妹に声を掛けたのは高遠でした。この女は『私たちにはそれぞれ運命があると思う。これは、あなたの運命だった。神様はそう言うはずよ』と言ったそうです。自分が犯した罪を棚に上げ、運命と神様に悲劇を委ねるように言ったのです。人格者の顔をして。しかも行為中のすべてを写真に収めていたのです。この浅はかで口だけのエセ宗教者には、妹が受けた肉体的な辱めと記録を残されるという精神的な恥辱の両方を体験させたかった」

「それが今、行われていることなのですか――」

「私と妹がずっと成し遂げたかった最後の復讐です」

「加賀美さん。あなたやあなたの妹さんが受けた苦痛を頭では理解できました。でも、こんなことをして妹さんは本当に喜んでくれますか？　あなたが撮影したこの映像を見せられて、本当に晴れやかな気持ちになれるのですか？」

「それは関係ないわ。私はこのために生きてきたの。すべてをこの復讐のために費やしてきた。見てごらんなさい。高遠の惨めな姿を。諸悪の根源の女に相応しいわ」

「お前、狂ってるぞ。妹のことなんか言い訳なんじゃないか。本当は人を殺したいだけなんじゃ」

　宍戸が吐き捨てるように叫ぶ。その言葉を遮り、加賀美は淡々と話を進める。

「22年前の事件にはまだ続きがある。事件当日、５人は妹を裏山に残して先にキャンプ場に戻った。だから行方不明騒ぎが発生したのよ。汚れたり、破れたりした衣服の言い訳を考えつかなかったから置き去りにした。死ぬ前に田中はそう証言したけど、私は違うと思う。願わくは事件そのものをなかったことにしたかったのよ。とにかく、キャンプから自宅に戻ってきた妹は激変した。それまで大人しいけど元気に笑う子供だったのに、表情から笑みが消え、いつも物憂げに落ち込むようになった。精神的にも不安定になり、暴れたり落ち込んだり、とても正常ではなくなった。両親は思春期だと言ってたけど、私はどうしてもそう思えない。ある時、夜自宅の部屋で問い質したわ。でも、初めは頑なに話さなかった。私があまりに強く詰問するので、ついに堰を切ったように事件のことを話し出した。話の衝撃に私自身突き落とされた。その後、妹の状態は回復しなかった。結局、静岡の富士市に家族と一緒に引越したけど、ほどなく自ら命を絶ってしまった。バスタブの中に入り、自ら引いた剝き出しの電気コードに電流を流して」

「でも、住民票にはまだあかりさんの名前が残っていますよね」

「妹が自殺したことは誰にも言ってない。私たち家族の秘密。妹が死んだ時、私は真実をすべて両親に話した。そして、父に頼んだ。あかりの復讐が済むまで死んだ事実は伏せてくれと。それがあかりの希望だと言って」

紗香は言葉を失っていた。隣の宍戸も固唾を呑んで、加賀美の話に耳を傾けている。

4人もの人間が秘密裏に殺された事件。その真相をまったく予想出来なかった。これまで経験してきた潜入捜査は、どれももっと狡猾で独善的で、悪意に満ちた犯人を追い詰めるためのものだった。それに比べ、この事件は想像をはるかに超えた。自分の中の〝悪〟という概念が揺らぐ。精神状態もぎりぎりだった。なんとか意識を正常に保っていられるのは、やはり紗香が刑事だからだ。

それでも、それでも善意を信じて生きていくべきだと信じたい。

「加賀美さん。もう終わりにしませんか？　高遠さんは十分苦しんだはずです。こんなおぞましいことはやめるべきです。これでは妹さんを陵辱した5人と何にも変わらないじゃないですか？　高遠さんはまだ生きています。もうこれ以上、罪を重ねても妹さんは決して帰ってこないんですよ」

もう一度、説得を試みる。確かに加賀美は復讐を続けるうち、どこかで殺人の虜になった狂気の人間かもしれない。そうだとしても犯行をこれ以上続けて欲しくない。加賀美という人間にどこかで親しみを持っている自分がいた。

「高木さん。あなたのその真っ直ぐで強い心が羨ましい。あなたの魅力はその心だわ。それが修行には必要だから。お互いに不純な気持ちじゃなく修行に身を置きたかったわね。でもね、それは絶対無理なことなのよ。それに私の復讐はこれで終わり。だから、もう心配しなくても大丈夫よ」

そう言って加賀美は紗香を見て、にっこりと笑う。それは初めて会った時に浮かべていたあの人のいい笑顔だった。そして、手に持っていた黒いスイッチを目の高さに上げる。

「ダメ。加賀美さん。ダメです。やめて」

これから起きることを覚り、大声で叫ぶ。なんとか止めたくて、紗香は部屋の奥に飛び込んだ。

バーン。電気がショートする大きな音が鳴った。ベッドに全裸で縛られていた高遠の身体が激しく波打つ。バタバタと四肢が揺れ、最後に煙を上げて弛緩した。

バーン。再び大きな音がする。今度は機械の隣に立っていた加賀美の体が小刻みに震え、端々から放電している。そして、もう一度大きな音を立てた後、加賀美の体は床に崩れ落ちた。高遠も加賀美も明らかに感電死していた。先ほどまで死角になっていたが、加賀美の両足にも剝き出しの電気コードが巻かれていた。

*

どれくらい時間が経っただろうか。

目の前で起きた光景を、未だに受け入れられないでいた。

なんていう事件なの。溢れ出る涙をどうすることも出来なかった。内から込み上げてくる悲しさに抗えない。嗚咽が止まらない。

宍戸は何も言わず、ただ隣に立っている。

潜入捜査の先で炙り出したものはいったい何なのか。本当に、本当に何が明らかになったのか。事件の救いようのなさ。決して誰も救われない。加賀美ゆかりにしても、復讐を遂げたからと言って何も終わらない。さらに重い十字架を一生背負うだけだ。自ら命を絶った妹、〈近田あかり〉の亡霊に苦しみながら。あるいは復讐という名目の中で生まれた殺人という快楽に囚われながら。

加賀美はそれをわかっていた。だから、すべてを終わらせた。自らの手で。


しばらくして応援の刑事や救急隊員たちが到着した。息のある近田は救急車で直ぐに厚木の大学病院に搬送されて行った。鑑識による現場検証が入念に行われた後、加賀美、高遠、渋沢の遺体は運び出された。一瞬、死んでいるはずの加賀美が紗香の方を見たような気がした。紗香はもう人目を憚らず泣いていた。どうして、人間はこんなにも愚かで、幼稚で、おぞましい事件を引き起こせるのだろう。キリスト教も仏教も、ましてや聖浄心会も、人間の愚かな罪をなくすことは出来ない。

だから〝孤独と瞑想〟なのか？　誰か教えて欲しい――。

紗香は声を出して泣いた。

そして、その慟哭はいつまでも止まらなかった――。

エピローグ

潜入捜査官の仕事は犯人逮捕では終わらない。

潜入先に捜査の痕跡を残さないため、事件解決後の〝均し〟の作業を丁寧にしなければならない。いつもなら派遣ＯＬやＳＥの立場で潜入する。だから、もう少し均し作業も簡単だった。時間をかけて丁寧に潜入先からフェードアウトすれば良かった。ただ、今回は新興宗教に潜った。しかも、合計９名の人間が死んだ。さらに紗香はこともあろうか聖浄心会の〝父主〟すなわち〝教祖〟に祭り上げられ、信者の前で宣言までしてしまった。実質的な創始者をはじめ、幹部が犠牲者となった聖浄心会はマスコミや世間の好奇の目に晒され、宗教法人としての存続の危機に陥っている。狼狽える会員たち、特に出家者たちにどう説明すべきか紗香は頭を悩ました。

「父主様にしっかりとお話ししていただかないとわれわれは路頭に迷います」

最古参の修道士長である前場が度々〈本部道場〉に来ては紗香に懇願した。

前場は高遠への複雑な思いを長く持ち続け、自らの良心との間で潰されそうになっていた。加賀美が起こした惨事により、高遠が命を落とした時、前場はもう生きているのも不思議なくらい憔悴し切った。だが、聖浄心会への警察の家宅捜索が済んだ頃には、生気を取り戻していた。長年の憑き物が落ちたことで、かえって前向きになったのかもしれない。前場がいろいろと協力してくれたことで教団内部の捜査も円滑に進んだ。

そんな前場の姿を見て、紗香は人間という生き物の不可解さを改めて思う。

人の生死の境界線はいかに曖昧なものなのだろう。多くの人間がその狭間で一喜一憂し、高らかに喜び、深く傷つく。その傷を少しでも癒すために、宗教が生まれ、人々は信仰に傾倒してきた。

最後の事件から1カ月が経った。

武蔵野はまだまだ冬の風景だが、日差しに春の装いを感じる穏やかな日だった。少しだけ落ち着きを取り戻した〈本部道場〉に、紗香は前場を呼んだ。度々要請されていた会の立て直しを具体的に話し合うためだ。

「父主様。いよいよ動かれるわけですな。何でもおっしゃってください。微力ながらお助けします」

〈説諭準備室〉の父主の執務デスクの前に置かれた応接セットに前場は座っていた。紗香は窓辺に立ち、前場に少し背を向けている。何から切り出そうか思案していたので、真正面に立ちたくなかった。自分が刑事であることを告白し、すべてを投げ出せればどれほど楽だろうか。ただ、それは無理な話だ。ずっと考えていたことを打ち明ける時だった。

「前場修道士長。私は一連の事件の責任を取って、父主の座を降りようと思います。同時に聖浄心会も脱会し、宗教者としてゼロからやり直します」

「何を言ってるんですか。今あなたが辞めては、この会は潰れてしまいます。空中分解してしまう」

「しかし、誰かが責任を取らなければ、会員も世間の厳しい目も納得してくれないでしょう。この道場内の出家者も同じです。誰かがしっかりと区切りをつける必要があるのです」

「だからと言って父主様がいなくなってしまうと誰が会を引っ張っていけるというのです？」

目の前の前場は狼狽を隠せない。70歳を超えた最古参の修道士長は濁った目を見開き、縋るような顔をして訴える。

「あなたです。前場さん。あなたは聖浄心会のすべてを見てきた生き証人です。今のこの危機にこそ、その経験と知見が必要です」

「私が？　何をおっしゃる。私が人の上に立つ器じゃないことくらい父主様が一番よくわかってらっしゃるはずです。そんな能力があれば、高遠さんもあんなことにならなかった」

「前場さんもご承知の通り、私は入信したての出家者です。高遠さんと内野さんの争いの中で、緩衝材として父主を任されたに過ぎません。あなたの方が私なんかよりよっぽど適任ですよ」

「そんなことはありません。確かに年も若いし、会の経験は少ないかもしれません。ただ、父主様がいたからこそ、今回の事件を経ても会はなんとか持ち堪えることが出来たんです」

　そんなことはない。本当は刑事だからこそ、事件の対応やその後の警察との折衝をそれなりにこなせたに過ぎない。真剣に慰留する前場の姿を目の当たりにして、真実をすべてぶちまけたい気になるのをなんとか抑える。

　それから2時間。前場は粘り、翻意を促した。しかし、紗香の気持ちが変わらないとわかると、人目も憚らず大声で泣き通した。その光景をじっと見ながら、家族も財産も捨てて出家した老宗教者に同情を禁じ得なかった。ただ一方で、やはり中途半端なことでは〝均し〟作業は終われないことを痛感した。それから、事務的になるべく淡々と引き継ぎの手続きをし、今後の段取りを前場に一任する旨を伝え、その日の会合を終えた。

「聖浄心の教えでは、父主様は信じる者の前にのみ存在します。私にとっての父主様はあなたです。初めてわれわれ会員の前で宣言をしていただいた、あなたです」

　帰り際、前場はそう話した。社交辞令だとわかっていながら、それが前場なりの誠意だと思い、素直に謝辞を伝えた。それで少し安心したのか、前場は厚木の〈神奈川道場〉へと戻って行った。

*

今回の処置で聖浄心会は生き長らえられるのだろうか。正直わからない。高遠の代わりになる人間がいるとは思えない。少なくとも本人が言うように、前場がその器ではないのは明らかだ。ただ、他の選択肢はなかった。そして、紗香もいつまでも会に関わっていけるものではない。非情なことだが、これが潜入捜査なのだ。潜入先の人間や組織、場所などに共感することは絶対に避けなければならない。

3週間後、紗香は臨時の〈説諭〉を開き、全国の信者に向かって事件の説明と自らの辞意、そして前場への父主の禅譲を発表した。連続殺人事件があまりに衝撃的だったのか、〈講堂〉を埋め尽くした修道士や出家者たちは紗香の言葉を淡々と聞いていた。大方、こうなることを予期していたかのようだった。目の前で話す女性が〝本当の〟父主かどうか、元より懐疑的だったのかもしれない。

その日のうちに宿坊を片付け、体験出家から5カ月に及ぶ潜入捜査を終了した。

「ご苦労さん――」

聖浄心会の正門を出て、田無駅に向かっていると大通りに宍戸が待っていた。久しぶりに相棒の顔を見た。

宍戸が傍らに停めた捜査車両の助手席のドアを運転手のように開けた。

「今日くらいはこいつで送ってやるよ」

「やめてくださいよ。こんな道端で恥ずかしいですから」

「いいから、早く乗れよ」

なんだか急に緊張がほぐれた。捜査が本当に終わった実感が湧いてくる。

〝ブートキャンプ〟。

コードネームがくしくも示唆していた通り、紗香が体験したことのないことばかりの捜査だった。これほどまでに多くの犠牲者を生んだ事件も初めてだった。真冬の武蔵野で、俗世から隔絶した空間での潜入捜査。事件の発端は22年前の夏のキャンプ場。それ以来、ずっと人々を苦しめてきたおぞましい事件。だが、関係者はすべて死んでしまった。運び込まれた大学病院で息絶えた近田の搬送中の証言により、宮ヶ瀬湖畔の森林が大捜索された。程なく内野の遺体が発見された。これで被疑者死亡を理由に不起訴となり、事件は終了だろう。聖浄心会への出家という〝新兵訓練のための入隊〟も終わる。新しい事件が起これば、世間の人々の興味もすぐに移り、記憶の彼方へ消え去る。

でも――。

それでも、紗香の中では今回の事件はずっと生き続けるはずだ。

今でも加賀美や高遠、渋沢の言葉が頭の中から離れない。救いようのない犯罪と死によって収斂することのなくなった憎悪。

それは、決して終わらないキャンプ、〝サマーキャンプ〟なのだろうか――。

〈著者紹介〉
新宮広明　（しんぐう ひろあき）1970年北海道生まれ。慶應義塾大学環境情報学部卒業。テレビドラマ、映画等の企画・プロデュースを経て「G坂のバル」（「en-taxi」掲載）で作家デビュー。

この作品は「ポンツーン」(2014年1月号〜2015年1月号)の連載に加筆・修正したものです。

サマーキャンプ
潜入捜査官・高階紗香の慟哭
2016年4月20日　第1刷発行

著　者　新宮広明
発行者　見城 徹

発行所　株式会社 幻冬舎
〒151-0051 東京都渋谷区千駄ヶ谷4-9-7

電話：03（5411）6211（編集）
03（5411）6222（営業）
振替：00120-8-767643
印刷・製本所：図書印刷株式会社

検印廃止

ISBN978-4-344-02928-6 C0093
幻冬舎ホームページアドレス　http://www.gentosha.co.jp/

この本に関するご意見・ご感想をメールでお寄せいただく場合は、
comment@gentosha.co.jpまで。